新艺文类聚丛书（第一辑）

学林脞录

上

张舜徽 著

南开大学出版社

图书在版编目(CIP)数据

学林脞录：全3册 / 张舜徽著. —天津：南开大学出版社，2018.7

（新艺文类聚丛书. 第一辑）

ISBN 978-7-310-05602-6

Ⅰ.①学… Ⅱ.①张… Ⅲ.①随笔－作品集－中国－当代 Ⅳ.①I267.1

中国版本图书馆 CIP 数据核字(2018)第 125969 号

南开大学出版社出版发行

出版人：刘运峰

地址：天津市南开区卫津路 94 号　　邮政编码：300071

营销部电话：(022)23508339　23500755

营销部传真：(022)23508542　　邮购部电话：(022)23502200

*

三河市同力彩印有限公司印刷

全国各地新华书店经销

*

2018 年 7 月第 1 版　　2018 年 7 月第 1 次印刷

195×130 毫米　32 开本　26 印张　11 插页　401 千字

定价：98.00 元

如遇图书印装质量问题，请与本社营销部联系调换，电话：(022)23507125

张舜徽（1911—1992）

問可采者極少

三月初五日　太陽曆三月廿八日　陰　有風

醴陵劉生來問應讀何書余教之精熟史記世人皆稱司馬氏長於

修史余則重其功在傳經与其目之為西京大儒無寧頌之為大腊

家劉生不悟此旨清聞其說余詔之曰六藝自秦火而後亡者過半

司馬氏嗣其家學世掌典墳恐遺經之復隊于地故囷羅舊聞自

創新體虞夏商周本紀成而高書盡在其中列國世家成而春秋在

其中禮樂諸書成而七十子後學者所記可考見其大較此非傳經

而何五經中惟不采易詩以二書遭秦火而全也黃老之術足以安息天

下其道至深遠西京大儒莫不探其間奧而能窺見其本原司馬

壯議軒稿

張舜徽所著《張舜徽壯議軒日記》手迹

出版说明

本书作者张舜徽(1911—1992),湖南沅江人,中国著名历史学家、历史文献学家,曾任华中师范大学历史系教授、博士生导师,中国历史文献研究会会长等。张舜徽先生出生于书香世家,自幼由父亲亲自授业,后又转益多师,自学奋进,锲而不舍。张先生精于"小学",博通四部,长于校勘、版本、目录、声韵、文字之学,是一代"通人"大家。其著述涉及文献学、文字学、经学、史学、学术史和哲学史等诸多领域,总计近 1000 万字。

湖南教育出版社于 1991 年首次出版《爱晚庐随笔》,该书为繁体竖排;华中师范大学出版社于 2005 年出版《张舜徽集》,收录《爱晚庐随笔》,该书为繁体横排。本次南开大学出版社出版《学林脞录》《艺苑丛话》(即《爱晚庐随笔》之一、之二),参考了上述两个版本,为方便读者,主体使用简化字;同时为尽可能保持著作原貌,仿照古籍的编校方法进行编辑加工,主要方面如下。

1. 在古今字、通假字和异形词方面,对于不影响文意的,仍予以保留(括号中为现行通用规范字词),如纪(记)、惟(唯)、诫(戒)、藉(借)、见(现)、决(绝)、钞(抄)、傅会(附会)、陵辱(凌辱)、展转(辗转)、仓卒(仓促)等;个别处为便于读者理解,酌情加了脚注。

2.在讲解字形的篇目中,视需要使用了繁体字、异体字和图片,如"昏""鴈""偪"等。

3.人名、作品名(包含但不限于碑帖、文章、书籍、音乐、书画作品)方面,大部分依《辞海》使用简化字(如"米萬鐘"简化为"米万钟"等),个别使用原字,如"黄龄""文徵明""翁同龢""赵撝叔"等。

4.书中涉及的古今地名,如无特别必要,均保持原书原貌,不再加以注释。

5.一些现已不再使用的说法,尽量保持原貌。但加注说明,如"满清"注明现已废止等。

为使广大读者能更好地了解张舜徽先生的生平经历与学术道路,我们特约请张舜徽先生的三女张屏女士撰文介绍,附于书后。

南开大学出版社

2018 年 6 月

爱晚庐随笔自序

近数十年来，自讲学著书外，以对客之时为多。身居校园，老友新交与夫及门后进，相从讨论旧闻，请质疑义者，几无虚日。亦有海内耆宿，过汉造访；他邦硕彦，怀刺叩门。坐定之后，纵论学术。或评古人之成败得失，或品旧籍之高下良窳；或析文字，或谈训诂；或及周秦诸子，或涉历代儒林；或言养生之道，或语为文之方。所问虽杂，吾必一一答之。客既退，取其稍可存者，分条纪录，初亦无义例也。昔洪迈撰《容斋随笔》，曾自题其端云："意之所之，随即纪录，因其后先，无复诠次，故目之曰随笔。"窃师其意，故亦以随笔名书。容斋才思涌发，赓续至于五笔而后止。仰视前哲，虽十驾莫由相及也。斯编所录，终以与及门诸子讨论为多，故言之谆谆，一归于敦行劝学之意。至于仰屋以思，偶有感发，触类而长，论述遂多，今亦附记于此焉。凡此所录，皆涉学术之事，稍加理董，为十六卷，名曰《学林脞录》。至于论及艺术，所涉亦广，分为品书画、评工艺、论图书、谈武术四门，名为《艺苑丛话》。与《学林脞录》合刊成《爱晚庐随笔》，大抵频年论学论艺之语，多萃集于是编。至于言论之已见诸其他专著中者，则是编概不之及，所以避重复也。迨辑录既成，而吾年已八十矣。昏眊易忘，记忆多误。匡违订谬，是所望于方闻之士耳。

一九九〇年六月
张舜徽书于武昌惜余年馆

目录（上）

卷一

卷二

卷一

清代殿试规制

清代科举之制，至殿试而极矣。殿试为抡才大典，自来卓荦有为之士，多出乎其间，故言者重之。近人傅增湘有《清代殿试考略》；商衍鎏有《清代科举考试述录》，而叙殿试为最详。皆不及张元济所撰《高夒北先生殿试策卷跋》述及殿试之简明易了。三家皆以名进士亲历其事，言之亲切可据，而张氏所叙尤为扼要也。其文大意谓清制每逢丑、辰、未、戌年三月，集各省举人于京师，举行会试。榜发后，覆试，无疵者，始得赴殿试；试期在四月二十一日。先期一日，礼部奏请颁派读卷大臣八人。奉命后，即集南书房拟策题八道进呈，经御笔选用其四。复就选定者拟具制策，再呈进，发下。即同赴内阁衙门大堂，写刻题纸。监试御史莅场、护军统领将前后门封闭,关防严密。中书二人分缮毕,授工匠刊刷,终夕竣事。翌日黎明,内阁学士入,捧题纸出,至保和殿。读卷大臣朝服随出,时新贡士集中左门,听候点名授卷。领卷后,鱼贯入,至保和殿。读卷大臣率诸贡士行三跪九叩首礼,诸贡士跪受题纸,就坐对策。殿上设矮桌,高仅尺许,各依所定位次,跌坐地毯上,据桌撰写。试策程序,起用"臣对臣闻"四字,末用"臣末学新进至臣谨对"二十余字。全卷凡八页,页各十二行,行字无定数,相沿均二十四字,以七页四行为合格。必着一甲,第高下全凭书法,书法以黑大方光为上。卷纸甚厚,字体亦巨,朝发题而夕交卷,无论撰作,即誊写工整无讹,亦甚不易也。其中因楷法不中矩而受困折者为不少矣。

进　士

进士之名，所起甚早。《礼记·王制》："大乐正论造士之秀者以告于王，而升之司马，曰进士。"此为二字见于经籍之始。孔颖达《正义》云："以司马掌爵禄，凡入仕者，皆司马主之。"可知古之士子最秀特而进于朝者为进士，谓自此可登仕版，进受朝廷爵禄也。至隋始立此科目，唐宋因之，历明清不废。自隋唐以迄清末，选士之试，以进士为最高。清制：举人会试中式后，经保和殿覆试，再应殿试，始分甲以定高下。一甲三名，赐进士及第；二甲，赐进士出身；三甲，赐同进士出身。名次虽殊，皆进士也。特授职有不同耳。

进士与翰林

世俗常谓翰林高于进士,此大谬也。就清制言之:各省举人会试中式者,通称贡士。必经殿试后录取者,始赐出身曰进士。最后参与朝考,始分别授职。选拔其中文翰书法隽美者分入翰林院任编修、检讨、庶吉士等职;其次分授六部主事、内阁中书、即用知县。惟一甲三名进士,殿试发榜后即授职。俗称第一名为状元,授翰林院修撰;第二名为榜眼,第三名为探花,均授翰林院编修,不复参加朝考。自二甲以下,皆必待朝考后而授职也。二甲第一名(即全榜第四名),俗称传胪,例得编修,故有铁翰林之目。然亦有不尽然者,光绪庚寅殿试二甲第一名为益阳萧大猷,朝考后以主事分部,群以为怪。五月廿四日《申报》载其事而深惜之。而平步青博征故实,考得自顺治丁亥至嘉庆丁丑以传胪未与馆选者凡十一人(见《霞外捃屑》卷一),则不独萧大猷为例外矣。特自道光、咸丰、同治三朝凡三十四科二甲第一名,无不得馆选者。相沿既久，视为固然。故骤遇萧事，群情骇异也。凡二甲第一名未得馆选者，率分授主事、中书、知县诸职，论其科第，则皆进士出身。进士乃科第之大名，翰林特职位之一耳。故昔人为名公巨卿述碑传者，但云某年进士，不云某年翰林也。翰林乃分授之职，非科第名。但言进士，已包翰林在内。俗论恒以翰林高于进士，非也。

翰林院

翰林院乃官署名。清承明制,设此衙门以掌文翰秘书之事,其中有掌院学士、侍读、侍讲、修撰、编修、检讨、庶吉士等官职。凡进士朝考后得分入其中任职者,皆称翰林,乃世俗之简称也。其中庶吉士在馆学习,三年一试,谓之散馆。其秀异者,留馆任编修职;不留馆者,改官主事或知县。亦有朝考后直授编修而又改主事者。清制:非翰林出身不能入阁。故士林咸视此为储相之地,以分入翰林院任职最为清贵,相与穷毕生精力奔竞于科场之试,以得馆选为荣宠焉。

科场舞弊

自以科举取士，有国者视此为抡才大典，厉禁受贿行私。至宋已有以科场作弊而论罪者，明代查究尤严，清世受贿行私之官吏，甚者至于腰斩，而其风仍不能尽绝。观嘉庆戊午科湖南乡试舞弊案始末，即可知其作恶之一斑。是科承办科场书吏樊顺成实为主谋，阴令宁乡县附贡生傅晋贤出银一千二百两。勾串书吏多人，通同舞弊，私刻假印，刻字匠罗文秀得贿银二百两。樊乃从内帘将取中红号湘阴彭峩之试卷抽出，割换为傅晋贤，取中解元。先是彭峩于出闱后，即录首艺呈于其师岳麓书院山长罗典。罗亲为评点，许以必元。及闱墨出，文出彭手，而署名为傅晋贤。罗见之大骇，遂持所评彭文原稿示监临湖南巡抚。监临姜晟即日入奏，审出实情。樊顺成处斩，傅晋贤、罗文秀绞立决，而赏还彭峩举人。此案一出，全国震惊。纪其事者，始见于沈赤然《寒夜丛谈》卷三，其后萧穆《敬孚类稿》卷十四，亦有专文记之，而文字大同。

科举与人才

由隋唐以迄清末，以科举取士，行之一千三百余年。究其所至，可以两言蔽之曰：科举可以选拔人才，而人才不一定出于科举。明清两代，以八股取士，士子思想，为四书文所桎梏，自《四书大全》《五经大全》外，不复知有学问。但能通四书义，作八股文，写试帖诗，即可攫取科第。由科举出身者，固亦有在得科名后发愤力学，讲求经世致用，以大有为于当世者。然而安于庸俗不复以远大自期者，固滔滔皆是。故在当时自不能以科第高下，论定人才优劣，昭昭明矣。况科场考试之取录与否，自有幸与不幸。昔人有云："不信书，信运气。"真名言也。以清末湘事论之，左宗棠为道光十二年举人，乃正考官徐法绩于搜阅遗卷中得之。不然，将终被遗弃矣。以王闿运之词章，皮锡瑞之经学，数应礼部试，不得成进士，均仅以举人终。可知尚论前人，何能但据出身资历以衡其才之高下？

破格任才

俗传清代用人，注重资历。非翰林出身，不得任大学士；死后立谥，不得有"文"字。此亦不尽然也。左宗棠以一举人从戎，在军中十八年，积功取封侯赏。由封疆大吏入值军机，没后谥为文襄。此乃清廷破例以待勋臣，自非庸常可比。俗传其尝膺钦赐翰林之命，非也。左氏一生以经世致用之学自许。观其用兵西北，辟地新疆，遗大投艰，从容若定。并世人才，罕有能与比伦者，故清廷破格以褒宠之。吴汝纶所为《左文襄公神道碑》中，但云"公本以异数由举人入相"，而身后清廷谕旨亦但云："加恩予谥文襄。"遍征文献，不见有钦赐翰林之事。盖好事者为之，不足信也。余早岁居湘，闻诸故老道及左之轶事甚多，尝三应礼部试而终不售，一生以未得入翰林为憾。出山时已四十九，顾谓所亲曰："非梦得復求，殆无幸矣。"其后风云际会，竟得大展其才，殆非始意所及。同治十一年，曾国藩没于江宁，闻其谥为"文正"，辄语人曰："异日殆将以'武邪'谥我矣。"盖其自少不得意于科场之试，终不能慊然于怀也。卒以绩有建树，后曾氏十余年而没。饰终之典，不减于曾。非常之才，固宜以非常之礼待之也。

储学待用大器晚成

士之立大志、思大有为于当世者,必发愤自厉于少壮之时,致力经世致用之学,以待得志后举而措诸天下。虽大器晚成,犹可建功立业,为一世雄。若左宗棠,其最著者已。观其年未二十,即究心于《天下郡国利病书》《读史方舆纪要》之探讨,讲求山川形势,制绘各省地图,熟览《经世文编》,留意农桑水利。尝书一联于座右云:"身无半亩,心忧天下;读破万卷,神交古人。"其所以自待者已不浅!迨年将五十而始出山,自用兵外,所至黜华崇实,敦厉廉俭,风化肃然,政绩丕著。良由早岁蕴蓄于中者实深且厚,故发之行事,绰绰有裕。迄乎晚暮,而刚峻之气不衰,若改新疆为行省、收回伊犁诸大端,锋颖凛凛向敌。以视曾国藩之议外交常持和节者,截然不同,尤为舆论所重。以其爱国之诚,浩乎沛然,致令外人丧胆,为其威重所慑。迄今陕甘新疆之民,咨述之者,言犹在耳。余以一九四六年之秋,讲学兰州。其时有人为书纪其政绩者，名曰《左文襄公在西北》。适逢兰州各学校集会于公园，请余作学术演讲，余因以《左文襄公在湖南》命题，为称述其未出山时储学待用之实，以及大器晚成之效，为多士勖焉。

慕寿祺

镇原慕寿祺先生,字少堂,清季举人。博学强识,岿然陇右耆儒。余以丙戌之秋,与先生相见于皋兰,时年已七十四,犹手不释卷,日有纂,月有记,都二十余种。其已刊布者,为《甘青宁史略》及《镇原县志》诸书。余细览二书一过,服其搜采之博。惟尚欠于剪裁,不能割爱,适为其著述之累耳。先生之年虽倍长于余,而谦恭下士,与余过从至密,往复论议,相得也。一日,出示其旧著曰《读经笔记》者,精装清稿凡八册,求余为序其端以付之梓。余审观其稿本,乃由裒集平生所撰经传论文而成,不类笔记体例,劝之易名为《群经余论》,慕翁欣然从之。前辈冲抑之怀,谦谨之度,令人感慕。余因为撰一序归之。

杨贵妃手迹

余往游陇右，讲学兰州，访古探奇，殆无虚日。颇欲得敦煌旧写本卷轴以刊正古书，而终不可得。即唐人写经，亦鲜佳者。盖数十年间为嗜古者搜罗尽矣。镇原老举人慕少堂先生语余：数年前除夕之夜，一寒士手携一卷见示，展阅之下，叹其书法秀丽，知出女中名手。及览至末行有云："大唐某年月日，玉环为三郎写经。"乃杨贵妃手迹，为之伸舌太息，舌久不能收。叩其值，索银圆百版不少贬。慕翁处境亦窘，力不能举，未与议价而遽还之，惟长歔累日而已。此必敦煌石室中遗物也，唐人多手钞佛经送至佛洞以祈福免祸，此即贵妃为玄宗所书以祷祝长生者，初藏佛洞，后乃流落于外。慕翁为人诚厚，所言宜不诬。余在兰州，尝遍访周咨，竟无由踪迹之。盖历时已久，早为有力者所得而秘藏之，或为外国人攫去矣。

敦煌古写本说苑残卷

余在兰州时，从友人冯仲翔教授处，得知此邦好古之士张君香冰，藏有古写本《说苑·反质篇》残卷，敦煌石室中物也。张君宝爱之，不轻示人。余闻而惊喜，因仲翔之介而走访之。主人发椟出此卷，书法端重，运笔与上虞罗氏景印之《隶古定尚书》残卷略同，而字之工整过之，信为唐以上人写本无疑。主人惠然见假，余因携归校园，取明程荣校刊本、平湖葛氏传朴堂藏明钞本（即《四部丛刊》本）及坊刻诸本杂校之，录为《校勘记》一卷，从知今本致误之由，则传写讹脱者半，凭意妄改者亦半也。复有今本不误而古写本转多讹体者，又不可固守旧钞承其舛谬也。

赵宽碑

青海乐都县，在汉为金城浩亹地。一九四二年四月，以修治公路，于县境老鸦峡之白崖掘得石碑一方，额题篆文曰："三老赵掾之碑。"文字完好，凡二十二行，行三十二字。字大六七分，甚工整，末行尾署曰"光和三年十一月丁未造"。当时偃仆道左，无有识其为汉碑者。迨为当道所闻，车载之至西宁。长途倾颠，后遂中断为二，幸损字不多，可资以补证汉史者所在皆是。其石今存青海图书馆，外间拓本绝少。余以丙戌之秋，移砚入陇，始得其拓片读之。后游西宁，复亲携纸墨，捶取十本，分寄南北学者，以广其传。汉石之存于陇右者，如《耿勋碑》《西狭颂》，皆摩崖大字，灭坏已甚。若此碑未经风雨剥蚀，完好如新，实为艺林瑰宝。篆额数字，酷似三体石经，而碑文隶法极与《熹平石经》为近，惜中断处有二三字剥落耳。友人天水冯仲翔教授语余：此石初出土时，有童蒙师过而爱之，尝拓取数本以去，实为未断之本，尤堪珍异。余遍求之陇上及青海不能得，殊怅惋也。

西　瓜

　　文廷式《纯常子枝语》卷二十一云："《艺文类聚》瓜果类引《广志》已有敦煌瓜。然则西瓜入中国，似不始于五代。杨用修云：'余尝疑《本草》不载西瓜，后读五代胡峤《陷虏记》（见《五代史·四夷附录》），峤于回纥得瓜种，结实大如斗，名曰西瓜。则西瓜由峤入中国也。'此说殆未足据。"余则以为西瓜本非中土所故有，原产于西陲少数民族地区，犹葡萄、胡蒜之类，皆自外入也。《汉书·地理志》云："敦煌古瓜州地，生美瓜。"可知敦煌本以产瓜驰名，故其地又号瓜州。中土以其出自西方，故称之为西瓜。惟其种传入外地较迟，故《齐民要术》不载其名，盖唐以前无有也。西方之瓜，品类不一。有一种瓜不甚大而味弥甘，剖之则香气扑鼻，近似香蕉，乡人名曰醉瓜，当即敦煌瓜之遗种。论其品味，已在哈密瓜之上。余在兰州度夏时，日必啖此数瓜以解暑热。别有一种大瓜重二十余斤者，名曰赛冰糖，则其浓甜可知，亦与内地产者不同。西瓜宜于西土，盖地气使然。

经世文编

明、清《经世文编》，非特有裨致用，亦可用以考史。余早岁居湘，尝涉览贺、魏所编清《经世文编》而深有得。后至兰州，始得见明《经世文编》。其时尚无影印本，即假兰州大学新得明刊本读之。既择取其中重要之文三百二篇，厘分门类，录为《选目》矣。复以其中登录之篇，采诸文集者固多，得之传钞者亦不少。如李东阳《应诏陈言疏》之类，即其本集所无。苟能哀集全编中不见史传、文集之文字，汇钞单行，亦必传之作。余尝有志为之而未果成，至今引为憾事。余平生论及治史，以为记事之书，愈近愈切。大抵民生之疾苦，政治之中失，风俗之良窳，法制之利病，悉可于近世史中觅得其因果。昔严幼陵劝学者治《宋史》，余亦常勖及门精熟明清史迹，意皆在此。今日治明清史，除取材于明、清《实录》以及碑传、文集、笔记外，则两代《经世文编》，亦其重要资粮也。

清史稿

　　自一九一四年始开馆修《清史》,以赵尔巽为馆长,而其他遗老助之。历十四年,草创粗就。以四方扰攘,急于付刊,而名之曰稿,犹王鸿绪之于《明史》,言修正尚有所待也。仓卒刊成于一九二八年,其中舛谬不少。及国民革命军入北京,史馆由故宫博物院接收。一九二九年十二月,故宫博物院具呈国民政府,谓其书乖误百出,宜禁流布。列举十九项以诋斥之:一,反革命;二,藐视先烈;三,不奉民国正朔;四,例书伪谥;五,称扬诸遗老,鼓励复辟;六,反对汉族;七,为满清①讳;八,体例不合;九,体例不一致;十,人名先后不一致;十一,一人两传;十二,目录与书不合;十三,纪、表、传、志,互不相合;十四,有日无月;十五,人名错误;十六,事迹之年月不详载;十七,泥古不化;十八,简陋;十九,忽略。当时国民政府据

---

　　①　注:“满清”一词,现已不再使用。

此下令禁止发行，而外间流布实多。余往岁尝购得一部于厂肆，披览一过，弥感其成书之不易。以清之遗老而草《清史》，宜其怀念故国，奴为主言，辞气之间，信多悖妄。至于史实之多误，体例之不醇，上窥宋元诸史，亦未能免于斯累。况修《清史》者，值国家多事之秋，政局不定，人心惶惑。非修文之时，有忧生之戚。名为设馆，其实居馆者不多。即偶有撰述，亦彼此隔阂，不相为谋，其不能出而合辙，亦其势然也。要其轮廓粗定，间架已成，虽属初稿，可资参究。如欲补苴而理董之，此编仍不可废也。

改修清史

二十四史中,惟《宋史》最为芜杂舛误。自元末历明清,学者多思从事改作,而迄未有成。良以卷帙浩繁,不易为力也。清之历年,虽较两宋为短(两宋共历三百二十年,清则二百六十八年),而《清史稿》较《宋史》为多(《宋史》四百九十六卷,《清史稿》五百二十九卷),若欲从事重修,其事至艰。近人张其昀等鸠合同志,设馆理董于台湾。经始于一九五九年夏,告成于一九六一年冬。为时二年,写定为《本纪》二十五卷,《志》一百三十六卷,《表》五十三卷,《列传》三百十五卷;又补编《南明纪》五卷,《明遗臣列传》二卷,《郑成功载记》二卷,《洪秀全载记》八卷,《革命党人列传》四卷;共五百五十卷,而直名之曰《清史》。余尝取与《清史稿》对勘,除《补编》五种二十一卷外,其他《纪》《志》《表》《传》,大抵袭用旧文,更动不多。惟于大事之失载者补之,叙述之偶误者正之。凡称明末遗臣遗民起义之举为贼为逆者,称洪、杨建国为粤匪为发逆者,称清末革命先烈为逆党为谋乱者,悉加改正,一洗诬蔑之词,非复旧观矣。《清史稿》诸《志》,疏略舛陋,尤以《天文》《灾异》《时宪》《艺文》《邦交》为甚。如《天文志》记日食,史稿至乾隆六十年正月止,新编则补至宣统三年。史稿于月食全缺,新编则自顺治三年补至宣统三年。又补道光二十四年实测《三垣二十八宿恒星黄道经纬表》,以求完整。《时宪志》则删去《八线表》,以其为常人所知也。其他各志,亦有删补。在两年之中,竟能修正至此,良非易易。虽止于略变体制,是正违碍,稍加斟补,以存史料,固已胜于《清史稿》,可备考史者观览矣。若夫尽改旧稿,期于至善,兹事体大,则犹有待于来者。

清史稿艺文志

　　《清史稿·艺文志》纰缪最多,早为儒林所轻蔑。其书四卷,历经三人之手。吴士鉴初为长编,章钰为之分类,朱师辙最后定稿,复有所增减进退于其间。共著录四部书九千六百三十三种,十三万八千零七十八卷。其中重复者、遗漏者、书名人名错误者、分类不当者,所在皆是。余早岁即有志改作,尝于与友人论学书中数数道之,友朋亦频相怂恿。往者顾颉刚、陈乃乾先生存时,每相见辄催督及此。卒以体大难周,数作数辍,终未有成。尝考历代史之志艺文或经籍者,皆有所别择,非尽一代之所有述造而著录无遗也。使未曾窥览靡遗,奚由能定其取舍。此簿录群书,所以难臻完善。或谓今人已有为《清史稿·艺文志补编》者,增入之书,亦已逾万。今但取以并之史稿,而重新区处条理之,则新编出矣。不悟今之为补编者,有可信之著录,有不可信之著录。可信者,实有其书。不可信者,徒存其名而实无书,但据碑传或传闻之辞而漫载之耳。即以朱师辙言,于其祖父骏声之著述,搜载无遗。细考其实,复多有目无书,焉可据为典要耶?类此者未可悉数,奚从而一一定其虚实乎!至于晚出补编一类之作,尤不可尽据矣。

簿录群书亦须辨伪

伪书不但古代有之，近人亦好作伪书以欺世获利。凡簿录群书者，不可不审辨也。以清代艺文言之，不乏其事。如桂馥肆力《说文解字》之研绎，越四十年。其精治许学及撰成专著，均在段玉裁之前，学问不在段下。而世传桂氏有《说文段注钞案》，诧为惊人秘籍。而不知此乃藏书家叶德辉偶从琉璃厂书肆买得一本无名氏手钞书，为取重价出售，不惜作伪以欺世。遽谓为桂馥手写，并为之跋以证说之。近人竟取以刊入《稷香馆丛书》，最为无识。考桂氏卒于嘉庆十年（公元一八〇五年），而段氏《说文注》刻于嘉庆二十年（公元一八一五年）。两人所居异地，终身未曾谋面，桂氏何从而得见段氏之书。桂氏没后十年，段注始有传本，有此一端，足以证作伪者之愚拙矣。伪迹昭然，不容详辨。而《清史稿·艺文志》经部小学类字书之属，竟著录"《说文解字义证》五十卷，《说文段注钞案》一卷补一卷桂馥撰"。举此伪书与《说文义证》并列为桂氏之书，岂不可笑。而张其昀等后修《清史》，仍而不改，作伪者之欺世广矣。揭斯一例，自可反隅。可知簿录群书，非但胪列书目而已。斠审之际，尤贵有识。否则冤枉古人，贻误来学，所关非小也。

清史稿儒林文苑传

　　《清史稿·儒林》《文苑传》,舛误漏略处至多,拟取《碑传集》《续碑传集》《碑传集补》及有关文集、笔记校订之,如有多暇,可从事改作也。即以《文苑传》叙李慈铭行事而论,已多揄扬逾实,谓其弟子著录数百人,同邑陶方琦为最,此不知何所据而云然。考方琦与慈铭虽生同里闬,而从无执贽请业之事。科名发迹,方琦尤早。两人治学,复不同趣。《越缦堂日记》中载其始交识时以逮方琦客死事甚备,于方琦之学,叹服不置。使果有授受渊源,慈铭不容不言也。今乃附方琦于李传之末,岂非大冤。以余观之,陶氏宜别立传于《儒林传》,方为得体。但观斯例,可知其叙次人物而失伦序者,正复不少。至于失载之人,尤难尽数。以湘士论,列王闿运、王先谦于《儒林》,乃独遗皮锡瑞。皮氏经学湛深,著述弘富,论其精诣,实在二王之上。清世《儒林》,又乌可阙其传耶。余往者校录清人文集,效刘向《别录》、王俭《七志》之例,于书名下各系一传,撰成《清人文集别录》六百篇,有清一代儒林、文苑之选,悉在其中。迨刊布行世,顾颉刚、谢国桢先生见而好之。恒举以语人曰:"此真清史儒林、文苑传也!"斯虽推美之辞,而其效用固有可以相代者矣。

改修旧史之不易

　　诸史中惟元修《宋史》最为芜杂。元末周以立即有志改修而未果。明正统中，其孙周叙欲继志述事。请于朝，英宗诏许自撰，亦无成。嘉靖中，廷议重修，以礼部侍郎严嵩董其役，复未成书。王洙私撰《宋史质》一百卷，柯维骐独成《宋史新编》二百卷，虽各有厥长，然皆未能厌学者之望。钱牧斋尝言有志于斯者三家：归熙甫、汤若士（即玉茗，名显祖）、王损仲，而皆未成编（见《有学集·跋东都事略》）。王阮亭、梁曜北并称明末词人汤玉茗，曾草定体例，钩乙原书，略具端绪（见王氏《分甘余话》及梁氏《瞥记》）。梁茞林又言清初潘昭度得玉茗旧本，因而扩之，殆将成书（见《退庵随笔》）。陈用光尝于汪远孙家得见王损仲《宋史记》，并录副存之（见《太乙舟文集·振绮堂书目序》）。今则皆不可得见，盖有志未逮者为多也。他若黄梨洲、陈黄中、钱竹汀、邵二云，并精熟有宋史事实，意欲改作。陈有《宋史稿》二百十九卷，钱竹汀称其书为未定之稿（见《潜研堂集·宋史稿跋》）。邵氏尝欲与章实斋改修宋史而竟不果，诚以卷帙浩繁，不易为力也。竹汀尝为邵氏草定体例，录其目于《养新余录》中，并云："今二云没矣，索其家遗稿，无有存者。恨其志不克遂，姑录其目以待后贤。"是邵氏欲撰之《南宋事略》，原未成书。而清末谭仲修，则言闻诸唐端甫：曾见《南都事略》活字印本，有阙卷耳（见《复堂日记》卷三）。斯亦书林异闻已。

明修《元史》，六月而成。其草率漏遗，视《宋史》尤甚。清儒发愤理董，代有其人。康熙间则邵戒三（远平）著《元史类编》四十二卷，然仅就原书重编，体例不纯，不足以当新书之目。乾隆时则钱竹汀有志重修而书未成。其后郑叔问《国朝遗书目》竟谓竹汀已成《元史稿》一百卷，盖传闻之辞也。嘉庆间则汪龙庄（辉祖）著《元史本证》五十卷，为世所称。道光时则魏默深（源）有《元史新编》。而韩泰华自谓夙病《元史》芜陋，欲仿《五代史记注》，凡有关元代典章制度、名臣碑版墓志，无不详细录载，更访求各家之文，收罗十余年，得百数十家，先为《元文选》，以十家一集，陆续刊刻，道光庚戌，首集既成，尚未散布，即毁于乱（见《无事为福斋随笔》卷上）。可知理董《元史》，但言收辑资粮，已复不易。逮乎清末，洪文卿（钧）有《元史译文证补》，屠敬山（寄）有《蒙兀儿史记》，李约农（文田）有《元秘史注》，相继成书，斯业始盛。而柯凤荪（劭忞）集其成，撰定《新元史》二百五十七卷。徐世昌为刻板行世，并列之正史。顾以如此巨帙，作者竟无一字自序以发著述义例及致力始末，岂自视欿然，仍目为不惬于怀之书乎？不可解也。

补史宜知原书体要

　　古人著书，各有义例。于材料之取舍，尤为慎重。大抵符合于作书义例者载之，不合者弃之。有所取必有所遗，非可尽材料之所有而悉录之也。不善读书者，辄思拾遗补阙，以增益其所未备，斯亦过矣。如司马温公为《通鉴》二百九十四卷，贯穿一千三百六十二年之事，可谓体大物博。乃明末严永思（衍），反复诵习其书，以为"温公于朝纲国政，辑之每详；而家乘世谱，辑之或略。伟论宏议，记之较备；而只行微言，记之或少。观其所载之人，则显荣者多，而遗逸则鲜；方正者多，而侠烈则鲜；丈夫者多，而妇女则更鲜矣；方内者多，而方外者绝不及矣"（见《通鉴补自序》）。因发愤补修之，积历多年，博采诸史所有而《通鉴》不载者，撰成《资治通鉴补》数百卷。此实心勤事左，大可不作也。盖司马受诏修书之初，英宗但责其编述历代君臣事迹，而未有定名也。迨其书将成，神宗始命之曰《资治通鉴》。殆欲以此君臣事迹为鉴,用来致天下之治耳。既为资治而作,则凡不系于治道之大者,皆屏不录,其义例然也。故其书不录文人,不贵斩绝之行,以其与治道无关也。况遗逸、侠烈、妇女、僧道乎?凡严氏之所欲补者,正司马之所谓捐弃者也。故严氏之书虽成,且有清末盛氏活字本行世,而诵习之者绝少,非无故矣。清初王应奎尝称"严永思辑《通鉴补》数百卷,取涑水《通鉴》以广之。目营手钞,虽溽暑祁寒不少辍。遍采诸书,卷帙多至四倍,时人目为涨膨通鉴"(见《柳南随笔》卷三卷四)。以严氏治史功力之深,而遭时人讥讪至此,由不知古人著书体要故也。至于严氏精熟《通鉴》,匡正司马原书叙述之失实,信多佳者,又当别论,不容一概抹杀矣。

评史应从大处着眼

自来史家编述之业，未有盛于汉宋两司马者。然《史记》传至后汉，班彪父子已有不满之辞，并斥其疏略牾。至唐而刘氏《史通》，亦多攻其短。《宋史·艺文志》有赵瞻《史记牾论》五卷，书虽早佚，所言必夥。十三世纪初，有王若虚著《史记辨惑》十一卷。计其中卷一、卷二，为采摭之误；卷三，取舍不当；卷四，议论不当；卷五，文势不相承接；卷六，姓名复；卷七，字句复；卷八，重叠载事；卷九，疑误；卷十，用虚字多不妥；卷十一，杂辨。如此剖析详尽，可谓为订讹纠谬之专著矣。《资治通鉴》传至明末，乃有严衍门人谈允厚，助严氏编集《通鉴补》，亦尝指斥《通鉴》原书七大弊短：一曰漏，应记之事，删汰太多；二曰复，已载之事，前后重见；三曰紊，叙事先后失次；四曰杂，叙事眉目不清；五曰误，取用材料不当；六曰执，坚持己见以定是非；七曰诬，不符事实真相。要亦持之有故，言之成理，极攻驳之能事矣。以《史记》

《通鉴》二书之为人轻蔑,至于如此,宜若可以推倒而焚弃之矣。然而士林尊信而熟复之,至于今不废者,自必有其不可磨灭者在也。余尝因近取譬而榷论之:有如长江大河,水面至阔,虽有一船粪倾泻其中,而不闻其臭,以其体大物博,足以容垢纳污而不见其浊耳。若盆水在室,偶遗唾液其中,则不可用矣。两司马之书,博大精深,为后世史学开无数法门,令人研绎不尽。虽有小疵,固不足以掩其大醇。如欲吹毛索瘢,则天下宁复有可读之书! 故评史者,必自大处着眼,知其可贵者何在而精习之,所得多矣。不必求全责备,苛论前人也。

史记一书实开诸史体例

我国史事记载,起源甚早。顾如今日尚可得见之先秦史籍《尚书》《春秋》《左传》《国语》《战国策》《世本》之类,但可谓为历史素材或文献资料,而不可称之为史学。自《史记》出,而后我国有史学。以完整之体系,示编述之准绳。其书包罗万有,通贯古今。举凡汉武帝以前社会变化及自然变化,悉载靡遗。吾尝称之为百科全书式通史,殆非过誉。其以人物为纪载中心者,有十二《本纪》,三十《世家》,七十《列传》;以年月为中心者,有十《表》;以事物制度为中心者,有八《书》;以边远地区为中心者,有匈奴、南越、东越、朝鲜、西南夷、大宛诸传记。所涉既广,遂开后来史学著述之各种体例。后之慕效其书而有作者,或具体而微,或得其一体。若萧衍、郑樵之欲续修其书,固已望尘莫及。即班固改通古为断代,专述西京遗事,历代正史因之,皆所谓具体而微者也。至于得其一体而别成专著者,更为繁夥。其演申《史记·本纪》之体而成书者，则为编年史。变而为荀悦之《汉纪》，再变而为司马光之《通鉴》。其演申《史记·八书》之体而成书者，则为制度史。一变而为杜佑之《通典》，再变而为马端临之《文献通考》。其演申《史记》边区传记之体而成书者，则为地方志。一变而为常璩之《华阳国志》，再变而为各地之图经。循流溯源，何可掩也。从知《史记》一书，实开史之体，后世有作，举莫能越其范围，其博大诚不可及。

通鉴对旧史料剪裁镕铸之功

司马光修《资治通鉴》,竭十九年之力而后成。自谓此书修成,惟王胜之借读一过,他人读未尽一纸,则欠伸思睡(见《通鉴胡注序》《文献通考·经籍考》及《容斋随笔》)。可知著书固难,能得其人读之更难,读之而能知其高下浅深者,尤难中之难也。今观其书,悉取材于旧史,而自出手眼,冶于一炉,创为新作。朱熹已言"《通鉴》文字,有自改易者,仍皆不用《汉书》上古字,皆以今字代之"(见《朱子·语类》卷百三十四)。盖其叙西汉事,无一语不出于《史》《汉》,而无一处全袭《史》《汉》。非特西汉为然,全书无不如是。所谓取精用宏,神明变化,惟《通鉴》足以当之。其于晋代则兼采十六国史,于南北朝则兼采八朝所撰之私史,于唐、五代则兼采实录及诸家记载。其中理董两晋南北朝纷乱时史实,最为繁剧。自称到洛八年,仅了得晋、宋、齐、梁、陈、隋六代,可知当日用力之艰苦。朱熹亦云:"《南北史》除了《通鉴》所取者，其余只是一部好笑底小说。"（亦见《语类》卷百三十四）可知其剪裁镕铸之功，早已为学者所钦服矣。虽其修书之时，有二刘、范氏助纂长编，而笔削一归司马。观其取范氏所纂《唐纪》长编六百卷，删减为八十卷，此是何种手段！非有刚健之气，弘通之识，曷克臻此。或以此书详于政治而略于文化，不足以概史书之全。不悟当英宗时受诏修书，原以序次历代君臣事迹。责任既有专属，自不容旁骛广营。况其书于治乱兴亡之外，亦兼及典章制度。胡三省作《通鉴注》时，已在《唐纪》开元十二年内注云："温公作《通鉴》，不特纪治乱之迹而已。至于礼乐历数，天文地理，尤致其详。读《通鉴》者，如饮河之鼠，各充其量而已。"胡注仅发其凡于此，推之全书皆然。博采广收，包罗宏富，而又善于剪裁，不使过，此其所以在编年史中为冠绝古今之作。

汉书艺文志

　　班氏本刘歆《七略》而撰《艺文志》，但散《辑略》之文于六略，及著录群书稍有增减进退耳，其他皆袭用刘氏旧文也。通究其书，有甚可疑者二事：一则《诗赋略》中著录"《上所自造赋》二篇"，颜师古注曰："武帝也。"章实斋《校雠通义》内篇已云："臣工称当代之君曰上。刘向为成帝时人，其去孝武之世远矣。此必武帝时人标目，刘氏从而著之。"其后周自庵为《汉书注校补》，亦谓"此非颜注几不明。第师古当日何由知为武帝而注之。必有所受，惜其说不传"。二则《诸子略》《诗赋略》《兵书略》中著录之书，若儒家之《晏子》《孟子》《孙卿子》《鲁仲连子》，道家之《筦子》，法家之《商君》，纵横家之《苏子》《张子》《诗赋略》之《屈原赋》，《兵书略》之《吴起》《魏公子》，班氏自注有列传者凡十一见。《颜注》于儒家《晏子》下发其例云："有列传者，谓《太史公书》。"使无《颜注》说明，又孰从知为《史记》中列传耶？据此二者，私疑太史公著书时，原有辨章学术之篇，如刘《略》班《志》之为。因未成书，故不录入百三十篇中。而其稿在当时有传钞本，刘氏父子得之，因采入己书，班氏因而未改耳。又疑《古今人表》，不合入断代史，殆亦出史迁之手，而班氏得之以收入《汉书》者。顾前人皆未道及，无征不信，未能定也。

古人著书，不必皆出己手。或门弟子所记，或子孙所录，或私淑其学行者所补。此例甚多，昔贤论之备矣。惟其多不出于己手，故书成而无一定之标题，且亦不署作者姓字。以其非录于一手，不成于一时，实亦无可标题也。今观《汉志》著录之书，有云某子若干篇者，有云某某若干篇者，此皆后人取其姓字以追题古书之明证。其本有书名者，则取其原名著录之，如《吕氏春秋》《虞氏春秋》之类是已。亦有不用原名，但称某子者，《史记·管晏列传》太史公曰："吾读《晏子春秋》，详哉其言之也。"可知《晏子春秋》之名甚早，而《汉志》儒家但著录《晏子》八篇，不云春秋。《汉书·蒯通传》曰："通论战国时说士权变，亦自序其说，凡八十一首，号曰《隽永》。"可知蒯氏之书，原自有名。而《汉志》纵横家但著录《蒯子》五篇，不称《隽永》。此类书幸有史传可征，后人犹可考见其略。其他不载之史书，而因刘《略》班《志》不存旧名以湮没其著述者，不知凡几，良可慨已。

《汉志》著录之书，多有以周名者：儒家有《周政》六篇，《周法》九篇；道家有《周训》十四篇；小说家有《周考》七十六卷，《臣寿周纪》七篇，《虞初周说》九百四十三篇。《周易正义》引郑氏云："《周易》者，言易道周普，无所不备。"《汉志》著录诸书之名周，盖亦取周备之义，犹易象之名《周易》也。儒家之《周政》《周法》，所载殆布政立法之总论；道家有《周训》，小说家有《周考》《周纪》《周法》，犹后世之丛考、杂钞、说林之类耳。故刘、班悉载诸每类之末，犹可窥寻其义例。自后世误以为言周时事，说多隔阂不可通。章实斋《校雠通义》乃谓《周政》《周法》乃官礼之遗，宜附之《礼》经之下；又以《周考》不当侪于小说，皆由不明诸书名周之故，概以周代释之耳。

古人读书，恒喜摘录要义名言，都为一集。所以省汰繁辞，用为守约之道，法至善也。诸子百家书中，语尤繁穰，宜有简编以综括之。《汉志·诸子略》中，儒家有《儒家言》十八篇，道家有《道家言》二篇，阴阳家有《杂阴阳》三十八篇，法家有《法家言》二篇，杂家有《杂家言》一篇，小说家有《百家》百三十九卷。

《兵书略·技巧》有《杂家兵法》五十七篇。皆古人读诸子书时撮钞群言之作也。《汉志》各附载本类之末，其例至善。班氏自注皆云："不知作者。"盖以书出节钞，非撰述之比，故纂录者不自署名，后人亦莫由知之耳。自《汉志》著录此类书既广，从知汉以上人已有此读书法，所以启示后世者，至为深远。《文心雕龙·诸子篇》云："洽闻之士，宜撮纲要。览华而食实，弃邪而采正。"韩愈《进学解》亦谓"纪事者必提其要，纂言者必钩其玄。"由是读书录要之法，为学者所同遵矣。证之《隋书·经籍志》《唐书·艺文志》，梁庾仲容、沈约皆有《子钞》。下迄两宋学者，尤好动笔。《直斋书录解题》有司马温公《徽言》，乃温公读诸子书时手钞成册者也。洪迈于群书皆有节本，自经、子至前汉皆曰《法语》，自后汉至唐皆曰《精语》。其录要之功，更为繁富。要之此等工夫，自汉以来已然，固承儒先之矩矱而行之者。故余常谓细读《汉书·艺文志》，可从其中取得治学门径，此类是已。

文献通考经籍考

清儒金榜尝云："不通《汉艺文志》，不可以读天下书。《艺文志》者，学问之眉目，著述之门户也。"（见王鸣盛《十七史商榷》引）昔人恒以中国为天下，故其言大有语病。即以中国而论，上下数千年，《汉志》岂能统括无余。如质实言之，则谓不通《汉艺文志》，不可以读汉以前书，差为近理耳。盖有《汉书·艺文志》，而后可考见汉以上书；有《隋书·经籍志》，而后可考见唐以上书；有《文献通考·经籍考》，而后可考见宋以上书。余素取《经籍考》以与汉、隋二《志》并重而数数探绎之。顾《经籍考》于目录书为别体，书名之下，罗列诸家言论，取材既广，卷帙遂丰，故其书多至七十六卷，为全书二十四考之冠。然其所依据者，自汉、隋、两唐史志外，尚有王尧臣《崇文总目》、晁公武《郡斋读书志》、陈振孙《直斋书录解题》，以及三朝、两朝、四朝、中兴四朝《国史艺文志》，存于近世而可考者，一一著录。并旁搜史传、文集、杂说、诗话之议论可采者，具载焉。虽其书辑录为多，论断至少，而群言悉在，可资考证。自此书出，遂于目录书中新开一派。其后朱彝尊之《经义考》，谢启昆之《小学考》，悉沿其体。清代以前考书目者，悉奉此编为常检之书。故在明弘治年间，即有单行刻本行世。清乾隆时，修《四库全书总目提要》成，自此学者咸奉《提要》为圭臬，鲜有涉览《经籍考》者矣。其实此书援引广博，多可取以校订群书，不能废也。清代学者惟卢文弨通校其书，载其说于《群书拾补》中。余旧有志从而补其未备，撰为笺注，卒以他事间之，未能成也。

四库全书馆中撰述总目提要之草率

谢章铤《赌棋山庄集·课馀续录》卷一所载郑振图《观澜堂诗集序》有云："忆予于丙申、丁酉间（指乾隆四十一年、四十二年——引者）预《四库全书》之役，时总纂纪晓岚先生督功课，每日各阅书十种，晨发暮收，届十日则催促全完，弗容逾限矣。于是探阅者盼得子集而惮逢经史，冀《提要》之易就也。"又云："集部中往往有文堪钞录，而作者之本末无可考，辄抑退而入存目者。"考郑振图字绍侠，号咸山，侯官人，乾隆乙亥（乾隆二十年）举人。当时既入四库馆参与修书，就所亲历者而为此言，宜不诬也。可知修撰《提要》者须日课一篇，督之急则不免草率从事。又空腹者皆乐就子集，故子集提要，较经史为劣也。当日著录之书，其《提要》须进呈御览，恐本末缺如，蒙受斥责，故多黜之以入存目。《四库全书》中著录少而存目多，盖以此故。书之著录与否，既可任情升降，则《提要》之草率，不问自知。其时《提要》出于手,虽有纪氏总司笔削,然一人精力有限,未必能遍览细观,详为润色。故其自言殚十年之力,勒为总目二百卷,亦但谓于经部尤纤毫不敢苟(见《纪文达公文集·诗序补义序》)。良以经部居全书之首,为览者所先观,聊欲饰此冠冕,以致誉免咎耳。

缮写四库全书时之缺脱舛讹

余弱龄旅居北京，日往北海图书馆读书。尝以赵斐云（万里）之介，得入库观文渊阁本《四库全书》。后偕谢刚主（国桢）游杭州，又得摩挲文澜阁藏本。以为此可壮观瞻，无裨实用，未尝重之也。以实用言，则四部常见之书，士子但得后来精刊、精校、精注之本，固胜于此种手写本远矣。其中稀见之书、世无刊本者，为数甚少，非人人所必读。如商务印书馆所印《四库全书珍本》者，究有几人能究览之。如彼隐僻之籍，所谓读之不为益，不读不为损者也。即以乾隆时修此书时，雇工缮写，期于划一，日课有程，积年始就。但求书法整齐，装潢精美，而书中之有无错字讹体，未暇详校也。稽之当日文献记录：乾隆五十二年六月，驻跸山庄，偶阅文津阁书，见讹错者连篇累牍，因令皇子及扈从诸臣计日校阅，得三分之一，并令在京皇子大臣派大小臣工二百余员重校文渊、文源二阁书。由此可知《四库全书》写成之后，其中文字之讹误舛脱，至为惊人。乾隆帝在避暑热河时，偶尔翻书发现，始下令进行校对。此乃行之一时，为期甚暂。断未能组织人力，假以岁月，对七部《全书》进行细校，以复古籍旧观也。推原《全书》缮写之初，雇工但求整齐悦目，未遑细心逐字检查。即有笔画参差，字体讹变，或脱一语，或衍数文，皆不敢挖补改正，以损外观。亦只得将错就错，仓卒上缴。收书者既无人逐卷勘校，积之既久，更鲜有过问者矣。当时上下相蒙，但期如限完成缮写工程，以免干纪受罚，敷衍了事，一至如此。揆之情理，不足怪也。近年此书已有影印本行世，各大小图书馆及大专院校皆争先购藏。使用之者，慎毋惊其外观之繁富整齐，而忘其内容之缺脱舛误，方能免于为谬本所害耳。

簿录古书之新类例

以经、史、子、集四部之法簿录古书，为时已久，世多病之。近三百年间，惟孙星衍造《孙氏祠堂书目》，独创新例，分群书为十二大类：一、经学；二、小学；三、诸子；四、天文；五、地理；六、医律；七、史学；八、金石；九、类书；十、词赋；十一、书画；十二、小说。后又增加经注，改为十三类。一反故常，识者韪之。其实此特就四部稍加厘析耳，未足以语乎自辟蹊径也。余则以为区处古书，宜就其写作之性质功用来分，始有以考见其高下浅深，而辨章学术之旨乃显。早岁有志改撰《清史·艺文志》，拟重新分群书为十门：一曰论著，如《潜书》《绎志》之类以及文集、笔记之上乘皆是也。二曰编述，如《续通鉴》《明史》《明纪》之类以及地方志皆是也。三曰文字，如形、音、义三类之著述是也。四曰文艺，如诗、词、曲、小说之类是也。五曰注释，如群经、子、史新注及集解、集释之类是也。六曰类辑，如《经籍籑诂》《古文辞类纂》之类是也。七曰纂钞，如《全上古文》《全唐文》之类是也。八曰辑佚，如《玉函山房》《汉学堂丛书》之类是也。九曰丛刻，如两《经解》及私刻丛书之类是也。十曰翻译，如外来书籍之译本是也。有此十门，又可各分小类，庶可见目录而知书之性质与功用矣。至于校勘之书，可附注释；目录之书，可入类辑；辨伪之书，可归论著。

卷二

读字与读书

昔人称文字、音韵、训诂之学为小学，目为经学之附庸。谓必明于字之形、声、义而后可以通经，故读书须自小学入门也。余童蒙时始识字，父即授以王氏《文字蒙求》而笃好之。年十四五，读完《说文段注》、王氏《句读》与《释例》。年十七，读郝氏《尔雅义疏》毕，即为长跋以自抒所得。一生研究小学，着手不为太迟。于此兴趣虽浓，然特视此为读书之工具，非欲终身肆力斯道，以专门名家自期也。由于少时具此根柢，后乃受用不尽。诵习经、子、史传，可以融贯无滞，不必借助字典。一生看书甚速，不畏读大部书，即得力于此也。余观今日后生之治小学者，但汲汲于考释字之形声义，而不用以读书，终其身从事解说单字，欲以名家自炫。叩其所有，则常见之书，亦多未读，遑论博涉多通。余尝综其所为而名之曰：此乃读字也，非读书也。深慨读字之人太多，读书之人太少。取径既隘，所就便小，欲其涉览群籍，成为通才，得乎？故有志致力于文字、音韵、训诂之学者，必联系于读书，以读书为归宿。

研究金文甲文必以说文为基础

往与唐立庵（兰）论及研究甲骨文字之法，立庵力斥近人用"猜谜法"辨识古文字之非，形成望文生义、向壁虚造之学风，至可厌恶。由于摆脱依据，各逞胸臆，此亦一是非，彼亦一是非，因而论断甚难，肯定之字不多。故古文字学之研究，已呈退化现象。地下发掘虽多，而可识之字不满三千，至可悯叹。立庵所言，可谓语重心长矣。余则以为不通《说文解字》，则不能钻研铜器、甲骨刻辞，此必然之势也。《说文》一书，于汉以前文字之结构与本义，阐发颇详，示人大例。今日熟绎其书，进而审辨远古遗文，然后能知其形体由何而变，由何而分，得以识定为何字。一经论断，确切不移。故从事金文甲文之研究，必以精熟《说文》为基本功也。或谓《说文》收录之九千余文，以小篆为主，但可代表秦代统一文字以后之字形，不能取以上证铜器、甲骨刻辞上之字体，可称之为《说文解字》之学，而不可谓为古文字学，此又大谬不然也。盖远古字形变为小篆之时，其体本简者，则仍而不变，故今日所见金文甲文中之字，尚多与小篆同形。其不同者，《说文》必于小篆下注明"古文某""籀文某"。可知远古遗文之存于《说文》者，实甚繁夥。谓之为集汉代古今文字之大成，亦无不可。以之上证金文甲文，则固最可依据之书矣。近世治古文字学而有成者，若吴大澄、孙诒让、罗振玉、王国维之俦，皆由《说文》烂熟于胸，故能考证详明，论断精密。世之论者不观其取材所由，而徒钦其成器所致。追望后尘，虽十驾何由相及乎！

研究金文甲文宜注意之事

《礼记·曲礼》有云："祭器敝则埋之，龟筴敝则埋之。"后世鼎彝、甲骨多出于地下，此亦其一大来源。其有刻辞者，尤为珍异。然研究刻辞之内容，则有必须注意者在。《礼记·祭统》曰："夫鼎有铭，铭者自名也，自名以称扬其先祖之美而明著之后世者也。为先祖者，莫不有美焉，莫不有恶焉。铭之义，称美而不称恶，此孝子孝孙之心也，唯贤者能之。"可知称述先人行事之辞，多有非真实者矣。《墨子·鲁问篇》亦曰："攻其邻国，杀其民人，取其牛马粟米货财，则书之于竹帛，镂之于金石，以为铭于钟鼎，传遗后世子孙曰：莫若我多！"可知其纪载战争俘获之数，有过于夸大者矣。如于此等处皆以为实录而用以考史，宁有当乎？至于甲骨刻辞，尤难言矣。由于契龟者不必皆为有学识之人，不能保其一字无讹。且不成于一时，不出于一手，刻之者贪省笔以轻其功，益之以变体误笔，更无由考见当时字形之真。观其改

○为□,所在皆是,以□形易契,○形难刻故也。推之其他讹变之体,何可胜数。今日字形已有规范,而致用之际,犹多笔误;况在上世,而可谓见之龟板者一无差谬乎? 故钻研甲文者,首必从丛杂材料中探寻出契龟者省笔、误笔以及一字数形之规律,始可进行理董也。

治学贵有功力

一人学问之浅深，视乎功力之厚薄。凡是浅尝浮慕，终难期于有成。颜黄门云："钝学累功，不妨精熟。"真名言也！忆余少时始读《说文》，父即授以四白纸簿，教之仿《文字蒙求》法，分为象形、指事、会意、形声四类，将《说文》逐字钞入各簿，而反复研绎之。迨钞毕，衰然盈册，名之曰《说文类求》。不独有助于记熟全书，且亦已通贯大例。余之略识文字，端赖有此基本功也。后从湘潭孙季虞师问声韵学，授以江慎修、陈兰甫诸家之书。余即用陈氏四十声类谱录《广韵》，成《广韵谱》二厚册。二十四岁时，又以古韵部居为经，声纽为纬，印成表格，将《说文》九千余文，分别填入表内，装成六册，名曰《说文声韵谱》。此皆余早岁研究小学之功力也。功力与学问有别，章实斋言之最精。吾人今日治学，宜深入以求自得之实，断不可视功力为学问。余所为《说文声韵谱》稿本，迄今尚存箧衍，而不取以付刊，即以此耳。

钞书亦复不易

广济刘博平先生(赜),为黄季刚讲学北京大学时及门弟子。持躬谦谨,待人彬彬有礼。余居武昌时,常与往还。长于余二十岁,顾情意甚厚,引为忘年交。一生专治文字声韵之学,谨守师说,即以此设教于武汉大学垂四十年。年已七十,始写定其所纂《说文古音谱》。循黄氏古韵二十八部、古声十九纽之说以系列许书九千余文。写印精好,尝以一部赠余,属为审正。余颂其用力之勤,有裨于来学甚大。辄自视歉然,但谓此特钞书之役,只是一部工具书耳。其不自慊如此,可敬也。余感其意诚,因穷数日之力,为校阅一过,发现其中缺脱舛乱仍不少。综括而言,可分三类,举列如下:

一、缺脱一字者:

怗部溪纽无愜(苦叶切)

铎部精纽无借(资昔切)

模部清纽无趋(七余切)

萧部心纽无啸（稣吊切）

豪部非纽无廊（甫无切）

哈部照纽无志（职吏切）

东部穿纽无充（昌终切）

痕部神纽无船（食川切）

歌部溪纽无颗（苦隋切）

寒部照纽无阄（旨沇切）邪纽无哑（夕连切）

二、缺脱数字者：

屑部疏纽无瑟、瑟（均所栉切）

曷部见纽无爇、劂（均居月切）

屋部敷纽无赴、趴、仆（均芳遇切）

寒部为纽无袁、远、园、辕、圜诸字

三、分收舛乱者：

沃部端纽无罩（都教切）误入知

模部心纽无壻（稣计切）误入锡部邦纽

寒部心纽 潻字（巽倦切）当在疏误入心

曷部心纽 懪字（所例切）当在疏误入心

寒部照纽转字（知恋切）当在知误入照

没部神纽术字（直律切）当在澄误入神

萧部娘纽汩字（人九切）当在日误入娘

冬部娘纽袱字（汝容切）当在日误入娘

先部禅纽菭字（稹邻切）当在照误入禅

灰部禅纽谁、脽（并示佳切）当在神误入禅

锡部邦纽内误收细、壻诸文

以上所举，特取其显见者言之。当时录在别纸，未便寄示。一则其书写印俱工，已布于世，不能改正矣。二则刘翁年事已高，不欲以此拂其意兴耳。从知钞书亦颇不易，功力复未可轻言也。

黄季刚之声韵学

黄季刚以精通声韵，为晚近大师。弟子至四五传，恪遵师说，不敢越尺寸。凡亲受业者，每相见必行跪拜礼，奉之若神明。顾黄氏自视欿然，尝谓"吾于声韵，惟取前人所说，加以分析综合，己实无所有"（见黄焯《季刚先生生平及其著述》）。又言"古韵二十八部乃综合乾嘉各派之说而立，并无自己之发明；古声十九纽实本邹汉勋五韵论之说"（见陆宗达《我所见到的黄季刚先生》）。又称"二十八部之立，皆本昔人，未曾以臆见加入"（见徐复《黄侃声韵学未刊稿前言》）。此皆其入室弟子所记录，宜可保信。大抵黄氏之言声韵，会通论定之功为大，初非一己创辟之见也。门弟子张皇幽眇，终不若夫子自道之实已。

黄氏自言十九纽之说，本之邹汉勋，而汉勋又实从江慎修《四声切韵表》中得其启示。江氏之言曰："音韵有四等：一等洪大，二等次大，三四皆细，而四尤细。一等有牙，有喉，有舌头，无舌上，有重唇，无轻唇,有齿头,无正齿,有半舌,无半齿,而牙音无群,齿头无邪,喉音无喻,通得十九位。见、溪、疑、端、透、定、泥、邦、滂、并、明、精、清、从、心、晓、匣、影、来也。"邹氏《五韵论》中,本江氏此说而发挥之,实古声十九纽之说所自出也。古代之音粗大,不如后世之纤细,故一等之音,足以代表古之声类耳。黄氏不讳言出于邹氏,可谓有服善之诚。顾未及探源以至江氏,余故特为拈出以补申之。

治学贵能以愚自处

古人云："学者如牛毛，而成者如麟角。"旷观古今识字读书之人多矣，惟有聪明而能下苦功者，为能诣精造微，有所成就。昔贤所谓"聪明睿智，守之以愚"，乃成才之明训也。以黄季刚之聪明，而治学极其刻苦，宜其所立卓尔，学绝等双。综其一生读《尔雅》《说文》《广韵》三书，殆不知其历多少遍。既已烂熟于胸，故能融会贯通，抽出条例。其他常见之书，自《十三经注疏》外，如《四史》《文选》，圈点温寻，各多少遍。大抵唐以前书，无不精熟。世但称其声韵之湛深，而不知其博观约取，有以辅其专精之业。卒能坐致高誉，夫岂偶然。其师章太炎尝论之曰："学者虽聪慧过人，其始必以愚自处，离经辨志，不异童蒙。良久乃用其智，即发露头角矣。自尔以往，又当以愚自处。不过三年，昭然如拨云雾而见青天。斯后智愚杂用，无所不可。余弟子中独季刚深窥斯旨。"（见《菿汉闲话》）此种治学精神，尤今日后生之楷模也。浅尝浮慕之人，但歆羡其成就之大，而不仿效其功力之勤，是以攀附之者虽众，终莫能得其仿佛也。

治学不可囿于师说

　　往与陈乃乾论学京郊，蹴然问曰："近世如王静安之考证甲骨文，黄季刚之精治声韵学，乃一时之名师也。从之游者已多，何以无高才异能可张大其绪者？"余应之曰："戴东原尝言：'大国手门下，不出大国手；二国手三国手门下，教得出大国手。'（见段玉裁所编《戴氏年谱》）真名言也！"盖大国手名高位重，从之受业者，为其誉望所震，墨守师说，不敢立异。亦步亦趋，惟恐未能笃信而谨从也。遑论能超逸师法乎？门庭既褊，视听遂隘。学而不思，莫由自展，此其所以永不相及也。故善学者，不囿于师之所授，而惟是之从。博揽广收，自求多益。即如黄季刚之于章太炎，可谓笃师弟之谊矣。而黄氏于师说，从不墨守。及其既没，章氏志其墓，有曰："始从余问，后自成家法。"此特就音韵一道而言耳。其他为学之道，皆不尽同。章之诗文必宗于古，黄则不废近制，骈俪、律体、诗馀，咸喜为之。语言文字之学，章特邃于古韵，并力斥晚近所出龟甲为妄。黄则兼精后世韵书，下及等韵之说，以为治古音津梁；而于甲骨文字，则称其资料可宝，亟求其书读之。至如书法小道，章之行草自出古意，不屑规仿钟王以下；为人作字，但以篆籀应求，自成一家。黄则精摹唐碑，上至汉隶，下逮宋明名家墨迹，莫不好之。可知二人治学之规，各自异趣，固不损其相得益彰，各有千秋也。

黄季刚之评断章太炎

黄季刚四十岁以前,盛气凌人,少所许可。即于其师所著《文始》《新方言》,皆有微词。方其任教武昌高等师范学校时,爱日以学,博览群籍。一生功力,大半积聚于此年富力强之岁月中。武昌徐行可丈,以富于藏书有名江汉间。黄氏授课之暇,辄渡江就汉口徐庐假读未见之书,时亦留餐宿而忘返。一日,杯酒之后,论及太炎学术,乃曰:"小学颇有所得,经学不过尔尔,吾师乃文豪也。"并连呼文豪二字不已。徐丈闻之诧异,尝数数为余道之。其人四十后心气渐平,稠人广坐中闻有一语侵其师者,辄艴然起与之争,遂前后判若两人。亦缘涉世已久,及门多,欲藉敦师弟之谊为后生表率耳。余又以为黄氏早年评断太炎学术之语,亦自有所据而云然,非率尔轻慢之辞也。太炎自少服膺船山、梨洲、亭林之学,宣扬民族大义,奔走革命,席不暇暖,何暇伏案穷经。故其经学功力远不逮并世之黄元同(以周)、孙仲容(诒让），此固不必为之讳也。至于小学一途，虽述造已丰，所言有得有失，未能尽厌人意。其弟子如吴检斋、钱玄同已多质疑，不仅黄氏然也。若夫文章之事，盖有天赋存焉，非尽由于人力。观其论文，右魏晋而轻唐宋，故下笔辄高雅绝俗，无一闲字。或问如何能雅，则谓抒所欲言，成章以达，而汰其虚字，不厕笔端，则尽雅矣。此正常人所退畏，不易学步者也。余尝诵其论政论学文字，简洁典重；其次碑志叙事之作，亦谨严有史法。近世之能文者，盖未能或之先也。黄氏称之为文豪，岂不然耶。

王静安之推服罗叔言

罗叔言自少从事朴学,于文字训诂、经史考证之学,修养皆深。大抵循乾嘉诸儒余绪而肆力不懈者。余尝于其季子福颐处,得观其十七岁时手批《金石萃编》残本,知其学问夙成,全由自得。十九岁时,即刊布著述,惊其长老,为俞曲园、汪梅村所称叹。其后所造日丰,于搜集、印布、钻研甲骨文字,尤有筚路蓝缕之功,此世人所周知也。王静安本一介寒士,小于罗十一岁,初见时,王方嗜治哲学、文艺,彷徨无所归,罗劝之从事朴学,并割所藏《说文》《尔雅》《十三经注疏》及戴段二王诸家书赠之。又邀其同赴日本,赡其家用,俾益尽力于训诂名物之考证。复授以所藏金石文字、甲骨刻辞,与之探讨。王乃深入而不欲出,卒以此致大名。其时罗王二人,虽未正师弟之名,王固已以师礼事罗矣。故其一生于罗氏之学识,服膺无间,时时称道不绝。既言"审释文字,自以罗氏为第一。其考定小屯之为故殷虚及审释殷帝王名号,皆由罗氏发之"(见《最近二三十年中中国新发现之学问》)。又谓"三百年来之小学,开之者顾先生,而成之者先生也"(见《殷虚书契考释后序》)。其推崇罗氏,可谓至矣。余尝从罗氏冢孙继祖处借观所藏《观堂书札》手迹数百通,当王氏在研绎中有所推测、疑不能决时,辄用"公以为何如"向罗请教;如确有新悟,为前人所未道,辄用"谨书以奉告"向罗上报;苟遇不易理解之问题,辄用"此说不知何如,祈教之"征罗意见;查不清事物之出处时,辄用"不知此事有可考否"求罗指点。此类虚心请益之辞,多至不可胜数,可以窥见王氏对罗氏倾服之情矣。徒以罗氏晚节末路,为世所嗤,论及二人学术成就,乃欲扬王抑罗,至谓罗氏所著《殷虚书契考释》一书,出于王氏之手。百犬吠声,一何诬罔。余深痛恶其虚言失实,故数数为文以申辨之。晚近世道漓薄,亦赖有人直项敢言,能申正义耳。

高邮王氏之小学

清代乾嘉诸师,大抵湛深于小学。其能融会文字、声韵、训诂三者而贯通之,实有自得之识见,足以开示后人途径者,吾必推王怀祖为第一。或以怀祖自定古韵为二十一部,又曾疏证《广雅》,于声韵、训诂,固多精诣矣;其于文字,似未有专著也。不悟乾隆盛时,王怀祖即以深于许学名于海内。章实斋《遗书》中尝称怀祖欲发明六书精义,而苦于无暇着笔,愿得其人可授以意而能著之于书者。朱士端《强识编》卷三亦引王宽夫言,谓怀祖曾注《说文》,因段氏书成,未卒业,并以稿付之。后怀祖见段注妄改许书,不觉甚悔。据此,可知段氏为《说文注》,受其益不小,当时儒林莫不知之,且有流言散布于外。故段氏与怀祖书有云:"《说文注》近日可成,乞为作一序。近来后进无知,咸以谓弟之学窃取诸执事者,非大序不足以著鄙人所得也。"(见《经韵楼文集补编下·与王怀祖书三》)用此观之,怀祖研绎许书之功,不在段下。徒以段注已成,乃辍不复为耳。

嘉定钱氏之小学

乾嘉诸儒言小学，专求之双声以明训诂者，自王怀祖外，则有钱竹汀。其论证《说文》、音韵见之《潜研堂答问》及《十驾斋养新录》者，皆极精妙。而其功尤在发明古今声类之异，作《古无轻唇音》及《舌音类隔之说不可信》二文，谓"凡轻唇之音，古读皆为重唇。知彻澄三母，以今音读之，与照穿床无别也。求之古音，则与端透定无异"。实开后来章太炎、黄季刚考定古声之先。复撰成《声类》四卷，搜罗比栉，以明双声之用，尤为精要。清儒言小学而能循声以求义者，在乾嘉时，惟王钱二家为巨擘。余年少时治声韵，好读钱竹汀及陈兰甫之书，尝摘录其要义精言，成《钱陈音论合钞》。盖言古声莫如钱，审今声莫如陈，荟二家之论以助思考，亦守约之道也。世人徒以竹汀考史之功深，群推重其史学，而遂轻忽其说文审声之邃密矣。

金坛段氏之小学

　　自《说文》有段氏《注》，而后此书可读，段氏之功伟矣！余少时通读其书，服其精博，后又数数读之。其启迪后人，尤在揭橥大例，示学者以从入之途，非特注说详赡已也。然其为书，武断之处极多。钱竹汀读其第一本后，叹其用心极勤，而惜其自信太过（见《竹汀日记钞》卷一）。钱氏评其自信太过，切中段氏病痛。段氏钻研许书，功力至深。为之作《注》，积三十年而后成。然而好逞己见，动辄擅改许书。于本文有改篆、移篆、增篆、删篆之失，于说解有加字、减字、易字、倒字之疵。致令原书面貌多失其真，非自信太过而能大胆若是乎？至于引书失检，立说偶偏，犹其小焉者也。虽然，用功深者，多独得之见，故注中精辟之语甚夥。弃短取长，足传不朽。故余新注《说文》，博采诸家精义，而引用段说为尤多也。

　　段氏注中每字皆注明在古韵十七部属何部，而言及双声，往往而谬。此自来治声韵者详于辨韵而疏于审声之征也。综其全部注中指为双声而实误者不少，兹约取其中十处以示例：

二上·止部踵字注云："跟踵双声。"案跟、古痕切，声在见纽；踵、之陇切，声在照纽，不得为双声。

二下·辵部巡字注云："延巡双声。"延、以然切，在喻；巡、详遵切，在邪。

二下·辵部通字注云："通达双声。"通、他红切，在透；达、徒葛切，在定。

二下·彳部律字注云："均律双声。"律、吕戌切，在来；均、居匀切，在见。

二下·足部跮字注云："与峙偫双声。"跮、承旨切，在禅；峙、直离切，偫、直里切，均在澄。

三下·支部"叙、持也"。注云："双声。"叙、巨今切，在群；持、直之切，在澄。

五上·竹部"笯、箝也"。注云："二字双声。"笯、尼辄切，在娘；箝、巨淹切，在群。

八上·衣部"襎、衣躬缝"。注云："躬与襎双声。"躬、居戎切，在见；襎、冬毒切，在端。

九上·页部"顽、𩕳头也"。注云："𩕳顽双声。"𩕳、胡昆切，在匣；顽、五还切，在疑。

十下·心部"悃愊，至诚也"。注云："悃愊亦双声也。"悃、苦本切,在溪;愊、芳逼切,在敷。

　　大抵字之发音部位相同,即声纽相同之字,始得谓之双声,此正例也。亦有声类相近而不尽同者,在古亦得谓之双声。斯乃变例,而为数不多。段氏所指目之双声,往往声类相去甚远,此其所以舛也。

双声之学不可不讲

王怀祖考定古韵为二十一部，集前人韵学之成而自抒新见，可谓有功于辨音矣。顾其疏证《广雅》，乃无一语及之。惟以双声之理贯穿字群，四通六辟，操简驭繁，此其所以卓也。盖推原语言文字之衍变，由于双声者多，但明声转之理，即可持约系博，以一统万。焦循《读书三十二赞》中，亟称《广雅疏证》一书，为"借张揖书，示人大路"者，不诬也。王氏于《广雅疏证》外，又尝以三十六字母为纲，谱录同义之字而通释之，此即教人以依声求义之法。所撰《释大》，虽仅存喉牙八母字，而矩矱俱在，所以沾溉后学者至无穷尽也。

余早岁尝欲遵王氏《释大》之体，扩而充之，撰述《雅诂通释》以综括字义。甫成《释小》一篇，旋散佚其稿于乱离之中，后为他事所间，遂辍不复为，至今惜之。惟早岁所撰《声论集要》犹存。除衰录二十家论声精言外，又加按语以论定之，亦聊以存吾讲求双声之绪论耳。往尝涉猎近世音学书，有丁显、徐昂、江谦诸家，阐发声之为用，语多精到。丁氏有《谐声谱》《异字同声考》诸书，徐氏述造尤富，尝刊为《音学全书》。江氏有《说音》一卷，书甚简而甚精。观此数家之书，益可悟双声之为用，至大且广。不可以此数家非一代显学，无赫赫之名，而轻忽其论声之要恉也。庶思路广阔，不为一家言所囿矣。

汉人声训之学

循双声以说字，经传早已萌芽。如《周易·说卦》所云："乾，健也；离，丽也。"《孟子·滕文公上》所云："庠者，养也；校者，教也。"皆其明证。两汉传注尤多此例，不能悉数矣。逮乎许氏造《说文》，解释字义，乃多依声立训。就常见之字言之，如以溥训旁，以求训祈，以害训祸，以别训八，以迎训逆，以敷训番，以更训改，以判训副，以破训劈，以康训恺，以贪训饕，以实训室，以空训窠，以聊训俚，以辟训般，以弄训伶，以偏训颇，以慨训忼，以懑训闷，以沛训滂。如此之流，何可胜数。其于人也，则训民为萌，训宗为尊，训母为牧，训颠为顶。其于物也，则训木为冒，训麦为蔠，训面为末，训稿为秆。斯类尤繁，亦何一非以双声通其义训乎？盖声音在文字之先，有是声则有是字。孳乳相生，由简而多。形虽万殊，语归一本。故凡发音部位相同之字，其义多相同或相近。许君恒取其声之相同相近者以为训释，故能因此及彼，明白易晓。此双声之用，所以为大也。

北海郑氏，遍注群经，取古双声之字以相训释之处，尤为广泛。若《仪礼·士冠礼注》所云："弁之名出于槃"；《周礼·地官·序官注》所云："种谷曰稼，如嫁女以有所生"；《礼记·玉藻注》所云："袆读如翚，揄读如摇，翚、摇皆翟雉名，刻绘而画之，着于衣以为饰，因以为名耳"；《杂记注》所云："綪取名于倩与蒨，读如蒨茷之蒨"；斯皆由古声类以推见物名得义之原。其后刘熙推广其法以成《释名》，声训之理，功用益显。刘熙亦北海人，于郑君为乡里后进。以《三国志·程秉传》《许慈传》所言考之，刘熙之学，实出于郑，深造有得，故能衍郑君声训学之遗绪而张大之。今观《释名》之为书，即物名以释义，而本之双声立训者为最多。然其自序有云："凡所不载，亦欲智者以类求之。"盖自知所述未能赅备，仍望后人为之增补。余不揆愚昧，仰慕前修，依其义例，稍事补充。分类比次，撰为一编，名曰《演释名》，亦犹昔人述造《演说文》之意耳。

群雅悉由后人分类纂辑传注而成

自传注既兴，而后有训诂之学。《尔雅》一书，乃汉初经生裒录众家传注而成。后人以其可取以解经，故附之群经之后耳。魏世张揖因《尔雅》旧例，博采汉儒笺注及《三苍》《说文》诸书以增广之，名曰《广雅》。深恐其书不为时人所重，乃推尊《尔雅》，谓为周公、孔子遗书，以明己之学所自出。此犹言易卦者，必托名于伏羲；言本草者，必托名于神农；言医经者，必托名于黄帝；言礼制者，必托名于周公；言六经者，必托名于孔子。莫不高远其所从来，以自取重于世。后先相师，如出一辙。浅妄不经，至足哂怪。《尔雅》既由纂辑传注而成，推之《小尔雅》《广雅》，皆同此例。故治雅学者，必博通传注。传注明而后《尔雅》明，《尔雅》明而后训诂之学始可得而理。传注者，训诂之渊薮也。如欲为训诂之学，必沈研而精熟之。

九雅全书

明人尝合刻《尔雅》《小尔雅》《释名》《博雅》（即《广雅》）、《埤雅》为《五雅全书》，而不知取《方言》以代《埤雅》，此明人之陋也。余年少时治雅学，于《尔雅》则诵习邵氏《正义》、郝氏《义疏》。以为就大体言，郝不如邵。邵书善矣，虑犹有罅漏。拟广采他家，兼下己意，为《尔雅邵疏订补》，未成而罢。于《小尔雅》则遍览王熙、胡承珙、宋翔凤、葛其仁诸家疏义，以葛书为最下。尝于诸家所未言者，略加笺释，记之行间上下皆满。后乃择取其较可存者，录为《小尔雅补释》一卷。于《广雅》则细读王氏《疏证》，服其博大精深，吾无间然矣。又旁及钱绎《方言笺疏》、王先谦《释名疏证补》而熟习之，始于训诂条例，有所发悟。益之以陈奂《诗毛传义类》、朱骏声《说雅》，合为七种。因自出新意，纂其白文，分别声类，裒录为《雅诂表》，实即《雅诂通释》之长编。书未及成，而二稿并佚矣。后于罗氏《玉简斋丛书》中，见钱坫所纂《异语》十九篇,仍用《尔雅》体例。自称"补《方言》所未及,自魏晋以下不著录"。其用心之勤,可与群雅相辅而行,因撰疏证以表章之。迨晚岁写定《郑雅》既成,因并入上列诸种,合称九雅。欲合刊《九雅全书》,以便学者。有此一编,则魏晋以上之训诂,悉在是矣。九雅者,《尔雅》《小尔雅》《广雅》《方言》《释名》《诗毛传义类》《说雅》《异语》《郑雅》也。若夫前人纂录魏晋以下训诂之书,如程先甲之《选雅》、俞樾之《韵雅》,则皆等诸自郐可也。

翼雅丛编

自来治雅学者,每苦古代名物器服制度难明。余谓清儒好为专篇以类释之,实多精湛之作,足以羽翼雅学,为用甚弘。尝记其作者、篇名及见于何书,思合刊为《翼雅丛编》而竟未成。今录其目如次:

释人　孙星衍　《问字堂文集二》

释人疏证　叶德辉　《观古堂丛刊》本

释人证误　罗振玉　《面城精舍文甲编》

释骨　沈彤　《果堂集》

亲属记　郑珍　广雅书局刊本

释穀　刘宝楠　淮南书局刊本

穀释名　汪士铎　《梅村集一》

释饭鬻　成蓉镜　《心巢文录上》

释饼饵　成蓉镜　《心巢文录上》

释缯　任大椿　《学海堂经解》本

释帛　汪士铎　《梅村集一》

释衣　张澍　《养素堂文集十七》

释服　宋翔凤　《浮溪精舍丛书》本

丧服经传约　吴卓信　《后知不足斋丛书》本

释佩玉　王舟瑶　《默盦集一》

释韎韐　张聪咸　《经史质疑录》

释甲　武亿　《授堂文钞二》

释射　余廷灿　《存吾文稿》

释侯　胡元仪　《始诵经室文录》

群经宫室图　焦循　半九书塾刊本

宫制说　刘岳云　《食旧德斋杂著一》

释舟　洪亮吉　《卷施阁文甲》

释车　戴震　《戴东原集七》

车制考　钱坫　钱氏四种本

周礼车服志　陈宗起　《养志居仅存稿十》

释礼　陈鳣　《简庄缀文》

释拜　段玉裁　《经韵楼集六》

释拜　恽敬　《大云山房初集一》

释天　许宗彦　《鉴止水斋集十六》

释岁　洪亮吉　《卷施阁文甲》

释时　胡元仪　《始诵经室文录》

释祭名　成蓉镜　《心巢文录上》

祭仪考　龚景瀚　《澹静斋全集》本

释祀　董蠡舟　全集本

说裸　龚景瀚　全集本

正祭次序备忘之记　杨传第　《汀鹭文钞二》

释筭　冯煦　《蒿庵类稿廿一》

释量　陈璘　《六九斋集四》

释金　刘岳云　《食旧德斋杂著一》

广小尔雅释度量衡　邹伯奇　《邹征君遗书》

古尺步考　邹伯奇　《学计一得上》

算法释名　金锡龄　《劬书室遗集一五》

算器释名　金锡龄　《劬书室遗集一五》

释书名　庄绶甲　《丁丑丛编》本

周代书册制度考　金鹗　《求古录礼说十》

汉唐以来书籍制度考　金鹗　《求古录礼说十一》

释三九　汪中　《述学内篇》

古籍多虚数说　刘师培　《左盦文集》

上所举列，为数已多。傥能汇刊行世，信有助于
究绎雅学。余早岁尝效前人之例，曾为《释疾》一篇，
亦欲补其缺漏，附之于末。至于三百年来文集笔记
中有关诂经、证史、仪礼、明制、考文、审音、诠释名物
之文，最为繁富。苟能博观约取，为用尤弘，又不限

于此数十篇矣。大抵治训诂之学者，贵能旁稽广考，以博其趣，初未可囿于一隅耳。

由识字进于读书

字有形、声、义,既究习而通贯之矣,则必操其术以进于读书。书者,人类知识、经验之总结,前言往行悉在其中,人于其中取鉴焉,始有益于淑身、治事。《易》云:"君子以多识前言往行以畜其德。"(《大畜·象辞》)谓此也。颜之推云:"夫所以读书学问,本欲开心明目,利于行尔。"(《颜氏家训·勉学篇》)亦即斯意。顾古人之书,传于后世,远者至数千年,文字之形体、声音、义训,悉与今异,不究心推寻,则不能阅读,此所以必以小学为始功也。小学功深,乃可进而读书。故小学者,乃读书入门之具,非谓读书即尽在是也。如精通小学而不读书,是犹立于门外,而未登堂入室,奚由而见室内之美富乎?由其终身立于门外,遇有人贸贸然来,辄告之曰:由此入门。而不知己之终为门外汉也,遑论畜德利行乎?

读书之广狭

在今日而言为学，则治社会科学与治自然科学，有所不同。攻研自然科学者，贵在专精，力求深入。此科不通于彼科，此业不涉及彼业，各以专门名家，不相妨也。若夫社会科学，彼此关联，互相依倚。牵一发而全身动，未可各不相谋。故治经济者，不可不明历史；治历史者，又不可不通文学、哲学。故治社会科学，自必广揽兼征，由博返约。推之治本国文史者，尤不可安于狭隘。以清代学术而论，自少数通儒外，大抵专守一书，专精一业，而不知其他。当乾嘉朴学极盛时，江藩为《汉学师承记》，叙及钱大昕、凌廷堪学行，推服甚至，而慨叹随之。既曰："自惠戴之学盛行于世，天下学者但治古经，略涉三史，三史以下茫然不知，得谓之通儒乎？"又曰："近时学者喜讲六书，孜孜于一字一音，苟问以三代制度，五礼大端，则茫然矣。至于潜心读史之人，更不能多得也。"可知当时奄陋之风，已无可掩。自道光以下治朴学者，乃益趋于褊固，清学由是日衰，非偶然已。

读书贵能明识要理

有清一代之大多数学者，致力于文字、声韵、训诂、校勘、版本、目录以及考证名物之学，信已超越往古，成绩巨大。然校其所至，只做得如何读书四字。至于体味书中理论而确有所得者，惟开国时三数大儒耳。乾嘉诸师读书细心，然尚未能明理也。可知读书之难。

书籍名经原非尊称

书籍之以经为名者，初不止于几部儒家经传而已。盖经者纲领之谓，凡言一事一物之纲领者，古人皆名之为经，经字本非专用之尊称也。故诸子百家书中有纲领性之记载，皆以经称之。如《墨经》《法经》《道德经》《水经》《山海经》《离骚经》《黄帝内经》《神农本草经》《脉经》《针灸经》，乃至《相马经》《相手板经》，皆见于著录，为时已早。儒家所尊奉之六经，乃六部纲领性文献，故古人亦称为六艺，或曰六籍。孔孟口中不言"经"。偶有称引，但言"诗曰""书云"，而未尝称"诗经""书经"。下逮《汉书·艺文志》，亦不以经字系书名。后世既通称六艺为经，乃目"经"为至尊之名，视此六籍为神圣不可侵犯之书，而经之本义晦矣。

读书宜于可受用处细心体会

古代遗书之传至今日者，其中多有至理名言，可以古为今用。如一部《周易》，乍接于目，苦其赜奥。初学但于平易处探其义旨，自然有得。观其叙次六十四卦，始于《乾》而终于《未济》，便有极大理论存其中。"天行健，君子以自强不息。"此教人努力进取，无有休止之时，乃以未济居末，明其未有成功也。盖以人类进化长途，不可以亿万里计。古往今来圣哲英豪众矣，其所营为，固各有大小不同之成就。然校其所至，在彼进化长途中，仅跬行一寸或两寸耳。从人类进化全程言，固不足以谓为有成也。继此而续行者，后来居上，日进不已，而亦未有终极。未济之义，于是乎在。诚能如此观察事物，则自视欿然，不满足于一己之小成，自无患得患失之心矣。《荀子·议兵篇》云："事至无悔而止矣，成不可必也。"有此胸襟，方能推廓得开。如此体味深切，始有益于己耳。

周易阐发谦德之用最为精要

　　六十四卦中，惟《谦》卦六爻皆吉。《象》曰："君子以裒多益寡，称物平施。"《彖》曰："天道下济而光明，地道卑而上行。天道亏盈而益谦，地道变盈而流谦，鬼神害盈而福谦，人道恶盈而好谦。谦尊而光，卑而不可踰，君子之终也。"此即其大义所在。而初六象辞："谦谦君子，卑以自牧也"；九三爻辞："劳谦君子，有终吉"；六二爻辞："鸣谦，贞吉"；六四爻辞："无不利，撝谦。"盖谦之为德，法天道之下济，地道之上行。上行下济，以称物平施。故亏盈、变盈、害盈、恶盈，所以裒多也；益谦、流谦、福谦、好谦，所以益寡也。谦受益，满招损，斯不易之道矣。故曰：有一道，大足以守天下，中足以守国家，小足以守其身，谦之谓也。古书中阐发谦德之美，未有踰于《易》者。苟能深切体认而力行之，则无往而不利矣。

周易中理论之可取者尚多

  群经中惟《易》理难明，初学切忌上攀高远玄渺之论，只宜取其所言之浅明易晓者，深思而玩绎之。记取其格言明训，施之行事，可以立身淑世耳。如云："不易乎世，不成乎名；遁世无闷，不见是而无闷；乐则行之，忧则违之；确乎其不可拔。"（《乾·初九》）"庸言之信，庸行之谨。闲邪存其诚，善世而不化；德博而化。"（《乾·九二》）"君子终日乾乾，夕惕若厉，无咎。"（《乾·九三》）"居上位而不骄，在下位而不忧。"（《乾·九三》）"君子进德修业，欲及时也。"（《乾·九四》）"同声相应，同气相求；水流湿，火就燥；云从龙，风从虎；圣人作而万物睹。本乎天者亲上，本乎地者亲下，则各从其类也。"（《乾·九五》）"君子以厚德载物。"（《坤象》）"履霜坚冰至。"（《坤·初六》）"括囊无咎无誉。"（《坤·六四》）"积善之家，必有余庆；积不善之家，必有余殃。"（《坤·文言》）"君子敬以直内，义以方外，敬义立而德不孤。"（《坤·文言》）"美在其中而畅于四支,发于事业,美之至也。"(《坤·文言》)"君子以作事谋始。"(《讼·象》)"随时之义大矣哉!"(《随·象》)"不事王侯,高尚其事。"(《蛊·上九》)"君子以教思无穷,容保民无疆。"(《临·象》)"圣人以神道设教而天下服矣。"(《观·象》)"观乎天文,以察时变;观乎人文,以化成天下。"(《贲·象》)"君子以多识前言往行以畜其德。"(《大畜·象》)"天地养万物,圣人养贤以及万民。"(《颐·象》)"君子以慎言语,节饮食。"(《颐·象》)"天险不可升也,地险山川丘陵也,王公设险以守其国。"(《坎·象》)"日月丽乎天,百谷草木丽乎土,重明以丽乎正,乃化成天下。"(《离·象》)"天地感而万物化生,圣人感人心而天下和平,观其所感而天地万物之情可见矣。"(《咸·象》)"君子以虚受人。"(《咸·象》)"天地之道,恒久而不已也。"(《恒·象》)"日月得天而能久照,四时变化而能久成,圣人久于其道而天下化成。观其所恒,而天地万物之情可见矣。"(《恒·象》)"君子以远小人,不恶而严。"(《遁·象》)"君子以非礼弗履。"(《大壮·象》)"君子以自昭明德。"(《晋·象》)"君子以言有物而行有恒。"(《家人·象》)"天地睽而其事同也,男女睽而其志通也,万物睽而其事类也。"(《睽·象》)"君子以同而异。"(《睽·象》)"君子以反身修德。"(《蹇·象》)"天地解而雷雨作,雷雨作而百果草木皆甲拆。解之时大矣哉!"(《解·彖》)"损益盈虚,与时偕行。"(《损·彖》)"君子以惩忿窒欲。"(《损·象》)"君子以见善则迁,有过则改。"(《益·象》)"君子以顺德积小以高大。"(《升·象》)"困而不失其所亨,其唯君子乎!"(《困·彖》)"君子以致命遂志。"(《困·象》)"天地革而四时成。汤武革命,顺乎天而应乎人。革之时大矣哉!"(《革·彖》)"君子以正位凝命。"(《鼎·象》)"君子以恐惧脩省。"(《震·象》)"时止则止,时行则行,动静不失其时,其道光明。"(《艮·彖》)"君子以思不出其位。"(《艮·象》)"日中则昃,月盈则食,天地盈虚,与时消息,而况于人乎? 况于鬼神乎?"(《丰·彖》)"君子以行过乎恭,丧过乎哀,用过乎俭。"(《小过·象》)"君子以思患而豫防之。"(《既济·象》)此类精简之言,多具妙义。六十四卦大象,皆有"君子以"字,引归身受。其他见于《爻》《彖》《象辞》《文言》者,亦多策厉之语。故古人学《易》,但以修省寡过为亟。今日籀绎是书,既不必仰钻汉儒之象数,亦不可傅会宋人之图书,惟择取其理论之切于日用者,身体而力行之,所得多矣。

尚书二十八篇中之精语

《尚书》二十八篇中，精语虽不甚多，而甚重要，大抵皆致治之弘教也。如云："知人则哲，能官人，安民则惠，黎民怀之。"（《皋陶谟》）"元首明哉，股肱良哉，庶事康哉！元首丛脞哉，股肱惰哉，万事堕哉！"（《皋陶谟》）"若网在纲，有条而不紊；若农服田力穑，乃亦有秋。"（《盘庚上》）"人惟求旧，器非求旧，惟新。"（《盘庚上》）"无侮老成人，无弱孤有幼。"（《盘庚上》）"沉潜刚克，高明柔克。"（《洪范》）"若保赤子，惟民其康。"（《康诰》）"人无于水监，当于民监。"（《酒诰》）"毋庸杀之，姑惟教之。"（《酒诰》）"先知稼穑之艰难，乃逸，则知小人之依。"（《无逸》）"如有一介臣，断断兮无他技，其心休休焉，其如有容。人之有技，若己有之；人之彦圣，其心好之；不啻如自其口出，是能容之。以保我子孙黎民，亦职有利哉！人之有技，冒疾以恶之；人之彦圣，而违之俾不达，是不能容。以不能保我子孙黎民，亦曰殆哉！"（《秦誓》）若此诸论,言虽简而理则深,古人取以安邦定国,视为主术之纲。今虽时移世异,事业不必同,如能师其意而变通之,亦有可以古为今用者。

伪古文尚书可降低时代去读

　　自宋世吴棫、朱熹诸儒疑东晋晚出《古文尚书》之伪，至清初阎若璩著《尚书古文疏证》，列举一百二十八条证据，于是此疑端乃成定谳，无复可翻之案矣。独方苞言及《古文尚书》，则疑其文明畅易晓，必秦汉间儒者得古文原本，苦其奥涩，而稍以显易之辞更之，其大体则固经之本文（见《文集一·读古文尚书》）。其说平实，言之成理。可知后人作伪，亦自有其依据也。今观所存伪书数十篇，其中格言名训甚多，必前有所承，非作伪者所能臆造固明甚。如云："嘉言罔攸伏，野无遗贤，万邦咸宁。稽于众，舍己从人，不虐无告，不废困穷。"（《大禹谟》）"任贤勿贰，去邪勿疑，疑谋勿成。"（同）"罔违道以干百姓之誉，罔咈百姓以从己之欲。"（同）"德惟善政，政在养民。水火金木土谷惟修，正德利用厚生惟和。"（同）"临下以简，御众以宽；罚弗及嗣，赏延于世；宥过无大，刑故无小；罪疑惟轻，功疑惟重；与其杀不辜，宁失不经。"

（同）"克勤于邦，克俭于家，不自满假。"（同）"汝惟不矜，天下莫与汝争能；汝惟不伐，天下莫与汝争功。"（同）"人心惟危，道心惟微，惟精惟一，允执厥中。"（同）"无稽之言勿听，弗询之谋勿庸。"（同）"满招损，谦受益，时乃天道。"（同）"民可近，不可下；民惟邦本，本固邦宁。"（《五子之歌》）"予临兆民，懔乎若朽索之驭六马。为人上者，奈何不敬。"（同）"内作色荒，外作禽荒，甘酒嗜音，峻宇雕墙。有一于此，未或不亡。"（同）"威克厥爱，允济；爱克厥威，允罔功。"（《胤征》）"德懋懋官，功懋懋赏。"（《仲虺之诰》）"德日新，万邦惟怀；志自满，九族乃离。"（同）"以义制事，以礼制心。"（同）"能自得师者王，谓人莫己若者亡。好问则裕，自用则小。"（同）"慎厥终，惟其始。"（同）"立爱惟亲，立敬惟长。始于家邦，终于四海。"（《伊训》）"与人不求备，检身若不及。"（同）"敢有恒舞于宫，酣歌于室，时谓巫风；敢有殉于货色，恒于游畋，时谓淫风；敢有侮圣言，逆忠直，远耆德，比顽童，时谓乱风。惟兹三风十愆，卿士有一于身，家必丧；邦君有一于身，国必亡。"（同）"作善，降之百祥；作不善，降之百殃。"（同）"欲败度，纵败礼，以速戾于厥躬。天作孽，犹可违；自作孽，不可逭。"（《太甲中》）

"奉先思孝,接下思恭;视远惟明,听德惟聪。"(同)"惟天无亲,克敬惟亲;民罔常怀,怀于有仁;鬼神无常享,享于克诚。"(《太甲下》)"若升高,必自下;若陟遐,必自迩。无轻民事,惟艰;无安厥位,惟危。慎终于始。有言逆于汝心,必求诸道;有言逊于汝志,必求诸非道。"(同)"弗虑胡获,弗为胡成。一人元良,万邦以贞。君罔以辩言乱旧政,臣罔以宠利居成功。"(同)"德惟一,动罔不吉;德二三,动罔不凶。"(《咸有一德》)"德无常师,主善为师;善无常主,协于克一。"(同)"若金,用汝作砺;若济巨川,用汝作舟楫;若岁大旱,用汝作霖雨。若药弗瞑眩,厥疾弗瘳;若跣弗视地,厥足用伤。"(《说命上》)"惟木从绳则正,后从谏则圣。"(同)"官不及私昵,惟其能;爵罔及恶德,惟其贤。"(《说命中》)"有其善,丧厥善;矜其能,丧厥功。"(同)"无启宠纳侮,无耻过作非。"(同)"非知之艰,行之惟艰。"(同)"若作酒醴,尔惟曲糵;若作和羹,尔惟盐梅。"(《说命下》)"学于古训乃有获。"(同)"惟敩学半。"(同)"惟天地万物父母,惟人万物之灵。"(《泰誓上》)"同力度德,同德度义。"(同)"吉人为善,惟日不足;凶人为不善,亦惟日不足。"(《泰誓中》)"树德务滋,除恶务本。"(《泰誓下》)"建官惟贤，位事惟能。"（《武成》）"玩人丧德，玩物丧志。"（《旅獒》）"不作无益害有益，功乃成；不贵异物贱用物，民乃足。"（同）"不矜细行，终累大德，为山九仞，功亏一篑。"（同）"皇天无亲，惟德是辅；民心无常，惟惠之怀。"（《蔡仲之命》）"为善不同，同归于治；为恶不同，同归于乱。"（同）"慎厥初，惟厥终，终以不困；不惟厥终，终以困穷。"（同）"制治于未乱，保邦于未危。"（《周官》）"明王立政，不惟其官，惟其人。"（同）"官不必备，惟其人。"（同）"以公灭私，民其允怀。"（同）"功崇惟志，业广惟勤，惟克果断，乃罔后艰。"（同）"作德心逸日休，作伪心劳日拙。"（同）"居宠思危，罔不惟畏。"（同）"凡人未见圣，若不克见；既见圣，亦不克由圣。"（《君陈》）"必有忍，其乃有济；有容，德乃大。"（同）"无求备于一夫。"（同）"政贵有恒，辞尚体要。"（《毕命》）"世禄之家，鲜克由礼。"（同）"不刚不柔，厥德允修。"（同）如此嘉言警句，可谓夥矣。即使出魏晋人之手，犹堪尊尚。苟能降低时代读之，亦可取以致用也。

诗三百篇中可取之语

诗篇多为吟咏情性而发。顾诗人吐辞，亦有语关劝惩足以益人意智者。如云："我心匪石，不可转也；我心匪席，不可卷也；威仪棣棣，不可选也。"（《邶风·柏舟》）"百尔君子，不知德行，不忮不求，何用不臧。"（《邶风·雄雉》）"善戏谑兮，不为虐兮。"（《卫风·淇奥》）"如月之恒，如日之升。"（《小雅·天保》）"他山之石，可以为错。"（《小雅·鹤鸣》）"他山之石，可以攻玉。"（同）"赫赫师尹，民具尔瞻。"（《小雅·节南山》）"具曰予圣，谁知乌之雌雄。"（《小雅·正月》）"谓天盖高，不敢不局；谓地盖厚，不敢不蹐。"（同）"黾勉从事，不敢告劳。"（《小雅·十月之交》）"凡百君子，各敬尔身。"（《小雅·雨无正》）"维迩言是听，维迩言是争，如彼筑室于道谋，是用不溃于成。"（《小雅·小旻》）"战战兢兢，如临深渊，如履薄冰。"（同）"夙兴夜寐，毋忝尔所生。"（《小雅·小宛》）"温温恭人，如集于木；惴惴小心，如临于谷。战战兢兢，如履薄冰。"（同）"君子无易由言，耳属于垣。"（《小雅·小弁》）"淑人君子，其德不回。"（《小雅·鼓钟》）"上天之载，无声无臭。"（《大雅·文王》）"刑于寡妻，至于兄弟，以御于家邦。"（《大雅·思齐》）"先民有言，询于刍荛。"（《大雅·板》）"靡不有初，鲜克有终。"（《大雅·荡》）"虽无老成人，尚有典刑。"（同）"慎尔出话，敬尔威仪，无不柔嘉。白圭之玷，尚可磨也；斯言之玷，不可为也。"（《大雅·抑》）"相在尔室，尚不愧于屋漏。无曰不显，莫予云觏。"（同）"令仪令色，小心翼翼，古训是式，威仪是力。"（《大雅·烝民》）"既明且哲，以保其身。"（同）"人之云亡，邦国殄瘁。"（《大雅·瞻卬》）"维今之人，不尚有旧。"（《大雅·召旻》）"日就月将，学有缉熙于光明。"（《周颂·敬之》）此皆精要之言有裨淑身饬行者也。

卷三

儒家经传名数多少无关读书弘旨

春秋时始以《诗》《书》《礼》《乐》为四经。《管子·戒篇》所云"泽其四经",是也。盖上世书册简少,其取以教人者,惟此四种纲领性文籍耳。《礼记·王制》曰:"乐正崇四术,立四教,顺先王《诗》《书》《礼》《乐》以造士,春秋教以《礼》《乐》,冬夏教以《诗》《书》。"是其事也。《史记·孔子世家》亦云:"孔子以《诗》《书》《礼》《乐》教弟子盖三千焉,身通六艺者七十有二人。"六艺者,谓《易》《书》《诗》《礼》《乐》《春秋》也。《庄子·天下篇》始名之为六经。厥后《乐经》失传,汉武立五经博士,始有五经之名。或配以《孝经》《论语》,则称七经。唐人析三传三礼为六,合《易》《诗》《书》谓之九经。宋明于《论语》《孝经》外,兼崇《尔雅》《孟子》，遂定十三经之名。清儒犹嫌其少，故段玉裁为沈涛撰《十经斋记》，谓学者诵习十三经外，宜加入《大戴礼记》《国语》《史记》《汉书》《资治通鉴》《说文解字》《九章算术》《周髀算经》等八种，合为二十一经。其后刘恭冕服膺其说，名所居曰广经室，为之记以张之。虽所标举之书与段氏稍有出入，而不欲以十三经自囿，意无不同。余则以为古初本无经名，虽后世，增为十有三，即此十三经之中，如《仪礼》一书，备载古代冠、昏、丧、祭、相见、饮酒、聘、觐等十七件礼仪，繁缛无以复加，早已成为陈迹，于后世复何所用？读之无得，不读何损。以不切于今用，虽早列在经，固犹可废也。昔人恒以经名崇高，不敢增减。徒徇虚号，夫亦奚益哉？若夫应读之书甚广，正不必拘泥于是经非经也。

仪礼之名晚出

　　胡竹邨《仪礼正义》于《仪礼》之名，但引张淳、方体两家说考证之，而不知段懋堂《经韵楼集》有《礼十七篇标题汉无仪字说》一专篇发挥甚悉。其后黄以周《经说略》亦论及此事，皆视张、方之言加密。黄氏生值清末，固非竹邨所及知；若段氏年辈在竹邨前，其说不容不见，乃不克援用其说，自是一漏，亦以见考证之难。

周代以诗书礼乐造士

《庄子·天运篇》引孔子曰:"丘治《诗》《书》《礼》《乐》《易》《春秋》六经,自以为久矣。"论者谓"六经"之名,始见于此。顾其叙次,《诗》《书》《礼》《乐》居前,而以《易》与《春秋》殿尾(《天下篇》同)。其后太史公为《儒林传》,述五经授受原流,亦先《诗》《书》《礼》,而后《易》《春秋》,与刘、班以下所叙不同。原究其义,良亦有故。盖古初教人,以《诗》《书》《礼》《乐》为急;孔门施教,亦以此四者居先。至于身通六艺,惟高弟为能。而彼四经,固如布帛菽粟,常人之所不可废,故三千之徒,莫不习焉。诚以《易》之为书,施诸卜筮,《春秋》则藏于太史。韩宣子适鲁,始得见《易象》《春秋》,此二经非民庶所获觏明矣。

诗礼二者尤教民之本

《诗》《书》《礼》《乐》，固古代施教之大端。约之，则《诗》《礼》其尤要也。《诗》三百篇，大抵被之管弦而为乐。盖举其辞则曰《诗》，从而弦之歌之舞之则曰《乐》，二者一而已矣。其次《书》与《礼》，亦异流而同原。《太史公自序》曰："《礼》经纪人伦，故长于行；《书》记先王之事，故长于政。"扬雄《法言》亦曰："说事者莫辩乎《书》，说体者莫辩乎《礼》。"然则《礼》固致治之体，而《书》其迹也。古之《礼经》，自孔子时而已不具。今所存者，《士礼》《周官》及七十子后学者所记，虑犹可考见其大凡。然《逸周书·职方篇》，出于《周礼》；《大戴记·文王官人篇》，复见于《逸书》；《小戴记》有《月令》，而《逸书》亦有《月令》（今亡）；《大戴记》有《夏小正》，而《逸书》有《时训篇》。他若谥法、明堂、器服，礼家之事也，而《逸书》具之；帝德、帝系、践阼，致治之迹也，而《戴记》载之。可知《记》之与《书》，实相表里。寻其大原，固皆出于礼也。班生有言："六经之道同归,而礼乐之用为急。"此非孟坚之私言也。盖先民施教之本,胥在于是。《乐》不可见矣,三百五篇其遗声也,故昔人恒并称诗礼焉。孔子之教其子也,但曰："不学《诗》,无以言;不学《礼》,无以立。"亦仅举斯二者面诲耳。

礼乐之体用

《乐记》一篇，阐明礼乐体用，至为明白。故太史公《礼书》《乐书》，班氏《礼乐志》悉采取之。其言有曰："先王之制礼乐也，非以极口腹耳目之欲也，将以教民平好恶而反人道之正也。"又曰："乐者，天地之和也；礼者，天地之序也。和故百物皆化，序故群物皆别。"又曰："仁近于乐，义近于礼。"此皆发明礼乐之体，言简义尽。至若言其施行，则可用之修身焉，用之交际焉，用之治政焉，用之人主焉。四者皆必有礼乐以持之，而后能止于至善，《乐记》皆备言之矣。所谓"乐由中出，礼自外作。乐由中出，故静；礼自外作，故文。""礼乐不可斯须去身。""心中斯须不和不柔，而鄙诈之心人之矣；外貌斯须不庄不敬，而易慢之心人之矣。"此言礼乐可用之修身者也。所谓"乐者为同，礼者为异。同则相亲，异则相敬。乐胜则流，礼胜则离。合情饰貌者，礼乐之事也。""礼者，殊事合敬者也；乐者，异文合爱者也。"此言礼乐可用之交际者也。所谓"礼义立则贵贱等矣,乐文同则上下和矣。""乐至则无怨,礼至则不争。揖让而治天下者,礼乐之谓也。"此言礼乐可用之治政者也。所谓"暴民不作,诸侯宾服;兵革不试,五刑不用;百姓无患,天子不怒。如此,则乐达矣。合父子之亲,明长幼之序,以敬四海之内。天子如此,则礼行矣。""乐也者,动于内者也;礼也者,动于外者也。乐极和,礼极顺。内和而外顺,则民瞻其颜色而弗与争也;望其容貌而民不生易僈焉。故德煇动于内,而民莫不承听;理发于外,而民莫不承顺。故曰:致礼乐之道举而错之天下无难矣。"此言礼乐可用之人主者也。苟能循此四端而扩充之,则礼乐之用,弥于宇宙,固非玉帛钟鼓之谓也。

诗礼交相为用

王通《中说·立命篇》引姚义曰:"夫教之以诗,则出辞气斯远暴慢矣;约之以礼,则动容貌斯立威严矣。"此虽寥寥数语,足为"不学诗,无以言;不学礼,无以立"阐明大义矣。惟礼之用较宏,不限于立威严而已。

诗 教

先民施教，必以《诗》为先者，亦欲以治其心使归于和平乐易而已。孔子曰："温柔敦厚，诗教也。"又曰："《诗》可以兴，可以观，可以群，可以怨。"兴观之旨，人尽知之；群怨之义，非深于《诗》者不能言也。盖《诗》之大义，无外美刺，而刺恶之诗，引譬连类而不伤于质直。故其情足以感人，其言足以匡失。学者诵习既久，自可去其轻薄嫉忌之心，以群居而不乱。仲尼所谓"不学《诗》，无以言"，意在是矣。观于诗人吟咏之旨，可以知其温柔敦厚之意。

礼　教

"不学礼，无以立。"立之含义有三：立身，一也；立事，二也；立国，三也。盖修之于身，则为威仪；施之于众，则为纲纪；行之于国，则为法度；古人皆以礼统之。今就遗编之传于今者，略为分析：《士礼》十七篇，则古之所以立身者也；两戴所传之记数十篇，则古之所以立事者也；《周官》六篇，则古之所以立国者也。然斯三者，皆非主敬不能有成。《曲礼》曰："毋不敬。"《孝经》曰："礼者，敬而已矣。"此大义也。

人道之极归于爱敬

刘邵《人物志·八观篇》曰："人道之极，莫过爱敬。是故《孝经》以爱为至德，以敬为要道。礼以敬为本，乐以爱为主。"此语也，足以蔽六艺之用而无遗。班生所谓"六经之道同归"者，归于爱敬二字而已矣。"礼乐之用为急"者，爱敬之意发于二者而已矣。而《孝经》实为之原，故《孝经》中亦每取爱敬二字并举。昔人每言《孝经》为六艺之总会，实即此意。郑康成云："孔子以六艺题目不同，指意殊别，恐道离散，后世莫知根原，故作《孝经》以总会之。"所谓根原，亦实指爱敬二字言，非他意也。爱之所形，诗篇是也；敬之所形，礼文是也。故《诗》《礼》者，又六艺之纲要也。

人之生不能无群，群而不相爱则乱。故曰："仁者人也。"汉人释仁字为"相人偶"，其字从二人。质言之，即二人以上相与群居之理也。凡有知之属，莫不知爱其类。爱而能敬，惟人能之。人禽之分，殆由于此。故人道之极，必兼斯二者也。虽然，爱无差等，必自亲始。孝者，爱之实也；弟者，敬之实也。故《管子·戒篇》曰："孝弟者，仁之祖也。"有子亦曰："孝弟也者，其为仁之本软！"先民所以必取教孝为致治之本，岂有他哉？夫亦曰教民相亲爱，俾不残贼相毒害而已耳。此《孝经》之所以为群经总会也。

《礼记·大传》曰："立权度量，考文章，改正朔，易服色，殊徽号，异器械，别衣服，此其所得与民变革者也。其不可得变革者则有矣：亲亲也，尊尊也，长长也，男女有别，此其不可得与民变革者也。"此处所言亲亲，实统于爱；尊尊、长长，实统于敬。男女有别，则由爱而以敬节之，《诗序》所谓发乎情止乎礼义者是也。"食色，性也。""饮食男女，人之大欲存焉。"固圣贤所不讳言。男女之间，彼此相爱，而不以敬节之，鲜不大乱者。观十五国风男女相悦之辞，而终归于乐而不淫者，一主于敬而已。所谓发乎情者，爱之事也；止乎礼义者，敬之事也。亲亲、尊尊、长长，乃人道之大者，而爱敬为之原。爱敬之有系治乱，于男女群居时尤易见之，故昔人取与并言。

爱敬二者，必相辅而行，不可偏胜。父子为亲矣，徒爱而无敬，则亲不安，所谓"犬马皆能有养，不敬何以别乎"者也。君臣为尊矣，徒爱而无敬，则下必离，所谓"豕交兽畜"者也。

朋友之际，则爱敬之效，尤为彰明。刘邵《人物志·八观篇》曰："人情之质，有爱敬之诚，则与道德同体，动获人心，而道无不通也。然爱不可少于敬。少于敬，则廉节者归之，而众人不与。爱多于敬，则虽廉节者不悦，而爱接者死之。何则？敬之为道也，严而相离，其势难久。爱之为道也，情亲意厚，深而感物。是故观其爱敬之诚，而通塞之理，可得而知也。"斯论绝精！非透达人情者不能道。然亦本诸《乐记》"礼胜则离"之意而引申之。

《乐记》曰："知礼乐之情者能作，识礼乐之文者能述。"礼乐之情为何？夫亦曰爱敬而已矣。苟深通乎爱敬之理，则虽古无是礼是乐，可以义起也。爱敬之理明，则修己治人，无往而不顺适。即以今日世界各国相与之际而言，亦于敬爱二者，不可或缺。如云"友好亲善，和平共处"，发乎爱者也；"彼此尊重，互不侵犯"，发乎敬者也。诚能遵斯二者而扩充之，虽臻于大同之域不难。故敬爱之理，卷之可藏于一身，放之则弥于六合，此其所以为人道之极也。

孔门教人，以《诗》《礼》为亟。盖于爱敬二者，能兼重之。此仲尼之道，所以大而能博也。荀卿隆礼，可谓知崇敬矣，而以《诗》为故而不切，则蔽于敬而不知爱者也；墨子知敦爱矣，而以乐为无用，则蔽于用而不知文者也。蔽于敬而不知爱，必流于刻薄寡恩，荀卿一传而有韩非、李斯，岂偶然哉！

六籍次第

　　《经典释文叙录》云："五经六籍，圣人设教；训诱机要，宁有短长。然时有浇淳，随病投药；不相沿袭，岂无后先，所以次第互有不同。如《礼记·经解》之说，以《诗》为首；《七略》《艺文志》所记，用《易》居前，阮孝绪《七录》，亦同此次。而王俭《七志》《孝经》为初。原其后先，义各有旨。"此段总括之辞甚好，自来叙次六经，要不越斯三例。其以《诗》为首者，以施教先后为主也；用《易》居前者，以著述早晚为序也；《孝经》为初者，以大道本末为秩也。《中庸》曰："立天下之大本。"《郑注》云："大本，《孝经》也。"康成以《孝经》释大本，可谓得其纲矣。与《六艺论》所云"《孝经》为六艺总会"语意正同。

古代传注有拘泥处不可尽从

古代传注之存于今者，以《毛诗故训传》为最早。毛公说《诗》亦有胶固不可尽从者。"南有樛木"，《传》释南为南土；郑《笺》又以荆扬之域实之；孔《疏》更征之《禹贡》以申其说。考诗篇称南，多泛指方名而解者。必实之以地，固泥甚矣。南有樛木，自必泛指南山南土而言。下曲之木，随地有之，奚必产于荆扬乎？以此知《传》《笺》之说，必不可通也。

又如《式微》之诗，传训中露、泥中皆为卫邑。而宋儒不从旧说，但作沾濡陷溺解，即暴露中野、辱在泥涂之意，当为定论。黄震云："古注以为二邑名，愚恐亦无一身处二邑之理"，其言是也。且上言中露，但见无所芘覆；下言泥中，则已陷入危难。较前急矣，亦诗辞先后之序也。

又如《桑中》之诗，传训桑中、上宫为所期之地。后世说此诗者，多以地名实之，误矣。余则以为桑中乃言桑林之中，谓在野也；上宫者，楼之异名（见《孟子·尽心篇》赵注），谓在室也。《序》言期于幽远，幽指上宫，谓宅内之幽僻处也。远指桑中，谓宅外之荒远地也。《正义》所谓"与之期于幽远而行淫"是也。陈奂《传疏》必谓桑中即桑间，泥矣。

诗篇叙次先后有异

诗篇次第，齐、鲁、韩、毛有不同者，宜揆之礼制以为之断。如《采蘋》之诗，毛诗篇次在《草虫》后。王伯厚《困学纪闻》引曹粹中《诗说》，以为齐诗先《采蘋》而后《草虫》。今考《仪礼》合乐，歌《周南》，则《关雎》《葛覃》《卷耳》三篇同奏；歌《召南》，则《鹊巢》《采蘩》《采蘋》三篇同奏。然则古诗篇次，以《采蘋》置于《草虫》之前，盖自有其微旨。毛诗篇次与三家异，今以仍旧为宜。

诗篇旧秩未可轻移

诗篇旧秩本无误，后人妄欲移易者，又宜征诸义理以折中之。如《邶风·日月》之诗与《终风》，皆姜氏遭州吁之乱，深恶之而陈其过失也。后世说诗之家，皆误以为斥庄公。朱子《集传》，且欲移此二篇于《燕燕》之前。盖不易其篇秩，则事类不伦，不足以圆其说也。无论三百篇旧第，先后已定，不容逞臆更移。即以数篇诗辞观之，亦复迥然有辨。乃知诗人吟咏之旨，不在彼而在此。《绿衣》归于自省，《燕燕》止述离愁，虽有怨情，终无愤语。其于庄公，仍不失温柔敦厚之意。若此《日月》《终风》二篇，指斥过恶，激切已甚。本以施之州吁，故亦无伤太过。况与国人《系鼓》之诗相承而不可乱乎？细绎通篇文义，皆贤母责逆子之辞。夫惟责之深，故疾之甚。乃不觉至于呼父母日月以诉之，所以写其忧愤也。其言"逝不古处"，谓不以古嫡母之道处我也。既不以母道相处，乃至于不顾其养，虽以母道临之，而彼不知所以报我。虽或见报，又多不循于理，是以痛愤之不能已也。郑《笺》泥于"逝不相好""畜我不卒"二语，以为所以接我者，不以相好之恩情；我虽尊亲之如父母，乃反养我不能终。必定此为施之庄公之辞。不悟好畜二字，古与孝通。《礼记·祭统》曰："孝者畜也"；《释名》曰："孝，好也，爱好父母，如所悦好也。"然则此篇所云"逝不相好"，乃庄姜责州吁不孝于己；下云"畜我不卒"，谓虽孝而又不能有终。益见其人之无定，而重伤之耳。解者不知父母一语，乃呼而诉之之辞，而误连"畜我不卒"为说，谓不得其夫而叹父母养我之不终，违乎诗人之本恉矣。

诗诂中有通训有定名

昔人每云："诗无达诂。"此未可以一概论也。惟诗诂中有通训，有定名，则未可以不辨耳。《何彼秾矣》诗："平王之孙，齐侯之子。"《传》曰："平，正也。武王女，文王孙，适齐侯之子。"马瑞辰《传笺通释》谓诗中叠句凡言为某之某者，皆指一人，未有分指两人者。说甚通达。惟必指平王之孙为平王之外孙，则泥矣。诗中既称文王为平王，则齐侯亦以德称，而非姜氏之齐，无疑也。古者王侯悉为君之通号，而齐又有庄正之意。此诗所云齐侯，犹言庄正有威之君耳。既得以平王称文王，则以齐侯称武王，亦何不可。特此处所用侯字，与泛指诸侯者不同耳。宋世学者不解平王、齐侯为通训，而强以定名释之，遂有一二家指为东周之诗。而朱子亦不能定，故于《集传》中著"或曰"以存其说。不悟随德而称，其号不一。见之载籍者，初不必以谥举也。以文王为平王，犹商称玄王，周称宁王耳。必欲以春秋王姬归齐事指实《何彼秾矣》诗，陋矣。

诗篇中或用本义或用借义

诗篇中用字,有用本义者,有用假借义者,在读者善会其意以无牾经旨而已。若茫然不察,统以假借释之,则转失古人之意矣。《二子乘舟篇》:"不瑕有害。"《传》曰:"言二子之不远害。"《笺》云:"瑕犹过也。我思念此二子之事,于行无过差,有何不可而不去也。"毛公训瑕为远,郑君释害为何,与《泉水传笺》同。盖以瑕为遐之假借,害为曷之假借,而其实非也。郑君训瑕为过,自胜《传》义。惟以何释害,则又失之纤曲,而经意转晦。细绎此篇与《泉水篇》均用"不瑕有害"一语,置于章末,皆用本义。不瑕,犹言无大过失也;有害,则谓揆之事理,小有所损耳。《泉水》上三章,皆卫女思归之事,而终之以"不瑕有害"者,言急归于卫,于己本无甚罪愆;然揆之于理,义不得归耳。故卒章承此而复为思之之辞,意甚明白。此篇思伋与寿之死,而终之以不瑕有害者,谓二子之蹈死不顾,于己固无罪愆,然卒以此陷父于不义,以成亲过；揆之于理，义不得死耳。读者必将此四字分作两截看，诗意乃显。此诗本以追伤二子，而卒责之子不责其君，益以见诗人温柔敦厚之意，自来解者皆失之。清儒求之通假，尤多穿凿。须知此与《大雅·下武篇》"不遐有佐"、《抑篇》"不遐有愆"，非特句法不同，即字谊亦全异，学者必辨之。

博治群经而后能通一经

治经贵在讲明大义。书中大义，求之本经不获，则从他经比勘之，复证诸子史群书，而先民立言之意，与夫切于饬躬淑世之故，十可考见其六七。《诗》之大义，无外美刺。而美刺之中，又重有大义焉，学者不可不知也。二《南》之后，即次以《邶》《墉》《卫风》三十二篇，居变风之首。余读此三风，则合而为一，以类相从，而不惜移易其篇次，排比错综以推寻之。始于古人编诗之微旨，豁然如有所悟。卫为周武王同母少弟康叔之后，自康叔七传至顷侯，而变风始作。顷侯再传至武公，修康叔之政，百姓和集，佐周平戎，有功王室。武公卒，子庄公立，在位二十三年。庄公卒，子宣公立，在位十九年。卫之祸乱，莫甚于庄宣之世。宣公再传而至懿公，卒为翟所破。赖齐桓公率诸侯伐翟，为卫作楚邱，立文公。文公与百姓共艰苦，而卫得中兴。今观《邶》《墉》《卫》三风，大抵皆刺诗，独《淇澳》与《定之方中》为美诗。一以美武公之修德力学，一以美文公之相都定基，以见卫之能速复旧物，赖有此二主耳。庄宣之乱，基于衽席，故刺此二君之诗尤多。康叔之泽，自顷公始衰，故以《柏舟》弁其首。通观此三十二篇诗，而卫盛衰兴败之迹，无掩焉矣。故读《诗》之要，必以《春秋》考其事迹，《三礼》证其名物，《尔雅》详其训诂。昔人所云"必博通群经而后能通一经"者，良以此也。

宋人经说可矫汉唐注疏之偏蔽

自清儒治经，大张汉帜，率屏弃宋贤经说不观，迄于今三百余年矣。平心论之，清儒惟考证名物之情状，审析文字之异同，足以跨越前人。至于引申大义，阐明诗教，不逮宋贤远甚。余观朱子说《诗》，名虽废序，而阴本序说者实多。以意逆志，曲得诗人之恉。以视郑君牵于礼制，致纡曲而难通者，则有间矣。外此若吕氏《读诗记》、严氏《诗缉》，悉能原本旧义，兼录时人说诗之言，无适无莫，实事求是。严书尤后出，集诸家之成。实能镕铸汉唐旧义，为一家言。自求说诗之书，盖以此为最善。余往岁为及门说诗，以毛《传》郑《笺》为本。毛郑义有漏略，辄采宋贤后起之说补苴之。取其长而不溺其偏，务在宣畅大义，期于明习经文而止。亦间抒己见，附于其末。尝厘为诗恉、诗诂二目，录成《讲疏》，以与及门诸子详之，惜乎未能卒业也。清末李慈铭，一生鄙夷宋学，独其劝友人治《诗》，以注疏及吕氏《诗记》、严氏

《诗缉》为之纲,而以陈启源、胡承珙、马瑞辰诸家书为之纬(见《孟学斋日记》)。实获我心,抑亦学者之公论已。

史字本义及史册起原

说文:"㕜,记事者也。从又持中。中,正也。"许君以中正之义说解史字结构之意,失之牵强。自来说者,或释中为簿书,或释中为简策,或释为盛筭之器,或释为作书之笔,言人人殊,要皆足以订许书说解之失。顾诸家所言,亦未为得也。余读《逸周书》,至《尝麦篇》有云:"宰乃承王中升自客阶,作筴,执筴从中,宰坐尊中于大正之前。"庄述祖改此三中字皆作龟,谓由古文形误,龟即龟之古文。庄说见《尚书记》。怡然理顺,令人解颐。余因悟古书中龟字而讹为中者,由传写之人贪省笔以轻其功,其例至广。㕜字从又持中,即从又持龟也。远古记事,契龟为先,史字实象之矣。从事物发展言,必先有文字而后有记载。依据近世地下发掘所得,知殷商甲骨刻辞为最早之文字记录。证之《尚书·多士》所云"惟殷先人,有册有典",是我国远在殷初,已有史籍矣。大抵事物之发生,必有孕育时期,断不可单据已发现之殷墟甲骨刻辞,遽谓我国至殷代始有文字。在殷以前,必已早有文字,顾犹有待于地下资料以证实之耳。有文字斯有记载,则典册之原,亦不自殷初始也。

用新观点理解远古传说

在尚无文字记载之时，远古史实，率凭传说。传说与神话不同，神话终归虚诞，传说则尚可依据。征之于文，"古"从十口，即十口相传之意。谓古代史实，皆由十口相传而来也。《易·系辞》及诸子百家书，言及上古，率称有巢、燧人、伏羲、神农之治。视巢、燧、羲、农为四大圣人，此则大谬不然也。今日用人类进化论之观点，去理解数十百万年前之事物，只宜看成四个进化阶段之代名词，而不可目为个别之杰出人物也。有巢氏代表巢居阶段，燧人氏代表用火阶段，固可顾名思义以得之。即伏羲氏一作包牺氏，取义于猎捕野物；神农氏可释为治田，取义于耕种土地。人类由住在树上，进而开始用火，再进而以渔猎为生，再进而栽培植物，此乃自然之进化顺序，而巢、燧、羲、农适与之合。故此种传说，自有依据，而非先民之臆造也。顾当时尚无文字，安有此四者之名词？此种名词，乃后世所追加。

唐尧、虞舜、夏禹,皆父系氏族社会末期之有名人物。至春秋战国时,经儒墨二家之推尊与渲染,率视为我国古代最崇高人格之代表;而尤称颂其禅让之德,传为千古美谈。其实此三人者,在当时亦仅黄河流域部落联盟之酋长耳。乃由氏族选举所产生。其时当选之条件,全在刻苦耐劳、有能力为群众任事而又为氏族所爱戴之人。当选者惟感任务繁重,极其劳苦,而又无优厚待遇与特殊权力之可言。故莫不彼此推让,而不致互相争夺,此即当时之禅让也。古书中称尧"茅茨不翦,采椽不斲;粝粢之食,藜藿之羹;冬日麑裘,夏日葛衣"(见《韩非子》);称舜"自耕稼陶渔以至为帝"(见《孟子》);称禹"身执耒臿以为民先"(见《韩非子》),"菲饮食,恶衣服,卑宫室"(见《论语》)。此种生活状况,实当时任酋长者分内之事,乃实录也。故韩非《五蠹篇》曰:"古之让天下者,是辞监门之养,而离臣虏之劳。古传天下,而不足多也。"盖确论已。

帝皇王名称之由来

　　帝、皇、王三字，皆为古代统治者之称，必须以金文、甲文解之，始能明其本义。许氏《说文》，但据小篆形体立解，不足以尽之也。帝字在甲骨文中，其形或作✳，此盖最初古文，象日之光芒四射状。初形当为✳，契龟者易○为囗而义晦矣。天地间最审谛之物莫如日，日与帝实即一字。许书以谛训帝，是也。人群中有统治者出，初民震其威力之大，即拟之于日，故以帝称之。古称"天无二日，民无二王"，又称"时日曷丧"，皆指君天下者而言。《易》曰："帝出乎震"，震谓东方，帝即日也。皇字在金文中作皇，或作皇，皆象日出土上光芒放射形。皇之本义为日，犹帝之本义为日耳。王字古文作王，或作王，从＝从山，山为古文火，＝为地。地下之火称王，犹天上之日称帝。古之统治者称王、称皇、称帝，取义皆同。合称皇帝，则自秦始。至于三皇五帝之说，所起甚晚。宋代刘恕谓"孔子之时，盖未有语三皇五帝者。言之者,皆周末秦后伪书"(见《通鉴外纪》卷一)。清代崔述亦云:"三五之说,本起于战国以后。"(见《上古考信录》卷上)今日上探古史,更不必耗心力于此矣。

革命一词起原甚早

《周易·革卦·彖辞》:"天地革而四时成。汤武革命,顺乎天而应乎人。"《尚书·多士》:"殷革夏命。"《逸周书·周月》:"其在商汤,用师于夏,除民之灾,顺天革命。改正朔,变服殊号。一文一质,示不相沿。"此皆"革命"一词见诸载籍之最早者。谓实行变革以应天命也。古代以王者受命于天,故称王者易姓,改朝换代为革命。《周易》《尚书》《正义》,均已详释之矣。

宜除尊古卑今之见

　　就人类进化而言，时代愈早，愈野蛮无礼，愈质朴少文。降至后世，文明日进，此必然之势也。而儒学必则古昔，称先王。自孔子祖述尧舜，宪章文武，而学者竞称三王，视夏、商、周三代开国之君为不可企及。相与思古而厌今，薄当世之事不可为，遂流于悲观遁世一派，此由于不善读史之过也。清初刘献廷尝曰："古之诸侯，即今之土司也。后之儒者，以汉唐宋之眼目，看夏殷周之人情，宜其言之愈多而愈不合也。"(见《广阳杂记》卷四）必具此高识，而后能明于三代之实迹而不为俗论所惑。考刘彬《永昌土司论》有云："土司土地之广，有数千里者，有数百里者，有数十里者，大小不一，强弱互殊。彼之官，土官也；彼之民，世民也。田产子女，惟其所愿；苦乐安危，惟其所主；草菅人命，若儿戏然；无有敢咨嗟太息于其后者。"其虐害人民甚矣。夏商周行奴隶制，其残酷视土司过之，曾何仁德、王政之足言？学史者慎勿为尊古之见所惑也。

宜去重中轻外之论

旧史言及中国与四裔，每喜重中轻外。《礼记·王制》云："东方曰夷，被发文身，有不火食者矣；南方曰蛮，雕题交趾，有不火食者矣；西方曰戎，被发衣皮，有不粒食者矣；北方曰狄，衣羽毛穴居，有不粒食者矣。"《王制》虽为汉博士所录之经说，然于此称述东南西北民族之野陋，益以表明中国之可贵耳。故在许氏《说文》中，惟夏字训中国之人。而羊部羌下云："南方蛮、闽，从虫；北方狄，从犬；东方貉，从豸；西方羌，从羊；此六种也。"则又比外族于兽畜矣。余往岁注《说文》，始订正许说。谓四裔之名，各有取义。古之造字者，莫不因其土宜习尚，随物立文。西方产羊，人以牧羊为俗，故羌字象之。南方多蛇，人擅捕蛇之术，故蛮、闽二字从虫。推之北方及东北习狩猎，故夷字从弓，狄字从犬。自余有此解，而后重中轻外之论可去。尝考《左传》《国语》言姜戎为姜姓，骊戎为姬姓，瓜州之戎为肸姓；《史记》言匈奴为淳维之后；《后汉书》言西羌为颛顼之后；《魏书》及《北史》言鲜卑拓跋氏为黄帝少子昌意之后。盖欲以此申怀柔羁縻之意，而收效至大。昔之蛮夷戎狄，在今皆吾中华之少数兄弟民族也，尤宜尊之重之。

左史右史

《汉书·艺文志·六艺略》云："古之王者，世有史官，君举必书，所以慎言行，昭法式也。左史记言，右史记事，事为《春秋》，言为《尚书》，帝王靡不同之。"而《礼记·玉藻》则云："动则左史书之，言则右史书之。"二说适相反，非由传闻异辞而然也。盖古之人君，左右有史，言行悉由记录，初则未必各有专主，两不相谋也。左史记言，亦兼记事；右史记事，亦兼记言。故后之称之者，错举互辞，皆无不可。所以必设两人者，资对勘，避漏误耳。当时所记之策，未必即传世之《尚书》《春秋》。《汉志》必续申曰："事为《春秋》，言为《尚书》"；郑氏《玉藻注》必实之曰："其书，《春秋》《尚书》其存者"；皆举例之辞。非谓当时所记，即此二书也。且左史、右史，本非史官之名，原为泛指帝王左右载笔者而言，何尝有记事记言之不同，截然分为二任乎？

逸周书

《周书》七十一篇,著录于《汉书·艺文志·六艺略》书家。颜注引《刘向》云:"周时诰誓号令也。盖孔子所论百篇之余也。"此乃古史之遗,体制与《尚书》近,而其内容保存兵家言为最多。后世称之为《逸周书》,义犹可通;或称《汲冢周书》,则非其实矣。今之存者,仅六十篇。余籀绎是书,前后校读数过。随校随失,竟无留本。后税驾武昌,复从徐氏桐风庼假观是书校注之书多种,重加温寻。计有王念孙《杂志》,卢文弨校本,庄述祖《尚书记》,何秋涛《王会篇笺释》,丁宗洛《管笺》,陈逢衡《补注》,孙诒让《斠补》,俞樾《平议》,于鬯《校记》,刘师培《补正》,陈汉章《后案》以及徐氏迻录惠栋、陶方琦批识本,与其家藏董文涣手批本,昕夕究览,尝欲撰为《周书集校》而未果成,仅录存《小笺》一卷。

君

《仪礼·丧服传》曰:"君至尊也。"郑《注》云:"天子诸侯及卿大夫有地者皆曰君。"上世以占有土地者即可支配一切,故名之为君。君者威也,谓有威势权力令人畏怖之人也。《说文》艸部莙下云:"读若威。"是君、威古声通。口部:"君,尊也。"君之得训为尊,盖受义于威。因之一切有威而能发号之人,古皆以君称之。故子称父母曰君,妇称舅姑曰君,妾称其夫为男君,称夫之嫡妻为女君,子称父之嫡妻曰君母,妻称其夫曰君子,皆是义已。《仪礼·丧服传》又曰:"君谓有地者也。"古之有国家者,土地最广,故得专君之称。君字在《说文》中,从尹,发号,故从口。古文作𠺞,象君坐形。固非国君莫属矣。

师

　　《说文》帀部:"师,二千五百人为师。"古文作𠂤。此字当以古文为正体。象猛兽形,即今之狮字也。师本兽名,假借以为师众之师;犹朋本鸟名,假借以为朋党之朋耳。师有众义,因之以德行道艺教民而为众人所归向者谓之师。《周礼·地官·序官》师氏《注》云:"师,教人以道者之称。"是即后人所谓传道、授业、解惑之师已。于是师与弟子之谊,乃见重于世。顾昔人以父子有亲,君臣有义,夫妇有别,长幼有序,朋友有信,谓为人伦之大者,名曰五伦,而独不及师弟。必不得已而有所归,亦只得附诸朋友之列耳。《礼记·学记》云:"能为师,然后能为长;能为长,然后能为君。故师也者,所以学为君也。"故师之为道,与君通矣。孟子尝引《书》曰:"作之君,作之师。"(见《梁惠王下》)亦以二者并举。

天地君亲师

《国语·晋语》有云："民生有三，视之如一。父生之，师教之，君食之。"此即君、亲、师三位一体之理论所自出。至战国末期，荀子《礼论篇》复云："礼有三本：天地者，生之本也；先祖者，类之本也；君师者，治之本也。无天地，恶（音乌，何）生？无先祖，恶出？无君师，恶治？三者偏亡焉，无安人。故礼上事天，下事地，尊先祖而隆君师，是礼之三本也。"此论传至汉代，为辑礼者录入《大戴礼记》，成为《礼三本篇》，益为宣扬而表章之。于是此一理论，深入人心。加以汉世表章儒术以来，二千年间，群视此论为儒学精义。非特士大夫尊信之，即庶民之家，亦世守不失。往时每过乡僻小户，莫不供奉"天地君亲师位"六字牌位于中堂，而朝夕焚香祀之。此种习俗，相沿已久，非可一朝尽革矣。

神道设教

《周易·观卦·象辞》曰:"圣人以神道设教,而天下服矣。"此一语也,足以蔽数千年间帝王欺世之术而无余。自来宰割天下者,深恐为众庶所不拥戴,于是伪造种种传说,以明己之受命于天,非他人所可企望,自其未生之时,已有奇兆异征矣。如言商之祖先契,乃由其母简狄误吞玄鸟卵而有身;周之祖先稷,乃由其母姜嫄误践巨人迹而受孕。早有歌咏存于诗篇,其后司马迁即据之以载入《史记》。自此历代史中叙及开国君主之诞生,莫不描绘神奇,如同天降。及其稍长,则又称其聪明睿智,非凡民所可拟。此皆假神道以欺蒙天下,使之畏伏顺命,不敢有二心也。秦末陈胜,一戍卒耳。当其揭竿而起,图谋大事,尚知为丹书置鱼腹,夜篝火作狐鸣,亦特假此以威众耳。况历代夺天下者,谋臣如雨,其献计以欺世,何可胜数。故读史者尤宜慎审而明辨之。

儒

在汉以前，儒为术士通称。故秦之坑儒，《史记·儒林传》称为"坑术士"。《周礼·天官·大宰》："以九两系邦国之民，四曰儒，以道得民。"盖有道术而为众庶所归附者，皆得名之为儒也。至于以孔子为师承、诵习六艺，而后谓之儒，则自汉代始。《淮南子·俶真篇》："儒墨乃始列道而议。"高诱注云："儒，孔子道也。"《周礼·大宰》："儒以道得民。"郑玄注云："儒，有六艺以教民者。"此皆汉人之见也。自汉以后，儒已流于濡缓柔弱一途。汉以前则不然，观《礼记》中载孔子对鲁哀公论及儒行，则谓非时不见，非义不合；见利不亏其义，见死不更其守；过言不再，流言不极；可亲而不可劫，可杀而不可辱；身可危也，而志不可夺也（具见《礼记·儒行篇》）。此是何等正直刚毅之儒！与汉世之所谓儒，大不相同。《史》《汉》儒林传但列经学专门之士，是以经生为儒也。自以经生专儒之名，而儒效乃狭。此后若魏晋清谈之士，宋齐梁陈文艺之士，皆称为儒，儒益不切于世用，而为世所诟病矣。其降而为唐之诗文，宋之道学，元明词曲，清之考证，虽各极其精专，而儒效益隐。在此数千年中，真能发挥儒之效用，成为有精神有气魄之大儒者，代不数人。此明末大儒黄道周所以必撰《儒行集传》加以表章之也。道周刚正立朝，临危不惧。卒能致命遂志，视死如归。岂寻常侈谈理学者所能及哉！

孔子与六经

自来言孔子者，必及六经；言六经者，亦必及孔子。以为删《诗》《书》，订《礼》《乐》，赞《易》道，修《春秋》，乃孔子一生最大之功绩。而龚自珍独曰："仲尼未生，先有六经；仲尼既生，自明不作。仲尼曷尝率弟子使笔其言以自制一经哉！"（见《六经正名》）此言甚卓，足以发俗论之蒙。孔子尝自称"述而不作"。朱熹释之曰："述，传旧而已；作，则创始也。"所谓传旧，乃将旧有古代文献传钞整理以备诵习及教学之用而已。《论语》一书，记载孔子一生言行甚详，乃至日常生活衣食住行与人往来之事，无不悉录。如果真有删订赞修六经之伟举，不应缺而不言。况孔子平日言《诗》，已云"《诗》三百"，或云"诵《诗》三百"，可知孔子当时所读之《诗》，即与今日篇数相符（今存三百五篇，古人举成数，故但云三百）。何尝有删《诗》之事？即此一端，其他自可类推。总之，孔子之学，大而能博，是我国古代大教育家，贵在言传身教，固不必以著述重。加以自战国以前，学在官府，私门无著述文字。孔子一生述而不作，不足怪也。

孔子生前与死后

　　孔子存时，周游列国，而道不行。所至之处，遭受不少陵辱。《史记·孔子世家》所云："斥乎齐，逐乎宋卫，困于陈蔡之间，于是反鲁。"此皆可取证于《论语》《孟子》而知其为实录也。去齐，接淅而行。在宋，大司马桓魋欲杀之。适卫，卫灵公不以礼遇。过匡，拘留五日。在陈绝粮，从者病，莫能兴。其所遭遇，至为痛苦。徒以其平日论政，极言"君君臣臣父父子子"为致治之本，有国家者欲藉此保障君权，以巩固其统治。故虽质朴少文如刘邦，尚知于过鲁时以太牢祀孔，遂开帝王尊孔之风。此后历代人君竞相礼重，修葺其祠墓，追加其封爵，由来久矣。旁逮边裔，莫不敦化。当清太宗在关外时，得明将何可纲，欲其降，可纲不从。使左右说之百端，终不听。太宗亲问其故，对曰："为诸生时，读孔子书，知君臣大义，故今日但求速死。"太宗叹息曰："孔子之教，其美至此！"即命立学宫于盛京，亲临致祭（见叶梦珠

《阅世编》)。由此可见帝王之所以尊孔,自有其政治上之最大意义。上有好者,下必甚焉。益以自汉武罢黜百家,表章六经。于是儒学定于一尊,而尊孔之风,莫之或替矣。

孔子言论之精华

孔子平日教人及所以自道之言多矣。其最精要者，自可行之百世而不疑，所谓百世之师也。《论语》所记，最为真实。其散在他书者虽广，或为假托，或属寓言，不尽可据也。今就《论语》中简明易行之语，择取其确有益于修己饬躬者录之。如云："过则勿惮改。"（《学而》）"敏于事而慎于言。"（同）"知之为知之，不知为不知。"（《为政》）"言寡尤，行寡悔。"（同）"不患无位，患所以立。不患莫己知，求为可知也。"（《里仁》）"见贤思齐焉，见不贤而内自省也。"（同）"听其言而观其行。"（《公冶长》）"敏而好学，不耻下问。"（同）"晏平仲善与人交，久而敬之。"（同）"伯夷、叔齐，不念旧恶，怨是用希。"（同）"学而不厌，诲人不倦。"（《述而》）"子绝四：毋意，毋必，毋固，毋我。"（《子罕》）"君子于其所不知，盖阙如也。"（《子路》）"其身正，不令而行；其身不正，虽令不从。"（同）"人无远虑，必有近忧。"（《卫灵公》）"君子病无能焉，不病人之不己知也。"（同）"君子不以言举人，不以人废言。"（同）"小不忍则乱大谋。"（同）"当仁不让于师。"（同）"有教无类。"（同）此处所举，虽仅二十条，苟能熟绎其理，引归身受，用以指导己之言行，大有益于淑身立业。世之尊孔学者，贵能记取其精言而力行之也。

孟子言论之精华

后孔子百年而有孟子。其人豪爽善辩，服膺孔子之道而盛赞之。其言论之载于《孟子》七篇者，懿训警句甚多。今择取其尤精要者录之。如云："子路人告之以有过则喜，禹闻善言则拜。"（《公孙丑上》）"行有不得者，皆反求诸己。"（《离娄上》）"人必自侮，然后人侮之。"（同）"人之患在好为人师。"（同）"博学而详说之，将以反说约也。"（同）"颂其诗，读其书，不知其人可乎？是以论其世也。"（《万章下》）"苟得其养，无物不长；苟失其养，无物不消。"（《告子上》）"虽有天下易生之物也，一日暴之，十日寒之，未有能生者也。"（同）"学问之道无他，求其放心而已矣。"（同）"先立乎其大者，则其小者不能夺也。"（同）"夫道，若大路然，岂难知哉！人病不求耳。子归而求之，有余师。"（《告子下》）"天将降大任于是人也，必先苦其心志，劳其筋骨，饿其体肤，空乏其身，行拂乱其所为，所以动心忍性，曾益其所不能。"（同）"生于忧患，死于安乐。"（同）"教亦多术矣，予不屑之教诲也者，是亦教诲之而已矣。"（同）"待文王而兴者凡民也；若夫豪杰之士，虽无文王犹兴。"（《尽心上》）"人之有德慧术知者，恒存乎疢疾。独孤臣孽子，其操心也危，其虑患也深，故达。"（同）"知者无不知也，当务之为急。"（同）"尽信《书》，则不如无《书》。吾于《武成》，取二三策而已矣。"（《尽心下》）"梓匠轮舆，能与人规矩，不能使人巧。"（同）"说大人，则藐之，勿视其巍巍然。堂高数仞，榱题数尺，我得志弗为也；食前方丈，侍妾数百人，我得志弗为也；般乐饮酒，驱骋田猎，后车千乘，我得志弗为也。在彼者皆我所不为也，在我者皆古之制也，吾何畏彼哉？"（同）如此豪言壮语，足以开拓胸襟。至于有裨治学教人之论，尤不刊之明训已。

卷四

宜知孔孟之弊短

　　孔孟生于周末，而其政治抱负，皆在复古。孔子即云："甚矣，吾衰也！久矣，吾不复梦见周公。"（见《论语·述而》）又云："凤鸟不至，河不出图，吾已矣夫！"（《论语·子罕》）可知孔子志在应天受命，以复周初之业。孟子论及治道，辄曰："《诗》云：'不愆不忘，率由旧章。'遵先王之法而过者，未之有也。"（《孟子·离娄上》）则孟子之志，亦在上法尧舜文武耳。当春秋战国之际，国斗力而人斗智。诸侯之有为者，咸思革旧图新，以振其邦。而孔孟周游列国，乃以则古称先游说诸侯。故各国之君，皆见以为迂远而阔于事情，不加礼重，不足怪也。故在今日读孔孟之书，但择取其言之有益身心修养者，深切体味可也。

虽时之相去已二千数百年，而其有关为人处世、治学接物之理论，多有格言名句。如能取精掇要，犹可古为今用也。

不可对孔孟迷信太过

孔孟言论有可取者，有不可取者，善学者自能辨之。昔王充撰述《论衡》，即有《问孔》《刺孟》诸篇，以为贤圣"仓促吐言，安能皆是"。取二人平日谈说中矛盾舛误之处，加以驳难。在汉代尊儒之时，不失为大胆之作。后世既尊孔子为"至圣"，又尊孟子为"亚圣"，孔孟并称，历时已久。自隋唐以下，实行科举取士，至明清而加厉。孔孟之说，乃成为命题、作文之思想源泉。循之者可取禄利，违之者即蒙贬黜。于是读书识字之人，莫不迷信孔孟。父子相传，不敢改易。甚至于一人之寿命短长，亦不敢超越圣贤矣。常闻俗谚有云："七十三，八十四，阎王不请自己至。"此言一人之寿命，以七十三岁与八十四岁为最不易过。其意无他，由于孔子之年，止七十三；孟子之年，止八十四；常人势不得超越之耳。乡曲陋儒，每届七十、八十之年，辄多坐以待毙，甚可闵叹。往者，尝有人叩余以斯谚原意，余即举此以晓之，亦聊以破除迷信耳。

孔子后裔世为民患

曲阜孔氏，经历代帝王尊宠之后，威势至重，多为民患。即以明代而言，已深为人所痛恶。张江陵执政时，衍圣公为孔子六十四代孙尚贤。所为多不法，当时至取与内监并提。仅就衍圣公每年自曲阜入京朝贡一事，沿途骚扰不堪。山东布政使据实上报江陵，江陵答书云："承示大监圣公横索驿递，今内官勋臣小有违犯，动被绳治。而圣公所过，百姓如被虏贼，有司亦莫之谁何，以其为先圣之后也。夫圣人秉礼为教，志在从周。假令生今之时，亦必斤斤守朝廷之法，不可逾越，况其后裔乎？后若再行骚扰，亦宜一体参究，庶为持法之公也。"（《书牍十二・答藩伯徐中台》）此万历八年之事。次年，江陵即与山东巡抚何起鸣为衍圣公每年入朝之事往复商议，重新规定。江陵答书有云："仆窃以为今亲王俱不朝贡，孔氏何必亲行？朝廷亦不必借此为重。渠每岁一行，族人佃户，科派骚扰，不胜劳苦。沿途生事百端，军民避之，无异夷虏。及至京师，淹留数月，待私货卖尽，然后启行，此岂为观光修贡者耶？窃以为宜如王府例，每岁只差人进马入贺，不必亲行。或当朝觐之年，预期奏请，得旨而后行，亦为简便。公如以为然，可疏请之。"（《书牍十三·答山东巡抚何莱山》）观此二札所言，即可想见圣裔倚势骚扰、作威作福之状。推之历代莫不如此，为害至大且远也。余尝两至曲阜，观孔祠、孔墓、孔府、孔林占地之广，营造之工，几与帝王媲美。威势之盛，由来已久。衍圣公偶尔出游，所过之处，已不堪其骚扰。则其平日欺压乡里，侵夺人民，不问可知矣。

战国以后儒学分为二途

《中庸》曰："君子尊德性而道问学。"此孔子设教之大纲也。其意在于为人与读书并重，用一"而"字，以明兼有之义。孔子自道已云："博学于文，约之以礼。"（见《论语·颜渊》）而其高第弟子颜回，亦言"夫子循循然善诱人，博我以文，约我以礼"（《论语·子罕》）。可知孔子平日自勉及教人，皆归于博文、约礼二者。博文即道问学之事，约礼即尊德性之事。孔子之学，包斯二事。后之学孔子者，仅各得其一偏，盖自孟轲、荀况始也。孟子之学，主于尊德性，故但言"尽心""知性"，不俟旁求，可以止于至善。荀子之学，主于道问学，故但言"劝学""诵经"，循序渐进，可以积微末以至高大。两家皆尊孔子，而途辙不同。孟子卫道之言为多，荀子传经之功不小，影响于后世均大。二千余年间，儒学分为二途，大有能分不能复合之势。即以宋代诸儒而言，二程并称，则大程偏重尊德性，小程兼重道问学。程朱并称，程偏于尊德性，朱重在道问学。朱陆并称，陆固偏于尊德性。下逮清代，有所谓汉学、宋学之争，汉学固偏于道问学，宋学固重在尊德性也。大抵自战国以来，衍孟子学说而前进者，以维护道统自任，流为义理之学；衍荀子学说而前进者，以传授经学自任，流为考证之学；其大较然也。

荀子之论教论治

孟子言性善，荀子则言性恶，谓人性本恶，可赖教化使之善也。孟子言法先王，荀子则言法后王，谓时代前进，不应追慕远古也。就其论教论治而言，荀固贤于孟矣。荀子书中，极言礼之重要。其所宣扬之礼，实指法度。与孔孟所言之礼，又有不同。如《礼论篇》云："绳墨诚陈矣，则不可欺以曲直；衡诚县矣，则不可欺以轻重；规矩诚设矣，则不可欺以方圆；君子审于礼，则不可欺以诈伪。"此论至为简要，与《管子》所言："以法治国，则举错而已。是故有法度之制者，不可巧以诈伪。"（《明法篇》）《慎子》所言："有法度者，不可诬以诈伪。"（《意林》引）语意正同。其书中畅发礼之效用处甚多。如《不苟篇》云："礼，法之大分也。"《儒效篇》云："礼者，人主之所以为群臣寸尺寻丈检式也。"皆与法家言极近，故一传而有韩非、李斯，夫岂偶然。礼，时为大。故荀卿力主法后王，而不贵复古。

汉学宋学渊源

七十子后学者,孟荀为大。荀卿之学,出于子夏;孟子之学,私淑曾子;皆圣门之支流也。后世既有汉学宋学之分,而汉儒宗荀,宋儒宗孟,渊源脉络,固犹可寻。考之传记,子夏文学著于四科,尝居西河教授。孔门诗学,由子夏数传而至荀卿,荀卿授浮丘伯,为鲁诗之祖。复授毛亨,为毛诗之祖。《春秋》公、谷二传,咸传自子夏。是汉之今古文经学,皆出于子夏也。宋儒得力,全在《大学》《中庸》二篇,子思亦曾子门人,自可以曾子括之。曾子所谓三省,所谓慎独,及《大戴记》曾子十篇所言,皆宋代理学诸儒学术所从出也。

荀卿鄙薄子思孟轲

　　《荀子·非十二子篇》讥子思孟轲"案往旧造说，谓之五行"。学者多不得其解。近儒章炳麟以子思作《中庸》，发端即曰："天命之谓性。"郑氏注取木金火水土分释仁义礼智信，乃子思遗说。斯言过矣。无论举五行以传人事，不必为子思本意；且《孟子》七篇俱在，无一语及五行，荀卿取以并论，其意必别有在，而非指《洪范》之五行审矣。寻绎《非十二子篇》主旨，大抵病诸子之言空泛高远，不能施诸行事以治当世。子思孟轲虽贤于彼十子，然其病有二：略法先王而不知其统，一也；案往旧造说，二也。五行特其造说之一耳。五行为何？则《中庸》所称之天下达道五：君臣、父子、夫妇、昆弟、朋友；《孟子》所称契为司徒，教以人伦：父子有亲，君臣有义，夫妇有别，长幼有序，朋友有信，是也。郑氏《中庸注》云："达者常行，百王所不变也。"然则古人以此五者为常行之道，盖亦素有五行之名。杨倞《荀子注》云："五行，五常。

仁义礼智信是也。"先民之言伦常者,以子思孟轲所论为最著明,此荀卿所谓"子思唱之,孟轲和之"者欤!或曰:"五伦之说,固自二家发之,然亦何损于道,荀卿奚为讥斥之耶?"曰:荀卿之意,非以其言五伦足以害道也,病其援据远古造为空说而不切于世用耳。《儒效篇》所谓"呼先王以欺愚者而求衣食焉",盖荀卿所深嫉恶者也。子思孟轲,案往旧造说者至繁夥矣,特举五行以示例也。荀卿于六艺犹曰:"《礼》《乐》法而不说,《诗》《书》故而不切。"则其薄子思孟轲之则古称先也固宜。所谓"甚僻违而无类,幽隐而无说,闭约而无解"者,亦犹法而不说,故而不切之意耳。杨倞申其旨曰:"荀卿常言法后王,治当世,而孟轲子思以为必行尧舜文武之道,然后为治。不知随时设教,救当世之弊,故言僻违无类。"此言得之矣。呜呼!儒者之效,固以匡时济物为最要。荀卿颂周公功烈之美,谓为大儒之效。则其鄙夷二家,亦岂过哉!

诸子与群经比重

立言之书，愈早愈简，愈为可贵。昔人所云得唐以下书千卷，不逮汉以上书一卷者，谓此也。故周秦诸子与群经传记互相表里，诸子所言，有合乎经义者；诸子中引用群经处既多，而诸子之文亦有采入群经者。故究绎周秦立言之书，自不能循昔人经子畛域而妄分轩轾也。《汉书·艺文志》叙录诸子，乃云："合其要归，亦六经之支与流裔。""若能修六艺之术，而观此九家之言，舍短取长，则可以通万方之略矣。"当汉世专尊儒学、罢黜百家之时，能为此言，可谓有识！

管子十八篇在法家

管子书八十六篇，乃由后人裒集多种遗文而成之丛书，《汉志》著录于道家。而《史记·管晏传赞正义》引《七略》曰："《管子》十八篇在法家。"论者或疑《七略》乃《七录》之误；又疑十八篇当为十八卷；而其实皆非也。盖古人簿录群书，本有互著之例。一书而两类重见，亦犹韵书收字，分隶四声，一编之中，无嫌复出。书之体用既明，学之原流自显。拙撰《广校雠略·簿录体例论》中已详言之矣。管子之书，旧苦博杂。昔人已尝选录其中法家之言十八篇，使离全书别行，以便诵习。故《七略》既列其全书八十六篇于道家，复录此十八篇于法家。亦犹《内业》《弟子职》皆《管子》中之二篇，《七略》又别出《内业》列入儒家、《弟子职》列入孝经家耳。推之韩非所云："今境内之民皆言治，藏管商之法者家有之。"（见《五蠹篇》）刘备遗诏后主所云："闻丞相为写《申》《韩》《管子》《六韬》一通。"（见《蜀志》裴注引《诸葛亮集》）皆指此十八篇之简编殆无疑义。不然，如彼八十六篇之大书，境内之民，已难家有；诸葛亮又何暇为后主尽写之耶？余夙好诵习《管子》，尝反复究绎其论法诸篇，果得其中精粹之文，凡十有八：一、《牧民》，二、《形势》，三、《权修》，四、《立政》，五、《乘马》，六、《七法》，七、《版法》，八、《法禁》，九、《重令》，十、《法法》，十一、《君臣上》，十二、《君臣下》，十三、《任法》，十四、《明法》，十五、《正世》，十六、《治国》，十七、《七臣七主》，十八、《禁藏》，共十八篇。与古人所揭橥之篇数适同，不知尚有出入否也。余尝有意从《管子》中抽出此十八篇，为之疏证，使之别行。终以他事间之，未能成也。

周秦法家对后世政治家之影响

周秦诸子中，有志用世，以富强国家为己任者，莫若法家。故法家者，即古代之政治家也。魏世刘邵品第人物有曰："建国立制，富国强人，是谓法家。管仲、商鞅是也。"（见《人物志·业流篇》）近儒章炳麟尝谓"法家者流，则犹西方所谓政治家也，非胶于刑律而已"（见《訄书·商鞅篇》）。此其言是矣。夷考古代大政治家之所不可及者，必具二种最根本之精神：一曰敢于变古；二曰勇于任事。观管子所云："随时而变，因俗而动"；"不慕古，不留今，与时变，与俗化"（均见《管子·正世篇》）。商君所云："苟可以强国，不法其故；苟可以利民，不循其礼"；"三代不同礼而王，五霸不同法而霸"（均见《商君书·更法篇》）。此是何等变古意识！子产所云："苟利社稷，死生以之。"（《左传》昭公四年）郭偃所云："论至德者不和于俗，成大功者不谋于众。"（《商君书》引）此是何等任事气志！具斯二者，而后能有所建树。故历代有所作为之人物，必自周秦法家书中吸取精理，身体而力行之，而后能毅然任天下之重。远者勿论，即以宋之王安石、明之张居正而言，其全副精神，皆自周秦法家书中来也。若王安石所云："天变不足畏，祖宗不足法，人言不足恤。"张居正所云："利于公者，必不利于私；怨讟之兴，理所必有。"是何等胆识！何等毅力！非有法家理论以启迪之，曷克臻此。故周秦法家之书，所以沾溉后世者，至深且远，自未可轻忽视之。

徒儒不足以致治

儒家之学，多尚空谈；与法家之务实事实效者绝然不同。空谈足以祸国，故法家诋之为六虱五蠹。以立国而论，非食则无以安民，非兵则无以御侮。故周秦法家重视耕战，乃其富国强民之弘纲也。历代政治家咸以重农讲武为致治之要图，悉循法家理论而行之耳。虽孔子亦尝言"足食足兵"，然闻其弟子樊须请学稼，辄斥之为小人，是其轻蔑农耕甚矣。孟子则痛诋"善战者服上刑"，"辟草莱、任土地者次之"，是并耕战而皆弃之矣。故儒家之道，以迂阔见讥于春秋战国之世。后之为国者，知徒行儒术，不足以致治，必以法家之道辅之也。自汉武以后，已尊崇儒学矣。然当元帝少时，见宣帝好用刑名绳下，请用儒生。宣帝作色曰："汉家自有制度，本以霸王道杂之。奈何纯任德教，用周政乎？"（见《汉书·元帝纪》）此其言可深长思也。后世政治家，莫不精通法家之学，夫岂偶然！

李斯乃千古人杰

论者多谓韩非集法家学说之大成。余则以为此特集法家理论之成耳，谓为周秦政治理论家则可，非即政治家也。若夫择取法家精要之论，施之行事而致大效者，自推李斯为不可及，真可谓集周秦法家之精英而取得成功者也。斯少时尝从荀卿学帝王之术，及入秦，得行其道，反逐客，请焚书，书同文，行郡县，佐秦皇统一天下，皆其功之荦荦大者。又况书法精美，文辞高洁，允推当时第一。周秦法家，大抵质朴少文，惟李斯奏议尚有华藻耳。后世徒以其建焚书之议而深恶之。不悟秦初灭六国，一天下，而群言淆乱，非大刀阔斧，势难定于一尊。其焚《诗》《书》，亦特所以禁复古之思耳。始皇取书之不中用者而尽去之。其中用者，若医药种树之书，明令保存，而竟无一卷留传后世，是岂秦焚之所致耶？自李斯为秦皇定开国之规，举凡朝仪、制度、职官、刑律，下逮郡县一切设施，莫不由斯定之。自秦以下二千余年之帝制，率由秦旧，凡所施行，皆秦政也。微李斯，亦无第二人能创立此一规模。谓之为千古人杰，谁曰不宜。凡尚论古人，须从大处着眼。自来为文以诋斥李斯者，皆腐儒之见耳。顾可为斯惜者，当意得欲从之时，不自敛抑，早为始皇所忌。方始皇从山上望见丞相车骑甚盛而深恶之，祸即伏于此时。自古威名震主之臣，鲜有得善终者。李斯虽尝明于"太盛难守"之理，而不知卑以自牧，藉全其躯。盖其杀身之祸，固不自赵高胡亥时始作祟也。《易》曰："鬼神害盈而福谦，人道恶盈而好谦。"有以哉！

威名震主者多蒙奇祸

洪氏《容斋五笔》卷一有《人臣震主》条云："人臣立社稷大功，负海宇重望，久在君侧，为所敬畏，其究必至于招疑毁。"下即列举汉之韩信、霍光、周亚夫，晋之谢安，齐之高德政，隋之高颎，唐之郭子仪、李德裕，皆有功王室，威名甚重。或遭杀戮，或受贬黜，皆不及李斯具五刑、论腰斩、夷三族之烈也。观斯《狱中上书》，自述七罪，实则颂功。在囹圄之中，犹自恃其有功。功固高矣，究何救于人主嫉忌之情乎？余观历代开国之主，不惜杀功臣以自固，深恐其威势大而不易控御耳。真能知进知退，不有其功，韬晦自隐，以全其终如留侯者，不多也。

三 纲

三纲之说，非始见于儒书也。《韩非子·忠孝篇》已云："臣事君，子事父，妻事夫，三者顺则天下治，三者逆则天下乱，此天下之常道也。"是周秦法家先言之矣。其见于儒书较晚，《白虎通》言及三纲六纪，始云："三纲者，何谓也？谓君臣、父子、夫妇也。……故《含文嘉》曰：君为臣纲，父为子纲，夫为妻纲。"是三纲一名，本出纬书也。顾何以名之为纲？必有原意。窃谓纲为提纲之总绳。纲举则目张，借喻以一统繁之义。古之统治者，臣工甚多，而君为之纲；子女不少，而父为之纲；妻妾成群，而夫为之纲。纲者主也，谓众人之中，以此三者为主也。为之主则有统率之意，而臣、子、妻服从之义出焉。《韩非子》以臣事君、子事父、妻事夫为天下之常道，意即在此。

妇　节

《周易·恒卦·象辞》有曰："妇人贞吉，从一而终也。"此盖古籍中言及妇人贞操之最早者。从一而终，即后世"烈女不事二夫"之意。远古盖仅有此理论，而无明确之规定。加以妇之事夫，视子之事父，臣之事君，原自不同。故后世国家律令，亦严于不孝不忠，而妇之再嫁者，无禁焉。稽之于史，妇人守节义死者，周以前可指数，自汉至唐亦寥寥。北宋初年，以范仲淹之贤达，身为名臣，而幼苦孤贫，随母再适朱氏，生平不以为讳。其子纯佑早死，适其门生王陶丧妻，乃以其寡媳改嫁于王。可知其时尚不以夫死改嫁为耻也。

必以夫死不嫁为贞操，成为风尚，相与讲求而倡导之，则自程朱理学诸儒始。《近思录》卷六述程颐事有云："问孀妇于理似不可取。如何？曰：然。凡取以配身也。若取失节者以配身，是己亦失节也。又问或有孤孀贫穷无托者，可再嫁否？曰：只是后世怕寒饿死，故有是说。然饿死事极小，失节事极大。"
《朱子文集》卷二十六《与陈师中书》有云："朋友传说
令女弟甚贤。必能养老抚孤，以全柏舟之节。此事
更在丞相夫人奖劝扶植以成就之。使自明没为忠
臣，而其室家生为节妇。斯亦人伦之美事，计老兄昆
仲必不惮赞成之也。昔伊川先生尝论此事，以为饿
死事小，失节事大。自世俗观之，诚为迂阔。然自知
经识理之君子观之，当有以知其不可易也。"自有"饿
死事小，失节事大"之说，于是妇女死于贞烈者乃多。
元朝享国虽短，而《元史·列女传》中已有节烈妇女
近二百人。《明史》增多，竟达三百余人。其他处于
乡僻而未见甄录者，尤不可胜数。

　　《春秋》桓公十五年《左传》记载雍姬之母所言：
"人尽夫也，父一而已。"此谓夫死尚可择人而嫁，犹
能得夫；父死则莫能再有父矣。本无语病，正可说明
其时不以改嫁为非也。而凿者必谓"夫"字为"天"字
之误，改为"人尽天也"以解之。不悟雍姬原以父夫
轻重问母，并无一语及天。则其母何由而有人尽天
也之对乎？此其说必不可通也。即以孔子一家而
言，据《礼记·檀弓》所载，已有三世出母之事，此亦
人尽夫也之佐证矣。至于秦皇统一天下后，为敦化

厉俗，禁止淫泆，于会稽刻石纪功时，乃云："有子而嫁，倍死不贞"；"妻为逃嫁，子不得母"。是劝民安家乐业之辞。谓无夫者不得倍（背）死，有夫者不得逃嫁耳。此与后世所奖励之节烈，大不相同也。

先秦诸子言治相尚以法

当春秋战国之时,纷乱极矣。故言治者,莫不趋重于法。郑子产将死,语人曰:"惟有德者,能以宽服民;其次莫如猛。夫火烈,民望而畏之,故鲜死焉;水懦弱,民狎而玩之,则多死焉。"仲尼曰:"善哉!政宽则民慢,慢则纠之以猛。"及子产卒,仲尼闻之,出涕曰:"古之遗爱也。"(均见《左传》昭公二十年)可知孔子论治,非全任德教明矣。孟子之时,世变益急,乃言"徒善不足以为政,徒法不足以自行","上无道揆也,下无法守也,国之所以存者幸也"(均见《孟子·离娄上》)。则已倾向于法治矣。至于荀卿,直谓"重礼尊贤而王,重法爱民而霸"(《荀子·大略篇》),"政令教化,刑下如影"(《臣道篇》)。与法家之论,尤为接近。由此观之,先秦儒家,已知重法,故荀卿一传而有韩非、李斯也。战国之时,儒墨同称显学。而墨者巨子腹䵍之言曰:"墨者之法:杀人者死,伤人者刑。夫禁杀伤人者,天下之大义也。"(见《吕氏春秋·去私篇》)是墨家论治亦重在法矣。至于道家，则《史记》中老庄申韩同传，足以证说道与法实相通也。盖道者，乃人君南面术藏之于内者也；法者，乃人君南面术施之于外者也。二者相辅相成，不可或缺。故先秦道家书中，多言及法；法家书中，亦常涉道，非无故矣。若夫管商韩非之书，尤集论法之精英，固非泛泛者所可比也。

周秦政论

余早岁博览周秦诸子之书，分二途以探究其精义。一曰政论，二曰道论。我国古代政论之精华，大抵皆在法家书中。因撮钞其妙义名言，分为三编以写定之。上编为《周秦诸子政论之总精神》。下分八目：一曰敢于变古，二曰勇于任事，三曰重视学习，四曰力戒骄满，五曰奖励耕战，六曰抨击空谈，七曰反对德治，八曰实行法治。中编为《周秦诸子论法》。亦分八目：一曰法之起原，二曰法之作用，三曰立法标准，四曰行法范围，五曰破私任法，六曰黜言任法，七曰尊法重令，八曰法治之效。下编为《周秦诸子论政》。区为十目：一曰树立威势，二曰创建制度，三曰尊重爵禄，四曰任用贤能，五曰循名责实，六曰裕财节用，七曰藉刑去刑，八曰以战止战，九曰严明赏罚，十曰集权中央。如此条分类举，而法家精要之语，悉在其中，而总名之曰《周秦政论类要》。初但节录白文，分别比次。置诸案头，用备省览。后三十余年，友人见而好之。谓虽周秦遗言，犹可古为今用。并请为简注以晓人。因就字句之难明处，略加笺释焉。凡有意究绎古代政治家议论主张者，不俟旁求矣。

周秦道论

道论在周秦西汉，是一种专门学问，是指导人君如何统治天下、控御臣工之南面术。在古代有专家传授，开门授徒，如汉初经师传经之法。司马迁称述其父司马谈学术渊源有云："太史公学《天官》于唐都，受《易》于杨何，习道论于黄子。"（见《太史公自序》）与《史记·李斯传》中所言"从荀卿学帝王之术"，意无不同。黄子，即当时传授道论之大师。此种理论，至为幽眇。故《淮南子·要略篇》云："道论至深，故多为之辞以抒其情。"可知西汉学者皆尊其术。亦惟汉儒深通其旨，故司马谈《论六家要指》，极推道德之论，为诸家所不及。以为"立俗施事，无所不宜。指约而易操，事少而功多"。"其术以虚无为本，以因循为用。""虚者，道之常也；因者，君之纲也。群臣并至，使各自明也。"而人君无为而无不为之旨，悉在是矣。故余以为《论六家要指》一篇，实通究道论之邮。必由此入门，而后能窥道论之奥。于是为

《论六家要指述义》一卷以发明之。因综治诸子之论道者,复撰成《管子心术》上下、《白心》《内业》四篇《疏证》各一卷,《道论足征记》一卷,《老子疏证》二卷,以证说无为之真谛,又为《道论通说》以总会之。合此数种,刊为《周秦道论发微》。于是道论精蕴,亦略可窥其大要矣。

内明外昧

《白虎通义》卷四云:"天子所以内明而外昧、人所以外明而内昧何? 明天人欲相向而治也。"(《论人事取法五行》)陈立《疏证》疑"子"字为衍文,非是。所谓天子内明而外昧者,即掩其聪明、藏其智故之谓也。此人君南面之术,合于《老子》之绝圣,《庄子》之内圣,非书生所易憭,而汉人犹能知之。

《白虎通义》卷九:"汁中生神明,神明生道德,道德生文章。"(《论天地之始》)神明者,人君也;道德者,治术也;文章者,事功也。皆非俗士所能知。古书中凡言神明,多指君言。远且勿论,即如唐初孔颖达对太宗所云:"帝王内蕴神明,外须玄默,使深不可知。"(见《贞观政要·论谦让》)主道重在内藏聪慧,外示昏昧,使人望之若神而不可测。韩非所谓"主上不神,下将有因"(见《扬权篇》)。乃南面术之精髓也。

文廷式《纯常子枝语》卷一云:"刘邵《人物志·

流业篇》分十二流，而以为皆人臣之任，主德不预焉。主德者，聪明平淡，总达材，而不以事自任者也。此道家之旨。《四库提要》以为其学虽近名家，其理弗乖于儒，犹未推其本也。"考唐以上立言之家，无不通于道家之旨，岂第刘劭为然。刘邵所言主德，通于道论之要矣。文氏乃清末文士，固不足以知此。

道论之要，主于"去健羡，绌聪明，释此而任术"，非特用之人君也。即达官显宦，亦贵以愚自处，不先露己之聪明才智以断事。否则好恶之见早形于外，鲜有不为僚属所欺蔽者。余早岁在京，闻老辈言及清末一巡抚，好先抒己见以与僚属议事，僚属唯唯而已。有一桀黠者，谙其素性，思逢迎之。值有大事召其相商，乃先备手本二，分书正反意见，置左右囊中。及入见聆巡抚所言毕，辄取出与其意合之手本面呈曰："卑职所见，谨同尊意。"巡抚览毕而器赏之，益加倚重，而不知为其所骗矣。《韩非子·扬权篇》曰："主上不神，下将有因。"又云："主失其神，虎随其后；主上不知，虎将为狗。"岂不然欤？《中庸》曰："官盛任使。"为大官者，亦自有主术在也。

百家言主术同宗无为

世之治哲学者，咸谓道家之言清静无为，乃欲返诸太古之无事。使果如此，必致耕稼陶渔、百工技艺，皆清静无所事事，则乾坤或几乎息矣，乌睹所谓后世之文明乎？故其说必不可通。此余所以必为《周秦道论发微》，以明无为之旨本为君道而发，初无与乎臣工民庶也。吾尝博究周秦诸子之书，非特《老子》五千言为道论之精英，即其他诸子书中，如《管子》之《心术》《白心》《内业》，《庄子》之《天道》，《韩非》之《主道》《大体》《扬权》，《吕览》之《圜道》《君守》诸篇，言之尤为深切著明。其片言数语之散见群籍者，更不可胜数。仲尼赞《易》，惟以乾坤易简为言；虞廷赓歌，但取元首丛脞垂戒；则与清虚自守之旨，无勿同者。仲尼论政，有曰："为政以德，譬如北辰，居其所而众星拱之。"（郑玄注：德者无为也）又曰："无为而治者，其舜也与！夫何为哉？恭己正南面而已矣。"叹尧之民无能名，唯能则天；称仲弓居敬行简,可使南面。由此论之,则孔子之言主术,亦无以远于道德也。下逮七十子后学者所记,若《大戴礼记·子张问入官》之类,引申其旨,意更明白。荀卿生于周末,而《王霸篇》中广陈人主任人而不任智之义,以阐扬无为之意,谓为百王之所同,儒者之所谨守。则道德之论,由来远矣。虽在墨子之书,论及主术,亦莫不归于无为。《所染篇》曰:"善为君者,劳于论人,而佚于治官;不能为君者,伤形费神,愁心劳意。然国逾危,身逾辱,以不知要故也。"然则墨子此论,自亦原于道德。西汉儒家若司马谈父子,固深通道论之要。即如淮南王刘安及董仲舒之俦,发明无为之旨为最详。信如《淮南子·齐俗篇》所云:"道德之论,譬犹日月也。江南河北,不能易其指;驰骛千里,不能易其处。"此所以百家言及主术,理无二致也。

用　人

行远自迩,登高自卑。故自来言用人者,莫不重视资历。资历深则经验富,由下而上,乃克有济。《韩非子·显学篇》云:"明主之吏,宰相必起于州部,猛将必发于卒伍。"此用人之大经也。盖必先为亲民之官,熟谙人间疾苦;及其为相,始能留心民事。必先出身行伍,与士卒同甘苦,及其为将,始能克敌制胜。故文武之职,皆必自下而上也。东汉县令,往往入为三公;晋制不经宰县,不得入为台郎;唐世凡官不历州县,不拟台省;宋制非两任州县,不得除监察御史;皆即此意。

明大学士丘浚,论公铨选之法有云:"用资格,亦不纯用资格。不用资格,所以待非常之才,任要重之职,厘繁剧之务。用资格,所以待才器之小者,任资历之浅者,厘职务之冗杂者。"(见《皇朝经世文编》卷七一)此议亦卓!世间自有非常之才,不必按资历进者。然世无伯乐,则不能识千里马。是以虽有非常之才，终身困辱，不得展其才志者，亦已多矣。自来秉国钧者，类多无识；而擢用人才，不免胶柱鼓瑟。真能破格起用人才者，不多也。大抵世间一切制度，皆为中才而设。果有英奇人物，自不应为铨选常规所限。

道与器

《易·系辞上》曰："形而上者谓之道，形而下者谓之器。"《礼记·乐记》曰："德成而上，艺成而下。"近世学者每据此数语，谓我国自来重虚谈而轻实艺，可见于斯。故数千年文化之所积累，议论甚多而器艺不振。要其所见，亦自持之有故也。大抵古人以物之可见而实际存在者为形而下，而理论幽眇不易推测者为形而上；修之于己而有德行者为上，智者创物而成器艺者为下；此固数千年相沿之陋见也。观于秦焚六经而不去医药卜筮种树之书，其后经传复出，而实用专籍俱不传于后世，此亦其明验已。稽之于史，若远古之璇玑玉衡、南针刻漏以及公输子之飞鸢，文献足征，非同臆说。其后若张衡之候风地动仪，见《后汉书》；魏曹植之鸭头鹊尾杓，见《皇览》；诸葛亮之木牛流马，见《三国志》；隋炀帝之曲水行酒船，见《大业拾遗记》；唐海州巧匠之十二辰车，马待封之皇后妆具，及为李劲所造酒山，俱见《朝野金载》;韩志和之木雕鸾凤,见《杜阳编》;金忠义之记里鼓,见《三朝记》;宋张思训之楼阁浑天仪,见《宋史》;元顺帝之宫中莲花漏,见《元氏掖庭记》;及清人黄履庄,见《虞初新志·黄氏小传》;江永,见《婺源县志》。此类巧思奇制,卓卓可传。特以昔人重道轻器、尊德贱艺之思想,支配一切。故虽有创造,率以技艺目之,是以不传于后。至于历代大科学家之所发明,穷极精邃,不久旋绝,尤难悉数矣。

科学制造

　　自阮元纂《畴人传》，复得罗士琳、诸可宝续补，而后数千年间天算学之成就，粲然可考。虽亦间及奇器异物之制造，然犹嫌其太简略也。如欲搜集此类记载，则杂书方志所录，亦有可资参究者。即以清代遗闻言之，《虞初新志》称黄履庄少聪颖，时出新意，作诸技巧。有双轮小车一辆，长三尺许，可坐一人。不烦推挽，能自行。行住，以手挽轴旁曲拐，则复行。又作验燥湿器，内有一针，燥则左旋，湿则右旋，并可证阴晴也。《婺源县志》称江永能制奇器，家中耕田，悉用木牛。行城外，骑一木驴，不食不鸣。人以为妖，笑曰："此武侯成法，非妖也。"又置一竹筒，中以玻璃为盖，以钥开之。向筒话毕，即闭传千里，开筒而耳其音，不啻面谈也。湘潭孙季虞师，朴学功深，自精通六书声韵外，复邃于天文算法。余早岁居长沙，尝为余言清末新化黄某，以专精数理，为名公卿所礼重，尝应聘至江南制造局，以发抒其所学。后以病归，而家清贫，无力雇仆役。恒苦卧床不起，乏人应宾客。辄出己意造一木人，客至，稍动其机，木人可以进茶阖户，与生人同。平时又可司洒扫，竟赖其服劳之力。迨黄氏既没，器亦旋毁，知之者鲜矣。若此类自行车、传话筒、机器人之发明制造，皆早于西洋各国数百年。而昔人率视为小道末技，未有传习而讲求之者，此固我国近代科学发明停滞不前之最大原因也。念之累欷！

诸子与王官

　　自来论及周秦诸子渊源者，多本《汉书·艺文志》之说，以为出于王官。而《汉志》实本刘歆《七略》，是西汉末年始有此说也。前此若《庄子·天下篇》《荀子·非十二子篇》、司马谈《论六家要指》《淮南子·要略篇》论列诸子，皆无此说。而《淮南要略》所言，尤为周洽而切当。其意以为诸子之学，皆起于救世之弊，应时而兴。故有殷周之争，而太公之阴谋生；有周公之遗风，而儒者之学兴；有儒学之敝，礼文之烦扰，而后墨者之教起；有齐国之强盛，而后管子之书作；有战国之兵祸，而后纵横修短之术出；有韩国法令之新故相反，而后申子刑名之道生；有秦孝公之图治，而后商鞅之法兴。要其大旨，以为诸子学派之起，皆原于世变所需。说最近理，故余平生论及斯事，服膺其论，以为不可易也。清儒如章学诚、汪中、龚自珍，近代若章炳麟、刘师培，皆推阐刘《略》班《志》之意而引申说明之。以为古者学在官府，私门无著述文字。自官学既衰,散在四方,而后有诸子之学。不悟百家竞兴,各有宗旨,与王官所掌,不能尽合。大抵诸子相因而生,有因前人之学而引申发明者,有因他人之说而相攻甚力者。如谓王官之学衰而诸子兴,犹可也;必谓诸子之学一一出于王官,则不可也。清末惟长沙名儒曹耀湘不信刘班诸子出于王官之说,载所见于《墨子笺》中,最为通达。曹氏年辈,远在章炳麟、刘师培之前,而所见则在章刘之上,可谓有识!近人胡适,有《诸子不出于王官论》,亦有理致,皆发前人所未发也。

四民可增为六

春秋成公元年《谷梁传》曰："古者有四民：有士民，有商民，有农民，有工民。"四民之称，实始于此。特其时以士商农工为四民，非如后世之以士农工商为序也。《国语·齐语》："公曰：处士农工商若何？管子对曰：昔圣王之处士也，使就闲燕；处工，就官府；处商，就市井；处农，就田野。"桓公虽以士农工商发问，而管仲仍以士工商农为对。可见四民之序，犹未一致也。稽之文献，盖以士农工商为四民，实始于汉人。汉世崇儒，又曾贵粟，故以士农居前，工商处后。《说苑·政理篇》云："四民均，则王道兴而百姓宁。所谓四民，士农工商也。"《汉书·食货志》云："士农工商，四民有业。"自此约定俗成，莫之或改矣。四民为立国之本，故有国者重之。窃尝以为但有四民，犹未足以致国家于至治之域也。人民众矣，非医则无以养生治疾。土地广矣，非兵则无以御侮保邦。故四民之外，宜益以医兵二者，合之而为六民，其效始著。《汉书·食货志》尝简括四民之业云："学以居位曰士，辟土殖谷曰农，作巧制器曰工，通财鬻货曰商。"余又可续以二语曰："养生治疾曰医，御侮保邦曰兵。"庶有以明于医兵之为用，与士农工商轻重略等，不可或缺也。汉人簿录群书，犹知列方技、兵书于《七略》，非偶然已。

古代毁誉失准

古人赞述善行，必称尧舜；论列恶人，必举桀纣。毁誉之间，自多渲染夸大。此在周末，已有疑之者矣。子贡曰："纣之不善，不如是之甚也。是以君子恶居下流，天下之恶皆归焉。"（见《论语·子张篇》）《列子·杨朱篇》云："天下之善，归之尧舜；天下之恶，归之桀纣。"盖自进入阶级社会以后，帝王权大，无复有人可以控御之者。于是有人举出尧舜以为标准之人格，举出桀纣以为凶暴之典型。使后之为君者，善有所法，恶有所戒。盖周初好事者为之，以垂鉴于后世耳。《风俗通》卷二曰："世之毁誉，莫能得实。审形者多，随实者少，或至以有为无。故曰：尧舜不胜其善，桀纣不胜其恶。"可知毁誉失平，昔人同慨。治古史者，固应洞烛其中隐情，不可轻信。即读自汉以下历代"正史"，于其毁誉是非之际，亦当审别而稽核之，此孟子所谓"尽信《书》，则不如无《书》"也。

昔之论世道者，莫不褒古贬今。以为古人皆胜于今人，古代远过于近代，此媚古之害也。桓谭《新论》有云："上古称三皇五帝，后世有三王五伯，此皆天下君主之冠首也。故曰：三皇以道治，五帝以德化，三王由仁义，五伯尚权智。其说曰：无制令刑罚之谓皇，有制令无刑罚之谓帝，赏善除恶、诸侯朝事之谓王，兴兵结盟、信义要世之谓伯。"（《太平御览》卷七七引）可知汉人已有此见。下及明代吕坤，则曰："三皇是道德世界，五帝是仁义世界，三王是礼义世界，春秋是威力世界，战国是智巧世界，秦以后是势利世界。"（见《呻吟语》卷三）是其议论益为激厉，以为古是今非，一代不如一代矣。此种思想沁入人心，自然悲观失望，油然而生厌世之念，发思古之幽情，与当世龃龉不合矣。

秦法禁止颂古

秦既灭六国，一天下，下令焚书。令下三十日不烧者，罪止于黥为城旦。而偶语诗书、是古非今者，则必处以极刑，或弃市，或族诛。盖欲禁绝自来颂古之风，以开力行新政之路。不如此，不足以矫枉救弊也。远在商鞅之时，已教秦孝公燔《诗》《书》而明法令，则秦之仇恨《诗》《书》，为日已久。考《诗》《书》之为秦所忌，亦以其中多颂古之言耳。《书》纪二帝三王之政事，固已褒扬逾实，即诗篇所咏，复不乏溢美之。即如《大雅·假乐》所云："不愆不忘，率由旧章。"孟子尝引此二语而续申之曰："遵先王之法而过者，未之有也。"（见《孟子·离娄上》）自斯论出，而儒生慕古法古之风，乃益加厉。降及汉世，董仲舒乃言："天不变道亦不变。"于是儒者安于蹈故袭旧，二千余年沉疴莫起，非无故矣。秦世焚书，而尤严《诗》《书》之禁，有以哉！清乾嘉时，钱泳尝论之曰："大凡处事，不可执一而论。必当随时变通，斟酌尽善，乃为妙用。余尝论'率由旧章'一语，不知坏尽古今多少世事。"（见《履园丛话》卷廿三）此段议论，可谓有识。必如此读书，而后于己有得，于世有补也。大抵时代愈后，则事物日新，往世弊制革除亦益众，此人类文明进化之理也。道光时，桐乡陆以湉尝言："祭之用尸也，葬之用殉也，朕之以倭也，刑之以肉也，妇人之以废疾无子出也。古也有之，今则无，是今之胜于古者。"（见《冷庐杂识》卷七）陆氏虽但举五事为例，而归结为今胜于古，亦足征其论事之有识。

知今之学最要

《论衡·谢短篇》曰:"知古不知今,谓之陆沉;知今不知古,谓之盲瞽。"盖必博通古今,而后为有体有用之学。若但知古而不知今,则多流于迂阔;但知今而不知古,则恒失之空疏。故昔人言及治学,必兼斯二者而并重之。观清初潘耒为顾炎武《日知录》撰序,乃云:"有通儒之学,有俗儒之学。学者,将以明体适用也。综贯百家,上下千载,详考其得失之故,而断之于心,笔之于书。朝章国典,民风土俗,元元本本,无不洞悉。其术足以匡时,其言足以救世,是谓通儒之学。若夫雕琢辞章,缀辑故实,或高谈而不根,或剿说而无当,浅深不同,同为俗学而已矣。"此所言"朝章国典,民风土俗,元元本本,无不洞悉"。乃知今之学也。下又称述顾氏"潜心古学,九经诸史,略能背诵,尤留心当世之故,实录奏报,手自钞节;经世要务,一一讲求","事关民生国命者,必穷源溯本,讨论其所以然。足迹半天下,所至交其贤豪长者，考其山川风俗，疾苦利病，如指诸掌"。由此可见顾氏实是一代通儒，岂第开三百年来朴学宗风而已。大抵知今之学，最为切要。往代通儒足以传之百世而不朽者，莫不深于知今也。言及知今，则今人易于古人，不仅事半功倍，殆将十百过之。昔唐人李翰称《通典》之善曰："不出户，知天下；罕更事，知世变；未从政，达人情。"此数语也，惟今日之报纸杂志足以当之。有报纸杂志可供稽览，而收益甚大，此今人知今之学，所以能超越古人耳。

读无字书

　　吾人昕夕所阅读者，仅白纸黑字之书耳。天地间尚有极多之无字书，亟待研究而讲习之。广大渊深，若无涯涘。穷毕生心力以探索之，亦未足以尽之也。清初廖燕，自述为学有曰："昔者亦尝有志于学矣，于古人书无所不读。然皆古人之糟粕，无所从入。退而返之于心而有疑焉。意者其别有学乎？然后取无字书而读之。无字书者，天地万物是也。古人尝取之不尽。而尚留于天地间，日在目前，而人不知读。燕独知之读之，终身不厌。"（见《二十七松堂文集》卷九《答谢小谢书》）此言学之范围至广，天地万物，无乎不在，初不必死守书本而后谓之学。议论通达，发人之所未发，足以益人神智，开拓心胸也。吾观往世通儒，于勤读有字书外，恒得力于读无字书。如司马迁周游四方，博问周咨，故其所著书，言秦汉事甚详，悉由亲自采访而得。李时珍之撰《本草纲目》，除取之旧有医籍外，而常与村农野老入山采药,辨其性用,新增尤多,此皆读无字书之明效也。至于接触事物愈广,所得倍蓰于书本者,更难尽数矣。

卷五

君子与小人

　　君子、小人，乃相对成文之辞。论其含义，可分为三。一就位言，二就德言，三就识言。《尚书·无逸》："君子所其无逸，先知稼穑之艰难，乃逸，则知小人之依。"孔氏《正义》云："小人，是无知之人，亦是贱者之称。亲为稼穑，即是贱人之事。"此就位言者也。他如《鲁语》所云"君子务治，小人务力"；《左传》所云"君子尽礼，小人尽力"，皆同此例。由此推之，故人君可谓之君子，《礼记·曲礼》所云"君子式黄发"是也。卿大夫士亦可谓之君子，《礼记·玉藻》所云"君子狐青裘"是也。因之凡在位者皆得谓之君子；反之，则无禄位者皆称小人矣。其以德言者，若《礼记·曲礼》所云"博闻强识而让，敦善行而不怠，谓之君子"是也。反之,则无德者皆称小人矣。至于人之识见有高卑大小,古人亦称识见高远者为君子,识见卑近者为小人。孔子谓子夏曰:"女(汝)为君子儒,无为小人儒。"(见《论语·雍也篇》)刘宝楠《正义》云:"君子儒,能识大而可大受;小人儒,则但务卑近而已。君子小人,以广狭异,不以邪正分。"此言是也。推之樊迟请学稼,而孔子斥之为小人,亦指其所见者小耳。

才学识

昔刘知几尝谓史家应有三长,即史才、史学、史识也。若推广言之,则不仅史家乃尔,凡治学之有成与否,胥必于才学识三者之高下断之。才者,谓气魄也;学者,谓功力也;识者,谓见解也。惟学之功力深厚,可由勤奋积累之。此颜之推所谓"钝学累功,不妨精熟"者也。至于气魄之大小,见解之崇卑,盖有天赋存焉,未可以人力争也。往世名贤之大著作,所以能传诸百代而不刊者,在其才学识皆有以越乎庸常耳。若司马温公之修《通鉴》,非大才则不能成此弘业,非卓识则无以定其取舍,非绩学则莫由从事觐裁。故其书传到于今,学者皆称颂不衰。后有人欲别自为书,补其未备。亦穷数十年精力,以搜集其所遗。而不知己之所取,适司马之所弃。身勤而事左,虽已成书,未为佳构。论才与学,有足多者,而病在无识,故不足以成为盛业也。尝观昔之为学者,功力相齐,而成就悬绝,此无他,识之高下不同耳。故才学识三者之中，识为尤要。亦惟识力高者，为能发凡起例，开示无数法门，此其所以难能而可贵也。即如今日科学家发明创造之日新月异，亦悉由于有超人之识耳。

小　学

　　《汉书·艺文志》录《尔雅》《小雅》《古今字》诸书入孝经家，而不以附诸小学。论者每疑其例之不纯。窃商其情，良亦有故。《大戴礼记·保傅篇》曰："古者八岁出就外舍，学小艺焉，履小节焉。"然则周世小学之制，自书数之外，抑犹服习于洒扫应对之礼，进退周旋之节。《内则》所谓"出就外傅，朝夕学幼仪"是也。周衰学废，而所以教小学之法，不传于后世。独《论语》《孝经》为圣贤言行之要，宜人人所诵习。且篇章短简，尤便初学。崔寔《四民月令》称汉以"十一月砚冻"，命幼童入小学，读《孝经》《论语》篇章，是汉初直以二书当小艺矣。古小学本末兼修、德艺交养之遗意，盖至两汉犹未尽亡，故刘、班辨章学术，灼然推见本原，不以《尔雅》诸书列入汉世之所谓小学，其旨深矣。唐初诸儒修《隋书·经籍志》，复取《尔雅》《小雅》《广雅》《方言》《释名》之属，改隶《论语》，亦犹《汉志》之附列于《孝经》也。昔许慎既撰《说文解字》，又尝为《孝经孔氏古文说》，遣其子冲并上二书于朝，盖犹本末兼修之意。后之学者，但知浟长有《说文解字》，而不知其亦尝表章《孝经》也。

小学者，成周学制之名。后人因以称其所学之艺，隘矣。其艺有六，而汉儒专以文字（书）为小学，抑又隘矣。自汉儒指文字为小学，幼童鼓箧，则孝弟谨信之行不讲，洒扫进退之仪不修，蒙以养正之功无复存者，士子遂判学行为二事。孜孜汲汲，非读书也，读文辞字册而已。二千年间，昏昏如也。独朱子裒辑经传子史雅言美行，都为《小学》一书，以略存饩羊之遗。马端临《文献通考·经籍考》，取以录入经部小学类，最为能见其大。清儒文字声韵训诂之学，度越往古，而尤以金坛段氏、高邮王氏为之魁。然两君内行淳笃，生平以孝谨称。盖俱深于《论语》《孝经》，而实能以饬躬行者，故龚定庵为《抱小》篇以张之。段氏尤服膺朱子《小学》，至于没齿。且谓汉人之小学，一艺也；朱子之《小学》，蒙养之全也。通人之论，无虑皆能观其全而识其大，何尝溺于一偏以自隘乎！

朱子主编小学书

　　世传朱熹尝编录《小学》一书，以为训蒙之用。凡内篇四：曰立教，曰明伦，曰敬身，曰稽古。外篇二：曰嘉言，曰善行。盖朱子承二程之后，表章《大学》，以为古之大学所以教人之法，具在于是。复采《曲礼》《少仪》《内则》《弟子职》诸篇，以及其他经传子史之言，纂为《小学》，以存古之小学所以训蒙之法，庶乎小学大学，前后相承，而有以收育才之效也。然考《朱子文集》中有《癸卯与刘子澄书》及《乙巳与子澄书》，皆言及编《小学》事。则当日实以此事委子澄，而事出众手，又非子澄一人所成也。特由朱子定其义例而审定之耳。观其博采群书，旁及《荀子》《法言》亦无所遗，可谓择精取要，实大有补于幼学。朱子目其书为"做人底样子"，不虚也。朱子且题其首曰："古者小学，教人以洒扫应对进退之节，爱亲敬长隆师亲友之道，皆所以为修身齐家治国平天下之本。而必使其讲而习之于幼稚之时，欲其习与智长，化与心成,而无扞格不胜之患也。今其全书虽不可见,而杂出于传记者亦多。读者往往直以古今异宜而莫之行,殊不知其无古今之异者,固未始不可行也。今颇搜辑以为此书,授之童蒙,资其讲习,庶几有补于风化之万一云尔。"此处所云"其无古今之异者,固未始不可行"二语,最有理致。大抵立身行己之道,无间古今,理无不同。即以"爱亲敬长隆师亲友"而言,古之所行,固有可为今用者矣。做人底道理,与科学发明不同。彼则力求日新月异,此则贵在能取于人以为善,无分于古今也。余始在幼学,先君子即授以是书,喜其篇章短简,读之成诵,一生受益甚大。逮乎晚暮,犹时时温绎之。以为如能去其制度礼仪之非今所有者,易之以今之所宜讲求者,而重新编辑之,虽用为小学教材,亦无不可。

清代所谓小学

乾隆时修《四库全书》，以《尔雅》之属，归诸训诂；《说文》之属，归诸文字；《广韵》之属，归诸声音；而总题曰小学。考晁公武《读书志》，已谓文字之学有三：《说文》为体制之书，《尔雅》《方言》为训诂之书，沈约《四声谱》及西域反切之学为音韵之书。然则以彼三者当小学之目，实亦源于宋人，又不自清儒始矣。乾嘉朴学盛兴，其肆力于小学者，风起云涌。有专治《说文》者，有专治古韵者，有专治《尔雅》《广雅》者。名家辈出，新著日增。虽小学原为经学附庸，至此已蔚为大观。顾分途并骛者多，会合文字声韵训诂以综治之者，惟三数通人耳。

道咸以下治小学者之流弊

自乾嘉以降，为文字、故训之学者，其弊有二：一曰，不穷根株而专据工具书。自《经籍纂诂》出，固甚有裨于学术研究；而黠者得之，适以文其不学之陋。相与守斯编为枕中之秘，而不复披检原书矣。如葛其仁《小尔雅疏证》，纰缪百出，皆由于此也。吾人今日读邵二云《尔雅正义》、王怀祖《广雅疏证》，而服其精博。王书尤能发凡起例，为通训诂之邮。其后郝兰皋作《尔雅义疏》，步趋二家。然校其所至，视邵书犹未逮，何论于王。盖邵王之学，博观约取，皆由自得。郝时《经籍纂诂》已出，有假于物，故不能免于疵累也。二曰，不习简编而徒尊出土物。夫钟鼎龟甲文字，可以补订《说文》，固也。然学者从事，必先通《说文》而后字形可辨。近代三数大家考证远古遗文，信多精密。究其致力之始，莫不湛深于许书。古籀篆文省变分合之迹，皆能融会于心，而后可以辨析疑似，审定笔画，是以每下一义，确切不移。世之浅尝浮慕者,不窥其取材所由,而徒校其成器所至。甚且不读五百四十部首,乃亦考殷墟文,谈金石刻,徒自欺欺人而已。夫为学囿于古说,不可也;轻于信人而勇于自信,尤不可也。《说文》所录,固未必字字足征。今人去许氏之世,又二千年。安能以己臆说为必可信乎?故徒研思于金石甲骨之间而不求诸典籍者,所谓好画鬼魅、恶图犬马者也。综斯二弊,其流实多,学者可隅反也。

必兼通金文甲文而后可以治古文字

　　吾国字体，至小篆笔画均一，过求整齐，徒据《说文》，则无以见物象之本。盖有必求之金文甲文，而后可推得造字本意者。余平生精治许书，而亦参考金文甲文以补订之，载其说于《说文解字约注》及《广文字蒙求》者为不少矣。今又取其浅明易憭者，略举数事以示例。如得字古文省彳作𢔂，其意不显。考铜器刻辞作𢔂作𢔂，龟甲文字作𢔂作𢔂，皆象持贝形，即取得之意也。许书古文从见，乃从贝之讹无疑矣。又如行字，许君训为人之步趋，而所从受义之字，如術、街、衢、衝、衔诸文，皆指道路，不言步趋，则行字之本义，自别有在。考金文行字作𣥯，或作𣥯，甲文乃直作𣥯，盖象四达之衢，人所共行之路也。口部甫下云：从口，象宫垣道上之形。盖口象宫垣，而口内之𣥯，乃象道路，与此字正可互证。自小篆作𣥯，笔画过求工整，许君谓为从彳从亍，而本义晦矣。又如𡴁字初形当作𡴁，象人在山上有若扶翼之形。故许君训曰翊也，翊犹辅也。自篆体书〻作〻而其义晦。惟此字以居高为本义，故凡从丞声之字皆有上义。手部抍，上举也；车部𨍌，辀车后登也；火部烝，火气上行也；皆是。抍之或体作撜，是丞登声通。故上车谓之登，笠盖谓之簦，其义皆原于丞，此亦可以旁证者也。人登高山而有人扶翼之谓之丞；反之，则人落陷阱而有人援起之，亦得谓之丞。甲文丞字作〻，即象人落阱中而有援举者之形，为后世通用之拯字。《周易·明夷》六二爻辞云："用拯马壮吉。"《释文》云："拯，本作丞。"是丞即古拯字也。拯乃后起字，益可知矣。

余讲学陇上时，尝取许书施教，亦间证以金文甲文补苴之。及门有好学者，来问〻训不顺，于谊何取？许君旧释不甚可解，愿闻其恉。余以遽无以应。嗣思《秦绎山碑》逆字右旁作〻，则说文作〻者误矣。又检金文作〻，甲文作〻，或作〻，皆象倒人形。盖本义乃人初生之状也。婴儿初离母胎时，首先出而四体从之，与平时正立首在上而四体下垂者不同，故有不顺之意。此与〻字形义俱近，皆指生子时形状也。生子时必有人接取之，故引申又有迎义。经传作逆，则孶乳字也。其初文均当作〻，声转为迎，则尤后起字矣。子生时举室惊惶，故𡥏字从𠦒从吅。生出后，父母始得养育之，故育字从𠫓从肉，此皆可以旁证者也。余既沉思悟得斯理，以语后生，莫不相悦以解。可知研治字学，而不旁求之金文甲文，其术恒穷。惟宜以许书为主，而以金刻殷契为辅，本末先后之序不可乱耳。

余杭章炳麟说字，但据许书而不参用金文甲文。虽至难疏解之处，亦必曲说以求其通，此通人之蔽也。大抵许君以一人智力而成是书，不可保其无误。加以历世久远，传写多讹。苟有难通，正不必强为之讳。即如异字篆文作𡿧，许君收入𢊁部，最不易瞭。考金文作𤰞，或作𤰞，皆象怪物之形，即鬼魅之属。故其字从厶，鬼头也。《左传》所称"豕人立而啼"之类，皆事物之至可怪异者。证之虍部虞字下说解，则知古人固以异字为可怖之物矣。异既为怪异之物，则凡非常之事，皆可称异。故灾变称异，人情可怪者亦称异矣。此字若不求之金文甲文，其本义奚从而考见之。

余昔说《诗》至《君子偕老篇》："胡然而天也，胡然而帝也。"旧注皆不明了。《毛传》但曰："尊之如天，审谛如帝。"郑笺云："帝，五帝也。"自毛郑有此说,后世解者或以纬书五帝之名实之,或即以为帝王之帝,而其实皆非也。余则以为古者名日为帝。《易》言:"帝出乎震。"震,东方也。帝即日之别名。《益卦》六二:"王用享于帝。"王弼注云:"帝者,生物之王,兴益之宗。"则非日莫属矣。《诗》举天帝连言实以天日连言也。胡然,犹言何为如此也。何为如此而使人尊敬之如天乎?何为如此而使人仰望之如日乎?吟咏之旨,盖讽其德必称服,以副见慕之徒之心耳。以此说之,庶斯二语谦然可解,自谓足以补苴旧注也。考帝字见诸卜辞者,其体抑或作✳,此盖最初古文,象日之光芒四射状。初文当为✳,契龟者易○为□而义晦矣。天地间最审谛之物莫如日,日与帝音本相近,盖原为一字也。其后人群有统治者出,初民即拟之于日,故以帝称之。古称"天无二日",又称"时日曷丧",皆指君天下者言。知帝日二字,受义固同原也。

盘　古

语云："盘古开天地。"此无稽之谈也。盘古之名，不见于经传。孔孟论古，但及尧舜；自此以上，不可得知。秦汉时书，亦未见有所谓盘古者。载籍中若《述异记》所云："昔盘古氏之死也，头为四岳，目为日月，脂膏为江海，毛发为草木。"他如《三五历记》《五运历年记》，亦多神怪之说，如《绎史》所引用者，直以盘古氏为开天辟地、首创万类之人物。荒诞不经，何足取信。或谓盘古即盘瓠，《后汉书·南蛮传》载高辛氏时，募得犬戎吴将军头者，妻以少女。其所畜狗名盘瓠者，果衔其首至。帝遂妻以女，生六男六女，为南蛮诸族之祖。此种神话，实为诬蔑少数民族之辞，尤宜力辟而深斥之也。独俞樾《释盘古》云："盘古者，元气之名，犹盘互也。《汉书·谷永传》：'百官盘互。'师古注：'盘互，盘结而交互也。'古与互同部字。《史记·封禅书》：'秋涸冻。'《索隐》引小颜曰：'涸读与冱同。'涸从固声，即从古声，而与冱同读，此盘古所以为盘互也。旁薄即盘互。旁盘双声，薄互叠韵耳。"此解较后出而所见甚新，足订旧说之荒诞也。考之《路史》注及刘恕《通鉴外纪》，皆谓盘古氏又名浑敦氏。浑敦者，愚昧冥顽之名，亦作浑沌，凡言太古草昧之世，皆以此名之。大抵古书中言及远古某某氏，实指时代言，非指一人言。如所谓有巢氏、燧人氏、伏羲氏、神农氏，皆指人类进化之四阶段，而非谓智周万物之神人也。余昔有说辨明之矣。盘古氏或称浑敦氏，亦谓蒙昧初期之时代耳。后世穿凿傅会、逞臆虚构之说，悉当廓清而订正之。

洪　水

　　世界上不少民族，在追述远古史实时，皆有遭受洪水为灾之传说。我国则在四五千年前适当原始社会末期，亦有洪水之患。此一传说，传播甚早。孟子已云："当尧之时，天下犹未平，洪水横流，泛滥于天下。"（《孟子·滕文公上》）玩其辞意，可知在尧以前，已早有洪水之灾。直至尧时，犹未平复。故《尚书》"荡荡怀山襄陵"一语，虽录入《尧典》；而洪水为患，实不始于尧时。孟轲又曾依据传说追述当时情况云："草木畅茂，禽兽繁殖，五谷不登，禽兽逼人。兽蹄鸟迹之道，交于中国。"（《滕文公上》）又云："蛇龙居之，民无所定，下者为巢，上者为营窟。"（《滕文公下》）当时生活之痛苦，不堪言状。历时甚长，在黎民中已留存深远印象。于古文字中，犹可考见其一二。甲骨文中有𦰌字，又或作𦰋，此与铜器刻辞中作𦰌（见召鼎），或作𦰋（见克鼎）相同，即今昔之昔。所从之𣶏或𣶏，象洪水横流之形。先民不忘洪水之患，故造昔字时，即取义于洪水之日，无异于文字中已记载此一大事矣。当洪水泛滥时，人皆徙居高地，古人名之为州。州字小篆作州，古文作州，金文甲文，字形与古文同。皆象周围水流甚广、中有土堆可以居人之状。《说文》云："水中可居曰州。昔尧遭洪水，民居水中高土，故曰九州。"古无岛字，州即岛也。名之为九州者，谓当时可居之岛有此九处也。在原始社会中，氏族部落首领或部落联盟首领，由于洪水成灾，亦徙居至更高之处。京字在《说文》中作京云："人所为绝高丘也。"证之金文作京，或作京；甲文作京，或作京；皆象高丘上有所营建形。后世称政治中心所在地为京，即得义于此。由此可见，古文字足资考史为用甚广。兹特取其有系于洪水者，举数字以明之。

近取诸身远取诸物

"近取诸身,远取诸物"二语,始见于《易·系辞》,其意别有所指。然而苟能扩充其含义以推求之, 则凡古初事物之创始,悉不出二语也。即以度量衡之起源而言,初民所取以为标准者,首以人体为法。如《说文》程字下云:"十发为程,十程为分,十分为寸。"尺字下云:"人手卻十分动脉为寸口,十寸为尺。周制:寸、尺、咫、寻、常、仞诸度量,皆以人之体为法。"寻字下云:"度人之两臂为寻,八尺也。"仞字下云:"伸臂一寻八尺。"《大戴礼记·王言篇》所云:"布指知寸,布手知尺,舒肘知寻。"皆上世以身为度之证。至于量地,则以步。《小尔雅·广度》云:"跬,一举足也;倍跬谓之步。"《司马法》:"六尺为步,步百为亩。"此皆近取诸身之事也。亦有取之于物者:禾芒曰秒,字亦作穮。《淮南子·主术篇》:"寸生于穮。"高诱注云:"穮,禾芒也。十穮为一分,十分为一寸。"《说苑·辨物篇》云:"度量权衡以黍生之。十黍为一分，十分为一寸，十寸为一尺，十尺为一丈。十六黍为一豆，十豆为一铢，二十四铢为一两，十六两为一斤，三十斤为一钧，四钧而重一石。千二百黍为一龠，十龠为一合，十合为一升，十升为一斗，十斗为一石。"而《孙子算经》卷上乃云："度之所起，起于忽。蚕吐丝为忽。十忽为一丝，十丝为一分，十分为一寸。称之所起，起于黍。十黍为一铢，二十四铢为一两。量之所起，起于粟。六粟为一圭，十圭为一撮，十撮为一秒，十秒为一勺，十勺为一合，十合为一升。"此皆远取诸物之事也。先民与物密近，无踰农桑，故取诸禾秒黍粟蚕丝以为度量衡之准，以补近取诸身之所不逮。由斯一例，可以推论其余矣。

道法自然

　　"道法自然"一语，虽出《老子》，吾人亦可借来以言人间事物之发明，莫不原于效法自然，以成为文治之世。尝稽之故书雅记，固有详道及此者矣。《春秋繁露》有《官制象天篇》，以为"王者制官，三公、九卿、二十七大夫、八十一元士，凡百二十人，皆有所取象"。《白虎通》复谓"天道莫不成于三。故一公，三卿佐之；一卿，三大夫佐之；一大夫，三元士佐之"。又论人事取法五行；三纲法天地人；天子诸侯一娶九女，法地有九州；天子玉藻十有二旒，法四时十二月。若斯之类，皆汉人臆说，不免傅会穿凿，不足据也。至于言及庶物之发明，则实有足取者。若《淮南子·说山篇》所云："见窾木浮而知为舟，见飞蓬转而知为车，见鸟迹而知著书（指创造文字）。"此则阐明创物之始，实取法自然之显例也。后世文明日启，人事日繁。若艺术，若文饰，皆以效法自然者为多。五彩之色，取诸花朵者也；绘画之事，以山川草木鸟兽虫鱼及人之形象为摹本者也。如柴世宗诏示窑工所云："雨过天青云破处，这般颜色作将来。"非教其模仿自然景色乎！旁逮导引之术，汉人有所谓五禽之戏，以虎鹿熊猿鸟为师，亦无非教人效法他物动作以健其身耳。皆可以"道法自然"说之。

百　姓

　　杨慎《丹铅总录》卷廿五云："《尧典》言:'百姓昭明,协和万邦,黎民于变时雍。'蔡氏注:'百姓者,畿内之民;黎民者,四方之民。'此不通古今之说也。圣人于民,远近一也。百姓盖禄而有土,仕而有爵者。能自修其德,而后协和万邦;万邦诸侯协和,而后黎民时雍;此其序也。百姓如为黎庶,黎民又是何物?《舜典》言百姓如丧考妣三年,百姓有爵命,故为君斩衰三年。若为田亩力役之人,安能服丧至于三年之久。"杨氏所疑是也。《史记·夏本纪》云:"禹乃遂与益、后稷奉帝命,命诸侯百姓,兴人徒以傅土。"此以百姓次于诸侯之下,人徒之上;与《尧典》以百姓次于九族黎民之间同意。证以《诗·小雅·天保》:"群黎百姓。"《毛传》云:"百姓,百官族姓也。"而郑玄注《尧典》云:"百姓,群臣之父子兄弟。"注《礼记·郊特牲》云:"百姓,王之亲也。"是两汉经师,皆以古代百姓为贵族之通称,与黎庶异也。盖古代惟有土有爵者赐姓，黎庶无姓。降至春秋战国时，黎庶渐亦有姓，故得谓之百姓。观《论语》《孟子》《墨子》《荀子》中所称百姓，多指平民，此亦古今之异也。综计《四书》中百姓二字凡二十五见，惟"百姓如丧考妣三年"指百官耳。

三　族

三族之义有二：一谓三世，乃父、子、孙也；一谓三党，乃父党、母党、妻党也。若郑玄注《仪礼·士昏礼记》所云："三族，谓父昆弟、己昆弟、子昆弟。"是以三世为三族也。卢辩注《大戴礼记·保傅篇》所云："三族，父族、母族、妻族也。"是以三党为三族矣。二说在古代，盖并行甚久。春秋时，秦文公首定三族之诛。《史记·秦本纪》记载秦文公二十年，"法初有三族之罪。"《集解》引张晏曰："父母、兄弟、妻子也。"如淳曰："父族、母族、妻族也。"二说兼存，未定谁是。以今考之，张说为允。盖古人称族，多指父系亲属。故《尔雅·释亲》但以父系亲属为宗族也。征之于史，一人犯罪，诛及三族，重者至于灭宗，是曰族刑。自秦定三族之罪，汉初犹沿秦律。吕后始除三族罪，其后新垣平谋为逆，复行三族之诛。孔光谓"大逆无道，父母、妻子、同产，无少长皆弃市，欲惩后犯法者也"。则三族之诛，实指父系亲属而言，无疑矣。初无涉于母党妻党也。后世暴君戾主,仍世加重。刘献廷《广阳杂记》卷一云:"三族始于秦文公,五族始于北魏太武帝,九族始于隋炀帝,十族始于明成祖。"则刑愈滥而祸愈酷矣。所谓九族,乃指从己上至高祖、下及玄孙之亲也。至于十族,则牵连更广,致有"瓜蔓抄"之祸矣。

刑之由宽而严

《春秋》昭公二十年《左传》载苑何忌引《康诰》曰："父子兄弟，罪不相及。"今《康诰》无此文，盖当日但用其意，非原文也。可知连坐之罪，春秋以前无之。然《尚书》中《甘誓》《汤誓》二篇，并有"予则孥戮女"一语，此盖在军中誓师时威胁之辞，非真有连其子杀之之法也。故《汤誓·伪孔传》云："古之用刑，父子兄弟，罪不相及。今云孥戮汝，无有所赦。权以胁之，使勿犯。"其说得之。盖古之罪大者，但收其家人为奴，罚以劳辱之役而已。郑玄注《周礼·序官酒人》云："古者从坐男女没入县官为奴。"是也。《礼记·檀弓下》："齐庄公袭莒于夺，杞梁死焉。其妻迎其柩于路，而哭之哀。庄公使人吊之，对曰：'君之臣不免于罪，则将肆诸市朝，而妻妾执。'"郑注云："执，拘也。"即拘捕为奴之意，非谓刑杀也。僖公三十三年《左传》记臼季与晋襄公问答语："公曰：'其父有罪，可乎？'对曰：'舜之罪也殛鲧，其举也兴禹。管敬仲,桓之贼也,实相以济。《康诰》曰:父不慈,子不祗,兄不友,弟不共,不相及也。'"然则连坐之法,未尝行于春秋以前,明矣。自秦文公始有三族之罪,武公诛三父等而夷三族;秦二世时,李斯具五刑而腰斩于市,并夷三族;他如诽谤者亦族;族刑之行,自秦始也。汉兴之初,大辟有夷三族之令。令曰:当三族者,皆先黥劓斩左右趾,笞杀之,枭其首,菹其骨肉于市,彭越、韩信皆受此诛。其后历代因之,至明清而益厉。苟有判决死刑未及执行而人已死者,则戮其尸;虽其人葬埋已历多年而有罪当诛者,则剖棺戮尸。康熙、雍正、乾隆三朝大兴文字狱,多行此制,诚惨绝人寰之举也。

奴 婢

孟轲为齐宣王陈王政，有"罪人不孥"语（见《孟子·梁惠王下》）。赵岐注云："孥，妻子也。罪人不孥，恶恶止其身，不及妻子也。"刘宝楠《正义》云："古者大罪坐其妻子，亦仅没为奴婢，殊于秦人族诛之法。而文王犹除之，仅及本身，非谓本身奴罪亦除之也。"《尚书·甘誓》《汤誓》并有"予则孥戮汝"一语，或谓孥即奴也，戮即辱也。意谓如不听命，将罪汝为奴，服劳辱之役也。其说是已。《说文》奴下云："奴婢，皆古之罪人也。《周礼》曰：'其奴，男子入于罪隶，女子入于舂稾。'"许所引《周礼》，乃《秋官·司厉》文。《注》引郑司农云："谓坐为盗贼而为奴者，输于罪隶、舂人、稾人之官也。由是观之，今之为婢，古之罪人也。故《书》曰：'予则奴戮女。'《论语》曰：'箕子为之奴。'罪隶之奴也。"郑玄云："奴，从坐而没入县官者，男女同名。"是已。考《汉书·王莽传》中，称秦"置奴婢之市，与牛马同阑。奸虐之人，因缘为利。

至略卖人妻子。逆天心，悖人伦，缪于天地之性人为贵之义，《书》曰：'予则奴戮女。'唯不用命者，然后被此罪矣。"颜《注》云："奴戮，戮之以为奴也。说《书》者以为孥，子也，戮及妻子。此说非也。"王莽语中引《书》作奴戮；郑司农解《周礼》，引《书》亦作奴戮，盖原文如此。孥字不见《说文》，乃奴之后增体也。大抵古代奴婢，最初来自俘获，后又来自罪人，自秦以降，又有来自买卖者。而买卖奴婢之俗，至近世犹存。每值凶年饥岁，无力养育子女者，辄以贱价卖于富有之门。观仕宦豪强家多畜童男童女以供使用者，皆古之奴婢遗意。故为其主无偿劳动以终其身。余少时于戚友家犹及见之，近数十年来，斯风始废。

自战国时，富厚之家多畜奴婢以事生产。《史记·货殖列传》："僮手指千。"《集解》引《汉书音义》云："僮，奴婢也。"《史记》又称蜀卓氏"富至僮千人，田池射猎之乐，拟于人君。"可知占有奴婢愈多，则可坐致赀财，自周末已然。至西汉时，已视奴婢为家产之一种。《汉书·董仲舒传》所云"众其奴婢，多其牛羊，广其田宅，传其产业，畜其积委"，盖汉初巨室富户，大抵然矣。他如《司马相如传》："临邛多富人，卓王孙僮客八百人，程郑亦数百人。"《张安世传》："家童七百人，皆手技作事。"《史丹传》："赏赐累千金，僮奴以百数。"《王商传》："张匡奏商宗族权势合赀巨万计，私奴以千数。"皆当时实录也。凡有奴婢者，多由以赀买得之。《汉书·霍光传》所云："大为买田宅奴婢而去。"是也。或即以此赠遗人，《陆贾传》所云："陈平以奴婢百人、车马五十乘、钱五万遗贾。"是也。西汉时人口买卖，最为恶俗。故王莽改制时，即举此以为言也。东汉光武承王莽禁止买卖人口之后，虽曾对奴婢行拯救之策，然亦未能禁绝也。其后历代因之，而北朝为尤甚。其时以多有奴婢为富，无殊汉俗也。唐代奴婢之制，载诸《唐会要》者颇详。虽有时限定占有人数，然亦具文而已。下迄清代，尚有所谓"世仆"。至有自明代以来历年一二百载，历人一二十世，而连续为大姓豪门服劳役不绝者。至雍正、嘉庆年间，始有由地方官吏奏请分别开豁、放出为良之事。《东华录》中，载其情况甚悉。若此"世仆"之处境，自亦无殊于奴婢也。

农　奴

　　《诗·豳风·七月》篇已有"为公子裳"，"为公子裘"，"献豜于公"，"上入执宫功"诸语，而终以"嗟我农夫"之长叹。知当时农夫，实即农奴也。后世名之为佃客。《隋书·食货志》述及晋制，有云："浮浪之人，皆为贵家佃客。"是已。证之《宋书·沈庆之传》《北史·柳彧传》，皆有"耕当问奴，织当问婢"语，知其时地主富豪于佃客之外，复有奴婢供役于家也。又有部曲之称，《册府元龟》卷八七六称"梁元帝以陆法和功业稍重，就加司徒，部曲数千人，通呼为弟子"。《唐律疏义》云："部曲、奴婢，是为家仆。"又云："奴婢、部曲，身系于主。"是其人身家性命，皆属之地主矣。《宋史·刘师道传》称"川陕豪民多旁户，以小民役属者为佃客。使之若奴隶，家或数十户。凡租庸调敛，悉佃客承乏"。即是"使之若奴隶"，故佃客至为卑贱。每遇见地主，必行以少事长之礼。《朱子语类》卷一三二云："岳太尉飞，本是韩魏公家佃客，每见韩家子弟必拜。"是其例也。佃客,后亦称佃户。《元史·刑法志》有云:"诸典卖佃户者禁,佃户子女嫁娶从其父母。"可知当时实有典卖佃户或擅断其子女嫁娶者矣。所受陵辱,苦不堪言。偶有不如地主意欲,则责罚随之。薛福成《庸盦笔记》卷四,记载通州有佃还租,因米不佳,受主斥辱。其人忿不欲生,语家人曰:"佃人之田虽贱,然吾义不受辱,不愿居人世矣。汝曹如何?"全家六口,皆从之服毒死。此特清末之一事耳。上溯诸历代,旁推之全国,类此不幸之事,何可胜数乎!

所谓什一之制

古人言谈中涉及数目字，或错举并称，或因类而及，往往成为虚指之辞，初未可以质言者。昔人如汪中有《释三九》三篇，刘师培有《古籍多虚数说》六篇，既已略发其例矣。其所未及者，又可类推以求之。一人之论说中，恒多习惯用语，既见之此，复见之彼者，甚多也。苟能综合研思，必能心知其意。如孟轲在战国时，乃能说善辩之人。观其称及事物，每喜以五十、七十、一百作为等差级数之常用语。如《梁惠王篇》所云："或五十步而后止，或百步而后止"；"五十者可以衣帛矣……七十者可以食肉矣"。《公孙丑篇》云："汤以七十里，文王以百里。""王馈兼金一百而不受，于宋馈七十镒而受，于薛馈五十镒而受"。《离娄篇》云："大国五年，小国七年，必为政于天下矣。"《万章篇》云："公侯皆方百里，伯七十里，子男五十里。"《尽心篇》云："五十非帛不暖，七十非肉不饱"；比比皆是。其论及古代贡、助、彻之制则曰："夏后氏五十而贡,殷人七十而助,周人百亩而彻,其实皆什一也(《滕文公篇》)。"此亦非言分地范围之绝对数字。寻绎其义,即言夏之分地比殷小,周之分地比殷大而已。后世儒者必以孟子之言为实数,从而往复考证,相与争辩不休。博学如朱子,尚云:"此亦难卒晓,恐终亦不能有定论也。"(见《文集》卷五八《答张仁叔》)如以当时常用语解之则豁然矣。

孟子所言古制多不足据

孔子尝言:"知之为知之,不知为不知。"又云:"君子于其所不知,盖阙如也。"又云:"夏礼吾能言之,杞不足征也;殷礼吾能言之,宋不足征也;文献不足故也。足,则吾能征之矣。"可知孔子平日对论述古代制度,十分谨慎。自以为所知甚少,不欲强不知以为知。故《论语》二十篇中,记载孔子论及古制之言不多。孟子则不然,赋性豪爽,又善言辞,每以雄辩胜人。与当时诸侯论及治国,即称道古制不倦。虽生于孔子一百数十年之后,凡孔子所不敢言之事,孟子皆津津乐道。其实,当北宫锜问及周室班爵禄之事,孟子则曰:"其详不可得闻也。诸侯恶其害己也,而皆去其籍。"(见《孟子·万章下》)推之其他礼制,亦何尝皆有依据。当其发议论时,气势雄勃,口若悬河。称述往古,或由于传闻,或出于臆测,多不可信以为实也。《朱子语类》卷五十一云:"孟子言文王由百里兴,亦未必然。孟子尝谓文王之圉,方七十里。若只百里,如何有七十里之囿?汉武帝规上林苑,只有二三十里,当时诸臣皆以为言。岂有文王之囿反如是之大?"卷五十五云:"尝疑孟子所谓夏后氏五十而贡,殷人七十而助,周人百亩而彻。孟子当时未必亲见,只是传闻如此,恐亦难尽信也。"卷五十八云:"孟子论三代制度,只是大纲约度而说。"卷五十九云:"孟子之时,去周初已六七百年,既无载籍可考,见不得端的。如五十而贡,七十而助,此说自是难行。"由此可见,虽大理学家朱熹,于孔孟之书,研究深透,然于孟子之说古制,不欲苟从,非无故也。

周　礼

　　《周礼》一书，尊之者谓为周公所作，疑之者谓为刘歆伪造。其实，既非出周公之手，亦非刘歆一人所能为，实战国时人裒集列国政制而成之官制汇编也。《汉书·艺文志·六艺略》礼家，著录《周官经》六篇，而不言作者主名。颜注云："即今之《周官礼》也。亡其《冬官》，以《考工记》充之。"是其书本名《周官》也。荀悦《汉纪》云："刘歆奏请《周官》六篇列之于经为《周礼》。"陆德明《经典释文序录》云："刘歆始建立《周官经》以为《周礼》。"汉唐旧说皆以《周官》改称《周礼》，始于刘歆。至近代孙诒让《周礼正义》考证益明，已成定论矣。东汉学者马融作《周官传》，郑玄作《周礼注》。马谓"周公致太平之迹，迹具在斯"。郑谓"周公居摄，而作六典之职，谓之《周礼》"。自此以后，《周礼》始大显于世。马、郑必高远其所从来，谓为周公之书，盖恐其所为《传》《注》，不为世重，故推尊本经，定为周公所作耳。稽之《论》《孟》《左传》，皆周末时书。于《易》《书》《诗》多所援引，乃无一语引《周礼》。其他诸子百家引经，亦未见一字及此书。则此书所起甚晚，固明甚。虽孔子尝言："吾学周礼"；韩宣子聘鲁时所云："周礼尽在鲁"；皆谓周代礼制，非指书名也。此书所以名《周官》或《周礼》者，盖取周遍、周普之义，谓其举列官制，包含甚备耳。亦犹《汉志·诸子略》儒家有《周政》《周法》，道家有《周训》，小说家有《周考》《周纪》《周说》，皆取周备之义，非以朝代为名也。由于战国时人参考当时列国政制法令，益以儒法致治理想，纂录而成此官制汇编，有如《医经本草》，备列药名方剂，绝非兼取并收，可用之于一时者也。以其荟萃时制以成此书，故建国之制，不与《武成》《孟子》合；营都之制，不与《召诰》《洛诰》合；设官之制，不与《周官》(《尚书》)合；九畿之制，不与《禹贡》合。舛错牴牾，不足诘也。是书编制，以天地四时配六官，官各六十职，共三百六十。然今考其实，天官六十三，地官七十八，春官七十，夏官六十九，秋官六十六，冬官《考工记》只二十八，与原数不符，且重复疏漏之处亦多。知叠经后人窜乱增损，非复原书之旧矣。特以其中保存古文字、古名物、古习俗不少，犹可用为考证之资，不能废也。

左　传

顾氏《日知录》曰："左氏之书，成之者非一人，录之者非一世。"又曰："《春秋》，因鲁史而修者也；《左氏传》，采列国之史而作者也。"斯论有识，足以破千古之谜。自来论及《左传》者，多谓为孔子同时人左丘明所作，司马迁、班固以下皆信之。独唐人啖助、赵匡为说以证其非，而王安石断为出六国时人手者十一事，信乎唐宋人之论，不为无见也。以今观之，《左传》一书，乃战国时人所裒录之列邦史实耳。其书叙周、晋、齐、宋诸国之事为最详；晋则每出一师，具列将佐；宋则每因兴废，备举六卿。从知史策所载，各国多异。非特详略不同，抑亦轻重有别。降及战国，有左氏者，裒为一书，时人及后世名之为《左传》，犹称撰集说礼之文以成一编者，目为《戴记》耳。大抵春秋以前，学在官府，私门无著述文字。至战国时，学散四方，述造乃广。我国古籍之传世最早者，多出战国时人之手，职是故也。即以《左传》行文而言,畅达明快,与《孟子》七篇同为战国时文体之典范。《左传》长于叙事,《孟子》长于说理,而文辞气调,大致相近,谓非出战国时人手笔,不可也。或谓左氏例不传经,不合名之为传。不悟古之以传名书者,亦有二例:一以题解经之篇,一以称纪实之文。褚少孙称《太史公书》为《太史公传》,是汉人犹直名史籍为传矣。古人论著中常称"传曰"或"传有之",亦谓传为旧史也。春秋时,列国于时事各有记载。至战国末,有左氏者裒集成书,名之为传,原无足异耳。

两戴礼记

古人解经之书,名之曰传,或名为注。与传同时而并起者,其唯记乎!《礼记》大题《正义》曰:"记者,共撰所闻,编而录之。"是也。大抵记经之所不备,并载经外远古之言以赞明经义,与传注同用而殊功。盖自礼乐崩坏,而记已大兴。郑玄所云:"后世衰微,幽厉尤甚。礼乐之书,稍稍废弃。盖自尔之后有记乎。"(见《仪礼·燕礼注》)是已。可知记之所起,由来远矣。《汉书·艺文志·六艺略》礼类,于"礼古经五十六卷《经》十七篇"之下,即著录"记百三十一篇"。班氏自注云:"七十子后学者所记也。"所谓"七十子后学者",则自春秋战国以逮秦汉之儒生,皆可统括在内矣。《隋书·经籍志》云:"汉初河间献王得仲尼弟子及后学者所记一百三十一篇,献之,时亦无传之者。至刘向考校经籍,检得一百三十篇,向因第而叙之。而又得《明堂阴阳记》三十三篇,《孔子三朝记》七篇,《王氏史氏记》二十一篇,《乐记》二十三篇,凡五种，合二百十四篇。戴德删其烦重，合而记之，为八十五篇，谓之《大戴记》；而戴圣又删大戴之书为四十六篇，谓之《小戴记》。汉末马融遂传小戴之学。融又足《月令》一篇，《明堂位》一篇，《乐记》一篇，合四十九篇。而郑玄受业于融，又为之《注》。"可知小戴所传之《记》，初但四十六篇。以四十六合八十五适符一百三十一篇之数。盖此一百三十一篇之记，大戴传其八十五篇，小戴传其四十六篇，本无所谓大戴删古记、小戴删大戴之事。《汉志》乃合两戴之所传者而著录之耳。徒以马融传小戴之学，郑玄又为之作注，唐初至列《小戴礼记》为五经之一，于是《小戴礼记》为世所重。而《大戴礼记》遂微，且缺脱亦甚。前三十八篇皆佚，自第三十九篇《主言》起，至八十一篇《易本命》止（中尚缺数篇），尚存四十篇。今校论《两戴记》所言，小戴所传，解释礼经十七篇之文为多；大戴所传，阐发修己治人之理为广。以言实用，则《大戴礼记》虑犹有胜于《小戴礼记》者。故余早岁治礼，即合两戴《礼记》理董之。尝选辑其言人治之大者，从《大戴记》中录出二十四篇，《小戴记》中录出十六篇，都四十篇，区为三编写定，颜曰《两戴礼记合钞》。取精用宏，亦守约之道也。

贤者识其大者不贤者识其小者

《论语·子张篇》记载子贡答卫公孙朝问,有云:"文武之道,未坠于地,在人。贤者识其大者,不贤者识其小者。"此言"文武之道,未坠于地",即《中庸》所谓"布在方策"也。古人言方策,犹今言书籍耳。故"贤者识其大者,不贤者识其小者"二语,在后世可用为读书之法。刘宝楠《论语正义》云:"贤者识其承天治人之大,不贤者识其名物制度之细。"此解自谛,足以明治学有识大识小之辨也。汉末徐干《中论·治学篇》有曰:"凡学者大义为先,物名为后,大义举而物名从之。然鄙儒之博学也,务于物名,详于器械,矜于诂训,摘其章句,而不能统其大义之所极,以获先王之心。此无异乎女史诵诗,内竖传令也。"此论甚卓,可救当时经生流于琐碎之病。汉世儒林,逐于利禄,一经说至百余万言,《汉书·艺文志》及《儒林传》言之备矣。大抵蔽于名物度数而不通群经大义,汉末尤甚,故《中论》极言其弊,亦后世学者之药石也。大抵善读书者，能从大处着眼，而不规规于一名一物之细。读经，则能记取其至理名言；读史，则能熟知其兴衰理乱；读诸子百家，则能审别其议论高下。如此反复寻究，至于融会贯通，则识高学充，成为有体有用之才，斯固贤者识其大者之效也。若夫为饾饤之学者，暗诵书中典故，多记古代轶闻，可供谈助，藉炫雅博，斯则不贤者识小之事也。成就之大小，区以别矣。旷观古今学者，偏才为多，而通才为少，亦识大识小有以限之。识大之贤，良不易觏耳。

以儒相诟病

儒生大病，在于尊古卑今，好发空论，不切实际。早在春秋时，《管子·戒篇》已云："泽其四经而诵学者，是亡其身者也。"在当时所谓"四经"，即儒家所重视之《诗》《书》《礼》《乐》也，而《管子》亟抨击之。《商君书》中，力诋"巧言虚道""诗书辩慧"为无用。直斥礼、乐、诗、书、孝、悌、修善、诚信、贞廉、仁义、非兵、羞战十二者为六虱，与后来韩非所言五蠹，用意正同。法家重在事功，奖励耕战，故鄙弃儒术甚力。而儒之所以为儒，实亦无以自立。墨子《非儒篇》所谓"五谷既收，大丧是随，子姓皆从，得厌饮食"。"富人有丧，乃大悦喜曰：此衣食之端也。"荀子《儒效篇》所谓"呼先王以欺愚者而求衣食焉，得委积足以掩其口则扬扬如也"。皆谓儒者寄生于他人，而不能自食其力。故孔子存时，即有人斥之为"四体不勤，五谷不分"。儒之为世诟病，由来远矣。历代帝王，亦轻侮儒生为最甚。汉高帝骂郦食其曰："竖儒，几败乃公事!"斥陆贾曰:"乃公居马上得之,安事《诗》《书》?"则固以严父自处矣。下逮清太宗《与袁崇焕书》有云:"自古以来,尔等文人,如妇女之在闺中,以致丧身殃民,社稷倾覆。"(见《清开国方略》卷十)亦视书生文士为无用也。至于权贵轻蔑儒生,以俳优畜之者,尤不可胜数矣。

新艺文类聚丛书（第一辑）

学 林 脞 录

中

张舜徽　著

南开大学出版社

目录（中）

卷九

卷六

书生喜清谈

清谈足以祸国，而皆出于书生，观魏晋、宋明之遗风而可知也。陈建《学蔀通辨续编》卷四有云："呜呼！清谈盛而晋室衰，五胡乃乱华矣；禅谈盛而宋室不竞，女真乃入据矣。二代之祸，如出一辙。"顾炎武《日知录》卷七曰："昔之清谈谈老庄，今之清谈谈孔孟。"钱大昕《十驾斋养新录》卷一八曰："魏晋人言老庄，清谈也；宋明人言心性，亦清谈也。孔子曰：'道不远人。'后之言道者，以孝弟忠信为浅近，而驰心于空虚窎远之地。与晋人清谈，奚以异哉！"顾钱二家指斥宋明清谈之害，切中其病。至于明末，儒生遂相率流于迂愚。有如《明史·杨嗣昌传赞》所云："明季士大夫，问钱谷不知，问甲兵不知。"黄宗羲《徐庚庵墓志》所云:"夫儒者,均以钱谷非所当知,徒以文字华藻,给口耳之求,不顾郡邑之大利大害。"平日既不关心国事,专事空谈,以致地方无一可以办事之官,廊庙无一可以倚赖之臣。坐使国破家亡而莫之悟。以观清末,何独不然。其时清谈,乃钟鼎彝器款识也。有翁同龢、潘祖荫诸显贵好之于上,士大夫从之于下。舍当务之急不讲,而惟瘁心力于无用之地。士习益靡,国势终以不振,要亦清谈有以致之。

书生何以被称为老九或臭老九

近世有称知识界为"老九"者，或更甚其辞为"臭老九"。有人问以此名词何由而来？其意何居？余应之曰：他书不甚可考，此殆自元朝以十等品人始也。谢枋得《叠山集》卷六《送方伯载归三山序》有云："滑稽之雄，以儒为戏者曰：我大元制典，人有十等。一官二吏，先之者，贵之也；贵之者，谓其有益于国也。七匠八娼，九儒十丐，贱之也；贱之者，谓无益于国也。嗟乎卑哉！介乎娼之下，丐之上者，今之儒也。"然则儒居第九，此"老九"之名所由来也。所居在娼之下，岂非极卑而又臭乎！抑儒之不为世重，不自元人始也。观自古以儒相诟病，由来已久。顾其所轻蔑者，率世俗之儒耳。《荀子·儒效篇》尝谓"有俗人者，有俗儒者，有雅儒者，有大儒者"，是同名为儒，尚有大小雅俗之辨矣。大儒之效，世不多见。有能之者，则事业立于当时，声名传于后世，斯固上之上者。其次，如《荀子》所云："势在人上，则王公之材也；在人下，则社稷之臣，国君之宝也。虽隐于穷阎漏屋，人莫不贵之，道诚存也。""儒者在本朝则美政，在下位则美俗。"古之人亦有行之者，载诸史册之伟人名儒皆是已。苟能积学待时，以为世用，而取得成功，人虽欲贱之，不可得也。故儒之为贵为贱，为香为臭，悉操之在己，人奚由而定之。

游　说

　　荀悦《汉纪》卷十云："世有三游,德之贼也。一曰游侠,二曰游说,三曰游行。立气势,作威福,结私交以立强于世者,谓之游侠。饰辨辞,设诈谋,驰逐于天下,以要时势者,谓之游说。色取仁以合时好,连党类,立虚誉以为权利者,谓之游行。此三游者,乱之所由生也。伤道害德,败法惑世,失先王之所慎也。国有四民,各修其业。不由四民之业者,谓之奸民。奸民不生,王道乃成。凡此三游之作,生于季世,周秦之末尤甚焉。"此论斥游侠、游说、游行为奸民。而三游之中,游说尤要,固不可以一概论也。当周末扰攘之时,国斗力而人斗智。弱者无由得食,故必游说于外以寄其生。其中有才学者,思以其术为列国用,或遇或不遇,孔孟即游说之不遇者也。其他若吴起、孙武、伍子胥、商鞅、虞卿之俦,去宗邦以事异国之君,各得行其所学,为诸侯重。有如《论衡·效力篇》所云:"六国之时,贤才之臣,入楚楚重,出齐齐轻，为赵赵完，畔魏魏伤。"其有系于国之安危复如此，岂奸民所能致耶？燕昭王从郭隗之言，筑宫师隗。于是乐毅自魏往，驺衍自齐往，剧辛自赵往，士争凑燕。倚任客卿，于斯为盛。观李斯《谏逐客书》，秦固以客兴也。顾战国之时，各国得客卿之力以致富强者，多为兵家法家有为之士。而儒家所言，多见以为迂远而阔于事情，不为世重也。故后世论及周末游说之士，宜自其事之成败区别观之，未可以一概斥为奸邪也。

秦皇统一之业

《史记·六国表》云："秦取天下多暴。然世异变，成功大。"此数语已极推崇秦统一天下之伟绩矣。又云："学者牵于所闻，见秦在帝位日浅，不察其终始，因举而笑之，不敢道，此与以耳食无异。复叹后人之不足以知秦也。"司马迁此论，可谓有识！上稽载籍，古称万国。由万国而为千八百国，由千八百国而为百余国，由百余国而为十二诸侯，由十二诸侯而为七雄，由七雄而为一秦，遂开中国大一统之局。自始皇二十六年并天下，至二世三年而亡，凡十五年，时已促矣。而往代之陈法，无不革除；后世之治术，悉已开创。论其大者，约可数端：改封建为郡县，子弟无尺土之封，一也；设官分职，立军、政、监察三权分掌之制，二也；一法度、衡石、丈尺，车同轨，书同文，三也；本尊君抑臣之礼而定朝仪，四也；严三族之刑以制秦律，五也。至于号曰皇帝，自称为朕，命为制，令为诏，历代帝王因之，至清死而始废。盖自秦以来，垂二千年。虽百王代兴，时有改革；然观其政体，固未更移。有如筑室，秦皇已营造周全，后之入居者，不过求适一时之用，稍有增损修葺耳。其深根宁极之理，固未尝动也。故秦虽享国短浅，而关系至为深远。谭嗣同尝曰："二千年来之政，秦政也。"（见所著《仁学》）"岂不信然！"后世徒以焚书坑儒，为秦皇病，不欲称道及之。不悟焚书之策，早见于《韩非子·和氏篇》，已云："商君教秦孝公燔《诗》《书》而明法令。"秦皇、李斯，特举法家之言而实行之耳。至于坑儒，乃坑杀当时蒙上欺主之术士（《史记·儒林传》作"坑术士"）。非汉武以后之所谓儒也。世之论者，何可不明辨乎！

汉武拓地之功

秦皇既定天下，北逐匈奴，收河南地；南开桂林、南海、象郡；疆域于是为扩大矣。汉武继踵，所辟益广。因匈奴屡入寇，则使卫青七出塞，收复失地，置朔方郡。又使霍去病六出塞，击匈奴右地，降浑邪王，置酒泉、武威、张掖、敦煌四郡。又使李广利伐大宛，自敦煌西至盐泽，起亭障，屯田于轮台、渠犁，此拓地于北与西者也。使路博德、杨仆等取南粤，以其地为儋耳、珠崖、南海、苍梧、郁林、合浦、交趾、九真、日南九郡，此拓地于极南者也。又使杨仆、韩说等击东越，徙其民于江淮而空其地，此拓地于东境者也。又使唐蒙、司马相如讽谕西南诸夷，继遣郭昌、卫平等平南夷为牂柯郡，邛都为越嶲郡，莋都为沈黎郡，冉駹为文山郡，白马为武都郡。夜郎、滇王，先后入朝，以其地为益州郡，此拓地于西南者也。又使杨仆、荀彘击朝鲜，以其地为真番、临屯、乐浪、玄菟四郡，此拓地于东北者也。又使张骞等通西域，而三十六国君长，皆慕化入贡，此拓地于极西者也。其中有秦所本有，旋为外族所夺而武帝收复之者，如朔方、朝鲜、南越、闽越，秦时虽已内属，然不过羁縻而已，至武帝始郡县其地。亦有秦所本无而新辟之者，西北则酒泉、敦煌等郡，南则九真、日南等郡，西南则益州等郡皆是已。武帝在位五十四年，而大举对外用兵达数十次，从而促进多民族国家之发展，及各民族间文化之交流，均有积极作用。又况版图日广，增设郡县益多，尤为今日中国之疆域，早已奠定辽阔之基础。其功绩自不可没！而自来迂拘书生，论及汉武用兵太久，劳民伤财，而相与非短之。故班固所为《武帝纪赞》，但称其文治之美，而无一语及其武功，不足怪也。

秦皇汉武在中国历史上之地位

依据五种经济形态以分析中国社会之历史阶段，吾必以为自夏商以迄周末，为奴隶社会阶段。至秦统一天下，始进入封建社会。或以春秋战国之际，已呈现出封建制雏形，在秦以前，早是封建社会。不悟社会进化，至不平衡。此方已是先进，彼方仍甚落后。在春秋战国之际，虽有少数国家进行变法，力图富强，已有封建制度之萌芽，而边远地区仍停留在奴隶社会或原始社会。发展既有参差，自未可概目为封建社会也。自秦统一天下，一切制度法令，下达于全中国，切实施行，无远弗届。真正实行封建地主制度，实自秦始。而始皇乃成为封建专制主义中央集权政体之第一统治者。彼能适应当时社会发展之趋势与要求，在全中国范围内进行前所未有之总体改革，自具有极高之进步意义。将中国社会推进一大步，引入崭新境地，此乃秦皇对中国历史作出之重大贡献也。汉武继之而起，采取一系列巩固统一、加强封建专制主义中央集权之措施,在秦之立国基础上,续有发展。自开疆拓地之外,于政治、文化,亦多所创制。即位之初,即称建元元年,为帝王有年号之始。元光元年,诏郡国举贤良,文学,亲临策问,擢广川董仲舒为第一,是为考试取士之始。仲舒请不在六艺之科、孔子之术者,皆绝之。于是罢黜百家,专尊六经,议立明堂,遣使安车蒲轮,束帛加璧,迎鲁申公,是为崇信儒家之始。元光五年,使唐蒙通夜郎,司马相如通邛、筰,因巴蜀吏币物,以赂西夷,是为与少数民族交往之始。太初元年,颁行《太初历》,以正月为岁首,色尚黄,数用五,是为改正朔定服色之始。兹但举其荦荦大者言之耳。若夫兴太学,修郊祀,协音律,行封禅,为历代帝王相沿而不改者,尤不可胜数。可知汉武在政治文化上之建树,影响亦至深远矣。总之,自来论及中国英主,必曰秦皇汉武,以其功烈之盛也。即今用新观点评价历史人物,此二人仍不失为雄才大略、有气魄、有眼光之大政治家。在中国历史上,居于重要地位。

文景黄老之治

　　《史记·吕后本纪赞》云："孝惠皇帝、高后之时，黎民得离战国之苦，君臣俱欲休息乎无为。故惠帝垂拱，高后女主称制，政不出房户。天下晏然，刑罚罕用，罪人是希。民务稼穑，衣食滋殖。"汉初天下甫定，与民休息，而收效至此。文帝、景帝继之，仍尚无为，史称黄老之治。黄老之名，始见《史记》。《申不害传》《韩非传》《曹相国世家》《陈丞相世家》，并言"治黄老术"。《史记》以前，未有此名。盖道家之书，本有《老子》。习其道者，远托上世，遂与黄帝连称耳。故《史记·孝武纪》《封禅书》皆云："窦太后治黄老言，不好儒术。"《儒林传序》言："窦太后好黄老之术。"而《史记·儒林申公传》乃云："窦太后好老子言，不说儒术。"《辕固生传》亦云："窦太后好老子书。"《汉书·外戚传》又云："窦太后好黄帝老子言，景帝及诸窦，不得不读《老子》书，尊其术。"观《史》《汉》诸篇所记，或连言黄老，或但称老子，实一事耳。

所谓"窦太后"者，文帝后也，盖与文帝同好道家之言。顾《史记·儒林传》又云："孝文帝好刑名之言。"论者颇疑文帝既尚无为，何以又好刑名？此由刑名之学，本包在黄老之内也。故《史记·老庄申韩列传》云："申子之学，本于黄老而主刑名。"又云："申子卑卑，施之于名实；韩子引绳墨，切事情，明是非，其极惨礉少恩，皆原于道德之意。"是刑名本出于道也。文帝崇尚无为之后，景帝以刑名之法继之，政尚严核。非有异也，实相成也。

道家无为之用有二

道家主于清静无为，其大用有二：一则用于治民，简政省事，不欲多兴作，如汉初崇尚黄老之术，是也。证之《诗·桧风·匪风篇》："谁能亨（烹）鱼，溉之釜鬵。"《毛传》云："亨鱼烦则碎，治民烦则散。知亨鱼，则知治民矣。"《孔疏》云："烹鱼治民，俱不欲烦。知烹鱼之道，则知治民之道。言治民贵安静。"毛、孔二家之言，即《老子》所谓"治大国若烹小鲜"也。韩非《解老篇》云："事大众而数摇之，则少成功；藏大器而数徙之，则多败伤；烹小鲜而数挠之，则贼其泽；治大国而数变法，则民苦之。"《淮南·齐俗篇》云："治国之道，上无苛令，官无烦治，士无伪行，工无淫巧。"皆所以阐明《老子》之旨也。无为之又一大用，则为人主之南面术。其术重在任人而不任智，而收"无为而无不为"之效。《淮南·原道篇》云："所谓无为者，不先物为也；无不为者，因物之所为。"此谓人主不要显露出自己之聪明才智，而尽力发挥臣下之聪明才智去办事。臣下所取得之成绩，即成为自己之成绩。此乃无为而无不为之真谛，百家所同也。古之言此理者，谓之"道论"。是一种专门学问，且有大师传授。《史记·太史公自序》称司马谈曾"习道论于黄子"。对其理论，研绎至精。故《论六家要指》一篇，极推崇道家南面之术为最高。征之百家言及主术同宗道德，盖自有其不可易者在也。余尝博稽诸子之说，疏通证明，为《周秦道论发微》以阐述之矣。

汉文谦谨

汉文为高帝薄姬子,初立为代王。及陈平、周勃诛诸吕,废少帝,议所立。以代王高帝子最长,为人仁厚,迎而立之。元年,有献千里马者,却之。诏曰:"朕不受献也,其今四方毋求来献。"

南粤王赵佗,据地自雄,自称武帝。帝乃为佗亲冢在真定者,置守邑,岁时奉祀;召其昆弟,尊官厚赐以宠之。复遣陆贾使南粤,并赐佗书慰抚有加。佗恐,匍匐谢罪,称藩臣,去帝号。齐太仓令淳于意,有罪当刑。其少女缇萦上书,乞没入为官婢以赎父罪。帝为之除肉刑。待诸王至宽大,虽有不轨,不欲绳以重法。在位二十三年,自奉亦至俭薄。宫室、苑囿、车骑、服御,无所增益。有不便,辄弛以利民。尝欲作露台,召匠计之,直百金。乃曰:"百金,中人十家之产也。吾奉先帝宫室,常恐羞之,何以台为。"身衣弋绨,所幸慎夫人,衣不曳地;帷帐无文绣。以示敦朴,为天下先。治霸陵,皆瓦器,不得以金银铜锡为饰。因其山，不起坟。吴王诈病不朝，赐以几杖。张武等受赂金钱觉，更加赏赐以愧其心。专务以德化民，几致刑措。自汉兴以来四十余载，信不失为谦谨之主。观其《赐赵佗书》，开首即云："朕，高皇帝侧室之子。弃外，奉北藩于代。"以当日皇帝之尊，乃能自抑至此，在历史上至不多见。孔子曰："以约失之者鲜矣。"（见《论语·里仁篇》）孟子曰："独孤臣孽子，其操心也危，其虑患也深，故达。"（见《孟子·尽心上》）赵岐注云："自以孤微，惧于危殆之患而深虑之，勉为仁义，故至于达也。"汉文有焉。

所谓三十税一

《汉书·文帝纪》称十二年三月诏"赐农民今年租税之半";十三年,又诏"除田之租税"。《食货志》称"孝景二年,令民半出田租,三十而税一也"。班固于《景帝纪》末,申之以赞云:"周云成康,汉言文景,美矣!"后之论者,若周密《齐东野语》,谓汉租最轻,虽三代亦所不及。自高、惠以来,十五税一;至文、景再赐半租,实三十而税一也。故文景减租,自来传为盛事。揆之情实,而农民受惠实鲜。故其后王莽下令有云:"汉氏减轻田租,三十而税一。常有更赋,罢癃咸出。而豪民侵陵,分田劫假。厥名三十,实什税五也。"(见《王莽传》)加以我国封建社会租税之制,直接生产之农民,向地主负责,每亩须纳收获之过半,不得省减。地主向政府负责,苟有减租免税之令,惟地主能受其惠耳。故荀悦《汉纪》卷八云:"古者什一而税,以为天下之中正也。今汉氏或百一而税,可谓鲜矣。然豪强富人,占田逾侈,输其赋太半。

官收百一之税，民输太半之赋。官家之惠，优于三代；豪强之暴，酷于亡秦。是上惠不通，威福分于豪强也。今不正其本，而务除租税，适足以资豪强耳。"此诚推本之论已。当文景减省租赋之际，未见有直言其弊者。迨事过境迁，始有洞察及此之人，追论其事，而得失明矣。要之，封建帝王，实当时之地主也。其所施为，皆为其本阶级服务耳。故文景减省租赋，号为三十税一，徒有利于地主，而无救于农民，不足怪也。

古代君臣不甚疏远

古人席地而坐，古之坐如今之跪。汉文帝尝坐宣室，与贾谊谈鬼神，至夜半，不觉两膝之前。曰："久不见贾生，自以为过之，今不及也。"可见当时君臣亲密无间，无异家人。上推至汉开国之初，高祖尝病甚，恶见人，诏户者毋得入群臣，樊哙独排闼直入。吕后侧耳于东厢，闻周昌谏止高祖废太子。见昌，辄跪谢曰："微君，太子几废。"以母后之尊，至于跪谢臣下，是其时君臣之礼未严也。即秦始皇初并天下，置酒咸阳宫，与群臣议事，发言盈廷，而称制以决之，君臣之间，融融如也。汉承秦制，每事必议。君臣一体，形迹浑忘。下逮唐高祖，每引重臣共食，言尚称名，犹有古之遗风。盖君能爱臣，则臣愿尽力。历代明主行之而致效者，亦已多矣。朱子论及古代君臣之相与，有曰："古之朝礼，群臣皆立。至汉，皇帝见丞相起，盖尚有此礼，不知后来如何废了。三代之君，见大臣皆立，乘车亦立，见大臣，谒者赞曰：'天子为丞相起。'古时天子见群臣有礼,先特揖三公,次揖九卿,又次揖左右,又次泛揖百官。"(见《朱子语类》卷九一)大抵时代愈后,皇权愈重,君臣之礼愈严,至明清而加厉。臣工见君,必跪拜匍匐于地。形格势禁,不敢仰视,虽有咨询,何由尽言乎?

跪拜 鞠躬 点头

朱子《跪坐拜说》云："古人之坐者,两膝着地,因反其跖而坐于其上,正如今之胡跪者。其为肃拜,则又拱两手而下之至地也;其为顿首,则又以头顿于手上也;其为稽首,则又却其手而以头着地,亦如今之礼拜者;皆因跪而益致其恭也。"又云："凡言坐者,皆谓跪也。若汉文帝与贾生语,不觉膝之前于席;管宁坐不箕股,榻当膝处皆穿;皆其明验。跪与坐,又似有小异处。疑跪有危义,故两膝着地伸腰及股而势危者为跪,两膝着地以尻着跖而稍安者为坐也。"(见《文集》卷六十八)

在封建社会,卑见尊,幼见长,皆必跪拜。由其时本坐在地,但直其身而下其首,则跪拜成,故轻而易举耳。非如后世身恒直立,见尊者长者必屈膝下跪而拜之难也。古人遇不必行跪拜者,则有对立而揖之礼,但合两手张拱而上下之。古亦名曰"奉手"(奉读为捧),郑玄《戒子益恩书》中所云:"得意者咸从奉手,有所授焉。"是也。近世始有鞠躬之礼,以代跪拜。鞠躬二字,虽一见于《仪礼·聘礼》,三见于《论语·乡党》,皆形容敬谨之貌,非礼仪之名。辛亥革命以后,废除旧制甚多,取缔跪拜。以曲身致敬为鞠躬。常礼一鞠躬,大礼三鞠躬。依时变易,从俗从宜,优于跪拜远矣。《荀子·修身篇》云:"偶视而先俯,非恐惧也。然夫士欲独修其身,不以得罪于比俗之人也。"此所谓"俯",即言低头,今语称为点头,声之转耳。合斯三者比观之,跪拜最烦劳在所必废,点头最轻易而流于慢,惟鞠躬施用为宜也。

非常之人 超世之杰

陈寿《三国志》，以"非常之人，超世之杰"二语评赞魏武，可云谛当。自来怀匡世济民之志，具治戎理政之略者，鲜有能好学忘疲，老而弥笃，虽在军旅，手不释卷者。魏武上马横槊，下马谈论。寄情思于文艺，兼擅众长。诗文书法，为一时冠。斯固有百代之逸才，非常人所能逮也。至于驰骋中原，削平群黠；分兵屯田，期于足食。《置屯田令》有云："秦人以急农兼天下，孝武以屯田定西域，此先代之良式也。"是直以秦皇汉武为师模矣。而上承管商申韩之绪，以法治邦，卒致风化肃然，豪强敛迹，斯又非有超世之才不逮此。间尝探索其成功之由，以有雄伟之气魄为立业之基耳。观其论才、求贤之令有云："治平尚德行，有事赏功能。""今天下得无有被褐怀玉而钓于渭滨者乎？又得无盗嫂受金而未遇无知者乎？二三子其佐我明扬仄陋，唯才是举，吾得而用之。"于是官人授材，各因其器；能受尽言，不念旧恶。当其自击乌桓，群臣皆谏。既破敌而归，向前谏者皆厚赏之。以善推人，以恶自与，故群下乐为己用。非其度大能容，曷克臻此乎！由其气魄之大，故发为诗文书法，皆极雄伟，殆非人力所易及。有如杜甫诗句所云："英雄割据虽已矣，文采风流今尚存。"诚超世之英杰矣！汉末天下分裂，卒成三国鼎立之局。自晋人习凿齿为《汉晋春秋》，以蜀为正统，然后崇刘贬曹之见，深入人心。而正闰之辨，严于南宋。迨明人罗贯中《三国演义》出，以小说不妨虚构，颂刘为贤主，斥曹为奸臣。自是爱憎无准，是非多淆。魏武蒙冤，识者所深叹也。若论其功烈之大，尤在平定北方，结束中原自汉末以来长期混战之局，为促成中国之统一奠定基础，其业绩固不可没矣。

帝王崇文之用意

历代帝王之崇尚文学，亦有别具用意者，所以消磨士夫气志于翰墨之中，以泯其觊觎非分之念也。魏文帝《与王朗书》有云："惟立德扬名，可以不朽，其次莫如著篇籍。"《典论·论文》又云："盖文章，经国之大业，不朽之盛事。年寿有时而尽，荣乐止乎其身。二者必至之常期，未若文章之无穷。是以古之作者，寄身于翰墨，见意于篇籍，不假良史之辞，不托飞驰之势，而声名自传于后。"观其所言，自有奖劝文章著述之意。上好下甚，七子嗣兴。其后流为清谈，士大夫遂相率不问国事矣。唐太宗文治武功，彪炳一时，而羁縻士子之策，尤为奥妙。《晋书》中惟陆机、王羲之两传，其《论》皆称"制曰"，乃太宗之笔也。以两晋人物之盛，而仅表章工文、善书之二人，其意盖欲导天下之心思才力，以共趋于写字为文之一途耳。故其偶幸端门，见新进士缀行而出，喜曰："天下英雄，入吾彀中矣。"其时士大夫老死于文场者，亦无所恨。故有诗曰："太宗皇帝真长策，赚得英雄尽白头。"可以知其效用矣。推之贞观年间六修群书，亦即此意。下逮历代开国之初，莫不设馆编述，后先相师，如出一辙。刘埙《隐居通议》尝论其事曰："宋初编《文苑英华》之类，尤不足取。或谓当时削平诸僭，降臣聚朝，多怀旧者。虑其或有异心，故皆位之馆阁，厚其爵禄，使编纂诸书，如《太平御览》《广记》《英华》之类，迟以年月，困其心志。于是诸国之臣，俱老死于字里行间。世以为深得老英雄法，推为长策。"可知诸书之修，原以笼络才智之士。广其卷帙，宽其岁月，使卒老于文字间耳。下逮明清两代开国之初，修大部书如《永乐大典》《图书集成》之类，规为浩博，而用心则无不同。不知者以为此类举措，真从发扬文化出发，则失之甚远也。

魏晋人之放诞

人有厌世之情，而后流于放浪不羁。推溯其原，所起甚早。《诗·唐风·山有枢篇》有云："山有漆，隰有栗，子有酒食，何不日鼓瑟。且以喜乐，且以永日。宛其死矣，他人入室。"此诗已有及时行乐、得过且过之意。其后《庄》《列》发论，归于旷达，遂成齐万物、一死生之理论，后之流为放诞清谈者祖之。世人言及放诞之风，多谓始于魏晋，其实后汉时已肇其端。经师如马融，"善鼓琴，好吹笛，达生任性，不拘儒者之节"。名儒如仲长统，自明其志有云："逍遥一世之上，睥睨天地之间。不受当时之责，永保性命之期。"又有诗句云："寄愁天上，埋忧地下，叛散六经，灭弃风雅。"已开此风之先。是放诞自恣，鄙弃礼教，但盛于魏晋，非始于魏晋也。当曹氏司马氏严酷好杀之余，士大夫为全躯保妻子，不得不逃避现实，寄情于弦歌酣饮，而清谈《周易》《老》《庄》。聊以守雌远祸，以酒自晦。故阮籍未尝臧否人物，嵇康不见喜愠之色。其藏于中而自克者深矣。彼辈放浪形骸，亦所以自秽其迹耳。阮氏值嫂将归宁，就与之别，人或讥之，则曰："礼岂为我设耶？"是其鄙弃礼教已甚。当时相习成风，固非一二人如此也。范宁感于末流之弊，乃谓"王、何之罪，浮于桀纣"。是岂王弼、何晏二人所能任咎哉！

胡与汉

从东汉时起，我国西北、北方少数民族，纷纷向长城以内及黄河流域一带内徙，至西晋时，已陆续移居内地者不少。由于西、北各族人民，高大多须，与汉人异，故汉人直呼之为"胡"。胡即鬍之本字。从髟之胡，乃后出俗体，始见《洪武正韵》，见于字书最晚。考之《说文》："胡，牛顄垂也。"人亦有胡，颐下下垂者为胡，故胡下之须称胡须，其人多须，即呼为胡，本无恶意也。当时西、北各族称内地人则为"汉"。此缘汉代强盛，版图辽阔，声威及于边裔，故各族人民但知中国为汉耳。称男子亦曰汉子，《北齐书·魏兰根传》："兰根从弟恺，迁青州长史，固辞不就。显祖怒云：'何物汉子！我与官不肯就。'"是其例也。后转用为常用之词，或冠以他词而省"子"字，如云"好汉""硬汉""男子汉"之类，亦无恶意也。

谢安与王猛

公元四世纪时，我国有二大政治家：一为东晋谢安，一为前秦王猛。谢安胆识过人，临危不惧，而一出之以和易。早于年少泛海时，值风起浪涌，吟啸自若，为同舟所钦服。及其出而从政，官高望重，能以谈笑却桓温杀己之谋，止篡晋之计。后苻坚大军南下，处变不惊，对客围棋，从容坐镇。卒以八万之众，胜百万之师。非有过人之胆识，超世之才略，而能至此乎！王猛始为县令，即明法峻刑，澄察善恶，禁勒强豪，风化肃然。苻坚许为管仲子产一流人物，甚敬重之。及为丞相，主国政，事无巨细，猛皆专之。拔幽滞，显贤才；外修兵革，内崇儒学；劝课农桑，教以廉耻；卒致国富兵强，雄于北方。苻坚比之诸葛，尝戒其子女曰："汝事王公，如事我也。"其见尊礼如此。惜不永年，未克竟其施而卒耳。昔人所谓"人存政举，人亡政息"，余证之东晋、前秦之事而益信。以司马曜之昏闇无能，濒于倾覆，得谢安而安；以苻坚之强大鲜敌，失王猛而败。是以帝王建业，贵有贤佐以辅之也。当王猛病笃时，戒苻坚勿图晋。坚竟不从，卒取陨灭。人才系国之兴衰成败，可见于斯矣。

均　田

　　自古勤劳耕种者无土地,有土地者不劳而食。富者田连阡陌,贫者无立锥之地,此数千年之大患也。进入封建社会以后,帝王知农民太苦,则激而生变,无以固其权位。乃以解决土地问题为当务之急。故汉有限田之议,新有王田之法,晋有占田之制,仍无以遏制豪强之兼并。至北魏行均田,旧史颂为盛事,视往代所行为有进矣。然太和九年下令均田:丁男受露田四十亩,丁女二十亩,奴婢依良;丁牛一头,受田三十亩。此制但在政府控制下之荒地上实行;并不侵动地主已有之土地。加以大地主家妻妾、子女、奴婢及牛为最多,一同受田,较之贫苦农民所得,相去远矣。即以租税而论,一夫一妇,纳租粟二石,调帛一匹;产麻之地,纳调布一匹。而地主之每一奴婢,但纳一夫一妇租调八分之一。由此可见,魏之均田,大有利于地主,而农民受益仍微。此缘封建帝王之所营为,悉为维护地主阶级利益而设,不足怪也。

隋唐开国之初，荒地甚多，仍续行均田。唐制：男丁十八岁以上授田百亩，其中二十亩为永业田，八十亩为口分田。老男残废者授田四十亩，寡妇三十亩，户主加二十亩。受田者已死，则永业田可由后嗣继承，口分田归官，再行分配。然而有封爵之贵族及五品以上之官吏，可以授永业田五百亩至一万亩；立有战功而受勋者，可按勋级高低受勋田六十亩至三千亩。于是有田者田愈多，而富者益富；无地者地仍少，而贫者更贫。名曰均田，实则甚不均平也。终封建之世，于斯立法虽多，终无以解决此一重大问题，非无故矣。

秦隋之速亡

秦与隋之亡天下，极其相似。昔人以隋比秦，谓有四事相同：刚愎自用，一也；大兴土木，二也；劳师远征，三也；严刑峻法，四也。余则以为相同之迹，犹有四端：并分裂而为统一，一也；享国短浅，二世而亡，二也；亡国之主，死于近臣之手，三也；为大规模起义军倾覆其政权，四也。至其败亡之速，自以严刑峻法、海内叛离为最大原因。秦隋之世，本以法治天下。而不知法家政治之术，重在奖励耕战，以立根基；严明赏罚，以示惩劝；循名责实，可以坐致治效。而刑罚之施，特其一端，不得已而用之，聊以禁暴除奸耳。始皇、文帝，既以刑法为立威之具，恣睢暴戾，民不堪命。二世、炀帝，残虐益甚，杀害忠良。宫廷之内，莫不自危；则草菅万民，益无所顾忌矣。老子曰："民不畏死，奈何以死惧之。"大抵生灵荼毒愈甚，则群起反抗愈烈。秦隋之末，四方起义军此起彼伏，规模之大，史所罕见。盖民坠涂炭已久，积怨发愤而然耳。

帝王之愚昧无知

历代帝王有幼小时即位,全无知识者,姑就未满十岁者数之:汉殇帝刘隆,生甫百日即就帝位,两年后便死;汉冲帝刘炳,二岁即位,次年即死;汉质帝刘缵,八岁即位,九岁即死。东晋成帝司马衍,五岁即位;南朝宋顺帝刘准,七岁即位。下至清代末期,穆宗(同治),六岁即位;德宗(光绪),五岁即位;溥仪(宣统),三岁即位。此类孩提之童,无知无觉。名为帝王,而一切权力,悉由母后、宦官、权臣、外戚所把持。由于母后恣肆,宦官专横,权臣跋扈,外戚擅权,使国家陷于危弱,人民坠入水火,政治之腐弊,更不堪问矣。以此幼小登之帝位,直视天下为儿戏也。

即使帝王非幼主,亦有愚昧异常不解人事者,如晋惠帝司马衷闻饥民有饿死者,辄曰:"曷不食肉糜。"昏闇至此,复何知国家之事。亦有多年不问政者,如明神宗朱翊钧,深居宫廷之内,二十余年不接见大臣,遑论关心国家大事。亦有专以嬉戏为乐者,如汉成帝刘骜,灵帝刘宏,南齐东昏侯萧宝卷,其尤著者也。由于帝王昏闇、怠惰、戏乐不理事,而投机取巧、阿谀逢迎之臣进,旧史所谓"佞幸"者是已。《宋史·佞幸传》有云:"人君生长深宫之中,法家拂士接耳目之时少,宦官子女共启处之日多,二者佞幸之梯媒也。"盖自佞幸日进,惟冀帝王不问政治,以便于己之擅权独断,作威作福,而举国上下,莫之能治矣。

武则天自是人杰

在封建社会，帝王中亦有雄才大略，多所作为，影响当时与后世为最大者。自秦迄唐，如赢政、刘彻、曹操、拓跋宏、李世民，皆一时之英杰，中国历史上之大政治家也。武曌继之而起，以妇人宰制天下，达五十年之久。措国如磐石，而治绩灿然。顾自来为儒生所鄙夷，其故有四：为"牝鸡无晨"、"哲妇倾城"之思想所桎梏，相与轻蔑其人，一也；早年剪除异己，诛锄叛逆，重刑好杀，刑罚多枉，二也；外宠甚多，淫秽闻于遐迩，三也；晚年大事建造，奢侈滥费，府藏为之耗竭，四也。故新旧《唐书》，虽均为之立《本纪》，而赞论中不见一句好评。反而慨叹连篇，甚多贬责。此后编述旧史之书生，不云"武后乱唐"，即言"女主篡位"。于是武后蒙冤不白，盖一千二百余年于兹矣。

在此一千二百余年中，亦有明识之士，知其为非常之才，而予以公正评价者。即在唐代后期，陆贽对德宗上疏，已有"法太宗、天后英迈之风以拔擢"之语（见《翰苑集》卷廿二）。竟以武后与太宗并提，而以"英迈之风"相许，可知其政绩之美，在当时已深入人心矣。宋太祖尝谓陶谷曰："则天一女主耳。虽刑罚多枉，而终不杀狄仁杰，所以能享国者，良由此也。"（见《续资治通鉴长编》卷七）明代大思想家李贽尝云："诚观近世之王者，有知人如武氏者乎？亦有以爱才为心、安民为念如武氏者乎？此固不能逃于万世之公鉴矣。"（见《藏书》卷四八）清末学者王闿运亦云："武氏以一妇人而赋雄才，非易唐为周，固不足以伸其气。其虐害亦但止于搢绅及浮薄子弟称兵者耳。"（见《湘绮楼日记》第一册）若此诸论，皆能窥见其大，有以知其为帝王中之英杰也。观其从谏如流，不讳己恶，又非其他帝王所能逮。诚如赵翼所云："区区帷薄不修，固其末节。而知人善任，权不下移，不可谓非女中英主。"（见《廿二史札记》卷一九）如此观人，庶得其平耳。

武则天除在政治上取得很大成绩外，又是一位博学多才之人。《旧唐书·则天皇后纪》但称其"素多智计，兼涉文史"，固不足以尽之也。《旧唐书·经籍志》著录其《垂拱集》一百卷，《金轮集》十卷。其中必有丰富之文学撰述及论政文字,惜儒林文苑怀轻蔑其人之偏见,又卷帙繁穰,传写者少,不久遂亡佚不可得见矣。其诗歌收入《全唐诗》者,尚有四十六首,文辞收入《全唐文》者,尚有六十六篇,亦特存十一于千百耳。此外尚有专著《臣轨》一书,在国内早已失传,至清代,始得之日本。据《唐会要》所载:"长寿二年三月,则天自制《臣轨》二卷,令举贡人等习业。"可知此书乃武后亲自撰定,用为育才训下之专著。其书分为《同体》《至忠》《守道》《公正》《匡谏》《诚信》《慎密》《廉洁》《良将》《利人》,凡十章。每章文字虽不太长,而取材极其广博。苟非熟悉历代史实,贯通百家理论,则亦不能轻易动笔也。

重男轻女之俗

重男轻女之俗,起源甚早。《诗·小雅·斯干篇》有云:"乃生男子,载寝之床,载衣之裳,载弄之璋。""乃生女子,载寝之地,载衣之裼,载弄之瓦。"郑玄《笺》云:"男女生而卧于床,尊之也。""卧于地,卑之也。"可知男女初从母胎出生,即有不同对待,而尊卑之见已成。证之《周易·系辞》所云:"天尊地卑,乾坤定矣;卑高以陈,贵贱位矣。""乾道成男,坤道成女。"于是男尊女卑,已有理论之依据。后之言及此者,悉循是而阐发之。加以女子生而柔弱,不如男儿健壮之能负重操劳,于家无补。而值出嫁之时,又必备衣物资财以遣送之,大为一家之累。由是父母之心,爱男甚厚,待女至薄,而生厌恶之心矣。《韩非子·六反篇》曰:"父母之于子也,产男则相贺,产女则杀之。此俱出父母之怀衽,然男子受贺,女子杀之者,虑其后便,计之长利也。"可知周末已盛行杀女之风。杀之之术,以溺死于盆水者为多。溺女之俗,风行甚广,而穷乡僻壤为尤厉。恶习相沿,为时已久矣。昔之为《木兰诗》者,盖有感于世人轻女之见,牢不可破,作此诗以明少女亦能行壮男之事也。此诗为北朝民歌(今在《乐府诗集》中),长达三百余字,历叙木兰代父从军出征、转战、胜利归来之故事。体现出劳动妇女刚强勇敢之英雄气概,读之使人感动,在当时及后世,亦稍有以挽回天下父母之心也。

在封建社会,以申张女权为己任,力破重男轻女之旧俗,行之而不惑者,自以武则天为最早创导之第一人。当其立为皇后之初,高宗隔日视事;五年后,即明令以皇后决百司奏事。趁此时奏请高宗,许其率领内外命妇参加封禅典礼,使人耳目一新,影响极大。感到《丧服》所定父死服斩衰三年,母死但服齐衰一年,极不合理。于是请于高宗,废除"父在为母齐衰一年"之古礼,改行"父在为母齐衰三年"之新制,使父母地位接近平衡。在参预政权以后,掌握国家大柄时,亲自主持各种集会、典礼。两次举行祀先蚕典礼时,亲临主祭,百官陪祭。后又独自受百官四夷朝贺。即帝位后,亲享明堂之事,不可胜数。凡此荦荦大端,皆其在理政五十年中致力提高女权之明验也。又尝鸠集文人学士如刘恩茂、范履冰、卫敬业之俦，编述新《列女传》二十卷，《古今内范》一百卷。俾妇女皆能明于己身之作用及应有之地位，而不妄自菲薄，以奋发有为，其用心可谓厚矣。

妇女首饰之由来

今日常见之妇女首饰,如耳环、戒指之类,莫不有其由来。《释名·释首饰》云:"穿耳施珠曰珰,此本出于蛮夷所为也。蛮夷妇女,轻逸好走,故以此珰锤之也。今中国人效之。"刘熙乃汉末人,但据当日所见,谓为出于蛮夷耳。直至今日,边远少数民族中,男子犹有垂大耳环者,亦有系大项链、大颈环者,非仅妇女然也。内地如湖南湖北一带,孩提之童,有系手环足环之俗,亦有系项链于胸前,中有一锁形之物以为饰,皆以银为之。细考此类饰物,盖皆源于奴隶社会。奴隶主控驭从事生产之奴隶,防其逃亡,乃用较重之环或练以系绊之。迨进入封建社会,此制既废,而遗意犹存,乃变其形制,作为饰物耳。其物保存于少数民族中者尚多,非出于少数民族也。

妇女通用之金戒指,亦自有来历。古代奴隶社会、封建社会之最高统治者,行多妻制。稽之故书所记,经常侍奉人君左右之妇女,除一后外,尚有三夫人、九嫔、二十七世妇、八十一御妻，共一百二十人。此类妇女，如何进御于君，皆有明确规定。如值产子或月经来时，即禁其进御，亦有器物用为标识。《诗·邶风·静女篇》："静女其娈，贻我彤管。"《毛传》云："后妃群妾，以礼御于君所。女史书其日月，授之以环以进退之。生子、月辰，则以金环退之；当御者以银环进之，着于左手。既御，着于右手。"此即后世之所谓戒指也。其原意乃戒其不能进御，专用于女。后世既以为饰物，则无分男女咸用之矣。

韩柳解放奴婢

奴婢之制，行于中国社会至久。或来自战争俘获，或出于坐罪收没，或得之买卖，或由于典质。其途非一，为数甚多。即以唐代言之，《唐律疏议》已云："奴婢贱人，律同畜产。"当时买卖奴婢，至与牛马同价，其受残虐可知。韩愈为袁州刺史时，即已行拯救奴婢之法。《旧唐书·韩愈传》云："袁州之俗，男女隶于人者，逾约则没入出钱之家。愈至，设法赎其所没男女，归其父母。仍削其俗，不许隶人。"而《昌黎集》有《典帖良人男女等状》云："右准不许典帖良人作奴婢驱使。臣前任袁州刺史日，检袁州界内，得七百三十一人，并是良人男女。袁州至小，尚有七百余人。天下诸州，其数当更不少。"可知韩愈当日目睹奴婢之苦，思有以拯救之，而果已见诸行事矣。其友柳宗元官柳州刺史时，亦尝行此法。《新唐书·柳宗元传》云："柳人以男女质钱，过期不赎，子本均，则没为奴婢。宗元设方计悉赎归之。尤贫者，令书庸视直足相当,还其质;已没者,出己钱助赎。"二人所为,若合符契。虽惠泽仅行于一州,而其解放奴婢之法,实可为天下劝。使当时官高位显,得掌国政,必能行之海内,普救群黎。大抵读书明理之人,多有同情穷苦大众者。观于韩柳之所为,孰谓儒生不足为世重哉!

韩柳古文

昔黄宗羲尝谓："古文自唐以后,为一大变。唐以前字华,唐以后字质;唐以前句短,唐以后句长;唐以前如高山峻谷,唐以后如平原旷野;盖判然若界限矣。"(见《庚戌集自序》)黄氏斯论,但自其大较言之耳。盖自魏晋南朝以来,辞尚藻饰,体崇骈偶。至唐始一反之于古,行之以散体。对骈文言,乃有"古文"之目。自苏轼为《韩文公庙碑》,中有"文起八代之衰"一语,自是论者咸以古文之兴,归功韩氏。其实,早在陈末唐初,姚察、姚思廉父子撰述《梁书》,已用散文单行之体,一洗骈四俪六之风。其他如陈子昂、独孤及之俦,为文皆朴质无华,有先秦西汉遗风,皆在韩氏之前。是矫救靡丽之风,非始于韩氏;特自韩氏出而益昌大之耳。《旧唐书》称"愈所为文,务反近体。抒意立言,自成一家新语。后学之士,取为师法。当时作者甚众,无以过之,故世称韩文焉。"又称柳宗元之文,亦为时所崇尚。"江岭间为进士者,不远数千里，皆随宗元师法。凡经其门，必为名士。"（俱见《旧唐书》卷一六〇）可知韩柳并为文学之宗，已见重于当世。北宋穆修所为《唐柳先生文集序》有云："天之厚予多矣，始而餍我以韩，继而饱我以柳。谓天不予厚，岂不诬哉！世之学者，不志于古则已，苟志于古，以求践乎立言之域，舍二先生而不由，虽曰能之，非予所敢知也。"是宋人步趋韩柳，服膺无间。欧阳、苏、王诸大家，皆学韩文者也。以其气积势盛，得阳刚之美，故有志于为文者喜诵习之耳。柳氏为文，重在修辞用字，论者或病其不免钩章棘句。顾韩氏尝评柳文"雄深雅健，似司马子长，崔、蔡不足多也"，是固有其过人之处在矣。

卷七

韩愈对后世学术之影响

韩愈思想言论,影响于后世学术者有四:以卫道自任,实开理学之先,一也;辟佛,二也;振起文风,三也;导人入于广博之途,四也。《原道篇》云:"'斯道也,何道也?'曰:'斯吾所谓道也,非向所谓老与佛之道也!'尧以是传之舜,舜以是传之禹,禹以是传之汤,汤以是传之文武周公,文武周公传之孔子,孔子传之孟轲;轲之死,不得其传焉!"其意若曰:自孟轲后,则己实肩斯道之重矣。是以一生持论侃侃,悍然以卫道闲邪自任。其弟子李翱,复为《复性书》以申明之,宋儒义理之学,实滥觞于此时。至其辟佛之说,发之于《论佛骨表》《与孟尚书书》诸篇者,至为详尽。虽所言甚粗,于佛理无所解。然于南北朝以来沉溺于佛、停废人事之积弊,无异振聋发聩,亦足以警世矫俗也。韩氏论文,重在养气。以为气积势重,则行文自免于卑弱。文集中如《答李翊书》《答刘正夫书》《与冯宿论文书》诸篇,言之备矣。自宋以来之善为文者,莫不遵之;而文章之事,得振起焉。韩氏自道非三代两汉之书不敢观,又极推《尚书》《春秋》《左氏》《易》《诗》《庄》《骚》《太史》《子云》《相如》十书为文章之本。后人因读文而寻绎旧典,非但通其辞,且必穷其理,提要钩玄,旁涉百家,相率脱传注义疏之窠臼,以游心广博之地,而不狃于细物,皆韩氏倡导之力也。由兹四端观之,可知韩氏于古代学术,实有承先启后之功,所系甚大,未可但以文人视之矣。

唐初傅奕辟佛最先

唐初科学家傅奕，精通天文历数。唐高祖为扶风太守时，即礼重之。及践阼，召拜太史丞，旋迁太史令。所奏天文密状，屡会上旨。武德三年，进漏刻新法，遂行于时。《旧唐书》以其人与傅仁均、李淳风共列一传，谓其同为科学家也。其后阮元纂《畴人传》，录傅仁均、李淳风，而独遗傅奕，失之疏略矣。傅奕一生辟佛最力，武德七年，即上疏请除去释教，有云："佛在西域，言妖路远；汉译胡书，恣其假托。故使不忠不孝，削发而揖君亲；游手游食，易服以逃租赋。""且生死寿夭，由于自然；刑德威福，关之人主。乃谓贫富贵贱，功业所招；而愚僧矫诈，皆云由佛。窃人主之权，擅造化之力，其为害政，良可悲矣。""自牺农至于汉魏，皆无佛法。君明臣忠，祚长年久。汉明帝假托梦想，始立胡神。西域桑门，自传其法。西晋以上，国有严科。不许中国之人，辄行髡发之事。洎于苻石，羌胡乱华；主庸臣佞，政虐祚短；

皆由佛教致灾也。梁武、齐襄，足为明镜。"（见《旧唐书》本传）后又续有陈述，辞甚切直。既面折萧瑀之辨难，复力斗胡僧之邪术。司马光至载其事于《资治通鉴》卷一九五，盖重之也。傅奕虽精究术数之书，而终不之信，世尤以此高之。奕上疏所言"自牺农至于汉魏，皆无佛法，君明臣忠，祚长年久"云云，自是后来韩愈《论佛骨表》立论之所本。奕尝集魏晋以来驳佛教者为《高识传》十卷，行于唐代。其辟佛之情，可谓专笃也。

宋之道学

惠栋《松崖笔记》卷三有云："梁元帝撰《孝德传》《道学传》。道学者，道家之学也。《宋史》以周程张朱入《道学传》，误袭其说。而濂溪之太极，朱子之先天，实皆道家之学。"其言是已。惟此处所言之道家，实即道教，非周秦诸子之道家也。《宋史》立《道学传》，推本于周敦颐之作《太极图说》《通书》。周氏所标举之《太极图》，即出于华山道士陈抟。宋人张端义《贵耳集》卷下述其传授始末云："濮上陈抟，以《先天图》传种放，放传穆修，修传李之才，之才传邵雍。放以《河图》《洛书》传许坚，坚传范谔昌，谔昌传刘牧，牧修以《太极图》传周敦颐，敦颐传二程。濂溪得道于异僧寿涯，晦庵亦未然其事，以异端目之。"是朱子初亦目为异端，后始采用之耳。程朱既推演其义，而徒友从之。于是宋代言义理者，已多渗入道教之理论，自成一种风气矣。修《宋史》者，依据当日实情，为别立《道学传》于《儒林传》之外，未可非也。至于经学如聂崇义、邢昺、孙奭,名儒如孙复、石介、胡瑗,博闻如邵伯温、程大昌,才略如叶适、陈亮,史裁如郑樵、李心传,考证如王应麟、黄震,皆列入《儒林传》。二传比观,可以考见其不同之故矣。

宋代学术之广博成就

　　自来论及宋代学术者,悉以义理之学概括之,称为"宋学"。其实宋学范围至广,包纳之内容至多,各方面之成就至大,理学特其中之一端,何可举一废百乎? 兹于理学之外,综括其他学术之成就约略言之:宋人治经,首在辨明其书之时代及作者主名。自欧阳修撰《易或问》及《易童子问》,其后赵汝谈继之,作《南塘易说》,皆谓《十翼》非孔子作。吴棫有《书裨传》,始辨晚出《古文尚书》之伪;朱子在《文集》《语类》中,亦言及之。且进而怀疑孔安国《传》与《序》皆出魏晋人手,非汉人笔。王安石始谓左氏为六国时人,其后叶梦得《春秋考》、郑樵《六经奥论》,皆谓左氏乃战国秦汉间人。攻击《诗序》,自郑樵《诗辨妄》始;朱子采之,后作《诗集传》,即废《序》言《诗》。洪迈《容斋续笔》,谓《周礼》非周公之书,出于刘歆伪造。若此诸论,皆前人所未发,敢于大胆质疑,而不曲从旧说,所以启示后人治学途径者,至为深远也。

顾宋人疑经之外，又能深入研究，探讨前人遗书。如朱子提倡细读《注疏》，推尊郑学，是也。亦有摆脱依傍，自抒心得以解经者，如王安石《三经新义》之类，述造甚多。其于前人已佚之书，复有人辑录而理董之，如王应麟所辑《周易郑注》《三家诗考》，实开后世辑佚之风。至于荟萃群言，如房审权有《周易义海》一百卷，黄伦有《尚书精义》五十卷，王与之有《周礼订义》八十卷，卫湜有《礼记集说》一百六十卷，皆衰集众说，保存不少古注与旧说，斯又后来集解、纂疏一类书籍之所自出也。

宋代史学成就，至为巨大，为历代所不逮。非特司马光《资治通鉴》、郑樵《通志》、袁枢《通鉴纪事本末》诸大部书足以震烁古今已也，而不可没之功，首在整理当代史实，成绩最大。如李焘所作《续资治通鉴长编》，卷帙尤巨，积四十年而后成。其他如彭百川《太平治迹统类》、江少虞《皇朝事实类苑》、李攸《皇朝事实》、李心传《建炎以来朝野杂记》之类，皆分门隶事，将宋代掌故，网罗甚备，足为正史羽翼。若杜大珪所纂《名臣碑传琬琰集》，又修史者所取资也。其次则整理前代史实，成为专书。如薛居正等所修《五代史》，欧阳修独撰《五代史记》，皆其大者。时又有人从事于考证旧史,若刘敞、刘攽、刘奉世精治《汉书》之学,对旧注多所辨正与发明。三刘既有《汉书标注》,刘攽又有《汉书刊误》,吴仁杰复撰《两汉刊误补遗》。至于熊方所作《补后汉书年表》,则实开后人补修旧史表志之先例也。宋人除考证旧史外,对时人新著,亦致力订讹补缺。当欧阳修与宋祁奉诏改修之《新唐书》及欧阳修所撰之《五代史记》成书后,即有吴缜《新唐书纠谬》《五代史纂误》,韩子中《新唐史辨惑》,汪应辰《唐书列传辨证》诸书,订其谬误,补其缺漏。亦有为时人新作撰音注者,若徐无党所为《五代史记注》是也。南宋王应麟,于史部考证之业,为之独勤。其所成书,有通贯古今者,《通鉴地理通释》是也;有专明一代者,《汉制考》是也;有详释专篇者,《汉书艺文志考证》是也。斯皆别辟蹊径,示学者以致力之方矣。

地方志书,起源虽早,至宋代始有定体。其以全国郡县为记录中心之总志,虽导源于唐人所修《元和郡县志》,然至宋初乐史撰成《太平寰宇记》二百卷,修志体例乃益改进、充实而臻于完善。《文献通考·经籍考》史部地理门,著录东阳布衣王希先所撰《皇朝方域志》二百卷。书虽不传,但以一布衣而竟能成此浩繁之大书,令人叹服其魄力。至于以一州一郡为记录中心之志书,乃宋人创例。《宋史·艺文志》史部地理类著录之书,凡四百七部,五千一百九十六卷。其中州郡志书,便居十之七八。惜其绝大部分均已散佚。今所存者,仅二十余家耳。宋人修志,除文字叙述之外,附以图表。就综括全国之总志而言,如王象之既作《舆地纪胜》二百卷,又有《舆地图》十六卷。当日二者相辅而行,采用绘图之法,以补文字叙述之不足。至于州郡志书,附图更广。故其标题或称图经,或称图志,图与志本不可分也。宋代学者对于制绘地图,十分重视,并且成绩很大。除地方志附载地图之外,尚有单行之专制地图。《宋史·艺文志》两次著录《地理图》一卷,皆不知作者。又有《南北对镜图》《混一图》《指掌图》《西南蛮夷朝贡图》《契丹疆宇图》《契丹地理图》《交广图》《福建地理图》《益州地理图》等,可以想见当时绘图专业之盛。沈括曾在山川跋涉中,进行实地测绘,制成《天下郡县图》,著录于《宋志》,而云"卷亡",知其散佚久矣。我国今日保存之古代地图,以西安石刻《禹迹图》《华夷图》为最早,亦出于宋人之手也。

搜集古器物而从事考证者,始于刘敞、欧阳修。

而欧阳修有《集古录》，为我国有金石学专著之始。其后赵明诚撰《金石录》，实沿其体。此外如吕大临《考古图》，薛尚功《历代钟鼎彝器款识法帖》，王俅《啸堂集古录》，皆私家考证之书。而由宋徽宗领导臣工编成之《宣和殿博古图》，乃当时集大成之作。宋人由摩挲古器物日久，遂创造出保存与描摹古器之法。首在讲究传拓文字与绘制图形，至为精密。以前拓墨之法，但用以传拓汉魏石经及秦刻石，至于以拓古器文字，则始于宋代。感到拓本流传不广，乃依据拓本进行刊木刊石，以图久远。若《考古图》《博古图》《续博古图》诸书，非仅摹其文字，并图绘其器物之形状体制，详载其尺寸轻重；乃至出土之地，藏器之家，亦复纪录无遗。故宋代藏器，至今虽百不存一；但赖此种图谱，犹可考见其概略。研究石刻而成为专门之学，亦宋代学者开其端。洪适有《隶释》《隶续》二书，专录碑刻，具载全文，考证之语，悉载其下。郑樵研究石鼓遗文，撰成《石鼓文考》，是为考证一物成为专著之始，其书虽佚，然于《通志·金石略》中，犹可考见其略。此外，考证《熹平石经》，自黄伯恩《东观馀论》始。由研究金文而推至钱币，则有洪遵《泉志》；由研究石刻而推至古玉，则有龙大渊《古玉图谱》；由金文石刻而推至玺印，则有王厚之《汉晋印章图谱》。至于岳珂作《桯史》，其中载有《古冢桴盂记》一篇，是为有专篇记录明器之始，已重视明器而从事考证矣。凡此，皆前人所未究心，而宋氏新辟蹊径之学问也。

昔人治学，咸视文字、声韵、训诂、校勘、版本、目录六者为致力学问之必备知识。宋人于此，成就亦大。自徐铉校定《说文解字》，而后许书渐渐可读。其弟锴著《说文系传》，为注说许书之始。世称铉为大徐，锴为小徐。小徐成书在前，大徐校定在后，兄弟切磋，交相受益。故言及整理《说文》，二徐之功为最大。郑樵撰《通志》，特于《二十略》中立《六书略》，以明文字形体之结构，门分类别，起例发凡，所以启示后人者为不浅矣。至于治声韵者，司马光有《切韵指掌图》，为研究切韵之开端；郑庠有《诗古音辨》，为研究古韵之开端。当时通行之韵书，为陈彭年等重修之《广韵》，凡二百六部。

据以上读古书中有韵文字，多不相合。于是吴棫综括其例，述为《韵补》，成为推求古韵之嚆矢。郑庠直依古人用韵之迹，将二百六部并为六部，乃古韵分部之始。其后清儒顾、江、段，孔、王、刘诸家续有发展，乃循郑氏分部之法而逐步增密者也。其于训诂之学，为《尔雅》作疏，自邢昺始。而王圣美右文之说，风行一时。王安石作《字说》，实亦右文余波也。书虽不传，其徒陆佃作《埤雅》，推迹草木虫鱼受声之原，因音生训，亦衍荆公遗绪耳。校勘群书之工作，宋代学者为之最勤，遍及四部，约有二十余家，而以郑樵、朱熹成绩最著。而郑氏之功，尤在将校雠看成一种专门学问，列为《通志》二十略之一。引人入于"辨章学术、考镜源流"一途，此固其创见矣。大抵校书之人，必广致异本，故宋人版本之学，实附校勘以行也。至于目录之学，约分三途：一曰官簿，如王尧臣等所修之《崇文总目》；二曰史志，如郑樵《通志·艺文略》、马端临《文献通考·经籍考》；三曰私录，如晁公武《郡斋读书志》、陈振孙《直斋书录解题》皆是也。其他短书小册，尤不可胜数矣。

宋代学者之于自然科学，发明创造甚多。即以天文算法而论，阮元纂《畴人传》，综述古今天算学家，宋代有三十人，超过历朝纪录。其中如沈括、苏颂、秦九韶等，皆杰出之士，造诣至精。沈括兼擅众长，尤多新创。在天文历法方面，尝撰浑仪、浮漏、景表三议；并提倡新历法，与今阳历相似。在数学方面，发明"隙积术""会圆术"。在物理学方面，最先发现地磁偏角之存在。在地质学方面，提出有关水流侵蚀、冲积作用之理论。在医学方面，提出"五难"，至今仍可参考。苏颂成就，分两方面：于天文，则有水运仪象台之制造；于医药，则有《本草图经》之编述。秦九韶在算学上之成就，便是代数，当时称为"天元一术"。所著《数书九章》，乃创造性之撰述。由于宋人深研算法，在建筑工程方面，亦有不少杰出创造与发明。北宋李诫撰成《营造法式》，始有建造学方面之专著。其他在土木建筑工程方面杰出之人物，犹不为少，特湮没而无闻耳。但观《宋史·方技列传》下所载僧怀丙之技能，即极其奇特而惊人。其人巧思天成，竟能不假援助，不动斧凿，轻易取换十三层木塔中之大柱，一也。用巧妙之技术，扶正赵州石桥，代用千夫以上之人力，二也。运用比重原理，将两船堆积泥土，使船载之重，超出铁牛之重，然后钩取铁牛，即易浮出水面，三也。若斯三事，非精通数学物理，势不足以致此，固昭然明矣。若夫留心生物化石之考察，重视动植物性状之研究，旁逮园艺种植，皆有专文专书论述，亦宋人为之最勤，述造甚富，今未能悉数也。

宋人右文之说

　　沈括《梦溪笔谈》谓王圣美治字学,演其义为右文。凡字其类在左,其声在右。所谓右文者,如戋,小也。水之小者曰浅,金之小者曰钱,歹而小者曰残,贝之小者曰贱。如此之类,皆以戋为义也。其后王观国《学林》、张世南《游宦纪闻》,均道及右文之事。可知有宋三百余年中,右文之说,风行甚广。其实此非宋人所始创,而仍前有所承也。推溯其原,则许氏《说文》,已开斯例。其书五百四十部,虽总归据形系联,然亦有例外者。观句、丩、臤三部收字,均以所从之声为主,即隐然示人以右文之理矣。下逮晋人杨泉在《物理论》中,亦曾偶语及此。可知右文之说,其来有自,特宋人言之者较多耳。王安石著《字说》,亦即本右文之旨而推演之。其书二十四卷,虽已早佚,然杂见于宋人笔记中者,尚可窥见一二。顾昔人言右文者,但据字群中同从此声者,而直截求其得义之原,遂不免穿凿傅会,以致见讥于世。盖古人造字时，每字所从之声，有用本字者，有用借字者，有由声转而来者。未可据其形同，而遽定其义类。故昌言右文，自必以声韵之理为之钤键，而后可以得其语原，贯串群字，初未可以简率从事也。《说文》九千余字中，而形声字居其七八，苟能于形声字抽出条例，俾能持简驭繁，亦盛业也。

王安石之气度

　　王安石未出山时，即有诗句云："天下苍生待霖雨，不知龙向此中蟠。"及罢相后，又有诗云："谁似浮云知进退，纔成霖雨便归山。"其抱负之雄伟，性情之恬退，俱可见于此矣。当其出而治国，其敢于变古、勇于任事之精神，实自周秦法家中来也。迂阔儒生，相与讥短而攻诋之。方其力行变法时，政治上之领袖如司马光，文学界之领袖如三苏父子，理学家之领袖如二程兄弟，皆交口指斥之。仍不为其所动，毅然行之而不疑。司马光尝以侵官、生事、征利、拒谏责之。则答书自辩曰："受命于人主，议法度而修之于朝廷，以授之于有司，不为侵官；举先王之政，以兴利除弊，不为生事；为天下理财，不为征利；辟邪说，难壬人，不为拒谏。至于怨诽之多，则固前知其如此也。人习于苟且非一日，士大夫多以不恤国事、同俗自媚于为善。上乃欲变此，而某不量敌之众寡，欲出力助上以抗之，则何为而不汹汹？然盘庚之迁，胥怨者民也，非特朝廷士大夫而已。盘庚不为怨者故改其度，度义而后动，是而不见可悔故也。如君实责我以在位久，未能助上大有为，以膏泽斯民，则某知罪矣；如曰今日当一切不事事，守前所为而已，则非某之所敢知。"(《答司马谏议书》)其自任以天下之重如此，固质之百世而无可非议者也。当时发为文章、播于口说以诅骂之者甚多，而安石却无一语反诋之，其德量为何如！即此一端，亦足以楷式千古矣。新法虽为外力所阻，未克竟其施而罢，固不失为一代伟人。又况德行文学，彪炳千秋，足以永传于后乎！

北宋党争之误国

朊党之为患于国，自古已然。顾如汉之党人，徒以反对宦官、自树名节为目的；与其对立之宦官，更不成为敌党。唐之牛僧孺、李德裕，虽似两党之魁，然所争者官位，所报者私怨。故虽号为党，而皆非政党也。政党之争，实开自宋。仁宗时始有朊党之议，而尚无两党对峙之形式。其确立壁垒、彼此水火不能相容者，则自神宗时之新旧两党始也。其后两党反复互争政权，迄北宋被灭于金而后已。论者恒以宋之党祸，比于汉唐，其实性质大不相同，未可一概论也。始在仁宗时，范仲淹、欧阳修等，皆尝持政治改革之论。至神宗时，积弊益甚。而王安石、吕惠卿等见信于朝廷，遂力主革除旧弊，创立新法。十余年间，于理财治军、恤民救灾、兴学育才、建官明法之要政，粗有施布，尚未能臻于至善。而当时之守旧者，群起攻之，致王吕之志事，未克展其六七。其后哲宗即位，高太后临朝听政，召用司马光、吕公著等，于是旧党得势，凡王吕等所建新法，划革殆尽。司马光执政岁余即卒，少所建树。而旧派复分裂为洛党（程颐为首）、蜀党（苏轼为首）、朔党（刘挚、梁焘、王岩叟、刘安世为首），内讧不休。哲宗亲政后，章惇等复起，再行新法，立异者悉贬窜。及徽宗立，向太后听政，复用旧派韩英彦等，而斥新党。及徽宗亲政，又舍旧而相新党蔡京，如此纷纭反复，互争政权，而北宋遂随之而倾覆矣。

宋徽宗之艺术成就

宋徽宗赵佶，在封建帝王中，乃昏庸腐化之主。不问国事，日以游览山水、观赏花石为乐。对内，横征暴敛，民不堪命；对外，敌不住女真贵族集团之军事侵扰，终于被俘北去，身死囚城。但其一生爱好书画，艺术天才甚高。大力收罗古代名家真迹，汇编成册。对保存艺术遗产，促进画院发展，作用均大。赵佶本人，亦能书善画。其书法初学黄庭坚，后乃自创一种瘦劲锋利之"瘦金体"。一生签名题句，皆用此体。此种别具一格之书体，与其精致丰丽之画风，相映成趣，为后世所称美。绘画重视写生，讲究画理法度。尤擅长花鸟，亦作人物、山水，工丽精密，精细入神。在我国绘画史中，不愧为一大名手。除汇集古今名画为《宣和睿览集》外，又编撰《宣和书谱》与《宣和画谱》二书。既保存不少遗迹，并品第其高下，示后人以鉴定书画之法，亦至详尽，诚不愧为一大艺术家也。今其画迹之存者，花鸟有《腊梅山禽图》《五色鹦鹉图》《芙蓉锦鸡图》《池塘秋晚》《柳鸦芦雁》《瑞鹤图》等；人物有《听琴图》与《文会图》；山水有《雪江归棹图》。惟宋代画院中，亦有高手为皇帝代笔者，此等遗作传世既久，犹有待于审辨其真伪耳。

朱子之朴学

世但推尊朱子为理学名儒，集理学之大成。其实，朱子学问极博，几乎无所不通。而朴学功深，实开后来清代学术之研究风气，未可徒以理学目之也。特其一生为理学盛名所掩，论者遂没其朴学之成就耳。朱子治学，首在善于怀疑。自吴棫作《书裨传》，始疑晚出《古文尚书》之伪，而朱子继之。以为今文《尚书》多艰涩，而晚出古文反平易。"只疑伏生偏记得难底，却不记得易底。"又谓《尚书》孔安国传，恐是魏晋人所作，托安国为名。此类识解，实开后来学者辨伪之端。如元吴澄作《书纂言》，明梅鷟作《尚书考异》，清阎若璩作《尚书古文疏证》，惠栋作《古文尚书考》，丁晏作《尚书馀论》，愈推愈密，而晚出《古文尚书》及孔传之伪，遂成定谳。诸家所致力者，悉从朱子议论中得其启示也。

朱子治经，反对墨守。自三家《诗》早亡，惟《毛诗》《毛传》独行于世。且有《大序》《小序》。汉末郑玄，本《毛传》而作《笺》，学者宗之。自汉以后，《毛传》《郑笺》，成为学《诗》者惟一之底本。朱子治《诗》，初宗毛郑，后受郑樵《诗传辨妄》之影响，乃去序言诗。又不专主毛郑，重在自抒新解，尤不讳言淫奔之辞。故其所撰《诗集传》，实为说诗之一大解放。但在释经工作中，则又十分审慎，力避繁琐。平日推服"汉儒注书，只注难晓处，不全注尽本文，其辞甚简"。故其所释经，"每下一字，直是称等轻重，方敢写出"。其治经之严谨，足为后人楷式。

朱子读书细心，重视校勘。虽一字之异，一名之变，不惜旁稽博证以求其是。非特读古经传精心校对，即于当代性理诸书，亦仔细考核。晚年作《韩文考异》，辨正尤多。在《韩文考异》中，又屡言石刻、官本之不可尽信，足见其择善而从，不拘守一本以定是非。《考异》一书所重，尤在韩集本文之内证。所谓择其文理、意义之善者而从之，是也。斯又为后来校勘学家启示途径矣。朱子教人校书，必郑重其事。如遇大部书，卷帙繁，只由一人独校，却云如此成何文字，必嘱五六人仔细共校。又必依旧本，遇明显谬误处，乃可改正。又必经商量，其可疑且无据者，宁存不改，慎之至也。

朱子用力于考证之学,至为广博。有涉及天文历象者,如《文集》卷四十四《答蔡季通》论星经,卷四十五《答廖子晦》论黄道日月合朔及日月蚀是也。有涉及古代三正者,如《文集》卷三十一《答张敬夫》,卷四十二《答吴晦叔》,卷四十三《答林择之》是也。有涉及地理与水道者,如《文集》卷三十七《答程泰之》,卷五十一《答董叔重》皆是。而以辨正《禹贡》为最详,卷七十二《九江彭蠡辨》,反复论证《禹贡》之不可信,文长至三千言。朱子知南康军时,尝亲履彭蠡、庐阜、九江一带,目睹其山川形势,以核之《禹贡》原文,乃确知其有误。不为迁就回护之辞,而直斥为妄说。由尊重目验,而不拘守经文,故所论多直捷明快耳。

朱子考证史实,用力甚勤。如《文集》卷四十四《答曹子野》论《史》《汉》异同,及《史记》《通鉴》异同,而核其得失,已开清儒《廿二史考异》《史记志疑》诸书之先。而卷七十二《开阡陌辨》一文,尤为立论创辟。自战国以至秦汉田制变迁,粲然可考矣。《文集》中其他博杂之考辨,亦复不少。大至礼乐兵刑,小至草木鸟兽,苟有新悟,辄加证发。旁见于《语类》者犹多。足以考知其博物广闻,自非常人所能逮也。

观其平日留心考察自然现象，而推究其所以然，又每多创获。如常见高山有螺蚌壳，或生石中，推知其地在远古为大海；登高而望，群山皆为波浪之状，便是水泛如此。此类识断，均见《语类》。但就常见小物，论及洪荒以来之地质变迁，复矣其学之卓也！

四　书

　　《近思录》卷三记程颐语有云："初学入德之门，无如《大学》，其次莫如《语》《孟》。"《朱子文集》卷八十《黄州州学二程先生祠记》有云："先生之学，以《大学》《论语》《中庸》《孟子》为标指，而达于六经。"是表章此四种书，自二程始。其后朱子为《大学》《中庸》作《章句》，为《论语》《孟子》作《集注》，合为《四书》而刊布之，而"四书"之名始立。若上溯其原，则《论语》自汉文帝时已立博士。《孟子》，据赵岐《题辞》，文帝时亦尝立博士，以其旋罢，故史不载。《汉书·艺文志·六艺略》礼类著录《中庸说》二篇，可知远在汉世，《中庸》即已单行，为世所重。《大学》在唐以前，虽无别行之本，然《直斋书录解题》有司马光《大学广义》一卷，《中庸广义》一卷，已在二程之前，均不自洛闽诸儒始为表章也。然自元明以逮清末，科场考试，悉在《四书》内出题、设问。士子为攫取禄利，势必精熟《四书》义，而所学所知，咸局限于斯矣。风气之闭塞,思想之束缚,盖历六七百年之久也。始诸儒所以表章此四种书,以其浅明短简,较群经为易卒业,可用以教初学耳。孰知遂为帝王所利用,成为桎梏思想之工具耶!清初王相尝效宋人所为,裒集《女诫》《女论语》《内训》《女范捷录》四种,为《女四书》。集中二千年间封建统治者压抑女权之顽固理论,宣扬卑弱、敬顺、驯服、贞烈之重要,不啻为妇女又添上一重大枷锁矣。

四书文

"四书文"即"八股文"。以其为明清两代制度所规定之士子应试文体，故又称"制艺"，亦称"制义"。因科场考试题目，出于《四书》，故又名之曰"四书文"。其源出于唐之帖经墨义及宋之经义。唐制取《易》《诗》《书》《礼记》《周礼》《仪礼》《春秋左氏》《公羊》《谷梁》诸经中，或《孝经》《论语》《老子》等，随其所习出题若干以试之。但令全写《注》《疏》，类于今日之默书与填白。不必增加辞意，惟凭记诵而已。与后来之作四书文虽不相同，然约束思想则一也。宋之经义，士各占治《易》《书》《诗》《周礼》《礼记》一经兼《论语》《孟子》。元之考试程序，用经义、经疑二问，于《大学》《论语》《孟子》《中庸》内出题，即四书文之所由昉也。明洪武初重定体式，乃废去经疑，专用经义。至宪宗成化后，成为定式。

文中分破题、承题、起讲、提比、虚比、中比、后比、大结诸名。破题二句，道破题之要旨；承题则承破题之意而阐明之;起讲为一篇议论之始。提比一曰提股,虚比一曰虚股,中比一曰中股,后比一曰后股,大结一曰束股。八股之体,于是大备。全篇字数,顺治初定为四百五十字,康熙时改为五百五十,后又改为六百。此种应试之文,只能代圣贤立言,不容许自抒己见。思想既受束缚,字数亦有限制。败坏人才,莫此为甚。士子以善为四书文取得科第后,追逐禄利,不复读书。故顾炎武尝谓八股之害,甚于焚书,良不诬也。

科举时代之人才

自隋唐以迄清末，皆行科举之制，历时一千三百馀年。科举之制，既足以败坏人才，至明清以八股取士而益甚。顾各代皆莫不有英俊贤能垂诸史册，抑何由而致此耶？此无他，在能于取得科名之后，勤学不怠，黾勉读书，以自成其才耳。有志之士，不以已登仕版为满足，习焉各择其性之所近，日有孜孜。好文学者，沉潜乎《诗》《骚》；耽史乘者，精思乎《史》《汉》。或博览诸子百家之书，或究心训诂名物之学。志于经世致用者，则通贯古今，详考理乱兴衰之故；意在富国强兵者，则讲求实务，力探兴农习战之理。如是锲而不舍，学必有成。故历代虽在科举之世，而犹有大政治家、大学者、大文豪相继以起，悉由奋发自学而成，与科举无关也。如王安石，亦出身于进士。当其取得科名之后，力学不已。二十七岁为鄞县令时，治绩烂然。公余辄伏案读书，穷究济国安民之略。或劝其少休，则曰：异日如负国家之重，恐无暇读书矣。其储学待用、力自鞭策如此，故一旦得志，举而措之甚易耳。大抵有为之才，皆自此出也。若夫凡庸之辈，得科名后，不复疾学，终其身志气卑下，无所作为，则滔滔者天下皆是矣。故在科举之世，士之成才与否，全系于己固明甚。清末张之洞任四川学政时，撰《輶轩语》以教士。其《语学篇》中有"作秀才后宜读书"一条云："入学后（指秀才），正宜读书；通籍后（指进士），更好读书。"谆谆之意，盖欲导之不安于已得之科名，仍须力学以成其才耳。

科第高下与学问文章无关

明清两代实行八股取士之制以后,选士之标准愈窄,而真才终不可得。科第高者,未必学问文章造诣甚深;科第甚低或全未与试者,未必学问文章不好,此常有之事也。即以清末之事而言:余杭章炳麟,自少不参加科场考试,在当时称为童生或布衣。奋发自学,潜研经史小学,竟成大名,为时所宗。著述甚多,弟子至四五传,魁然晚近大师。彼之于科举,固自少鄙夷之而不顾者也。又如湘乡刘蓉,一秀才耳。学问文章俱高,有《养晦堂全集》,为朱一新《无邪堂答问》所称许。湘潭王闿运,一举人耳。学问博通,文章渊雅,老寿而负盛望,为名公卿、群翰林所倾服。著书数十种,合刊为《湘绮楼全集》。此皆不恃科第起家者,世人亦不以其科第不高而薄之也。余早岁居京,闻一长者言及清末一老翰林下笔为实用之文,多艰涩而难通;甚至与友朋通问,亦有辞不达意者。又有某状元读常见书甚少,论及旧史,每多漏误。可知科第虽高，而学问文章甚卑者为不少矣。盖当时应试，无取于此。但求合乎制艺之程序，而楷法工美，即可攫高第，跻通显。与学问文章，固判然二事也。虽然，此特就其多者论之耳。亦有出类拔萃之士，科第甚高，而学问文章并胜者，则由闇然自修之功深，有诸中，形诸外，而终不可掩也，自未可一概论矣。总之，科举可以拔人才，而人才不皆出于科举，按之往事，固历历可考也。

汉魏选士制之弊

春秋时世族权重，如鲁三桓、郑七穆之类，政在大夫，为世所嫉。战国犹然，故《荀子·君子篇》曰："先祖当（尝）贤，后子孙必显；行虽如桀纣，列从必尊，此以世举贤也。"积弊既深，至秦而荡除之。两汉行荐举之制，及久而病丛生。《抱朴子·汉过篇》既言："道衰俗敝，莫剧汉末，进官则非多财者不达也。"而《审举篇》又云："汉之末叶，桓灵之世，柄去帝室，政在奸臣，网漏防溃，风颓教沮；抑清德而扬谄媚，退履道而进多财。力竞成俗，苟得无耻。""于时悬爵而卖之，犹列肆也；争津者买之，犹市人也。有直者无分而径进，空拳者望途而收迹。其货多者其官贵，其财少者其职卑。"其弊一至如此，岂复尚有荐举之意耶？曹操下令求贤，唯才是举，破常格以用人。后又稍定流品，以衡高下。《宋书·恩幸传》言："汉末丧乱，魏武始基，军中仓促，权立九品。"是九品官人之法，魏文以前已萌其端。特至魏文时，命陈群就以前权立之事制为定法耳。考昔人以九等品第人才高下，惟施之衡论历史人物，如《汉书·古今人表》是也。自魏以来，乃用为铨选之法。朝廷用人，率依中正品定。品定依据，专论门第。则高位显职，悉为世族子弟所得矣。所谓"上品无寒门，下品无世族"，无异世卿世禄之制，复行于世。自魏晋历南北朝，行九品中正之制三四百年，至隋始代之以科举。不论门第高下，皆可应试。此制度虽流弊亦多，然较之汉魏所行，自是一大改进也。

科举制下之失意者

在科举之世，限于录取名额，有应试被黜而来诉其枉者。洪氏《容斋三笔》有"进士诉黜落"一条，尝载其事。然其所叙述，特事例之一耳。至于应试不第，积怨在心，激而生变者，自唐以下，历代有之。唐末黄巢，即屡举进士不第，奋起率饥民起义者也。刘克庄《后村诗话》云："唐人重进士，其末也，李振劝朱温，一夕杀裴贽等百余人于白马驿，李山甫、罗以训害王铎一家五百口，此皆不得志于场屋者为之。"《旧五代史·谢瞳传》云："唐咸通中，应进士举，因留于长安。广明初，黄巢陷京师，遂投迹于太祖（朱温）。"王定国《闻见近录》载华州张元，累举进士不第，因逃西夏为元昊主谋，代草露布有"朕欲亲临渭水，直捣长安"之语。而王栐《燕翼诒谋录》亦记其事颇详。徐鼒《小腆纪年》称卢氏举人牛金星，以磨勘被斥，因友人之介，往见李自成，自成奇其辨，与之谋议帐中。《太平天国史料》有《洪大全自述》，其中有云："自幼读书作文，屡次应试。试官不识我文字，屈我之才，我就当和尚。还俗以后，又考过一次，仍未取进。我心中愤恨，遂饱看兵书，欲图大事。"由此观之，可知在行科举之制一千三百年中，不得意之人，何可胜计。此所举列，特寥寥数例耳。盖愤恨积于中，反抗形于外，亦其势然也。

欧阳修之学问文章

世之论及欧阳修者，咸推尊其文章之美。而不知其学问渊博，识断精审，在当日领袖群伦，为后来启示途径，实为我国学术史上不可多见之人物，非但文辞可传于后也。考其成学之由，首在善疑。读《易》，即疑《系辞》非圣人之作。既发之于文矣，复为《易童子问》，详言《系辞》《文言》《说卦》而下，皆非出孔子手，阐述更明。而尤力辟《河图》《洛书》之妄。治《诗》，有《毛诗本义》十六卷，自抒所见，不依傍于前人。宋人说《诗》，多能摆脱毛郑窠臼，实欧阳为之先导。又尝采摭金石遗文，加以考证，成《集古录》十卷，用以推明经史遗义，是为我国有金石考古专著之始。至于从事修史，则有《新五代史记》七十五卷。又与宋祁受诏同修《新唐书》，撰成《本纪》十卷、《志》五十卷、《表》十五卷。一生所作文章，尤为繁富。有《文忠集》一百五十三卷，除收入奏议、经说、时文、《集古录跋尾》及杂著外，尚保存古近体诗八百五十余首，词一百七十余首，各类散文及赋共五百余篇，以及《诗话》三十条。数量之多，领域之广，在北宋文家中，罕与比伦。欧阳之文，本学韩愈，同以救弊扶衰为己任。承五代文风萎弱浮靡之后，出之以沉厚雅健。宋代文学振起，斯人与有力焉。又好弘奖人才，荐举后进，如苏洵、苏轼、苏辙、曾巩、王安石诸人，或年齿相齐，或辈行稍晚，皆尝荐举而揄扬之。众咸推服其德量，奉为文坛领袖。其所为诗，不用生僻典故，不尚华丽词藻。词则清疏隽永，蕴藉沉厚，皆与他家异趣。他家或亦擅文艺之长，顾学问则少有能及之者也。

唐宋八家文

　　自明代茅坤选录韩、柳、欧、曾、王、三苏之文，纂为《唐宋八大家文钞》，而后八家之名益盛，世之学为散文者咸重之。八家之文，条达宣畅，无不达之情，无难明之理。尽屏骈俪萎弱之习，而行之以气。初学为文者，固宜以此为入门之阶也。由此入门，习为条达宣畅之文，俟文理通顺后，再进而上窥两汉周秦，较易为力矣。尝见有文理不通、用虚字尚不妥帖者，遽欲上学《庄子》《楚辞》，岂有当乎？学为文辞，不可躐等，由卑浅以进入高深，收效较易，固昭昭明甚也。清末王闿运，善为文辞，高雅绝俗。纂有《汉魏六朝文选》，可以知其宗尚。然闻其晚年课诸孙学文，仍自唐宋八家入也。盖八家之文，可用为疏通文理之规范，易懂易学，且易奏功耳。八家中最要者为韩愈、欧阳修、苏轼、王安石四家，先诵习其短文，而后读其长篇，必须高声朗诵以舒其气势，兼领悟其用字造句布局之法，而后可以动笔为文。文章本乎天籍，惟熟读深思，可以默喻于心，运用于手，不期而合乎规矩准绳，固非一朝一夕之故也。

万事成于摹仿

今人恒谓为文贵能创新,而以摹仿为病。不悟天下万事,何一非出于摹仿乎?子生三年,而后免于父母之怀,自此学言语,学饮食,学行走,凡百营为,莫不摹仿他人动作,以成为己之本能。稍长,见事多,遇人广,则摹仿之范围愈大,而智慧愈增。人之成才,非可与世绝缘,屏除一切摹仿,而可独自树立者也。大至治国,引进他邦先进经验,非摹仿乎?小至饬躬,学习他人模范事迹,非摹仿乎?乃至书法、绘画,皆必自临摹始,何独于为文而耻摹仿乎?所谓摹仿,犹言继承耳。继承前人之优长,而加以发展变化,始有创新之可言。推之万事,莫不如此。惟文亦然。学为文辞,初无所谓法也,要在熟读而熟复之而已。昔扬雄以善为赋著称于西汉之末,或问何以致此,答曰:"熟读千首赋,则自能之矣。"盖文辞之成,自有其自然之声调,即所谓天籁也。

人之由不能文进于能文,悉由反复熟读前人之文,以审其声调之高下疾徐,字句之单复繁简。谋篇布局,皆有其矩矱可循。徐徐摹仿之,由短而长,由浅而深,而文之体式成矣。况学文之摹仿,但在格律声色耳。至于思想理论,贵能随时代前进,日新又新。与昔人之为文以陈腐滥调充溢篇幅者,自大不相同也。

学文首在讲求虚字用法

自来衡量人之文理通顺与否，恒视其用虚助词是否恰当。即使其文甚长，而所用虚字无一适合者，则必斥为不通。则虚字用法，所系大矣。学文所以必须纵声朗诵者，一则文之神理气味，不可以言喻者，全赖反复诵读时领会得之也；二则文中用虚字处，又必在诵读中以知其施用之宜也。昔柳宗元任柳州刺史时，有一不通之文人杜温夫，呈所为文十卷，又前后三致书问。柳氏不得已复书答之，有云："但见生用助字，不当律令，唯以此奉答。所谓乎、欤、耶、哉、夫者，疑辞也；矣、耳、焉、也者，决辞也。今生则一之。宜考前闻人所使用，与吾言类且异，慎思之，则一益也。"（《柳先生文集》卷三十四《复杜温夫书》）此乃教其多读前人文以得使用助字之法，可知古代尚多不谙虚字用法见嗤于世者。如诚有志于文，固不可不慎重于斯矣。

文章所重在气

昔人学文，约分二途：一从魏晋入，一从唐宋入。此二时期之大家，言及为文，莫不归本于气。曹丕《典论·论文》有云："文以气为主。气之清浊有体，不可力强而致。譬诸音乐，曲度虽均，节奏同检。至于引气不齐，巧拙有素，虽在父兄，不能以移子弟。"韩愈《答李翊书》有云："气，水也；言，浮物也。水大，而物之浮者大小毕浮。气之与言，犹是也。气盛，则言之短长与声之高下者，皆宜。"可知两家虽殊，而其以气为尚，一也。文之以气势胜者，为阳刚之文，唐宋时如韩愈、王安石是也；上至西汉，则贾谊、司马迁是已。文如气盛，则足以掩其小疵。昌黎以水喻气，取譬最善。推之著述，亦莫不然。司马迁之《史记》，自汉以下攻诋之者多矣，而卒不能推倒者，以其气大耳。《淮南子·要略篇》云："夫江河之腐胔，不可胜数；然祭者汲焉，大也。一杯酒，白蝇渍其中，匹夫弗尝者，小也。"此亦善喻已。循斯理以论文章著述之高下，要皆系乎气之大小也。

文须朗诵不宜默看

桐城姚鼐，为清乾嘉时桐城派古文领袖。其论文之语，自见诸《惜抱轩文集》外，尚有道光初年新城陈用光所辑《惜抱轩尺牍》八卷，所载亦多。观其诲诱及门，每言学文之法，重在多读多作。而《与陈硕士书》中所云："大抵学古文者，必要放声疾读，又缓读，祇久之自悟。若但能默看，即终身作外行也。"此乃其平生学文之心得语，足为后人法矣。昔人治学，将看与读分别甚明。学习古代文辞，所重在读。必须熟读深思，然后有悟入处。如仅默看不读，毕竟不能受用也。余少时读文，悉承父教。先读短篇，取其易熟能背诵耳。后乃朗诵长篇，如王安石、苏轼之《万言书》，以及贾谊《陈政事疏》《过秦论》之类，皆手钞熟读。每篇皆朗诵百遍，历久不忘。故余少时所读之文，至今犹能略举其辞。既早养成耐心读长篇文之习惯，后乃进而看大部书，亦不畏难矣。终身受用，不徒在文辞间耳。

古文选本

旧时古文选本，以姚氏《古文辞类纂》、曾氏《经史百家杂钞》为最适于用。故百余年来，学文者几乎家有其书。姚氏分古文为十三类，曾氏稍更易为十一类，虽略有不同，而大体备矣。顾两家选录之文，其所取材有广狭之异耳。姚氏所录，历代文家之作为多；曾氏所录，博及四部，而经世致用之文为广。若《文献通考序》及二十四篇《小序》，亦收入焉。俾学者于读文之外，兼明典章经制之沿革，为用弘矣。揭斯一例，自可反隅。可知其选文之标准，本不限于文辞之美也。曾氏自言"粗解文章，由姚先生启之"。今观选录之文，固视姚氏为廓大矣。抑曾氏斯编，选录司马迁、韩愈、王安石诸家之文独多，知其寝馈而深造有得，宜其自为之文，得阳刚之胜，非偶然也。

卷八

耶律楚材之才略

耶律楚材以一文人事元太祖、太宗三十余年，得其信任。立国规制，悉由楚材定之。进谏纳忠，不离左右。言之所及，尤有功于中原之未遭涂炭也。始元既得中原之地，有谓汉人无补于国，可悉空其人以为牧场者，楚材争之而罢；攻汴梁将下，下必屠之，亦赖楚材劝阻乃止。近世柯劭忞尝论其事曰："蒙古初入中原，政无纪纲，遗民慄慄，不保旦夕。耶律楚材以仁民爱物之心，为直寻枉尺之计，卒使中原百姓，不至践刈于戎狄，皆夫人之力也。"（见《新元史·耶律楚材传》后论）良不诬矣。其治国也，反对裂土分封，创建军政分治之制。州郡官专理民事，万户府总管军戎，又立十路征收课税使主掌钱谷。定朝仪以尊君权，兴文教以敦风化。奏封孔子之后，复行取士之制。设立经籍所、编修所以奖进儒学经传之讲求。于是政教修明，收一时治平之效。年仅五十有五，而政绩烂然，非有超世之略，固不足以逮此。诚当时少数民族中一大奇才也。《元史》本传称楚材"博极群书，旁通天文、地理、律历、术数及释老、医卜之说。下笔为文，若宿构者"。非虚言已。大抵数者之中，尤以天文、历数为最精。余读其《湛然居士集》，叹其诗文并美，可谓多能多艺矣。

道学迂谈为害之厉

当宋末国势濒于倾覆之际，士大夫犹沿道学余波，播为迂阔无用之论，相习成风，而国家实受其病。周密《癸辛杂识续集》卷下引吴兴老儒沈子固先生云："道学起于元祐，盛于淳熙；其徒有假其名以欺世者，真可以嘘枯吹生。凡治财赋者，则目为聚敛；开阃安边者，则目为粗材；读书作文者，则目为玩物丧志；留心政事者，则目为俗吏。盖其所读者，止《四书》《近思录》《通书》《太极图》《西铭》及《语类》之属。其为绝学，首正心修身齐家，以至治国平天下。故为之说曰：'为天地立心，为生民立命，为前圣继绝学，为万世开太平。'其为太守为监司，必须建立书院，或道统诸贤之祠；或刊注《四书》，衍辑《语录》，然后号为贤者。"其言亦至沉痛！玩物丧志之说，实发自程颢。《近思录》卷三，已言"明道先生，以记诵博识为玩物丧志"。盖其诲人，务使胸中不容丝毫事，但枯坐拱手而已。虽偏主于尊德性，其疏阔空虚，流为无用,至元明而犹然。故明末黄宗羲为《吴弁玉墓志铭》,即尝发愤而道,与《癸辛杂识》所记之言,如出一口,盖其所感触者同耳。

宋末士大夫攻诋道学

道学之流弊，至宋末而极矣。当时士大夫群起指斥之，见载于《系年要录》及笔记中者，已不为少。皆由目睹其病，有为而发也。即如罗大经《鹤林玉露》丙编卷三所云："端平间，真西山参大政，未及有所建置而薨；魏鹤山督师，亦未及有设施而罢。临安优人，装一儒生，手持一鹤，别一儒生与之邂逅。问其姓名，曰：'姓钟名庸。'问所持何物，曰：'大鹤也。'因倾盖欢然，呼酒对饮。其人大嚼洪吸，酒肉靡有子遗，忽颠仆于地，群数人曳之不动。一人乃批其颊大骂曰：'说甚《中庸》《大学》，吃了许多酒肉，一动也动不得。'遂一笑而罢。或谓有使其为此以姗侮君子者，京尹乃悉黥其人。"此乃藉优人演戏讥刺当时道学家之无用，固足以警世矣。《丙编》卷五又云："至于今，士非尧、舜、文王、周、孔不谈，非《语》《孟》《中庸》《大学》不观；言必称周程张朱，学必曰致知格物；此自三代而后所未有也，可谓盛矣。然豪杰之士不出，礼义之俗不成；士风日陋于一日，人才岁衰于一岁。而学校之所讲，逢掖之所谈，几有若屠儿之礼佛，娼家之读礼者，是可叹也。"卷六又云："近时讲性理者，亦几于舍六经而观语录。甚者将程朱语录而编之若策括策套，此其于吾身心不知果何益乎！"此皆要言不烦，切中时弊。其后道学之中，又分门户，互相水火。空谈日盛，实学益衰。亡国之痛，迫在眉睫矣。居今日而推原作俑之始，自不得不剧论大程也。盖专主尊德性，乃至薄记诵作文为玩物丧志，则无往而不空虚。末流之弊，不可究诘。朱子生于南宋，以道问学诲导后生，盖欲以矫枉救弊也。而为时已晚，固无补于扶倾矣。

明代进一步提倡理学桎梏思想

　　自宋以经义试士，元仁宗皇庆二年(公元一三一三年)诏定科举条例，第一场为明经经疑二问，自《四书》内出题，并用朱熹《章句集注》。经义一道，各治一经，《诗》以朱熹为主，《尚书》以蔡沈为主，《周易》以程颐、朱熹为主，《春秋》用三传及胡安国传，《礼记》用古注。此乃明代考试制度之先导。《明史·选举志二》记其事云："科目者，沿唐宋之旧，而稍变其试士之法，专取《四子书》及《易》《书》《诗》《春秋》《礼记》五经命题，盖太祖与刘基所定。其文略仿宋经义，然代古人语气为之，体用排偶，谓之八股，通谓之制义。""《四书》主朱子《集注》，《易》主程《传》、朱子《本义》，《书》主蔡氏《传》及古《注》《疏》，《诗》主朱子《集传》，《春秋》主左氏、公羊、谷梁三《传》及胡安国、张洽《传》，《礼记》主古《注》《疏》。永乐间，颁《四书》《五经大全》，废注疏不用。其后《春秋》亦不用张洽《传》，《礼记》止用陈澔《集说》。"此即明代通过试士提倡理学之措施也。永乐间，胡广等受诏撰成《五经大全》《四书大全》及《性理大全》诸书，用以愚民，而士大夫思想受其桎梏已甚，复何有人才之可言。其间或亦有出类拔萃之士可为世用者，则由于科举之外，自广所学，多读经世致用之书，砥砺以成才耳。

混杂不淳之理学

"理学"之名，自宋人始有之。自以为乃孔孟之学，而其实已远离孔孟矣。自东汉时，佛教既入中国，道教亦已萌芽，而儒学渐受其影响。至魏晋南北朝时，已开始三教之融合。如葛洪著《抱朴子》，内篇所言，皆道教之术也；外篇所论，则又儒学之事也。梁武帝萧衍撰《中庸讲疏》，本儒学也，而三度入佛寺舍身，乃一虔诚之佛教徒耳。可知三教融合，为时甚早。降至赵宋，大力提倡儒佛道三家思想。在太祖、太宗、真宗尊孔、祀孔之同时，太祖雕印《大藏经》；太宗在汴京设译经院，于名山建佛寺；真宗继续建寺译经，并亲为佛经作注。复在此时，提倡道教。太宗召见华山道士陈抟，赐号希夷先生；真宗任命张君房为著作佐郎，修辑《道藏》。上有好者，下必有甚焉者，一时儒学，皆与佛道相融合矣。周敦颐之学，实遥承陈抟之传，复以授之二程。此在宋人，亦不讳言。即小程在《明道先生行状》中，亦言大程"泛滥于诸家，出入于老释者数十年，返求诸大经而后得之"。可知当时之理学家，浸渍于二氏之说至深，而受禅门之影响尤大。禅门有语录，理学家亦有语录；禅门言心性，理学家亦言心性。是宋代理学家之所谈，固已成为儒释道三者之混合物矣。孔孟之道，复存几何？是以后世以理学相诟病者，宜其振振有词也。

理学成为帝王维护权位之工具

明初定八股取士之制,并大力提倡理学,桎梏思想日益加厉,于是理学已成帝王之挡箭牌、护身符矣。清初廖燕,有《明太祖论》,谓"天下可智不可愚,而治天下可愚不可智。惟圣人知其然,而惟以术愚之,使天下皆安于吾术。虽极智勇凶杰之辈,皆潜消默夺,而不知其所以然,而后天下相安于无事。故明太祖以制义取士,与秦焚书之术无异,特明巧而秦拙耳。明制:士惟习四子书,兼通一经,试以八股,号为制义,中式者录之。士以为爵禄所在,日夜竭精敝神以攻其业。自《四书》一经外,咸束高阁;虽图史满前,皆不暇目。于是天下之书,不焚而自焚。非焚也,自此不复读,与焚无异也"(见《二十七松堂文集》卷一)。其所论至为明快!道破明太祖用心之忍,如见其肺肝然。成祖继之,复敕撰《五经大全》《四书大全》《性理大全》诸书以羽翼之。即《性理大全》七十卷而言,所采宋代理学诸儒之说,凡一百二十家之多。为维护理学之权威，严禁士民訾毁先贤。永乐二年，即有江西饶州人朱季友，献所著书，力诋宋之理学。朝廷将朱氏押解回籍，由吏民筆挞，尽毁其书。明陈建《学蔀通辨》、清陆陇其《问学录》均言之甚详，而《明史·成祖本纪》记之较略。其后陈鹤撰《明纪》，参稽他书，记其事云："永乐二年，秋七月，壬戌，鄱阳人朱季友，诣阙，献所著书，诋毁宋儒。上怒，遣行人押赴饶州，会司府县官杖之，尽焚其书。"可知当日朝廷虽表章理学，民间实肆力反抗。其敢于明目张胆，为书以攻诋之者，岂独一朱季友而已哉！

道　统

钱大昕曰："道统二字，始见于李元纲《圣门事业图》。其第一图曰传道正统，以明道、伊川承孟子。其书成于乾道壬辰，与朱文公同时。"（见《十驾斋养新录》卷十八）考朱子文辞中，亦常言道统。《中庸章句叙》云："盖自上古圣人，继天立极，而道统之传，有自来已。"《文集》卷八十《信州州学大成殿记》云："熹惟国家稽古命祀，而礼先圣先师于学官，盖将以明夫道之有统，使天下之学者，皆知有所乡往而几及之。"是朱子书中，亦重视道统二字矣。道而言统，则示天下以私也。道术本天下公器，所包甚广。必以统言之，则专属之一二人私相授受耳。何由复睹宇宙之大，天地万物之博乎！是以道术为天下裂也。末流之弊，乃至以道统为禽犊矣。南宋时有以此馈献人以取禄秩者，可为浩叹也。叶绍翁《四朝闻见录》有云："程源为伊川嫡孙，无聊殊甚。尝籴米于临安新门之草桥。后有教之以干当路者，著为《道学正统图》。自考亭之后，剿入当途姓名，遂特授初品。"是直取道统作交易矣。岂理学诸儒所及料哉！

十六字心传

东晋时晚出伪《古文尚书·大禹谟》有云："人心惟危,道心惟微,惟精惟一,允执厥中。"宋代理学家取此十六字,目为"十六字心传"。朱子在《中庸章句叙》中,直谓"允执厥中者,尧之所以授舜也;人心惟危,道心惟微,惟精惟一,允执厥中者,舜之所以授禹也。尧之一言,至矣尽矣;而舜复益之以三言者,则所以明夫尧之一言,必如是而后可庶几也。"所言如此凿凿,有似乎亲见其人,亲闻其语,而其实大谬不然也。《荀子·解蔽篇》有云:"昔者舜之治天下也,不以事诏而万物成。处一危之,其荣满侧;养一之微,荣矣而未知。故《道经》曰:'人心之危,道心之微。'危微之几,惟明君子而后能知之。"此处所提危与微,与《大禹谟》中之危、微,寓意正同,皆谓人君南面术也,余已阐明其义于《道论通说》矣(在《周秦道论发微》中)。即就《大禹谟》本文而论,观帝舜命禹之辞,自"人心惟危,道心惟微,惟精惟一,允执厥中"

十六字之外，所言甚多，其上文曰："汝惟不矜，天下莫与汝争能；汝惟不伐，天下莫与汝争功；予懋乃德，嘉乃丕绩，天之历数在汝躬，汝终陟元后。"是帝舜嘉禹有大功，许其终当居君位也。十六字之下，复续之以数语曰："无稽之言，勿听；弗询之谋，勿庸。可爱非君，可畏非民。众非元后，何戴；后非众，罔与守邦。"是又明明教以为君之道，意甚分晓。则彼十六字居其间，非指君道而何？宋代理学家不顾上下文义，截取此十六字，谓为圣圣相传之秘诀，笃信谨守，视为修己治人之最高原理。违于初意，固已远矣。余故特为拈出此四语，撰成专论以辨正之。

杨慎反对宋明理学

明代承两宋道学之后,复有王守仁遥承宋儒陆九渊一派之心学,与程、朱道学并行于世。一时言心言性之风,笼罩天下。朝廷出威力保障之。凡攻其说者,不加以罪,即毁其书。然亦有豪杰之士,不畏强暴,起而与抗者,若博学多闻之杨慎(公元一四八八——五五九年),乃明代新进思想之先驱也,非徒以诗文驰名而已。观其指斥当时学弊有曰:"程文之士,习语录谓之本领;一经之徒,尊宋儒比于圣人。以旁搜远绍为玩物丧志,束书不观为用心于内。一闻有言议及宋人,弱者掩耳,强者攘臂。"(《与李元阳论转注书》)又曰:"宋世儒者失之专,今世学者失之陋。失之专者一骋意见,扫灭前贤;失之陋者惟从宋人,不知有汉唐前说也。宋人曰是,今人亦曰是;宋人曰非,今人亦曰非。高者谈性命,祖宋人之语录;卑者习举业,钞宋人之策论。"(《文集》五十二《文字之衰》条)此乃欲引导当时士子从宋代道学锢蔽中解脱出来之言论也。在正德、嘉靖前后，心学盛行，以为"无心外之物，无心外之理"。坠入空玄，莫此为甚。慎又昌言攻之曰："迩者霸儒创为新学，削经划史，驱儒归禅，缘斯作俑。一时奔名走誉者，靡然从之。"(《答徐用先书》)又曰："今之学者，谓六经皆圣人之迹，不必学。是无楼而欲市珠，无筌而欲得鱼也。"(《文集》七十五《珠楼鱼筌》条)可知慎在当时，实欲举盛行于世之道学、心学，悉摧陷而廓清之。识见既超越庸常，而又能言人之所不敢言，宜其为后来李贽、焦竑辈所叹服仰慕也。其思想议论，影响于明清学者至为深远。世之论者，徒目为博学强识之文人，盖犹浅视之矣。

杨慎之著述

《明史·杨慎传》云："明世记诵之博，著作之富，推慎第一。诗文外，杂著至一百余种，并行于世。"盖慎在当时，博学强识，述造甚丰，为世所重，故推崇之者无异辞。顾其著述之数，言者多异同。综其生前已成之书，约百种，合后来整理成编者计之，共二百数十种，亦云富矣。大抵一生读书，好勤动笔，提要钩玄之作，实为不少。徒以成书太速，取名过急，稍成卷帙，即付枣梨，故短编小册为多。益以谪戍永昌，行箧无书，发愤著述，但凭记诵而已。凡所称引，自难免挂一漏万，偶有疏误。其中如《丹铅录》，为考证诸书异同而作。前后续成九种，蔚为巨观。而陈耀文正之于前，胡应麟订之于后，有意求瑕，诋諆太过。已有议其是非失准者矣。清初阎若璩《潜邱札记》，鄙薄慎为文士而不知学。其后秦笃辉《平书》卷七，乃谓"明人首推杨升庵为博洽，其持论允，心术正，其讹谬皆无心之失，盖亦鲜矣。顾炎武、阎若璩皆不及也。阎氏《四书释地》《潜邱札记》，窃升庵说而掩其名，如百姓谓百官、四海有二说之类，不一而足。至陈耀文等之攻杨，尤蚍蜉撼大树矣。"其推服至此，非偶然也。良以慎涉览既博，根柢终深，虽不无疏舛，而大体仍醇，自有立于不败者在也。

陈第朴学

　　自宋吴棫、郑庠始治古韵，至明而杨慎、陈第继之。慎已渐知古韵宽缓之理，陈第则专求本音。于是古音之道，荆榛悉拔，而后清代顾、江、段、孔诸家相继探讨，诗音由此大明。陈第筚路之功，不可没也。第之言曰："时有古今，地有南北，字有更革，音有转移，亦势所必至。故以今之音，读古之作，不免乖剌而不合。""惟取三百篇日夕读之，惧子侄之学诗不知古音也，于是稍为考据，列本证旁证二者。本证者，诗自相证也；旁证者，采之他书也。二者俱无，则宛转以审其音，参伍以谐其韵，无非欲使便于歌咏，可长言嗟叹而已矣（《毛诗古音考序》）。"其所言虽未涉及古韵部居，而所用归纳证明之方法，自足以启发来学也。第既撰成《毛诗古音考》四卷，后又推斯例以考《楚辞》中之重要篇章，成《屈宋古音义》三卷。自此遂开立论必求有证之治学方法，一直为清代朴学家所继承。陈第治学既具此求实之精神，故于当时盛行之理学空谈,抨击不遗余力。其言论多荟萃于《松轩讲义》《意言》《谬言》诸书中。如云:"今之讲学者,瞑目端拱以谈心性。问之诗赋不知,则曰词章之末;问之史传不知,则曰政事之末;问之璇玑九章不知,则曰度数之末。三末之说兴,天下事矇矇矣。不知生平何所事事,得此矇矇也?岂其借易简之学,文空疏之见乎?""亦有高明之士,博极载籍,然于国朝典制之书,未尝弘览,故与之谈古则应,与之谈今则退。"(俱见《松轩讲义》)可知其反对当日空谈心性与夫知古而不知今之学风,至为严正。其言又云:"今日之言,非昨日之言;今日之事,非昨日之事。况于千万世乎?故泥古者陋,达时者智。""识时达变,可与言道;拘儒多是古而非今。"(俱见《意言》)则其重视知今之学,益可见矣。又云:"书不必读,自新会始也;物不必博,自馀姚始也。"(见《谬言》)是直指斥陈献章、王守仁空谈心性之弊,而深痛恶之。故平日反对讲学、虚谈及静坐,而提倡实言、实行及实用。徒以名位不显,闻其说而兴起者不多,未足以负转移风气之任。要不失为朴质无华、卓然有识之士也。

明代学术不可全谓为空疏

《明史·儒林传》曰："有明诸儒，衍伊雒之绪言，探性命之奥旨。锱铢或爽，遂启歧趋；袭谬承讹，指归弥远。至专门经训，授受源流；二百七十余年间，未闻以此名家者。经学非汉唐之精专，性理袭宋人之糟粕。论者谓科举盛而儒术微，殆其然乎？"阎若璩《潜邱札记》卷二亦曰："余尝发愤叹息，三百年文章学问，不能远追汉唐及宋元者，其故盖有三焉：一坏于洪武十七年甲子定制，以八股时文取士，其失也陋；再坏于李梦阳倡复古学，而不原本六艺，其失也俗；三坏于王守仁讲致良知之学，而至以读书为禁，其失也虚。"若斯所论，则自来谓明代之学为空疏者，皆自此出也。而夷考其实，有明一代学术，尚有超越往代而不容一概抹杀者。首在官私刻书之业，远过前人。官刻之书，若《大藏经》之一再雕版，分置南北二京。私刻丛书，于斯为盛。若冯犹龙辑《五朝小说》四百六十种，毛晋辑《津逮秘书》一百四十五种，胡文彬辑《格致丛书》四十种，陶宗仪辑《说郛》一千一百六十六种，张溥辑《汉魏百三名家集》一百三种，程荣辑《汉魏丛书》三十八种，陈继儒辑《宝颜堂秘籍》二百五十八种，吴永辑《百川学海》一百二十种，吴勉学辑《二十子》，皆其荦荦大者，蔚为巨观。沾溉士林，厥功甚伟。至于实学专家，在明代兴起尤众。非第辨伪《古文尚书》，有梅鷟之《尚书考异》；考周秦古音，有陈第之《毛诗古音考》《屈宋古音义》；循声以说字，有黄生之《字诂》《义府》已也。以言医学，则有李时珍之《本草纲目》、张介宾之《类经》；舆地，则有徐宏祖之《霞客游记》；工艺，则有宋应星之《天工开物》；物理，则有方以智之《物理小识》。兹但就世人所常知者言之，即已各有专精，卓然不废。孰谓明之学术尽空疏乎！

语言狱与文字狱

秦初并天下，为集权中央、统一思想，而有语言狱。所谓"偶语《诗》《书》者弃市"，"是古非今者族"，皆是也。自秦以下二千年间，专制帝王之严酷，至明清而极矣。士大夫戒慎恐惧，不敢发为口说以毁其上，上亦无由行语言之狱。惟于文字中吹毛索瘢，以定其谤讪之罪，故明清两代文字之狱为最厉。朱元璋起寒微而为天子，自少失学，性尤多忌。臣工诗文中有用"生"字者，谓其笑己为僧也；有用"则"字者，谓其骂己为贼也；有用"殊"字者，谓其诋己为歹朱也。大半因字形字音妄加穿凿，随即斩首者，不可胜数也。即览天下章奏，亦动生疑忌。士民人人自危，皆重足而立，侧目而视矣。清初入关，防汉人反抗之心特甚，所兴文字狱，不仅限于诗文章奏而已。历顺治、康熙、雍正、乾隆四朝，迭起大狱，惨绝人寰。如庄廷鑨《明史》、戴名世《南山集》、吕留良文集、徐述夔《一柱楼诗》诸案，牵连至广，杀戮甚多。于是士大夫钳口结舌，不敢轻动笔以从事撰述，尤畏怯研究探讨明清之际史实。乃一寄其心思智力于考文证礼一途，相率遁入故纸堆中，以求全身远祸，而乾嘉朴学兴矣。

明代私家藏书之盛

　　明世私门藏书之盛，超越往代。二百七十余年间，贵族搢绅士庶之家，有意搜罗，指不胜屈。若朱睦㮮、叶盛、杨循吉、何良俊、王世贞、胡应麟、黄虞稷、徐㶿、毛晋、谢兆申之流，皆收藏至四万卷以上，有至十数万卷者。他如范氏之天一阁，钱氏之绛云楼，尤为世人所称道。士大夫咸以嗜书殖学为务，故一代文治称盛。清末文廷式《纯常子枝语》卷二十六，谓章实斋《校雠通义》立"一书互见"及"裁篇别出"之说，明人祁承㸁《书目略例》实开其端。可知明人所编书目，其义例亦有启示后人者矣。或谓明世私门藏书之盛，良由公藏丰富，印布方便有以致之。《明史·艺文志》称秘阁贮书约二万余部，近百万卷。卷帙之富，为历代馆阁所未有。官司刻书，以明为盛。南北两监，藏板至多，历代正史，一再雕印。书坊林立，以燕京江浙为盛。于是有志收书者，仰慕公藏之已富，近贪坊市之易求，故肆力搜罗之耳。

文献学家胡应麟

　　明人虽私门藏书之风甚盛，然有书而能读者甚少，读之而能知其利弊得失者尤少，知其利弊得失而能从事于辨章学术、考镜原流、撰成专书以论列之者，则益少矣。能兼之者，其惟胡应麟乎！应麟为有明中叶之博通学者，与杨慎、陈耀文、焦竑齐名，而学之精核，在诸家上。其执友王世贞尝谓："必如元瑞而后可谓之聚，如元瑞而后可谓之读也。噫！元瑞于书聚而读之，几尽矣。"（《二酉山房记》）可知其一生聚书，实为读书。得书即读，读之必有所论列。故一生著述宏富，为一时冠。其后收入《四库全书》者，仅《少室山房类稿》一百二十卷，《少室山房续稿》十五卷，《少室山房笔丛》四十八卷，《诗薮》二十卷，共二百零三卷，此特其著述中之一部分耳。而精华尤在《少室山房笔丛》中。其中有考论书籍撰述流传收藏情况者，如《经籍会通》四卷是也；有驳难杨慎考证谬误者，如《丹铅新录》《艺林学山》共十六卷是也；有评论史书及史事者，如《史书占毕》六卷是也；有考论诸子百家源流者，如《九流绪论》三卷是也；有辨订伪书者，如《四部正讹》三卷是也；有论述汲冢遗书者，如《三坟补遗》二卷是也；有采掇古书中奇闻怪事者，如《二酉缀遗》三卷是也；有杂述古人博闻强记之事者，如《华阳博议》三卷是也；有广泛论及人间杂事者，如《庄岳委谈》二卷是也；有分别谈说道教、佛教者，如《玉壶遐览》四卷、《双树幻钞》三卷是也。一生博极群书，各有撰述。论皆有据，语无虚发。学者叹其精审！视郑樵《通志校雠略》，尤为扩充而精密矣。若《经籍会通》《四部正讹》诸编，乃言目录、辨伪者之重要依据也。应麟论学著书，一归于敦厚朴实，不欲以意气相争。以理服人，言多可征。即其于杨慎之书，有所匡订。犹谓"杨子早岁戍滇，罕载籍，绌诸腹笥，千虑而一失，势则宜然"（《丹新录》引）。此则曲谅前辈，不申苛责。斯又心平气和，与人为善，评骘时人新作之楷式也。

张居正之果毅

余早岁通读《二十四史》时，每喜取各朝重要人物之文集，与正史对看。读《宋史》时，辄参考《临川集》；读《明史》时，辄参考《太岳集》。以为两人行事甚相类，其欲振衰起微、富强国家同，敢于变古、勇于任事同，而皆举周秦法家申韩之术以为治者也。至于怨谤之多，两人悉置之不顾，可谓有胆有识矣。居正尝谓："利于公者，必不利于私；怨讟之兴，理所必有。"（《答河漕按院林云源言为事任怨》）又谓："既已忘家殉国，遑恤其他。虽机穽满前，众镞攒体，不之畏也。如是少有建立耳。"（《答河道林按院》）其自任天下之重如此，而黾勉为之。史称"万历初政，委任张居正，综核名实，几于富强"（《明史·李太后传》）。而《明史》本传谓"居正为政，以尊主权、课吏职、信赏罚、一号令为主。虽万里外，朝下而夕奉行。"十年之内，效乃至此，非偶然也。

余于《张太岳集》，最喜诵其书牍。以为短小精悍，中多激厉之语，足以立懦廉顽，令人读之气壮。又尝手钞其名言警句，成为一册，间加笺释，用为畜德之助。后在沪上旧书摊得清末广智书局排印本《张江陵书牍》上下二册，知在光宣之际，国势阽危时，已有人辑印书牍部分使之单行，藉以激厉士气者。实已先获我心，为之快慰不已。当时理学家吕坤谓：“江陵丰功伟业不可磨灭者，一言以蔽之曰任。”大思想家李贽称之为“宰相之杰”。世之有志于任国家之事，而思大有为于时者，尤不可不熟绎其书以自策励也。古人往矣，然其言论行事足以启诱后世者，所在多有，仍可取为借鉴，此类是已。

明王朝虐待臣工之酷

明太祖惩元政废弛，治尚严峻。胡维庸之狱，株连被诛者三万余人；蓝玉之狱，株连一万五千余人。《草木子》谓京官每旦入朝，必与妻子诀。及暮无事，则相庆以为又活一日。靖难之变，方孝孺夷十族，坐死者八百四十七人。至于鞭笞捶楚，成为朝廷士大夫寻常之辱。太祖时，如永嘉侯朱亮祖父子皆鞭死，工部尚书夏祥毙杖下。英宗正统中，王振擅权，大臣率受其辱，殿陛行杖，习为故事。所谓血溅玉阶，肉飞金陛，惨痛之状，可以想见。盖行杖用卫卒，监杖用内官，以木棍为杖具，五杖而易一人。大臣当者固无生理，阉寺假以立威，尤逞所欲。武宗正德三年，刘瑾矫诏百官悉跪奉天门外，顷之，下朝官三百余人狱。及十四年谏南巡，命朝臣一百零七人罚跪午门五日，晚并系狱，晨出暮入，又各杖三十。其继疏争者，杖四十五十，死者十一人。下逮庄烈帝时，用刑颇急，大臣多下狱。明廷之滥刑滥杀，惨酷无理，殆为有史以来所仅见。孟子曰："君之视臣如土芥,则臣视君如寇仇。"(《离娄下》)积怨既深,相视无救。今谓有明之亡,亡于廷杖,亦无不可也。

明思宗以身殉国之惨

明室自孝宗以后，庸主暴君迭出。武宗之荒淫，世宗之暴戾，神宗之放纵，在在俱足以酿成明亡之原因。中间惟张居正辅神宗幼主十年，渐致国富兵强之效。自居正卒后，帝荒于酒色，二十余年不视朝。益以熹宗童骏，纵用魏阉，大杀正人，朝野上下，俱奴颜婢膝屈服于权阉之下，而元气丧尽矣。思宗初即位时，处死魏忠贤及阉党首领，其余定为逆案，分别治罪。敢作敢为，颇见英明之气。徒以少不更事，又无学以济之，处大势已倾之时，闇于知人。所用温体仁、周延儒、杨嗣昌等，皆庸劣卑鄙，而尊信之。既各以事败，则谓大臣皆不可信而复专任宦官。布列要地，举措乖方，卒以致败。又其用人责效太速，且易受谗言而更换之，十七年之间，易相至五十人之多，亦古来所未有者。袁崇焕之死，无异自坏长城也。迨农民革命军起，李自成陷京师，帝先召皇太子、皇二子至，命之更衣出走，变迹遁名，俟机报仇。已而呼酒与周后袁妃同坐痛饮,慷慨诀绝。妃先起行,帝拔剑杀之,命后急返坤宁宫自缢。又手刃其公主曰:"汝奈何生吾家!"思宗见大势已去,乃于崇祯十七年三月十九日,以发覆面,自缢于煤山(今景山)。自大学士范景文而下,从死者数十人。自来历代亡国之君,盖未有惨于此者。今景山公园内,一老槐树下,有一碑曰:"明思宗殉国处。"近世所竖立也。

明末遗民亡国之痛

　　自明社既屋，清兵入关，汉族士夫抱亡国之痛，或竟起义师，或逃窜荒僻，或终隐闾阎，或避地异域，著书立说，以寄其故国之思。若馀姚黄宗羲，乃明熹宗时御史黄尊素之子，南京陷后，屡起义兵，与钱肃乐、张煌言等抗御清师，濒于九死。后知事不可为，始绝意仕进，奉母乡居。著述甚多，而《明夷待访录》一书，影响于后世尤巨。昆山顾炎武，江南旧族，昆山城陷，其母以不食死。炎武奔走南北，通观形势，阴结豪杰以图光复。一生岁月，多消磨于旅行中。既而知事不可为，乃绝意进取，定居陕西华阴，专意著述，以"行己有耻"为教，盖有感而发也。衡阳王夫之，曾助瞿式耜抗清兵。明亡，转徙少数民族山洞中，终身不出。著述甚多，其《读通鉴论》中有云："即使桓温辈功成而篡，犹胜戴异族以为中国主。"其隐痛可喻矣。馀姚朱之瑜，明宗室，南京陷后，起兵抗清，奔走国事。后走日本乞师，遂不复返。日人待以宾师之礼，尊奉不渝。所著《舜水文集》中有《阳九述略》一篇，内分"致虏之由"、"虏祸"、"灭虏之策"等条，末题"明孤臣朱之瑜泣血稽颡谨述"。其志气节概，俱于斯可见焉。大抵明末士大夫之志行，类比者甚众，不暇一一举也。若黄、顾、王三大儒之书，所以启示后人者至为深远。清末昌言革命者，其初皆取诸家书以为宣传鼓动之资，由是而推演之，卒以覆清，其效可睹矣。

清初非君论之兴起

清初学者鉴于明代皇权太重,任意杀戮臣民之惨酷,于是有非君之论,因时而起;亦犹晋代承曹氏、司马氏好杀之余,而有鲍敬言之无君论也。如黄宗羲《明夷待访录·原君篇》所云:"今也,以君为主,天下为客。凡天下之无地而得安宁者,为君也。是以其未得之也,屠毒天下之肝脑,离散天下之子女,以博我一人之产业。曾不惨然曰:我固为子孙创业也!其既得之也,敲剥天下之骨髓,离散天下之子女,以奉我一人之淫乐,视为当然。曰:此我产业之花息也。然则为天下之大害者,君而已矣。"是直欲将残暴之君主制度一举摧毁之而后快也。同时,四川唐甄作《潜书》,昌言君主之为害,与黄氏之论相呼应,而更为激烈。观其《室语篇》所云:"自秦以来,凡为帝王者皆贼也。""杀一人而取其匹布斗粟,犹谓之贼;杀天下之人而尽有其布粟之富,乃反不谓之贼乎?""暴骨未收,哭声未绝,目眦未干,于是乃服衮冕,乘法驾,坐前殿,受朝贺,高宫室,广苑囿,以贵其妻妾,以肥其子孙。彼诚何心而忍享之!"《全学篇》又云:"自秦以来,屠杀二千余年,不可究止。嗟乎,何帝王盗贼之毒至于如此其极哉!"此等议论,发之于十七世纪之末,后二百余年,竟为革命者所依据,用以推翻二千余年封建帝制。可知先哲名论,初非为一时而发,未得行于当时,亦必实现于后世也。

清初学者之坚苦卓绝讲求实用

　　满洲贵族初入关时，大肆屠戮。明之遗民逃窜山野，艰贞自矢，讲学著书不倦。若容城孙奇逢、盩厔李颙，皆北方之强，以名节自励者。明亡时，奇逢年已六十，在清初诸儒中最为老师。晚岁徙居辉县夏峰村，率子弟躬耕自给。四方来问学者，随其浅深高下，必开以性之所近，使自力于庸行。有愿留者，亦授田使耕，以德高望重为一时所宗仰，从之游者甚多，虽至乡农、贩卒，皆能得其教诲，屹然为北学大宗。李颙拔起孤寒，卒成关中显学。明亡后，隐居土室，不赴征召。顾炎武特往访之，钦其高节及刻苦自学之精神。顾氏所为《广师篇》中所谓"坚苦力学，无师而成"，自愧不如者也。早岁尝著有《十三经纠谬》《廿一史纠谬》诸书以及象数之学，无不有述。既而自悔所学不实，乃尽弃之，以从事于明体适用之学。以为"明体而不适用，便是腐儒；适用而不明体，便是霸儒"。其教学者致力于适用，举凡武备、律令、农事、水利，皆宜讲求。而知今之学，尤为重要。孙、李二家，皆深于王守仁之学，入而能出，不囿于姚江，不空谈心性，能以实用救王学之偏，此其所以卓也。

张履祥之学术

　　清初诸儒践履笃实，以躬耕自勖者，北有孙奇逢，南有张履祥，俱一时之表仪，百世之师模也。履祥尤亲自下地，从事农业生产。尝谓能稼穑则可无求于人；可无求于人，则能立廉耻。知稼穑之艰，则不妄求于人；不妄求于人，则能兴礼让。又谓吴康斋先生从胼手胝足中充养得睟面盎背，斯振古豪杰也。履祥于此，实坐言而能起行，于耕耘种植，一一讲求。所著《补农书》，大至治地，小至编篱，以及养鱼酿酒，凡农家所有事，精粗毕载，纤悉靡遗。非躬亲诸务，久为之而有得者，信莫由而成此作。履祥学博识高，虽不欲以空言著书，而论学之语，大抵明白切要，益人意理。举凡涉及立身行己之要，治人接物之理，以及博文、约礼诸端，见之于《书启》《愿学记》《初学备忘》《备忘录》《训子语》诸编者，名论警句，至为繁夥。后人裒其遗书，编为《杨园先生全集》五十四卷。余平生最喜诵习其书，早岁既尝摘录其嘉言，成为《杨园粹语类钞》矣。晚年撰《清儒学记》，即以履祥居首，聊以寄吾服膺之诚耳。吴江王锡阐，清初历算名家也，与履祥交甚密，而服其德操醇固为不可及。观锡阐《与何商隐书》有云："近与杨园先生晨夕相亲，人生至幸。祇因素未知学，无由仰挹高深。古人云：'日月不照覆盆，雨露不润枯木'者，其仆之谓矣。"（见《晓庵先生文集》卷二）可知履祥在当时，已为学者推服至此。良由其履道坚贞，不惑于物；一归平实，不尚高奇，所以感人者深也。

颜李实用之学

清初诸儒之重实践实用者，至颜李而极矣。举程朱陆王之理学心学，悉廓清之，而必返诸成周之六德、六行、六艺，与夫孔子之四教，而后为正学。大声疾呼，以醒当世，敢于发人之所不敢发，固豪杰之士也。颜元自名其居曰习斋，率门弟子习礼、习乐、习射、习书数，究兵农水火诸学。堂上琴、竽、弓、矢、筹、管森列，居恒不以空言为教，惟著《存学》《存性》《存人》《存治》四编，以明其学术之宗旨。晚应肥乡漳南书院之聘，为立规制，分设文事、武备、经史、艺能等科。而轻蔑死守书本、空谈心性之非学，甚至谓以诵读著述为学，乃七百年来之大梦，必尽去之而后快。卒以陈义太高，有如庄子评墨学所云："其道大觳，恐天下不堪"，心悦其学者不多。幸有其弟子李塨为张大之，其说始传于后。颜氏独居深处，寡与世接。塨则广交游，通声气，汲汲思得其人而传之；不得其人，则笔之于书以传后世。故颜氏论学，深斥纸墨诵读之业为远于道；塽则从事传注著述较多。虽或不同，而其用心一也。至清末戴望撰《颜氏学记》，而后颜李之学，始见重于世。余早岁览戴氏书，病其太略，乃求颜李遗编而尽读之，深悟习斋之言，虽不免过激，而于救弊矫枉，实有开拓心胸、发越志趣之益。又其教学之方，与今日学校分科立学、注重实习之法相近。颜氏之说，在当日实亦为改革教学内容而发耳。夫昌言改革，可也。而必上攀远古，取《周礼》大司徒之职，以六德（知仁圣义忠和）、六行（孝友睦姻任恤）、六艺（礼乐射御书数）教万民之遗规，以实行于二千数百年之后，名为改革，而实为复古矣。且所谓"三物"之教，仅见《周礼》，岂果成周之法乎？颜氏之学，本可自创新制，何必托古以自限乎？

二陆异同

太仓陆世仪、平湖陆陇其，生同时而齐名，世称二陆。顾两家学术有广狭之不同，而致效亦异，不可不辨也。世仪之学，虽宗主程朱，而亦不废陆王，各取所长，会归于一。平生于门户之争，辟之尤力。其言论通达不党，无适无莫，此其所以为大也。鉴于明末诸儒空疏之失，故其所学，于象纬、律历、兵农、礼乐，以及当代刑政、河漕、盐屯诸务，无不讲求。所著《思辨录》中，有读书目录，举列实用之书甚备，而尤重视当代事实、当代典礼、当代律令之学习。盖其论学，贵在知今，与腐儒之徒知崇古者，固自不同。故其《思辨录》一书，颜李亦推重之，影响于后世者为不小矣。陇其一生服膺朱子，笃信谨守，诋斥陆王甚力。后之为程朱之学者，极推其卫道之功。然末流所届，必致门户之见日深，学术之途日隘。今观《三鱼堂文集》冠以《太极》《理气》二论，而以《河图洛书说》继之，盖犹未免囿于前人之陈说也。

顾阎高下

平定张穆，尝以顾炎武与阎若璩并称，阎固非顾匹也。以立身论，顾氏行己之道，归于有耻；阎则歆慕虚名，未忘荣利。以治学论，顾氏志在天下，为有体有用之学，考证特其绪馀；阎则炫博矜奇，瘁心力于琐碎之辨订；固迥然不侔也。若校以著述之高下，则《日知录》之与《潜邱札记》，又未可同日而语矣。札记之作，而必名为"札记"，已为同时人姜宸英所非议；后来学者若叶名澧，亦尝斥其名之不安；此非好怪而何？即以《潜邱札记》六卷而论，卷一、卷二皆杂考，多直录旧说而无按断。卷三为《释地馀论》。卷四上为策、跋等杂文，下为《丧服翼注》《日知录补正》。卷五为书牍。卷六为杂体诗，而前冠以《璇玑玉衡赋》一首，后系以郑耕老《劝学文》及跋一通，末附其子咏《左汾近稿》。可谓错杂不伦，漫无体例。以视顾氏《日知录》，相去不可以道里计矣。夷考阎氏所以卒致大名者，徒以《尚书古文疏证》一书，为辨伪者所推尊耳。不悟辨晚出《古文尚书》之伪，宋元明学者实启其端。若吴棫、朱熹、吴澄、梅鷟之言论，早已拥彗前驱，开其先路。阎氏特遵其启示，为搜罗其义据以疏通证明之而已，非其所独创也。若夫顾氏治学之方，为后人开辟途径者，至为广博，而自视歉然，其自勖及教人则曰："有体国经野之心，而后可以登山临水；有济世安民之略，而后可以考古证今。"是岂专从事于书本考证者所逮知哉！

毛奇龄之才

　　昔人论及名儒之出，才学识三者不可缺一。毛奇龄在清初，才气横溢，少所许可，攻击宋儒甚力。一生好辨善骂，为时所忌。著书甚多，而每多疏舛。全祖望尝一一指其谬误，于所撰《别传》中详道之。其后阮元为申辩曰："善论人者，略其短而著其功，表其长而正其误。若苛论之，虽孟荀无完书矣。有明三百年，以时文相尚，其弊庸陋谫僿，至有不能举经史名目者。国朝经学盛兴，检讨首出于东林蕺山空文讲学之余，以经学自任，大声疾呼，而一时之实学顿起。当是时，充宗起于浙东，朏明起于浙西，宁人、百诗，起于江淮之间。检讨以博辩之才，睥睨一切，论不相下，而道实相成。迄今学者日益昌明，大江南北著书授徒之家数十，视检讨而精核者固多，谓非检讨开始之功则不可。检讨推溯《太极》《河洛》，在胡朏明之先；发明荀虞于侯之《易》，在惠定宇之先。于《诗》驳申氏之伪，于《春秋》指胡氏之偏。《三礼》《四书》，所辨正尤博，则其长固不可以一端尽矣。至于引证间有讹误，则以检讨强记博闻，不事翻检之故。我朝开四库馆，凡检讨所著述，皆分隶各门，盖重之也。"（见《毛西河检讨全集后序》）阮元斯论，乃持平之言。毛氏在清初，自有廓清陈说、开创风气之功。特以所营广博，学乏专精；考证未密，时有罅漏，遂为学者所轻忽耳。至其述造之富，在清初诸儒中，亦所罕见。著录于《四库全书》者，多至四十部。晚年从游之弟子甚多，李塨亦尝从问业，固巍然一代儒宗也。

汉学名义之非

乾嘉以前，无所谓汉学也。汉学之名，至乾嘉时始有之。其初盖仅就治经言之耳。治经者或宗主汉人传注，或宗主宋人传注。彼此水火，遂分门户。戴震尝谓："言者辄曰：有汉儒经学，有宋儒经学。一主于故训，一主于义理。此诚震之大不解也。"(《题惠定宇先生授经图》)其时虽有汉儒经学、宋儒经学之分，顾尚未有以"汉学"二字标立名义以自矜夸者。有之，则自江藩撰《汉学师承记》始。其书始成，龚自珍即遗书规之，斥其立名有十不安，宜改为《经学师承记》。自珍时年甚少，而所见甚卓。江氏以老辈护短，未之从也。汉宋壁垒于是益坚，相攻若仇，而流弊日甚。姚鼐尝力箴刺之，其言论见于《惜抱轩文集》及《尺牍》者为不少矣。弟子方东树复为《汉学商兑》以救弊矫枉，斯固乾嘉学术中一大公案也。今日而言正名，谓为"清学"自可。且"汉学"二字，又何足以包举乾嘉学术之全乎！

卷九

惠栋治学之专固

乾隆中经师，以惠栋、戴震为大，乃吴、皖二派巨擘也。两家途辙不同，而惠氏专治汉《易》。以为王弼《易注》行而汉学尽废。《诗》《礼》有毛郑，《公羊》有何休，《传》《注》俱存；《尚书》《左传》，则伪孔氏全采马、王，杜元凯根本贾、服。唯《周易》一经，汉学全非。于是从李鼎祚《周易集解》中，搜集汉人遗说，精研三十年，引申触类，贯通其旨，乃撰《易汉学》及《周易述》诸编，专宗汉说，失之胶固。几乎凡汉皆是，非汉则失。不知者乃推为汉学之绝者千五百年，至是而粲然复章。然焦循治《易》，多不信之。尝遗书王引之论其事，引之还书有云："惠定宇先生考古虽勤，而识不高，心不细，见异于今者则从之，大都不论是非。如说周礼邱封之度，颠倒甚矣，他人无此谬也。来书言之，足使株守汉学而不求是者，爽然自失。"（《与焦理堂先生书》）可知惠氏之学，在当时已有定评。其治经虽有专精之业，而沾溉不及戴氏之广，亦以其专己守残耳。

戴学重在求是

戴震没后，为之传志纪其学行者甚多，而以洪榜所撰行状为最详实。状中尝引王鸣盛之言曰："方今学者，断推惠、戴两先生。惠君之治经求其古，戴君求其是。"斯诚不易之论也。惟求是之学，必须根柢雄厚，大奠基础，而后能考证详密，归于的当。故戴氏《与是仲明论学书》，亟言非先明天文、地理、音韵、数学以及宫室衣服之制，鸟兽草木之状，则不能治经。可知其始功所诣，至为广博矣。而其平生精心之作，尤在《原善》《绪言》《孟子字义疏证》三书。观其《答彭进士允初书》有曰："宋以前，孔孟自孔孟，老释自老释。谈老释者，高妙其言，不依附孔孟。宋以来，孔孟之书，尽失其解，儒者杂袭老释之言以解之。于是有读儒书而流入老释者；有好老释而溺其中，既而触于儒书，乐其道之得助，因凭藉儒书以谈老释者。"盖其探究义理，欲使后世混杂不淳之言，不与孔孟相乱。故晚岁发愤作此三书，亦在发蔀去伪，求复古初之是而已。尔后钱大昕、汪中、焦循、段玉裁、阮元诸家言义理,皆承戴氏绪论,引申发明者也。

钱大昕学问之博

乾嘉学者中，以钱大昕为最博通。身后王引之为撰《神道碑铭》有云："我朝有大儒曰嘉定钱先生，过目成诵，自少至老，未尝一日去书。精研经训，尤笃好史籍。通六书、九数、天文、地理、氏族、金石，熟于历代典章制度、政治臧否、人物邪正。著书三十五种，合三百余卷。""先生于儒书无弗习，无弗精，而专致之于史。故其发明史学，自宋以来，莫与为比。"此特就其成就之最大者言之耳。其实，钱氏于考史之外，所涉甚广，而皆有创获。即以音韵而论，于考定古声类，卓有发明，他可类推也。何能以一艺限之乎？清末张之洞于《书目答问》末，附列清代学者《姓名略》，将学有专精之名家，依类分收。而钱氏既入经学家，又列入小学、史学、算学、校勘学、金石学诸家。以其治学范围博，而造诣皆极精湛，不得不从多方面肯定之耳。当戴震在京师日，尝谓人曰："当代学者，吾必以钱为第二人。"盖悍然以第一人自居矣。

江藩录其语入《汉学师承记》而论之曰："东原之学，以肆经为宗，不读汉以后书。若钱先生学究天人，博征群籍，自开国以来，蔚然一代儒宗也。"此乃平情之论已。戴氏之学，固不如钱之博大也。戴氏尝言"学贵精，不贵博，吾之学不务博"（见段玉裁所撰《年谱》）。斯语既足解嘲，亦所以自饰耳。

嘉定九钱

嘉定钱氏，自大昕有盛名于乾嘉中，后昆继起，相与砥砺切磋，钻研不舍。弟大昭，淹贯经史，著书亦多。子东壁、东塾，与大昭之子东垣、绎、侗，族子塘、坫，一门群从，皆治古学，各有所成，世称九钱，为儒林所羡称。盖耳目濡染，自成家学，为一时冠。大昭既博治乙部，长于证史，又精通训诂，所著《广雅疏义》，为世所重。绎与侗治《方言》，有《方言笺疏》，甚精博。塘则邃于文字、天算，传世之作，有《述古录》《淮南天文训补注》诸书。坫则著述较多，如《说文解字斠诠》《诗音表》《车制考》《尔雅释地四篇注》《论语后录》《十经通正书》《新斠注地理志》诸种，俱不朽之作。独惜其所撰《史记注》，自谓三十年精力尽于此书，而卒不传于后，为深可惜也。坫于治学著书之外，复工小篆，论者谓不在李阳冰、徐铉之下。晚年右体偏枯，左手作篆尤精。世人藏弄其书，如同拱璧。余平生亦酷好其篆法，遇见真迹，不惜重金取

之。其以左手书者，饶金石气，非其他篆家所能逮
也。嘉定钱氏一门之内，非特学术湛深，且兼擅艺术
之长，多能书画。即以大昕言，亦能书善画。书法篆
隶并佳，而隶尤工。绘则喜作花石小品，清雅绝俗。
余尝得其书画真迹数件，皆珍品也。

有福读书之人

昔人恒言学问文章之成，关乎福命，又谓有福方能读书。余观乾嘉学者中，以王念孙、阮元最为有福之人。念孙上有名父，下有令子，而皆名列鼎甲，官至尚书。念孙亦起家翰林，官至永定河道即罢。久居京师，优游养望，闭户读书著述数十年，以校勘古书为事。所造《读书杂志》，博涉子史，发疑正读，创解实多。尝专心力撰《广雅疏证》，日以三字为程，阅十年而书成。就古声以求古义，创通大例，藉张揖之书，以畅发其说，非第疏释一家之言而已。其治学之法，考证之精，所以启示后学者为不浅矣。阮元淹雅早达，扬历中外凡六十年。所至以经术文章倡导后进，编纂大书，刊布遗著，沾溉至无穷尽。一生虽为达官，不废读书。于经史、小学、天算、舆地、金石、校勘，皆造其微。当其主持风会之日，复能以身作则，矜式多士。故后起之秀受其奖拔诱导、以底于大成者尤多。年七十五，致仕还乡，榜其居曰福寿庭，寿至八十有六。念孙亦寿至八十九。两人学问，俱臻精博，固由处境亨泰，有以助之；亦以皆登大年，美成在久耳。两人福泽之厚，为乾嘉诸儒之冠，殆非人力所能争也。

奋发自立之士

自古拔起孤寒、卓然自立之士，史不绝书。可知人之成功与否，本不决定于处境之美恶也。张载《西铭》有云："富贵福泽，将厚吾之生也；贫贱忧戚，庸玉汝于成也。"此谓有福泽者，凭藉较厚，易于有成；抱忧戚者，屯蹇虽多，苟能坚定志气，奋发有为，亦可锻炼成才也。清代学者中，若汪绂、汪中，即其人矣。康熙末，婺源汪绂，自力于学，未尝从师。家贫无以自活，乃之江西景德镇，为烧窑者佣工，以画碗自给。旦夕作苦，不废读书，群佣皆侮笑之。后至闽中，为童子师。及授学浦城，从游者日众，无远近皆知有汪先生，而名渐著，所学益进。自六经下逮乐律、天文、舆地、兵法、术数，无不通究，所著书不下三十种，卓然称一时大师。与江永生同里闬，尝往复论学，而学不同方，故所诣各有归宿也。乾隆中，江都汪中，七岁丧父，家徒四壁，随其母行乞于外。稍长，入书店为学徒，因乘暇取店中书读之，刻厉于学。既而博览群书，又专力治经，所成乃大而名益显。并世学人如王念孙、刘台拱咸推服其学识。凡所论撰，通达不党，多发前人所未发，群推为一代通儒。加以文辞渊雅，清超绝俗，又非同时朴学诸师所能及也。若二汪之特立拔起，不畏艰困，卒能奋发自立，底于大成。信足以敦厉百世，使贫苦之士闻风而兴起矣。

清世之伪理学

自康熙表章朱学，别黑白而定一尊，以牢笼天下之士。其时大臣迎会主意，标榜朱学以自固者，无踰李光地。光地位极人臣，亦特奉行功令，以为持禄保宠之资，初无自得之实也。至其躬行，更不可问。全祖望尝言其大节早亏，为当时所共指，万无可逃者，初年卖友，中年夺情，暮年则居然以外妇之子来归，足称三案。《鲒埼亭集外编·答诸生问榕村学术帖子》中道其事甚悉。可知其口言理学，而所为悖于义理者甚多，乃所谓伪理学也。其次，如嘉道间之汤金钊，由翰林历官吏、户、礼、工四部尚书，以达官而讲理学，为士大夫所倾企。而夷考其实，则言行亦多不合。尝留其门生张履课子于家，未几谓之曰："我儿本习举业。自君入我门，颇看理学书，少年人当专意进取，一有先儒迂阔之见，横梗于胸中，则进取望绝矣。夫理学之说，可以为名，而不可行也。君不知变通，亦已自误；以教我儿，又将误我儿矣。"沈垚《落帆楼文集》卷七记其语甚详。从知金钊平日所标榜之理学，亦特以装饰门面、弋取虚名而已。清世自康熙以降，居大位者，类以提倡宋儒理学为名高，大抵伪饰及欺世耳。

乾嘉考证学

清代君臣，虽大力提倡朱学，而真知朱学者不多。朱子学问极博，义理特其一端。而其议论所涉，足以启示后世治学门径者，尤在朴学。章学诚尝谓："今人有薄朱氏之学者，即朱氏之数传而后起者。"于《文史通义·朱陆篇》畅论之，其言是也。余早岁撰《广校雠略》，又尝推其意而发明之矣。故在今日而言清代考证学，必溯源于宋人，尤须探本于朱子，此固不可易者。清代考证之学，盛于乾嘉。当时学者从事撰述，约分五途：一曰通核，二曰据守，三曰校雠，四曰摭拾，五曰丛掇。焦循《雕菰楼集·辨学篇》已道及五者之蔽短矣。其后魏源又综论之曰："自乾隆中叶后，海内士大夫兴汉学，而大江南北尤甚。苏州惠氏、江氏，常州臧氏、孙氏，嘉定钱氏，金坛段氏，高邮王氏，徽州戴氏、程氏，争治诂训音声，瓜剖钒析。视国初昆山、常熟二顾，及四明黄南雷、万季野、全谢山诸公，即皆摈为史学，非经学；或谓宋学，非汉学。锢天下聪明智慧，使尽出于无用之一途。"（见所撰《李申耆传》）可知乾嘉学术末流之弊，已不免支离破碎，与清初诸儒之规模气象，大不相同矣。

四库馆开对清学之影响

辑佚之业,创自宋人。至清世而斯业称盛,乾隆中修《四库全书》,实有倡导之功。始安徽学政朱筠奏请开馆校书时,即建议从《永乐大典》中搜辑佚书。高宗可其奏,当即派员校核《永乐大典》,并决定编纂《四库全书》,可知修书之始,即与辑佚相结合矣。先后从大典中辑出之书,收入《四库全书》及登在《存目》中者,计经部六十六种,史部四十一种,子部一百三种,集部一百七十五种,共三百八十五种、四千九百二十六卷。今《四库全书总目》中标明"《永乐大典》本"者,皆是也。即以史籍而论,如李焘《续资治通鉴长编》,薛居正《五代史》,郝经《续后汉书》,皆卷帙浩繁之大书。他如《东观汉记》之类,俱有裨于考史,为用甚弘。而此种辑佚之法,遂为学术界所师效,并推广其范围,成为丛书式之辑佚总集。若严可均所辑《全上古三代秦汉三国六朝文》七百四十六卷,马国翰《玉函山房辑佚书》七百六十卷,王谟《汉魏遗书钞》四百余种，黄奭《汉学堂丛书》二百五十余种，皆洋洋巨观，遍及四部。其他卷帙较少者尚多，不烦悉数也。自此诸儒治学规模，渐由褊隘而入于广阔矣。

清人说经之书皆可目为考史之资

群经皆史之说，发自明人，王守仁、王世贞、李贽皆尝言之，非自章学诚而后有六经皆史之说也。古之经，即后世之史。则凡经部考证之书，无非为考史而作耳。近人柳诒征有言曰："世尊乾嘉诸儒者，以其以汉儒之家法治经学也。然吾谓乾嘉诸儒独到者，实非经学而为考史之学。考史之学，不独赵翼《二十二史札记》，王鸣盛《十七史商榷》，或章学诚《文史通义》之类，为有益于史学也。诸儒治经，实皆治史。或辑一代之学说，如惠栋《易汉学》之类；或明一师之家法，如张惠言《周易虞氏义》之类。于经义亦未有大发明，特区分畛域，可以使学者知此时代此经师之学若此耳。其于三礼，尤属古史之制度。诸儒反复研究，或著通例，如江永《仪礼释例》，凌廷堪《礼经释例》之类；或著专例，如任大椿《弁服释例》之类；或为总图，如张惠言《仪礼图》之类；或为专图，如戴震《考工记图》，阮元《车制图考》之类；或专释一事，如沈彤《周官禄田考》，王鸣盛《周礼军赋说》，胡匡衷《仪礼释官》之类；或博考诸制，如金鹗《求古录礼说》，程瑶田《通艺录》之类；皆可谓研究古史之专书。即今文家标举公羊义例，如刘逢禄《公羊何氏释例》，凌曙《公羊礼说》之类，亦不过说明孔子之史法，与公羊家所讲明孔子之史法耳。其他之治古音，治六书，治舆地，治金石，皆为古史学，尤不待言。"（见《中国文化史》第三编第十章）斯论甚通，可谓达其本矣。今人治古史者，自不可不参考及此。清人说经之书，收入《清经解》及《续编》者固多，未收入二编而单行者尤广，学者可旁求之。

袁枚之才识

方乾隆盛时，诸儒沉酣于考证，流于支离破碎而不知返。其能发救弊之论以匡其失者，如章学诚、姚鼐、翁方纲，皆侃侃而谈，以矫枉为己任。余早岁尝撷其言论之要，为《三通儒传》以表章之。及反复籀绎袁枚《小仓山房文集》及《续集》《外集》，则又叹袁氏才大识高，议论正大。世徒以文士目之，非也。与章氏之言，不谋多合。虽章氏诋斥之甚力，而所见多符，盖识大之贤，殊途同归耳。顾枚之所不同于诸家者，尤在疑经。既自言"予于经学，少信多疑"。(《文集·虞东先生文集序》)又谓："仆之疑经，非私心疑之也，即以经证经而疑之也。"(《答惠定宇第二书》)"诸子百家冒孔子之言者多矣，虽《论语》，吾不能无疑焉"。(《论语解》)此种怀疑精神，惟与崔述有相近者，非当时经师所能知也。要之，枚不囿于陈说，见解甚新，论其思想，实能从束缚中解脱出来。在乾隆时，殊不易觏。乃为一时浅见士夫所怪，卒亦以此得谤耳。

汪中之通博

汪中在乾隆时,学问文章,冠绝一世。徒以拔起孤寒,靡所依傍,无赫赫之名,未能以显学致盛誉耳。中之为学,与当时治专经专史者异趣,而独趋于通博一途。尝取古人学术之散见他籍者,网罗编次,欲为《述学》一书。先之以虞夏殷周之制,继之以周衰列国,又继之以孔门及七十子后学者,又继之以旧闻及典籍原始,而以通论终焉。属稿未成,引为憾事。今所传《述学》内外篇,乃由裒辑平日论学之作及杂文而成,非其志也。其后徐有壬为《述学故书跋》,列举其篇次甚详。以今观之,则当日中所欲作之书,谓为教育史也可,谓为学术史也亦无不可。徒以兹事体大,又属创始,纂述成编,不易为力。是以有志未遂,论者惜之。顾其治学所营既广,于表章周秦诸子之学,尤为有功。其他启示后世途辙者复多,皆非当时经师所能逮也。

功力与学问

昔顾炎武论学有曰："今人纂辑之书，正如今人之铸钱。古人采铜于山，今人则买旧钱名之曰废铜以充铸而已。"(《文集·与人书十》)所谓纂辑之书，乃治学之功力，而非即自得之学问也。大抵论人造诣之浅深，必通观其识论之高下、创获之多少以为断，而纂辑之书不与焉。诚以纂辑之业，惟在勤于动手、从事钞撮而已，初无自得之实也。故昔人但目此为功力，而不与学问混同。乾嘉中，章学诚辨之最明。其时学者多效王应麟之所为，以从事于考证、辑佚，学诚则谓王氏诸书，谓之纂辑可也，谓之著述则不可也；谓之学者求知之功力可也，谓之成家之学术则不可也。于所撰《博约篇》中，既已畅发斯旨矣。又于《与林秀才书》中复言："为今学者计，札录之功必不可少。然存为功力，而不可以为著作。"若斯所论，其分别二者之不同，至为明切。从知著作之体，县鹄甚高，非有创见卓识、自抒所得者，不足以语乎此也。即以清学而论，虽以顾炎武之博雅，述造甚多，亦当分别观之，若《日知录》《音学五书》，乃著作也；《肇域志》《天下郡国利病书》，则近于纂辑矣。揭斯一例，可概其余也。

主编与独撰

　　古代惟有权势者能鸠合众力，为己著书，若吕不韦、淮南王之所为是已。降至后世，设馆修史，恒以宰相任监修，若魏收、李百药、令狐德棻、魏徵、刘昫、薛居正、脱脱、张廷玉之流，岂皆精于史学，有著作之才？徒以官高主持其事，故皆尸作者之名。而当日真操笔以从事撰述者，则均湮没无闻矣，此天地间最不合理之事也。今虽废监修之名，而新标主编之号。不自操管，而责众手以为之。劳力尽出于人，名利皆归于己，是直剥削人之劳动以为己用耳。若夫独撰之书则不然，构思由己，乃至草创、润色，皆不假手于人，尽一己之心思才力以图之，而后著作出焉，此其所以可贵也。故主编之与独撰，又不可同日语矣。余尝以为簿录群籍，著作与纂辑既应区分，独撰与主编不宜混一。各自厘析其门类，断不可统名为著作。成书之难易不同，内容之精粗有辨。庶几高下有分，自不并为一谈矣。

专家与通人

　　自两汉有博士之学，有通人之学。专精一经一家之说，立于学官，此博士之学也，亦即所谓专家之学也。《儒林传》中人物是已。博通群经，不守章句，此通人之学也。若司马迁、班固、刘向、扬雄、许慎、郑玄之俦是已。博士之学，囿于一家之言，专己守残，流于烦琐。通人之学，则所见者广，能观其全，所以启示后世途径者尤多。历代学者，莫不有此二途之分。即以清学而论，亦不例外。姑以乾嘉学者为之区别，如惠栋之治汉《易》，张惠言之治虞氏《易》，陈奂之治《毛诗》，胡培翚之治《仪礼》，陈立之治《公羊》，刘文淇之治《左传》旧注，皆专家之学也。若戴震、钱大昕、邵晋涵、王念孙、汪中、章学诚、姚鼐、焦循、阮元诸家，则皆通人之学也。此但就专家、通人不同之趣各举数人以示例，不烦悉数也。

嘉道以下之学风

清自嘉庆、道光以来，禁网渐疏。而内忧外患，迭起并凑，国势亦渐衰危矣。于是有识之士，感于乾嘉诸儒古音古训古礼之探究，无补于救危图存；穷则思变，而常州之学，继吴皖而起。刊落训诂名物，而专求微言大义，乃盛张公羊今文之学。溯其始源，固发端于武进庄存与。然在乾隆时，其说不显。其侄述祖传之。述祖有甥曰刘逢禄、宋翔凤，尽通其义，为发挥张大之，其学始见重于世。继刘宋而言今文者，有魏源、龚自珍，乃进而议及当时之政治，讲求经世致用，与常州诸儒但探索公羊义例者已有不同。故常州今文之学，起于庄氏，立于刘、宋，而变于魏、龚，至魏、龚而影响益大矣。两家皆不满于乾嘉学风，且持论侃侃，足以振起世人之志气。龚氏自谓"但开风气不为师"，益有以见其牖民之心弥切，而无开宗立名意也。

魏源之奋发有为

当乾嘉朴学极盛时，湖湘学者之风气，与江浙异趣。大抵以义理植其基，而重视经世济民之学。嘉道间，若陶澍、贺长龄、贺熙龄，皆其选也。魏源稍后起，亦以致用自期，感事忧时，思有以转移一世之士。尝助贺长龄辑《经世文编》，复博考东西洋诸国地形事状为《海国图志》，使学者于中国之外，知尚有列邦，实足以开拓士大夫之眼界与心胸也。余尤喜诵其《古微堂内集》中《默觚》上、中、下三编。分条说理，语多名通。体虽颇似语录，而无虚浮之气，所以启示后学者尤为深远也。观《默觚上·学篇二》所言人贵早起一条，可知其一生振作精神，奋发有为。故虽未登鳌毫，而著述甚多，成就甚大，非偶然已。

龚自珍教子之言归于平实

龚自珍才识绝高，好持非常可喜之论。所论出人意表，往往能发人之所不能发。论学如《与江子屏笺》，论政如《西域置行省议》，皆非有卓见者不能道。自珍虽才高不肯就绳墨，而其教子之语，不如此也。观其晚年所作三百一十五首《己亥杂诗》中有诗云："艰危门户要人持，孝出贫家谚有之。葆汝心光淳闷在，皇天竺胙总无私。"又云："虽然大器晚年成，卓荦全凭弱冠争。多识前言畜其德，莫抛心力贸才名。"又云："俭腹高谈我用忧，肯肩朴学胜封侯。五经烂熟家常饭，莫似而翁歠九流。"又云："图籍移从肺腑家，而翁学本段金沙。丹黄字字皆珍重，为裹青毡载一车。"此四诗，皆其教子语也。第一首自注云："儿子昌匏书来，以四诗答之。"是已。四诗诲诱谆谆，一何平实通达，鞭辟近里乎！

曾国藩读书录

湘乡曾氏既没之后，其门人东湖王定安就其家取所藏手校诸书，甄录其眉端批记之语，厘为十卷，名曰《求阙斋读书录》。凡读经二卷，读史二卷，读子一卷，读集五卷。计所收之书，经部有《周易》《周礼》《仪礼》《礼记》《左传》《国语》《谷梁传》《尔雅》等八种。史部有《史记》《汉书》《后汉书》《三国志》《通鉴》《文献通考》等六种。子部有《管子》《庄子》《淮南子》等三种。集部有《楚辞》《陈思王集》《阮步兵集》《陶渊明集》《谢康乐集》《鲍参军集》《谢宣城集》《李太白集》《杜少陵集》《陆宣公集》《韩昌黎集》《昌黎外集》《柳河东集》《白氏长庆集》《李义山集》《杜樊川集》《嘉祐集》《元丰类稿》《东坡文集》《东坡诗集》《山谷诗集》《剑南诗集》《朱子文集》《元遗山诗集》《阳明文集》《望溪文集》《孙文定集》《文选》《古文辞类纂》《骈体文钞》等三十种。四部之籍，共四十七种，皆常见书也，而以集部为最多。盖其纂录《经史百家杂钞》

《十八家诗钞》时，涉览及之者广也。综观曾氏批记诸家文集，以《韩昌黎集》为最详最备。知其寝馈于韩文者甚源，故其为文气积势盛，直逼昌黎之室，非偶然也。选录入《经史百家杂钞》者，亦以韩文为最夥，可以觇其学文趣向矣。

曾国藩论文语

　　曾氏论文之语，见于文集、书札、家书、日记中者甚多，自抒所见，时有嘉言。即如《求阙斋读书录》卷十《阳明文集》条下所云："文章之道，以气象光明俊伟为最难而可贵。如久雨初晴，登高山而望旷野；如楼俯大江，独坐明窗净几之下，而可以远眺；又如英雄侠士裼裘而来，绝无龌龊猥鄙之态；此三者，皆光明俊伟之象。文中有此气象者，大抵得于天授，不尽关夫学术。自孟子、韩子而外，惟贾生及陆敬舆、苏子瞻，得此气象最多。阳明之文，亦有光明俊伟之象。虽辞旨不甚渊雅，而其轩爽洞达，如与晓事人语，表里粲然，中边俱澈，固自不可几及也。"此段识议，非有卓见真知者不能道。盱衡古今，论得其要。所言"文中有此气象者，大抵得于天授，不尽关夫学术"，自是不易之理。非深造有得者，不能知也。不然，何学者如牛毛，而成者如麟角乎？曾氏官京师时，有余闲可以读书。然一生于诗文两选本外，未有其他学术专著。独其文章可传于后，乃近代不废大家，宜其论文之言，独有窥悟也。

湘报类纂

　　《湘报》创始于戊戌二月,终于戊戌五月。为时甚暂,而于启迪民智,大有关系。好事者又为编辑重要文字,以成《湘报类纂》。都为六集:甲集曰论著类,凡论、说、叙、启、辨、议、书后均隶焉。乙集曰讲义类,凡南学会之讲义均隶焉。丙集曰问答类,凡南学会之问答均隶焉。丁集曰章程类,凡一切章程均隶焉。戊集曰公牍类,凡奏疏、禀稿、咨文、告示、批词均隶焉。已集曰杂录类,凡原本所录中西各报名著及要事均隶焉。壬寅之秋,上海六马路中华编译印书馆铸版印行者也。清季维新之说,发自康、梁,而吾湘首起应和。巡抚陈宝箴、按察使黄遵宪主持于上,而士夫之视听一变;江标、徐仁铸两学使又先后倡导之,而学子之耳目一新。其时作新民德之具有三:一曰学堂,二曰学会,三曰报纸。所以风厉而鼓吹之者,至周至密,不可谓非有心人也。今虽时移世异,而此种书究不可废。以其备载旧事,足以考镜当时议论行事,与叶德辉所编《翼教丛编》,势同对垒,并为究心晚清学术思想者至为重要之书。

皮锡瑞论学语

　　《湘报类纂》以乙集讲义类为最精，几乎篇篇可诵。而皮锡瑞十二次讲义，悉在其中，尤为精粹。一曰，论立学会讲学宗旨；二曰，续论讲学；三曰，论朱陆异同，同归于分别义利；四曰，论学者不可诟病道学；五曰，论交涉公理；六曰，论保种保教均必先开民智；七曰，论圣门四科之学；八曰，论孔子创教有改制之事；九曰，论不变者道，必变者法；十曰，论胜朝昭代之兴亡原因；十一曰，论变法为天地之气运使然；十二曰，论洋人来华通商传教，当暗求抵拒之法。精谊粹言，不能悉记；择其尤雅者，录之下方：

　　　　学宜通达，不宜狭隘。孔子之道，大而能博；九流之学，无所不包。今之学者，有汉学，有宋学。讲汉学者，有西汉今文之学，有东汉古文之学；讲宋学者，有程朱之学，有陆王之学。平心而论，汉学未尝不讲义理，宋学未尝不讲训诟。同是师法孔子，何必入室操戈。即学派宗旨，不可强合，尽可各尊所闻，各行所知。不妨有异同，不必争门户。无论何项学术，不要务虚名，要切实用。讲汉学者，要通微言大义，方有实用；破碎支离，不成片段者无用。讲宋学者，要能身体力行，方有实用；空谈性命，不求实践者无用。莫读无益之书，方有实力读有益之书；莫讲无益之学，方有精力讲有益之学。

右①为第二次讲义中语。

程朱以为学当先知后行，陆王以为学当知行并进。譬如两条道路：一从大路，计程稍远；一从小路，取径更捷；只要肯走，都走得到。释氏谈禅学有顿渐两义：忽然大悟，谓之顿悟；积久生悟，谓之渐悟。渐悟，则天分稍次，皆可悟道；顿悟，非天分绝高不能。朱子所说，近于渐悟；陆氏所说，近于顿悟。朱子教人之法最隐，陆子教人之法最捷。从朱子之说，中材皆可勉为；从陆子之说，必天分绝高方可。道学有真有

---

① 注：即"上"，原稿为竖排。

假，于何别之？义与利而已矣。天理是义，人欲是利；公道是义，私心是利；无所为而为之是义，有所为而为之是利。不读书不明理之人，不知有义，只知有利。读书明理之人，虽知有义，而不能见利思义，其弊在于见理不透，立脚不稳，操守不坚固，心迹不光明。明知事不应为，而不能不瞻顾利害；明知财不应得，而不能不利欲熏心。以致立身一败，万事瓦裂。如晋之王衍，能清谈，负重名，口不言钱，自以为高。至于国将危亡，犹为三窟之计，死于石勒，身名俱丧。明之胡广，当靖难兵至，与友人约共死节，慷慨激昂。乃归家而问饲猪否？闻者已知其不能舍一猪，安能舍命？卒之不死而降。此等人非不知义利之分，其见义不为，由不能忘利。

右为第三次讲义中语。

人皆疑宋儒迂阔，此大不然。朱子历官皆有声绩，提举浙东，孝宗谓其政事可观。其居乡行社仓法，正值青苗法弊之后，朱子变通其法，不以为疑。后又奏请通行，至今犹沿其制。其在长沙,得赵汝愚密书云:将内禅。朱子知将有赦书到,先取狱中死囚数人斩之,此皆非迂儒所能办。元兵方急时,金仁山上书请由海道出师取燕,以攻其所必救,宋不能用。元灭宋,得其图,以兴海运。图中水道曲折,无一不合。金仁山乃朱子门人,其舆图之学,如此有用。是讲道学,不皆迂儒。

右为第四次讲义中语。

汉学出自汉儒,人皆知之;汉学出自宋儒,人多不知。国朝治汉学者,考据一家,校勘一家,目录一家,金石一家,辑搜古书一家,皆由宋儒启之。宋以前著书讲考据者,如《颜氏家训》《匡谬正俗》之类甚少,至宋,此等书极多。《容斋五笔》《困学纪闻》最有名。他如《梦溪笔谈》《野客丛书》《考古质疑》《能改斋漫录》《学林》之类,指不胜屈,是考据一家始于宋儒也。古无刊板,故无校勘;至宋乃有宋公序校《国语》,三刘校《汉书》,是校勘一家始于宋儒也。古无目录之学,至宋乃有《崇文总目》、晁公武《读书志》、陈振孙《书录解题》、高似孙《子略》，是目录一家始于宋儒也。古无金石之学，至宋乃有欧阳公《集古录》、赵明诚《金石录》、洪氏《隶释》《隶续》、娄氏《汉隶字原》，是金石一家始于宋儒也。古无搜辑佚书之学，至宋乃有王厚斋考《三家诗》、辑《郑易注》，是搜辑古书一家始于宋儒也。汉学专门精到之处，自视宋儒所得更深。然觞源导自前人，岂宜昧所自出。以此推论，则汉宋两家之交哄，夫亦可以解纷矣。

右为第七次讲义中语。

按：校勘之业，刘向、郑玄已为之最精；目录之学，亦刘歆《七略》、班固《艺文志》已开其绪；二者皆汉师导夫先路，不得谓始于宋人也。皮氏论此，偶失察耳。

由此可见，皮氏之学，通达不党，实是通学门庭。近人目为专治今文家言而深诋之，盖均未窥其蕴奥也。论其湛深经术，在湘学中，实远轶王闿运、王先谦之上。而后之纂《清史稿》者，列二王于儒林，独不为皮氏立传，非也。

张之洞有志匡济

　　清末国势阽危，封疆大吏中有志匡济，勤于建树，以富国强兵为己任者，自以张之洞所行为多。初督两广，后移湖广，前后二十余年。所至大兴文教，开办实业，在湖北设置尤繁。除各类学堂次第建立外，举凡兵工厂、炼铁厂、造纸厂、皮革厂、布纱丝麻四局之属，相继以起。而自造枪械，训练新兵，为各省先。既经营汉冶萍公司以兴办煤铁工业，复倡议筑成芦汉铁路以畅通南北运输。营为既广，非财莫举。人或病其用财不节，而不知其耗财无算，全用以济公家之急。有时公帑不继，尽出私俸以补之，从不计其家用之有无。每值岁暮匮乏时，辄用督署名义，将皮箱若干口送当铺抵押取款，一时传为佳话。身为督抚数十年，不顾其家至于如此，在当时实所罕见。良以其一心为国，未暇虑及其私也。及其既没，而全家数十口，乃至无以为生。樊增祥尝挽以一联云：“取海外六大邦政艺，豁中华二千载颛蒙，弱者使强，愚者使智。有晏婴三十年狐裘，无孔明八百株桑树，公尔忘私，国尔忘家。"盖纪实也。

学术三反

顾炎武尝言人情有三反：弥谦弥伪，弥亲弥泛，弥奢弥吝。余尝推其意以观近世学者，弥言考证，而记诵弥衰；弥言词章，而文笔弥劣；弥言义理，而内行弥不可问；此亦学术之三反也。夫记诵不精，文笔卑俗，不过一己之孤陋而已，于人无与也。至于外托理学之名，而内无饬躬之实，高自标榜，大言不惭，小者贻误后生，大者祸及天下，斯则人心之大防，闲之不容不严矣。大抵无诸中者，而后求于外。若夫躬行君子，果能恬淡寡欲、以义理悦心者，世虽以理学推尊之，不受也。此无他，盛德若愚，不欲举此自暴，且不甘囿于一隅耳。士生今日，所以自修者，固不宜妄自标榜；而于世之急于自见、高树名义者，尤必谛观其书，详考其行，以辨其虚实真伪。不可徒以其负世俗崇朝之名而遽为其所吓也。

谭献友朋书札

钱基博先生藏谭献友朋手札菁华凡八厚册，共九百余页。其中如杨昌浚、易佩绅、张荫桓、陶模、冯煦、袁昶、薛福成、梁鼎芬、樊增祥之伦，皆以名士而为达官；如杨岘、戴望、李慈铭、孙诒让、陶方琦、俞樾、黄以周、叶名沣、陆心源、杨守敬、萧穆、章炳麟之流，皆以名士而为学人，悉一时名臣、儒林传中人物也。其他州县循吏以及一方知名之士，尚不可悉数。议论所至，自朝章国故以至士风、学术、金石、校雠，靡不毕具，信可宝也。钱翁自称辛亥之春，袁爽秋太常之夫人六十寿，友人徐薇生以谭紫镏之请，属为文寿之，因检谭氏所藏复堂师友手札一巨束相授以为报。后二十年，始装帖成册。置之行笈，幸未损耗耳。余讲学武昌时，与钱翁所居密迩，因得借观其全，并取其中精要之语分条记之于次：

杨昌浚遗谭氏札，盖抚浙任内所书也。其中策励之语有云："吾弟志意迈伟，文学淹通，郁而必发，不患不出人头地。窃愿持'智圆行方、胆大心小'八字奉赠。欲做事者，总不能出此范围耳。"斯言甚通，非久涉世途者不能道。

薛时雨遗谭氏札中，勉之"循分守素，坚忍待时"，最为扼要。即对其少年浮躁之气而下针砭者也。其言有曰："吾辈穷措大，处亦穷，出亦穷。志在处，不必更言出；志在出，不必更言处。"此实切中当日士大夫装模作样、患得患失之病。

张荫桓遗谭氏札，凡十一纸，纸十一行。洋洋洒洒，下笔数千言不休。丽词工妍，几疑出词章家之手。末署"光绪丁亥七月二十日美都使馆"。盖光绪十三年出使美利坚时所寄书也。荫桓在清季，以杂流登仕版，为名公卿所赏拔，累官至礼部右侍郎，而士论轻蔑之，以其非出身科举耳。今以此札观之，又高出当时翰苑名家远甚。其能见重于阎、李诸公，倚之如左右手，夫岂偶然。

戴望遗谭氏札中，有为戴震辨诬处。其中有云："东原之学，虽出江氏，而未尝师事。然所作《江氏行状》，固已极口推尊，称为自先师康成后第一人。而王述莽为《江氏墓志》云：'吾友戴君东原，盖今所谓通天地人之儒也。而自述其学盖得之于江先生'云云,可见东原之推本所得如此。而惟其未尝师事,故称之为婺源老儒。而平定张穆及魏、姚、桂辈,群诋之为背师,此何说乎?江氏论礼,则多本朱氏;《乡党图考》,体例未善;群经补谊,讹谬更多。又其言《易》,宗尚邵氏;又著《近思录集注》一书,核其所得,疵多醇少。以东原较之,青出于蓝而胜于蓝。惟所为《杲溪诗经补注》《毛郑诗考正》,均属未善。《考工记图》甚精,《水经注校正》,与全、赵出而合辙,缜密处则又过之。《声类表》《方言疏证》,皆未尽善;而以先觉觉后觉,段、王之于《说文》《广雅》,郝氏之于《尔雅》,体大思精,括囊大典,网罗众家,后之人日受其惠而不自知,岂非饮流忘原乎?《学礼篇》一卷,取《礼经》大者若干事,各为一篇,考之以详,出之以简,毛公诂诗之法也。使不能文者为之,则连篇累牍,皆注疏体矣。至其《原善》及《孟子绪言》,天人之故,经之大训萃焉。是以段大令、孔检讨、洪舍人、江征君推之于前,焦孝廉宗之于后。汪拔贡亦言国朝儒者顾、阎、梅、胡、惠、江接二千年沉沦之绪,而东原集其大成,为定大儒七人,通人十九,以诏来学,东原与焉。段大令则称其学贯天人;孔检讨则憾其崇阐汉学,而不终其志以殁;洪舍人则谓欲明察于人伦庶物之理，必自戴氏始；江征君则以能卫东原者为卫道之儒；焦孝廉则谓其疏性道天命之名，如昏得朗。诸君子皆非漫然无学术者，而交口称之，且再三称之。足下何见乃欲置之第二流，而以慎修为过之。江戴相等，犹之可也；乃使之一居上上，一居上中，岂以其名高而有意抑之乎？其意见可谓重矣。"此段议论，自可作《申戴篇》读。谭氏曾作《师儒表》，戴盖见其拟东原于不伦，而特为表章之者也。

戴望戊辰八月初十日与谭氏札中，言及"王而农先生真是大儒，胜于亭林、梨洲多矣，所嫌者，程朱之迹未化耳"。此乃发人所未发。船山之书，见知于世甚晚，故不见称于乾嘉诸儒。戴氏生于清季，得读其遗书，故能知其高下浅深耳。

戴氏信中又言："《绎志》一书，近亦购得一部。开老尚节取之，中白视两三叶掷去，言其中出李申耆、毛生甫手笔。大半以李毛二家文集观之，知非妄言也。于此，则服中白之巨眼。"此乃书林逸闻，岂李毛诸人伪造《绎志》以欺世耶？录此俟考。

赵之谦与谭氏札中有云："乾嘉间学人有啖饭处。道光以后，无乞食处矣。有用之学，当先谋生。君以为当世自命爱才者，竟堕地时不带一片鄙吝心耶?"斯言慨叹世情,亦可以观时变已。

杨守敬二札,盛自称许其收藏之富,搜访之勤。至谓惊人秘籍,更仆难数。并自言有古钞《文选》三十卷,是李崇贤未注以前本,绝非从六臣本钞出者。即以经部论之,亦远出山井鼎之上,尝欲为《七经古注》以饷来学。语重心长,多名通之言。

袁昶与谭氏交最密,往还书简亦最多。大抵多涉人事,少谈学艺,间亦有善言足以警世厉俗者。札中有云:"子弟能有呆气,方能读书。儿辈皆有软熟甜俗之韵,奈何,奈何?"此自是老成人语,非阅世深者,不能为斯言。

孙诒让札中有云:"前闻徐太常寿蘅,于浙中得故家所藏金器甚富。昨闻已到此,行箧中未审有拓本可乞否?执事与太常至好,便中幸为一询。鄙人所嗜甚于欧公,而太常之贤过于原父,或不我吝也。"此亦清季佚闻矣。太常之从父弟叔鸿侍御,讲金石之学,有《宝鸭斋题跋》《宝鸭斋金石拓存》。岂所藏器,均得之其兄耶? 要之渊源有自,不可掩也。

章炳麟实谭献弟子

章炳麟受业谭献之门,实汪知非为之介。知非,故谭氏弟子也。知非有一札与谭氏云:"有余杭章枚叔表叔,名炳麟,素慕夫子重名,愿列门墙,不敢昧然自荐,嘱非先容,想来者必不拒也。附上古文四篇,乞垂鉴。"据此,可知章氏于谭门,实有师弟之谊,何可掩乎?谭氏所存友朋书札中,尚存章氏一札,书法端谨,兹迻录全文于次:

夫子大人函丈:沪滨拜别,神气惘然。抵鄂后,未奉手札,想履道贞吉,吐言为经,定符私颂。麟自与梁、麦诸子相遇,论及学派,辄如冰炭。仲华亦假馆沪上,每有论议,常与康学牴牾。惜其才气太弱,学识未富,失据败绩,时亦有之。卓如门人梁作霖者,至斥以陋儒,诋以狗曲。麟虽未遭诶询,亦不远于辕固之遇黄生。康党诸大贤,以长素为教皇,又目为南海圣人。

谓不及十年，当有符命。其人目光炯炯，如岩下电。此病狂语，不值一嗤。而好之者乃如蛣蜣转丸，则不得不大声疾呼，直攻其妄。尝谓邓析、少正卯、卢杞、吕惠卿辈，咄此康瓠，皆未能为之奴隶。若钟伯敬、李卓吾狂悖恣肆，造言不经，乃真似之。私议及此，属垣漏言，康党衔次骨矣。会谭复生来自江南，以卓如文比贾生，以麟文比相如，未称麦君，麦恔忌甚。三月十三日，康党麇至，攘臂大哄。梁作霖复欲往殴仲华，昌言于众曰：昔在粤中，有某孝廉诋诹康氏，于广坐殴之。今复殴彼二人者，足以自信其学矣。噫嘻！长素有是数子，其果如仲尼得由，恶言不入于耳邪？遂与仲华先后归杭州，避蛊毒也。《新学伪经考》，前已有驳议数十条，近杜门谢客，将次第续成之。《墨子闲诂》，新义纷纶，仍能平实，实近世奇作。麟顷已购一通，前携至鄂中者，望将书价径寄报馆可也。浙中风气未开，学堂虽设，人以儿戏视之。老儒嗫嚅，少年佻达，溺于雕虫，不可振起。前邪后许，实鲜其人。鄂中地大物博，求友稍易；有可寄寓，傥求引导为幸！握管烦懑，中心成痗。肃此，恭请道安。即祈玄鉴！受业制章炳麟叩上。三月十九。

由此札观之，知章氏尝受业谭门，确切无疑。

卷十

早起之益

魏源《默觚上·学篇二》有云："圣贤志士，未有不夙兴者也。清明在躬，志气如神。求道则易悟，为事则易成。故相士、相家、相国之道，观其寝兴之蚤晏而决矣。"又自注云："尧民日出而作，舜徒鸡鸣而起，夜气于是乎澄焉，平旦之气，于是乎复焉。人生于寅，凡草木滋长，皆于昧爽之际，亦知吾心之机于斯生息，于斯长养乎！"此论最卓，实获我心。余一生自少至老，未尝一日晏起。每日凌晨三时辄醒，醒则披衣即起，不稍沾恋。行之毕生，受益至大。起床后，整顿衣被几案，迨盥漱毕，而后伏案观书。其时万籁俱寂，神智清澈，自然事半功倍。语云："早起三朝当一工。"诚不虚也。每值寒冬夜起，雨雪打窗，孤灯独坐,酷冷沁人肌骨,四顾惘惘,仍疾学不已,自忘老之已至。及天晓日出,众庶咸兴,而余已阅读写作数小时矣。一生述造不少,大半成于未明之时。自顾粗有所得,悉有赖于早起也。

日常卫生通便为亟

李威《岭云轩琐记》卷一云："都下有名医张姓者,能察气色断人数年内死生。凡诊病不切脉,惟看验其舌而已,所治辄应手效。人家或因其好用大黄,辄畏而避之。殊不知人身之病,无论风寒暑湿,冷热虚实,皆有邪火伏于内。先除此火,是乃射马擒王手段;向后补偏救弊,次第而施,则易为力也。无如知之者鲜耳。凡病皆有伏火,乃西洋人书所言,非余臆说也。"又云:"余尝据西洋人书言凡病必有伏火,当先治之。近读《蠡海集》有云:'病之为字从丙,丙为火热。是以十分病证,尝有七分热。'两说正相发明。"李氏所言,乃卫生之经也。清末长沙朱雨田,中岁苦羸疾,服钟乳硫磺诸品,疾愈甚。后乃服大黄、黄连、元明粉、小蓟、槟榔诸药,遂大瘥。自言生平所服大黄,已在千觔[①]以外;黄连等凉剂,亦四万余帖;

---

① 注:即"斤"。

亦可谓异禀。寿至九十而终（见吴庆坻《蕉廊脞录》卷八）。大抵伏火在内，必致大便闭结，引起食欲减退，消化不良，而百病丛生。故良医治病，总以通便为亟。多服大黄，乃所以降火通便也。大便通，则一身轻快，饮食乃增，精神乃起，斯固不易之理。余自中年以后，恒苦便秘。每隔二三日，必以泻药或麻仁丸下之。否则积滞太久，必致不思饮食，通身无力。故言曰常卫生之道，自以通便为最要也。

强身重在运动

古人云:"户枢不蠹,流水不腐。"此言动之重要,凡物常动则不易腐敝也。于人亦然,身常动则血脉流通,筋骨灵活,精神自然充沛,然后可以任事,可以读书。故好学之士,终日伏案,尤必时起运动以强身心。否则身体一坏,则万事皆不能成矣。运动之法,可分二端:一则以健身强体之术锻炼自己。推原其法,多模效动物。所谓"熊经""鸟伸""猿攀""鸱顾",皆吾先民所总结出之有效经验。汉末名医华佗提出所谓"五禽之戏",号召学习虎、鹿、熊、猿、鸟之动作,进行肢体活动,以增强体质,防治疾病,其理简而易行。后经不断发展,变化多方,今之拳击武术皆是也。此外尚有静坐练气之功,亦于强身有益。其法至简,休息时端坐,半闭目下视准头,两手平放腿上,清心净虑,使呼吸平舒,运气畅利,即于周身有却疾之效。但就写字绘画而言,亦有气功在其中。当屏息伸纸,自上而下,专意挥豪,释躁平矜,万虑俱息,即所以养心，所以益气，行之既久，自可延年。故古今书画家如欧阳询八十五，柳公权八十八，文徵明九十，梁同书九十三，齐白石九十七，张大千亦九十余，皆非偶然。盖静以制动，从事书画，绝虑凝神，心平气和，与习太极拳有相通之处，可以养性娱情，引致身心健康，有不期然而然者。虽事文墨，亦运动强身之一法也。

节食寡欲乃养生之本

孟子曰:"食色,性也。"《礼记·礼运》曰:"饮食男女,人之大欲存焉。"人生于食色二者如无节制,则易致疾病,甚至夭折天年。故古人言及养生,每以中和二字为保身之要。董仲舒《春秋繁露·循天之道》有云:"能以中和养其身者,其寿极命。"所谓"中和",即无太过与不及之意。《庄子·达生篇》云:"人之所畏者,衽席之上,饮食之间,而不知为之戒者过也。"皆即斯义。饮食太过,则消化不良,易致疾病,故古人以"食无求饱"为戒。而《吕氏春秋·本生篇》云:"肥肉厚酒,务以自强,命之曰烂肠之食。"悉节制饮食毋使太过之意也。至于男女之际,古人言之尤兢兢。董仲舒在《春秋繁露·通国身篇》所云:"治身者以积精为宝",与《汉书·艺文志·方技略·房中家》所云:"乐而有节,则和平寿考;及迷者弗顾,以生疾而陨性命。"皆推本穷原之论。古人云:"服药千包,不如独卧一宵。"又云:"上士别床,中士异被。"斯并

教人寡欲之明训。人生五十始衰，五十后便须重视
及此。不可纵情极欲，自戕其生也。

养　神

存于人身者，以神为上。故昔人言及保身，重在养神。《淮南子·泰族篇》云："治身，太上养神，其次养形。"是已。戴震尝言："人须养神，若精乃是粗东西耳。"（见段玉裁所撰《年谱》）斯言盖亦本之于古也。人之身最足以体现其神者，在气与目。《管子·小称篇》所谓"在于身者孰为利？气与目为利"是也。故二者在人身为最要。古人言养气，即所以养其神耳。目之在身，关系尤重。《孟子》曰："存乎人者，莫良于眸子，眸子不能掩其恶。胸中正，则眸子瞭焉；胸中不正，则眸子眊焉。听其言也，观其眸子，人焉廋哉！"（《离娄上》）此言虽谓观其目可知其人之善恶，然人之有神无神，亦实存乎其目。举凡身有疾病，精力衰歇，或睡眠不足，悉见之于目，斯固其明效大验。即童稚少壮之人，目至清朗；衰老多病之躯，目甚昏浊；要不越于此理。养神之道，重在纯粹其心，宁静其体。《庄子·刻意篇》云："形劳而不休则弊,精用而不已则劳,劳则竭。水之性不杂则清,莫动则平;郁闭而不流,亦不能清;天德之象也。故曰:纯粹而不杂,静一而不变,惔而无为,动而以天行,此养神之道也。"苟得其养,则清明在躬,睟然见于面,盎于背矣。

少　欲

天之生物，未有能予之全者也。《大戴礼记·易本命篇》所谓"四足者无羽翼，戴角者无上齿"，其明例已。《春秋繁露·度制篇》亦云："天不重与，有角不得有上齿。故已有大者，不得有小者，天数也。夫已有大者，又兼小者，天不能足之，况人乎？"是人之生世，如已得其大者，则不复兼有其小者，是固事之所常有。自古立德扬名之士，多处穷困；富贵亨达之人，易致湮没；有于此则失于彼，不足怪也。苟能明于斯理，则少欲而知足，不惑于物，无慕于外，自然胸怀坦荡，浩然有以自适矣。《法言·问道篇》云："或问庄周有取乎？曰：少欲。"故庄周之言，最足以医治热中而不知足者之病。《庄子·缮性篇》曰："古之所谓得志者，非轩冕之谓也，谓其无以益其乐而已矣。"《山木篇》曰："人能虚己以游世，其孰能害之。"苟明乎斯义，自不致以有用之身而追逐分外之求矣。

清　心

　　诸葛亮《诫子书》有云："非澹泊无以明志，非宁静无以致远。"此二语原出《淮南子·主术篇》。彼文作"非澹薄无以明德"，于义为长。德字古本作悳，与志形近，传写者遂讹为志耳。人必不以荣利撄心，而后德操高远。所云澹泊，谓清除心中杂念也。亦必内有所重，而后能轻外物。人世之荣利亨通，皆外物也。况祸福无常，成败靡定。今日之得，未始非明日之失；此时见重用于一时，未始非异时陨败之基。《易》称"不事王侯，高尚其事"。亦所以自全其身耳。故古之有大志者，不亟求人知，不亟求世用。澹泊自守，恬静寡欲。自求多福，与世无争，自是养生要法。韩愈《祭柳宗元文》有云："凡物之生，不愿为材，牺尊青黄，乃木之灾。"袁枚《随园诗话》卷八引宋人《吟古树》云："四边乔木尽儿孙，曾见吴宫几度春，若使当时成大厦，也应随例作灰尘。"《闺词》云："羡他村落无盐女，不宠无惊过一生。"诵斯数语，可悟进退行藏之理。

怡　情

　　《庄子·盗跖篇》云："人上寿百岁，中寿八十，下寿六十。除病瘦死丧忧患，其中开口而笑者，一月之中，不过四五日而已矣。"人生数十寒暑，如白驹过隙，欢愉之时本少。但求自适其适，已为不易，奚必追慕外物以自苦。平时工作之余，自可寻求乐趣，陶冶性灵。如欣赏书画，莳养花木，皆无损有益之事，专精治学者亦可留意为之。既可调济生活，复能怡悦心情。清初学者潘耒尝言："书画佳妙者，皆古高人达士之作。天机所至，与造物相为流通。其移人性情也，躁可使静，忧可使喜，怒可使平。"（见《遂初堂文集》卷七《书画汇考序》）可知欣赏书画，于人有益。至于伏案过久，尤宜常动以活血行气，则莳养花木，虽老人犹可为之。使室内窗外，四时皆有苍翠之色，鲜艳之花，赏心悦目，自可裨益健康。大抵怡悦心情之事，可以养成潇洒之致，兹特就其轻而易举者二事以示例耳。欣赏书画，非谓必求古今名人真迹以供观览也,广求书画影印之册而多籀绎之,所得自无限矣。

惜　阴

《论语·子罕篇》记孔子在川上曰："逝者如斯夫！不舍昼夜。"此叹时日之易逝也。《大戴记·曾子立事篇》曰："君子爱日以学，及时以行。"《淮南子·原道篇》曰："圣人不贵尺之璧，而重寸之阴。"陶侃尝言："大禹圣人，犹惜寸阴；至于凡俗，当惜分阴。"是惜阴之义，古人重之，以时过则不再来也。陶渊明《杂诗》所云："盛年不重来，一日难再晨；及时当勉励，岁月不待人。"盖古今所同慨矣。魏源《默觚·学篇三》有云："志士惜年，贤人惜日，圣人惜时。"自古迄今，殆未有不及时力学而能自成其才者也。故古之有大志者，恒储学积知以待用。范质未仕时，手不释卷，尝曰："昔有异人，言吾当大用。苟如是言，无学术何以处之。"王安石官鄞县知县时，公馀辄读书不倦，人或劝其少休，则曰："假使异日当国，宁复有伏案时耶！"其所以自待者皆不浅，是以惜阴疾学以俟天下之用。《吕氏春秋·劝学篇》曰："不疾学而

能为魁士名人者，未之尝有也。"大抵学问之事，由于
积渐。积微小以至高大，必历多时而后有成。故疾
学之功，尤在惜阴。

轻　名

　　孔子尝言："君子疾没世而名不称焉。"又谓："四十五十而无闻焉，斯亦不足畏也已。"是虽仲尼之圣，固尚未能忘名也。古人以立德、立言、立功为三不朽，后世乃多偏重于以立言传世。魏文帝以人主之尊，而《典论·论文》乃曰："年寿有时而尽，荣乐止乎其身。二者必至之常期，未若文章之无穷。是以古之作者，寄身于翰墨，见意于篇籍，不假良史之辞，不托飞驰之势，而声名自传于后。"魏晋以来，士夫以述造相高，盖亦上好下甚之效也。然而篇籍日繁，湮没益甚。有如马端临所云："汉隋唐宋之史，俱有艺文志。然《汉志》所载之书，以《隋志》考之，十已亡其六七；以《宋志》考之，隋唐亦复如是。"（《文献通考·经籍考序》）书之易亡，固古今所同慨。大抵古今著书之士虽多，而书之可传者甚少。书之传不传，名之立不立，必须留待后人论定，而未可自许为必传也。在当时不高自标榜，不与人争名。嚣嚣无能，以愚自处,惟轻名者能之。惟能轻名,则必务实求是,不骛于虚浮,所立卓尔,自不同于流俗也。人而骤言忘名,甚难;退求其次,则轻名不可不勉。

祸福相倚

凡事不可太盛，太盛则难守矣。盛极必衰，理之常也。《易》曰："天道亏盈而益谦，地道变盈而流谦，鬼神害盈而福谦，人道恶盈而好谦。"谦者，不足之辞；盈者，盛满之言也。人之穷通祸福，夫岂有常。有自少通利，至老屯蹇者；有福泽终身，俄顷祸见者。盈亏之数，盖有不可测知者存乎冥冥之中。古人居安思危，良有以也。《老子》云："祸兮，福之所倚；福兮，祸之所伏。"岂虚语哉！以清事论之：阮元在乾隆末，即年少早达，以名翰林回翔馆阁，官至学政。及至嘉道，迭官浙江、河南、江西巡抚，两湖、两广、云贵总督，太子太保，体仁阁大学士。七十五岁致仕回籍，晋加太傅，支食全俸，年八十六始卒。可谓位极人臣，一生无逆境矣。回扬州后，自名所居曰福寿庭，人亦以福寿归之。岂意八十岁时，率其子谒先茔祭扫，是夜福寿庭火，书籍文物历数十年所收聚者，悉付一炬，荡为灰烬矣。又如张之洞，于光绪初由内阁学士简授山西巡抚,后擢两广总督,复移湖广。光绪末年,晋太保衔,适其长孙厚琨自日本学陆军归,双喜临门,正大开盛筵宴集群僚之时,其孙骑马谒祖,署内升炮致敬,马受惊跃起,孙坠马而军刀刺腹致死。乐极生悲,为之洞暮年憾事。《荀子·大略篇》云:"庆者在堂,吊者在闾,祸与福邻,莫知其门。"正谓此也! 由此观之,祸福之际,诚难测矣。人生得意之时,自不免有拂意之事伏于其间,故虽居亨盛之会,犹当履薄临深,小心翼翼,日处于戒慎恐惧中也。

臧否无常

孟子曰："有不虞之誉，有求全之毁。"此谓毁誉之言，未必皆实。修己者不可以是遽为忧喜，观人者不可以是轻为进退也。况夫众口相传，语多夸饰。《论衡·艺增篇》所云："誉人不增其美，则闻者不快其意；毁人不益其恶，则听者不惬于心。闻一增以为十，见百益以为千。"盖常情也，岂可据以为实乎？至于毁谤之兴，其途又广：曾参大贤，言其杀人；不疑无兄，乃云盗嫂。此属传闻之讹，犹可因实事而得大白。至于生于嫉妒，如昌黎所言"事修而谤兴，德高而毁来"者，世所常有，则未易防闲之矣。而尤以文士猜忌为最厉。魏文帝尝称"文人相轻，自古已然"；刘知几亦云："既绝窥踰，故加讥诮。"文士之好毁人者，大抵然矣。惟学问夙成，卓然有以自立者，不以毁誉动其心。若夫庸夫俗子则反是，一凡人誉之，则自以为有馀；一凡人沮之，则自以为不足；夫亦由于己实虚弱，中无所守而已矣。

清季各省官书局所刻书

.

近百年来，刊布古籍、嘉惠士林之事，以清季各省官书局所营为者为最著。其中如金陵、浙江、江苏、淮南、湖北等五大官书局以及江西、广雅诸局，刻印书籍皆不少。凡常见常用之书，次第付刊，使人易得易求，至便学者，此乃百余年间一大事也。始同治初年，曾国藩督两江，即委莫友芝搜访遗书，筹设书局，初立于安庆，旋移至江宁，故名金陵书局，即后来之江南官书局也。《船山遗书》刻竣，乃旁及经史群书。而分任校勘者，如张文虎、戴望、刘毓崧、汪士铎、唐仁寿、李善兰、刘寿曾、刘恭冕等，皆一时绩学之士。其所刻书，如四书、诸经，《史记》《汉书》《三国志》《文选》《渔洋山人古诗选》《读书杂志》，皆文虎所手校；《毛诗》《春秋谷梁传》《后汉书》，则出自戴望之手；而《史记集解索隐正义》一书，文虎考索尤深。五局合刊《二十四史》，金陵分任前十五史，校勘精审，一时称为善本。光绪初年，金陵书局更名为江南书局;末年,乃并入江楚编译官书局。

继金陵书局而起者,有浙江书局,同治中设立于杭州。任校勘者前后有谭献、李慈铭、张鸣珂、黄以周诸人。所刊书自《钦定七经》《御批通鉴》《古文渊鉴》外,在五局合刊《二十四史》中分任新旧《唐书》及《宋史》。而所刻《二十二子》《续资治通鉴长编》以及《九通》《玉海》等书,均精校细勘,在局本中为最善。宣统元年,书局并入浙江图书馆。其次有江苏书局,设于苏州。其所刻书,有《二十四史》中之辽、金、元史,《春秋左传贾服注辑述》《五礼通考》《说文解字》《小学纂注》、正续《资治通鉴》《资治通鉴目录》《明纪》《碑传集》《苏州府志》《陆宣公集》《东雅堂韩昌黎集注》《唐文粹》《宋文鉴》《储选唐宋十大家全集录》诸种。其中,以翻宋本《资治通鉴目录》与翻刻鄱阳胡克家本《资治通鉴》为善。辛亥后,书局并入江苏省立第二图书馆(今苏州图书馆)。同治间又有淮南书局设立在扬州,所刻书主要有《十三经注疏》《经籍籑诂》《毛诗注疏》《四书集注》《三国志》《隋书》《旧唐书》《两淮盐法志》《东都事略》《白虎通疏证》《述学》《南宋杂事传》《古微堂内外集》《初唐四杰文集》等。其中,以何绍基手校大字本《毛诗注疏》为最佳。五局本《二十四史》，分任《隋书》，由江都薛寿校勘，后附《考异》，极为精审。又有单印本《三国志》，将裴注原小字双行改为大字单行，以木活字排印，爽朗悦目，亦何绍基所创议也。书局于光绪末年并入江南书局。

湖北书局亦名崇文书局，同治间设立于武昌。前后刻书二百余种，虽校勘不甚精，而四部皆备。丛书有《百子全书》《三十三种丛书》《正觉楼丛刻》等；单刻本有张氏影宋抚州本《礼记正义》、黄本《仪礼注疏》、抱经堂校本《经典释文》《说文义证》《积古斋钟鼎彝器款识》《史记》、新旧《五代史》《明史》《资治通鉴》《明通鉴》《读史方舆纪要》《湖北通志》及《文选》《龙川文集》《乐府诗集》等。其中如仿黄丕烈刻本《仪礼注疏》、仿明震泽王氏刻本《史记》，皆佳本也。同治间又曾设山东书局于济南，所刻书有《周易本义》《十三经读本》《孔丛伯说经五稿》《资治通鉴纲目四编合刻》《通德遗书所见录》《山东通志》《山东考古录》等。其设于南昌者为江西书局，所刻书有《御纂七经》《十三经注疏》《纪事本末》五种、《武英殿聚珍版书》等。光绪十三年，两广总督张之洞设广雅书局于广州，任校勘者有屠敬山、王仁俊、叶昌炽诸人，所刻书多经史名著,如陆续刊行之《广雅书局丛书》及《全唐文》《聚珍版丛书》,卷帙浩繁,有裨实用。此外如成都之四川书局(亦称存古书局),长沙之湖南书局(亦称思贤书局),太原之浚文书局(后称山西书局),福州之福建书局,以及后起之江楚编译官书局(设在江宁),皆各有刊布相互补充,于是常用之书,易求易得,有助于近世学术之发展,至为深远也。

古今图书集成

　　历代类书，多为帝王而编。魏初所编而称《皇览》，宋初所编而号《御览》，斯固顾名可以知用矣。帝王读书少，又未尝系统读书，而外慕博赡，附庸风雅，欲得群书撮钞之本，以备平时涉猎之用。故必区分门类，俾能按目以求。清初康雍间编成之《古今图书集成》一万卷，固亦一大类书也。是书分六编、三十二典、六千一百零九部。一、历象编，分乾象、岁功、历法、庶征四典；二、方舆编，分坤舆、职方、山川、边裔四典；三、明伦编，分皇极、宫闱、官常、家范、交谊、氏族、人事、闺媛八典；四、博物编，分艺术、神异、禽虫、草木四典；五、理学编，分经籍、学行、文学、字学四典；六、经济编，分选举、铨衡、食货、礼仪、乐律、戎政、祥刑、考工八典。每典又分若干部。每部先汇考，次总论，有图表、列传、艺文、纪事、杂录、外编诸目。内容虽甚繁富，而归类每多不当。如农、商、渔、樵、牧、猎、医，俱属人事，而乃归入艺术典；他若历代旱灾,在庶征典;中外交通,在边裔典;皆隐晦不显,难于稽寻。大抵此供查考僻典、究探旧事,尚可备一时之用;至于治学,固无取于斯也。乾隆时修《四库全书》,此书已早有刊本,而总目提要竟无其目,非无故矣。

四库全书

古今丛书之大，未有踰于《四库全书》者也。乾隆时修此书成，共写七份，建七阁以储之。其在宫廷内文华殿后者曰文渊，在圆明园者曰文源，在沈阳者曰文溯，在热河避暑山庄者曰文津。后又于江浙分建三阁：有扬州大观堂之文汇，镇江金山寺之文宗，杭州圣因寺之文澜。每部收书三千四百六十余种，七万九千三百余卷，六千一百四十四函，三万六千五百余册。蔚为巨观，可云一代盛事。其后文宗、文汇、文源三阁之藏，毁于兵火；文澜亦多散亡，经补钞得全。惟文渊、文津、文溯所庋尚存，国人益珍重之。往岁迭有谋以新法影印以广其传者，而卒未果。其实此书部帙浩繁，只得目为一粗糙之大丛书；若论实用之价值，则远不逮通行本之古书。今日常用四部之书，有后世精校本、精注本，便于学者诵习，固远胜于四库写本也。当日修书之时，既早寓查书禁书之意于其中，因触犯清廷忌讳而被毁绝者固不少，即收录之书，复多抽改、窜易失原书面目者。而钞写时之讹误脱落，尤不可胜数矣。况四库所收之书，绝大部分皆有印本传世，一九三四年，商务印书馆虽选印其中无印本者二百三十二种为《四库全书珍本初集》，然皆偏僻罕见之书，非人人所必读者。博览之家，固所不废，要非常士所贵也。一九八六年七月，台湾商务印书馆竟据文渊阁本将全书影印行世，精装为一千五百册，传播中外，为世所重。于弘扬中国古代文化，固自有益耳。且其中有辑自《永乐大典》尚未刊行之本及宋元明代曾经刊行而近世罕睹之书，均赖斯编保存甚富，又不啻为逸籍渊薮矣。

类书、丛书之体用异同

　　类书之起，当溯源于《尔雅》。将训诂名物分十九类以统括之，悉取材于汉以上传注，实即最早类书也。丛书之兴，为时亦早。经传中之《礼记》，百家中之《管子》，皆丛书之滥觞也。古人通用简帛写书，每取多篇不同文字，裒为册卷。故《管子》书中有道家言，有法家言，有儒家言，有农家言，有旧时之文，有后来之作；《礼记》中有古文家言，有今文家义，有七十子所记，有汉人所为，凡百不同，综录成编，此非丛书而何？然大辂权舆，其例未显；降及后世，体用始明耳。顾类书、丛书，功效各异，高下不同，似未可相提并论。自类书日出，而"操觚者易于检寻，注书者利于剽窃，辗转稗贩，实学颇荒"。前人早已道其流弊矣（见《四库提要》）。至于丛书之为用，出愈晚而愈弘。网罗散佚，掇拾丛残，举凡遗经逸史以及未刊之书，悉赖汇刻以传，可资博览，有裨士林，固非类书之比辑杂钞可比也。有清一代私家刊布丛书之风尤盛,或专明一学,或综合群类,或荟萃地区文献,或传印宋元精本,名目繁多,不可胜数。近岁商务印书馆选印其中百部,名为《丛书集成》,尤便学者。

诗词佳句

    余在弱龄，好弄柔翰，亦常学为诗词。后乃服膺扬子云之言，目为"雕虫小技，壮夫不为"，益专精力于读书。追慕刘子玄所自勖者，"耻以文士得名，期以述者自命"，虽有志焉，而亦未能逮也。顾治学之余，喜诵古人诗词，并记取其中有关写景、抒情、敦德、励学之名言佳句而对仗较工者，用以陶冶性灵，调济生活；亦时时采用其尤胜之语，作为小篆楹帖，以应人之求吾书者。其中隽辞，约略录之如下：

    一片水光飞入户，千竿竹影乱登墙。

             （（唐韩翃《张山人草堂会王方士》）

    叶低知露密，崖断识云重。

             （南齐谢朓《移病还园示亲属》）

    花雨晴天落，松风终日来。

            （唐刘长卿《集梁耿开元寺武居院》）

暮色千山入,春风百草香。

（宋苏轼《雨晴》）

疏峰时吐月,密树不开天。

（南梁吴均《登寿阳八公山》）

木落知寒近,山长见日迟。

（唐孙逖《淮阴夜宿二首》）

山中一夜雨,树杪百重泉。

（唐王维《送梓州李使君》）

竹怜新雨后,山爱夕阳时。

（唐钱起《谷口书斋寄杨补阙》）

一千里色中秋月,十万军声半夜潮。

（唐赵嘏《钱塘》）

沙飞朝似幕,云起夜疑城。

（南梁萧纲《陇西行》）

大漠孤烟直,长河落日圆。

（唐王维《使至塞上》）

暮云空碛时驱马,秋日平原好射雕。

（唐王维《出塞》）

关云常带雨,塞水不成河。

（唐杜甫《寓目》）

青海戍头空有月,黄沙碛里本无春。

（唐柳中庸《凉州曲》）

春风桃李花开日，秋雨梧桐叶落时。

（唐白居易《长恨歌》）

林花扫更落，径草踏还生。

（唐孟浩然《春中喜王九相寻》）

繁枝容易纷纷落，嫩蕊商量细细开。

（唐杜甫《江畔独步寻花七绝句》）

有时三点两点雨，到处十枝五枝花。

（唐李山甫《寒食二首》）

满眼不堪三月暮，举头已觉千山绿。

（宋辛弃疾《满江红》）

无风杨柳漫天絮，不雨棠梨满地花。

（宋范成大《碧瓦》）

接天莲叶无穷碧，映日荷花别样红。

（宋杨万里《晓出净慈寺送林子方》）

青松寒不落，碧海阔愈澄。

（唐杜甫《寄峡州刘伯华使君》）

竹香新雨后，莺语落花中。

（唐张籍《晚春过崔驸马东园》）

落木千山天远大，澄江一道月分明。

（宋黄庭坚《登快阁》）

明月松间照，清泉石上流。

（唐王维《山居秋暝》）

月下江流静，荒村人语稀。

（唐钱起《江行无题》）

山静似太古，日长如小年。

（宋王曾《醉眠》）

忧国孤臣泪，平胡壮士心。

（宋陆游《新春》）

一身报国有万死，双鬓向人无再青。

（宋陆游《夜泊水村》）

苜蓿随天马，葡萄逐汉臣。

（唐王维《送刘司直赴安西》）

子美千间厦，香山万里裘。

（清叶舒璐《读杜白二集》）

久戍人将老，长征马不肥。

（唐郭震《塞上》）

田园寥落干戈后，骨肉流离道路中。

（唐白居易《书怀》）

望云惭高鸟，临水愧游鱼。

（晋陶渊明《始作镇军参军经曲阿》）

莫如云易散，须似月频圆。

（宋晏殊《临江仙》）

世间富贵应无分，身后文章合有名。

（唐白居易《自题集末》）

吟咏流千古，声名动四夷。

（唐白居易《读李杜诗集》）

垂头自惜千金骨，伏枥仍存万里心。

（元郝经《老马》）

心随明月高，志与秋霜洁。

（唐李世民《经破薛举战地》）

生当作人杰，死亦为鬼雄。

（宋李清照《乌江》）

三十功名尘与土，八千里路云和月。

（宋岳飞《满江红》）

壮心欲填海，苦胆为忧天。

（宋文天祥《赴阙》）

春蚕到死丝方尽，蜡炬成灰泪始干。

（唐李商隐《无题》）

雁引愁心去，山衔好月来。

（唐李白《登岳阳楼》）

传名早死皆高寿，肯乐贫家即富翁。

（清袁枚《遣怀》）

身加一日长，心觉去年非。

（唐刘禹锡《元日感怀》）

浩歌惊世俗，狂语任天真。

（宋陆游《醉书》）

旧学商量加邃密，新知培养转深沉。

（宋朱熹《鹅湖寺和陆子寿》）

人从虎豹丛中健，天在峰峦绝处明。

（清张问陶《煎茶坪题壁》）

骑马莫经平地上，收帆好在顺风时。

（清袁枚《示儿》）

　　上所举列，特就记忆所及，偶揭常见之句以示例耳。其他警辞隽语而又对仗工丽者至多，兹亦不能尽及也。

新治家格言

昔在明末，有朱柏庐撰《治家格言》。举凡修身齐家、匹夫匹妇可行之事，皆言之甚悉。其后盛传于世，几乎家喻户晓，于三百年间化民成俗，不无小补。顾适用于三百年前因时立教之语，多不切于今日；其所未及，有待补苴。近世学者张元济，于是仿其体制，增其未备，述为《新治家格言》一篇，凡今日行己饬躬所宜讲求之事，莫不涉及，信足为修身齐家之矩矱也。录其全文于下：

为人之道，修身为本。一日之计在于寅，诸宜乘早。七有不堪总由懒，切莫贪闲。体肤毋任染污，汤沐必具。精神务期活泼，运动宜勤。冠服不尚奢华，而容仪不可不饬。饮食不求丰美，而营养不可不良。卫生具有常识，可以防病于未病。迷信必当破除，不作无益害有益。求知识莫离书报，谋生存好自经营。常川服劳，朝聚暮散，均当确守时光。每逢休假，玩水游山，随处可求学问。人贵自立，须知有志竟成。民生在勤，漫冀不求而获。修身之要既尽，齐家之事宜详。兄弟不必同居；而父母在上，自宜竭诚孝养。婚嫁各由自愿；而男女双方，要当共保贞操。逮居亲丧，毋徇俗尚。麻衣草屦，何必墨守古风；礼忏诵经，亟宜革除陋习。厚殓非礼，还防盗贼生心；入土为安，休信堪舆谬说；火葬最为解脱，公墓亦可安宁。顾彼童蒙，首在教育。选科目宜顺其天性，择学校尤贵有良师。毋信无才是德之谣，女子宜习专业。毋蹈数典忘祖之弊，游学遂变于夷。家有雇佣，并宜善视。曾侍先代，当以伯叔相尊；若在少年，视如子弟之列。昔为主仆，今同主宾。至若亲旧往还，重在礼意。宴会毋及博戏，庆吊勿侈多仪。此为改造旧家庭，更求适应新社会。四民无分阶级，先除贵贱之见。两性无妨交际，宜宽内外之防。谋互助，故尚合群。急公益，故重服务。勿谓小人斯劳力，唯工业始足兴邦。勿谓好汉不当兵，唯公勇真能卫国。国家有我一分子，民主无任再落伍。在选举场中，勿为威胁利诱所动。至会议席上，却以心平气和自持。不尚竞争，尊重对方意见。取决公论，服从多数主张。行动固可自由，必须遵奉国法。信仰各有主义，仍当顺应舆情。事在人为，莫言天命。四海皆兄弟，愿世界进于大同。五福攸好德，即禽兽亦当恩及。庸言庸行，窃思勉焉。

此文作于一九四八年，初但有传钞本，近年为之编定诗文者，因录入焉。张氏知古知今，故多新进之论，循是行之，亦可以寡过矣。

张元济之博学高行

近世学人，如海盐张元济之博学通识，清节高行，一生致力文化出版事业，至老忘疲，而卓然取得巨大成绩者，实不多见。始在光绪戊戌变法时，即以崭新人物为德宗所器重，多所陈奏。及百日维新事败，既被革职，即旅居沪滨，寄身市廛，一尘不染，不复与闻政治。专心力服务于商务印书馆者，积六十年之久。初则译印新书，以启迪民智为己任；后乃整理文献，以校印古籍为职志。余既综其行事，叙其业绩于《中国文献学》矣。虽其一生无他专著行世，然观其所为群书题跋，固可考见其学问博赡，识见高远，固近世一大通儒也。余往者览其《校史随笔》及《涉园序跋集录》，固已歆慕而敬重之。近年商务印书馆复整理其《书札》《日记》《诗文》《与傅增湘论书尺牍》诸种，陆续出版，余皆一一得而读之，益叹其用力之勤，汲古之深。而一生精力所瘁，尤在版本、目录、校勘之考订。此等学问，张氏实不废大家。其邃密处,为并世诸儒所不及。良以夙夜匪懈,勤于访书、校书,近走两京,远驰域外,所见者广,用心至专,故能诣精造微,独步当世。加以年登大耋,寿至九十有三。古人称"美成在久",岂不然耶!

缪荃孙与书目答问

　　《书目答问》一书，在我国学术界已盛行一百余年。凡有志理董国故者，几乎人手一编。沾溉士林，至为深广。而论者多谓此书实出缪荃孙之手，非张之洞所自编，斯盖非臆测之辞也。考缪氏自订《艺风年谱》光绪元年条下云："八月，执贽张孝达先生门下受业，命撰《书目答问》四卷。"是缪氏自言此书实出其手也。顾《艺风堂文续集》卷五《半岩厂所见书目序》则谓"同治甲戌，南皮师相督四川学，诸生好古者来问应读何书，书以何者为善，谋所以嘉惠蜀士，并以普及天下学人，于是有《书目答问》之编。荃孙时馆吴勤惠公督署，随同助理"云云，两处措辞不同，易致人疑。故近世学者如陈垣论及此事，即谓《年谱》命撰之说，未可信据。余则以为两处措辞虽异，而其意无殊也。考缪氏为《半岩厂所见书目序》乃光绪三十四年，时之洞健在，缪氏谦言助理，所以为之洞地耳。及其自订《年谱》时，之洞早已去世，缪氏自撰一生行事实录，势不得不据实直书矣，盖《书目答问》属稿之始，乃缪氏秉笔；迨稿成，由之洞审定订正，成为定本；终题之洞名以刊布之。此种事古代多有，不足怪也。自来学者如叶德辉、柳诒征、范希曾诸家，咸谓出缪氏手，良不诬矣。况缪氏一生著书甚多，刻书尤广，苟非己出，原不必贪此四卷编目之书以立名也。缪氏通籍较晚，光绪二年始成进士。观夏孙桐所为《缪艺风先生行状》有云："张文襄公视蜀学，执贽门下，为撰《书目答问》，始为目录之学。盖先生未通籍之先，一时耆硕，咸以著作之才相推重矣。"大抵缪氏学问夙成，闻见博洽，尤长于金石、目录、版本之学，著书满家，以博雅称于近世，所编《书目答问》，特出绪馀为之耳。

艺风堂友朋书札

缪荃孙著述及所纂辑各书,自其存时陆续刊布者外,近岁复由商务印书馆印出《云自在龛随笔》四卷。一为论史,二为书画,三为金石,四为书籍,着墨不多。盖其平日随手杂录之作,非其至也。上海古籍出版社复辑印《艺风堂友朋书札》二厚册,所收与缪氏论学之名流学者共一百五十七人之书札,汇为一编,大可考见缪氏学术在当时之影响。举凡有关搜书刻书、访碑摹拓,以及清史之编纂,各省方志之重修,于书札中均有所论述。而诸家尺牍,尤以王先谦为最夥,至有七十二通,所言皆访书、借书、刻书、校书之事。缪氏在晚清,以博雅为世所尊,有盛名于儒林。尤精于金石碑帖、版本目录之考证;又记问强博,熟悉文史掌故,故从之问难质疑者亦最多耳。其中如朱一新、李慈铭、沈曾植、柯绍忞、吴大澄、沈家本、叶昌炽、张元济、叶德辉、王国维,皆名流也。

姚振宗之目录学

往世治簿录之学者，率多条别源流，称举得失，言论多而实功少。清末山阴姚振宗，独伏处乡僻，闭户研穷数十年，卒致著述弘富，卓然为斯学大师。其撰造之尤精者，若《七略别录佚文》《七略佚文》《汉书艺文志条理》《汉书艺文志拾补》《隋书经籍志考证》《后汉艺文志》《三国艺文志》诸书，允为传世不朽之作，非其他言目录者所敢望而及也。汉世刘向、刘歆父子之书，散亡甚早，后人莫由窥其义例。姚氏以严可均、马国翰辑本为未善，博搜群书，复辑《七略别录佚文》一卷、《七略佚文》一卷，藉以存刘书之崖略，而明《汉志》之渊源。《汉志》类例井然，为学者所尊尚。而王应麟《考证》未纯，后世不易窥见班氏精诣，乃为推寻义例，疏通而证明之，成《汉书艺文志条理》八卷。复以《班志》著录未尽，博稽旧典，补其阙遗，综录二百八十五家，得书三百十七部，成《汉书艺文志拾补》六卷。自《汉志》后，惟《隋志》最古。然文繁义博,非疏注考订不明。章宗源尝撰《考证》,仅及乙部,而犹多可议。乃发愤重作,自始讫终,成《隋书经籍志考证》五十二卷。至于补修前史艺文,则有《后汉艺文志》四卷、《三国艺文志》四卷,其于目录之学,可谓专门名家矣。余往者喜览《师石山房丛书》,于《汉志条理》《隋志考证》探绎尤勤。弥服其致力之深,用心之密,锲而不舍,至于大成。非有恒心毅力,曷克臻此!彼尝自谓"不知昏晓者将近四十年",其刻苦奋厉为何如乎!《吕览·博志篇》曰:"精而熟之,鬼将告之:非鬼告之也,精而熟之也。"《荀子·劝学篇》曰:"无冥冥之志者,无昭昭之明;无惛惛之事者,无赫赫之功。"又曰:"真积力久则入。"此皆治学之经也。苟能专默精诚以求之,鲜有不能通彻者。姚氏惟能明于斯理,故刊落声华,自甘寂寞,不求人知,而卒以专门名家为当世重,非偶然也。即其立志之坚,肆力之勤,已足为士林楷式矣。

书估中之目录学家

今人言及近代目录版本学家,恒举叶德辉、傅增湘一流人物,而常忽视坊间老书估中之亦多精熟此道者,若北京琉璃厂通学斋主人孙殿起,尤其中之魁杰也。孙,河北冀县人,字耀卿,经营旧书业,设肆在琉璃厂南新华街,历数十年。由于摩挲日久,经验日丰,因而熟知目录版本,而尤究心于清代著述目录。余早岁旅京,有暇则过通学斋访求清人僻籍小书,辄应手而得。与之语及书之刊刻早晚,娓娓不倦。见其案头置一纸盒,上有一孔,每见某书版本有异者,辄记之于小纸条,纳入盒中。积久盒满,乃启盒倾布于案而徐清理之,排次前后,录之于册。余尝从容询其所自始,则谓如是而积累之,数十年于兹矣。盖其一生熟谙目录版本,悉自此出。迨所记既多,编录成册,而遂成一书。所编《贩书偶记》之属,皆用此法。《贩书偶记》二十卷,始刊于一九三六年,著录书目,一万余种。沿用四部分类之法,又各厘为细目。如录及清人别集,则分为顺治至康熙、雍正至乾隆、嘉庆、道光、咸丰诸断限,依时代举列,使人一目了然。大抵此书所录,自明以上,《四库全书总目》搜罗已备,故不之及;其或间有及之者,必卷数互异也。书名之下,必注明作者时代、姓名、籍贯、刊刻情况,甚至书中内容,皆约略言之。一书有见于前而仍见于后者,必卷数不同或有其他较异之处,故不嫌复出耳。后又补其未尽,成《贩书偶记续编》,著录六千余种。自是稽考清代著述目录者,悉取证于此二书。孙氏又留心清代禁书,偶遇见之,辄详记其卷数、著者、籍贯及刊刻年月,经历多年,遂编成《清代禁书知见录》及其《外编》,共收录清代禁书一千四百余种。为自来言禁书目录者最详备之书,非诸家所能逮。其序列之法,按书名首一字笔画多少而排次其先后,最为醒目,尤便检查。有此数种,竟成为近世知名之目录学家矣。可知治学之道,其径多途,初不必业绍箕裘,家藏坟索,而后可以读书。观于孙殿起之闇然日章,足以发人深省也。

目录学家之职志

目录二字连称，昉于汉世；以此名学，则实始于宋人。余早岁撰《广校雠略》，即已言之矣。然目录二字析言之，则仍有别。盖目者，谓书目也；录者，谓叙录也。条其篇目而论次之，本起于校书。《隋志》言"刘向校书，每一书就，向辄撰为一录。论其指归，辨其讹谬，叙而奏之"。可知其所从事者，重在论指归，辨讹谬，撰为叙录，其始每书一篇。《隋志》称向子歆"总括群篇，撮其指要，著为《七略》"。从知《七略》亦尚有简略之解题文字，不徒缕列书名而已。章学诚所谓"刘向父子，部次条别，将以辨章学术，考镜源流"，此盖即汉世目录学家之职志也。后世作者，多不能步趋前规，辄为通人所嗤。然则世之号为目录学家，亦自有高下之分矣。论其高者，自必学有本原，于群经传注之得失，诸史记载之异同，子集之支分派别，咸能辨其源流，明其体统。夫然后论列古今，品骘优劣，语皆有征，言无虚发；既揭橥要领，复晓示径蹊。多一篇有多一篇之益，夫岂徒载书名而已哉！自班固本《七略》而志《艺文》，以其仅为《汉书》中之一篇，势不得不尽汰解题之辞，但载群籍之目。六略之外，惟散《辑略》于各类之后以综论之而已。此例一开，《隋志》因之，学者多病其略。虽私家书目如晁公武、陈振孙所为者，均有解题，皆不翔实。马端临撰《文献通考·经籍考》，博征群说，独少发明，俱非目录学家之极致也。其后惟《四库全书总目提要》，直承刘向叙录之绪，已具辨章学术、考镜源流之用。然考订之际仍不无纰缪，信乎斯学之未易言也。

目录（下）

附录

卷十一

读朱子书

　　余少时读书山中，见先君子博览群书，而案头常置《朱子文集》及《语类》，时时检寻之。尝诲舜徽曰："朱子之学，至为博大，非徒义理精深而已。"及出游长沙，师事湘潭孙季虞先生，从受声韵之学，间与论及古之学者，先生亦赞叹曰："朱子学问甚好！"伏思吾父与师，皆潜研朴学，而尤精天算。乃服膺朱学，不谋而同如此。咸由寝馈其书，灼然有所见而云然也。余之喜读朱子书，盖即上承父师之教耳。家中旧藏此二书，既已毁于兵燹，余后往来南北，复得康熙刊本《朱子语类》及六安涂氏刊本《朱子文集》于沪上以归。并为佳刻，益喜摩挲。《语类》为书一百四十卷，《文集》并《续集》《别集》共百廿一卷。余既细心尽读之，以其卷帙较繁，不易记取，因各撮钞其精粹语，依次存之。顾古今选录朱子论学之嘉言明训者多矣，要亦各取所需，不必人人尽同也。余所辑录，亦惟从吾心之所好者节取之耳。

朱子语类录要

大凡物事禀得一边重,便占了其他底。如慈爱底人少断制,断制之人多残忍。盖仁多便遮了义,义多便遮了那仁。问:“所以妇人临事多怕,亦是气偏了?”曰:“妇人之仁,只流从爱上。”卷四

论才气,曰:“气是敢做底,才是能做底。”卷五

问:“仁与道如何分别?”曰:“道是统言,仁是一事。如道路之道,千枝百派,皆有一路去。故《中庸》分道德曰父子、君臣以下为天下之达道;智、仁、勇为天下之达德。君有君之道,臣有臣之道。德便是个行道底。故为君主于仁,为臣主于敬。仁敬可唤做德,不可唤做道。”卷六

道者,人之所共由;德者,己之所独得。卷六

敬是不放肆底意思,诚是不欺妄底意思。诚只是一个实,敬只是一个畏。妄诞欺诈为不诚,怠惰放肆为不敬,此诚敬之别。卷六

诚是自然底实,信是个人所为之实。《中庸》说:

"诚者，天之道也"，便是诚。若"诚之者，人之道也"，便是信。信不足以尽诚，犹爱不足以尽仁。卷六

天之春夏秋冬最分晓。春生、夏长、秋收、冬藏，虽分四时，然生意未尝不贯。纵雪霜之惨，亦是生意。卷六

小学者，学其事；大学者，学其小学所学之事之所以。后生初学，且看小学之书，那是做人底样子。卷七

常人之学，多是偏于一理，主于一说，故不见四旁以起争辩。圣人则中正和平，无所偏倚。卷八

为学须先立得个大腔当了，却旋去里面修治壁落教绵密。今人多是未曾知得个大规模，先去修治得一间半房，所以不济事。卷八

识得道理原头，便是地盘。如人要起屋，须是先筑教基址坚牢，上面方可架屋。若自无好基址，空自今日买得多少木去起屋，少间，只起在别人地上，自家身已自没顿放处。卷八

须就源头看，教大底道理透。阔开基，广开址。如要造百间屋，须着有百间屋基；要造十间屋，须着有十间屋基。卷八

学须先理会那大底。理会得大底了，将来那里

面小底，自然通透。今人却是理会那大底不得，只去搜寻里面小小节目。卷八

为学须是痛切恳恻做工夫，使饥忘食、渴忘饮始得。卷八

为学不进，只是不勇。卷八

凡人便是生知之资也，须下困学勉行底工夫，方得。盖道理缜密，去那里捉摸；若不下工夫，如何会了得。卷八

今之学者，本是困知勉行底资质，却要学他生知安行底工夫。便是生知安行底资质，亦应下困知勉行工夫，况是困知勉行底资质。卷八

大抵为学，虽有聪明之资，必须做迟钝工夫，始得。既是迟钝之资，却做聪明底样，工夫如何得。卷八

小立课程，大作工夫。工夫要趱，期限要宽。严立功程，宽着意思。久之，自当有味，不可求欲速之功。卷八

且如项羽救赵，既渡，沉船破釜，持三日粮，示士必死无还心，故能破秦。若瞻前顾后，便做不成。如居烧屋之下，如坐漏船之中。卷八

为学正如撑上水船，方平稳处尽行不妨；及到滩

脊急流之中，舟人来这上一篙，不可放缓。直须着力撑上，不得一步不紧；放退一步，则此船不得上矣。为学譬如炼丹，须是将百十斤炭火煅一饷，方好用微微火养教成就。今人未曾将百十斤炭火去煅，便要将微火养将去，如何会得成。今语学问，正如煮物相似。须爇猛火先煮，方用微火慢煮。若一向只用微火，何由得熟。譬如煎药，先猛火煎，教百沸大衮，直至涌坌出来，然后却可以慢火养之。须磨砺精神，去理会天下事，非燕安暇豫之可得。卷八

近世讲学不着实，常有夸底意思。譬如有饭不将来自吃，只管铺摊在门前，要人知得我家里有饭。打叠得此意尽，方有进。卷八

博学，谓天地万物之理，修己治人之方，皆所当学。然亦各有次序，当以其大而急者为先，不可杂而无统也。卷八

譬如登山，人多要至高处。不知自低处不理会，终无至高处之理。卷八

贯通是无所不通。未有耳目狭而心广者。帖底谨细做去，所以能广。大凡学者无有径截一路可以教他了得，须是博洽历涉多，方通。卷八

天下更有大江大河，不可守个土窟子，谓水专在

是。卷八

大本不立，立规不正。刮落枝叶，栽培根本。学问须严密理会，铢分毫析。愈细密，愈广大；愈谨确，愈高明。开阔中又着细密，宽缓中又着谨严。学者须养教气宇开阔弘毅。卷八

自家犹不能快自家意，如何他人却能尽快我意，要在虚心以从善。虚心顺理，学者当守此四字。切须去了外慕之心。卷八

操存涵养，则不可不紧；进学致知，则不可不宽。卷九

学者工夫，唯在居敬穷理二事。此二事互相发。能穷理，则居敬工夫日益进；能居敬，则穷理工夫日益密。卷九

务反求者，以博观为外驰；务博观者，以内省为狭隘。堕于一偏，此皆学者之大病也。卷九

读书乃学者第二事。读书已是第二义。盖人生道理合下完具。所以要读书者，盖是未曾经历见许多，圣人是经历见得许多，所以写在册上与人看。而今读书只是要见得许多道理。及理会得了，又皆是自家合下元有底，不是外面旋添得来。卷十

读书须是遍布周满。某尝以为宁详毋略，宁下

毋高，宁拙毋巧，宁近毋远。卷十

　　读书之法，先要熟读。须是正看、背看、左看、右看，看得是了，未可便说道是，更须反复玩味。卷十

　　泛观博取，不若熟读而精思。卷十

　　读书之法，有大本大原处，有大纲大目处，又有逐事上理会处，又其次则解释文义。卷十一

　　人之病只知他人之说可疑，而不知己说之可疑。试以诘难他人者以自诘难，庶几自见得失。卷十一

　　今之谈经者，往往有四者之病：本卑也，而抗之使高；本浅也，而凿之使深；本近也，而推之使远；本明也，而必使至于晦；此今日谈经之大患也。卷十一

　　后世之解经者有三：一、儒者之经；一、文人之经，东坡、陈少南辈是也；一、禅者之经，张子韶辈是也。卷十一

　　读史当观大伦理、大机会、大治乱得失。凡观史，只有个是与不是。观其是，求其不是；观其不是，求其是；然后便见得义理。卷十一

　　学之之博，未若知之之要；知之之要，未若行之之实。卷十三

　　天下之理，至虚之中有至实者存，至无之中有至有者存。卷十三

血气之怒不可有，义理之怒不可无。卷十三

近日学者病在好高。读《论语》未问学而时习，便说一贯；《孟子》未言梁王问利，便说尽心；《易》未看六十四卦，便先读《系辞》。卷十九

今世博学之士，大率不读正当底书，不看正当注疏，偏拣人所不读底去读，欲乘人之所不知以夸人。不问义理如何，只认前人所未说、今人所未道者，则取之以为博。如此，如何望到约处。卷五十七

大凡礼制欲行于今，须有一个简易底道理。若欲尽拘古礼，则繁碎不便于人，自是不可行。不晓他周公当时之意是如何？孔子尝曰："如用之，则吾从先进。"想亦是厌其繁。卷六十三

居周之世而欲行夏殷之礼，所谓"居今之世，反古之道"。道即指议礼制度考文之事。卷六十四

《诗》《书》执《礼》，圣人以教学者，独不及于《易》。至于"假我数年，五十以学《易》"。乃是圣人自说，非学者事。盖《易》是个极难理会底物事，非他书之比。如古者先王顺《诗》《书》《礼》《乐》以造士，亦只是以此四者，亦不及于《易》。盖《易》只是个卜筮书，藏于太史、太卜以占吉凶，亦未有许多说话。及孔子始取而敷绎之，为十经、彖、象、系辞、文言、杂

卦之类，方说出道理来。卷六十七

　　《易》与《春秋》难看，非学者所当先。盖《春秋》所言，以为褒亦可，以为贬亦可；《易》如此说亦通，如彼说亦通。大抵不比《诗》《书》，的确难看。卷六十七

　　汉世传注，皆与经别行。《三传》之文，不与《经》连，故《石经》书《公羊传》，皆无经文。《艺文志》云："《毛诗经》二十九卷，《毛诗诂训传》三十卷。"是毛为诂训，亦不与经连也。马融为《周礼注》，乃云："欲省学者两读，故具载本文。"然则后汉以来，始就经为注。未审此诗引经附传，是谁为之；其《毛诗》二十九卷，不知并何卷也。卷八十

　　古礼于今实难行。尝谓后世有大圣人者作，与他整理一番，令人苏醒，必不一一尽如古人之繁，但仿古之大意。卷八十四

　　汉儒说礼制有不合者，皆推之以为商礼，此便是没理会处。卷八十四

　　南北朝是甚时节，而士大夫间礼学不废。有考礼者，说得亦自好。卷八十四

　　刘原父好古，在长安偶得一周敦，其中刻云："㠱中。"原父遂以为周张仲之器。后又得一枚，刻云："㠱伯。"遂以为张伯，曰："《诗》言张仲孝友，则仲必

有兄矣。"遂作铭述其事。后来赵明诚《金石录》辨之云:"弤非张,乃某字也。"今之说礼,无所据而杜撰者,此类也。卷八十四

问:《礼记》古注外,无以加否? 曰:郑注自好,看注看疏自可了。卷八十七

郑康成是个好人,考礼名数大有功,事事都理会得。如汉律令,亦皆有注,尽有许多精力。东汉诸儒煞好,卢植也好。卷八十七

读书自有可得参考处。如"易直子谅之心"一句,"子谅"从来说得无理会,却因见《韩诗外传》,"子谅"作"慈良"字,则无可疑。卷八十七

《礼记注疏》说五声六律十二管还相为宫处分明。卷九十二

读书须纯一。如看一般未了,又要旁涉,都不济事。某向时读书,方其读上句,则不知有下句;读上章,则不知有下章。凡读书到冷淡无味处,尤当着力推考。卷一百四

某所以读书自觉得力者,只是不先立论。卷一百四

某释经每下一字,直是称等轻重,方敢写出。某所改经文字者,必有意。不是轻改,当观所以改之之

意。卷一百五

为学是自博而反诸约，为治是自约而致其博。卷一百八

为天下有一日不可缓者，有渐正之者。一日不可缓者，兴起之事也；渐正之者，维持之事也。卷一百八

学者讲学，多是不疑其所当疑，而疑其所不当疑。不疑其所当疑，故眼前合理会处多蹉过；疑其所不当疑，故枉费了工夫。卷百廿一

今之学者，只有两般。不是玄空高妙，便是肤浅外驰。卷百廿一

某尝谓人之读书，宁失之拙，不可失之巧；宁失之低，不可失之高。卷百廿二

汉高祖、本朝太祖，有圣人之材。卷百廿七

或言太祖受命，尽除五代弊法，用能易乱为治。曰：不然，只是去其甚者；其他法令条目，多仍其旧。大凡做事底人，多是先其大纲，其他节目，可因则因，此方是英雄手段。如王介甫大纲都不曾理会，却纤悉于细微之间，所以弊也。卷百廿七

王氏新经，尽有好处。盖其极平生心力，岂无见得着处。因举书中改古注点句数处云：皆如此读得

好。此等文字，某尝欲看一过，与撼撮其好者，而未暇。卷百三十

《通鉴》文字有自改易者，仍皆不用《汉书》上古字，皆以今字代之。南北史除了《通鉴》所取者，其余只是一部好笑底小说。卷百三十四

大乱之后易治，战国、嬴秦、汉初是也。卷百三十五

汉儒初不要穷究义理，但是会读，记得多，便是学。卷百三十五

汉儒注书，只注难晓处，不全注尽本文，其辞甚简。卷百三十五

古之名将能立功名者，皆是谨重周密，乃能有成。今人率以才自负，自待以英雄，以至恃气傲物，不能谨严。以此临事，卒至于败而已。要做大功名底人，越要谨密。未闻粗鲁阔略而能有成者。卷百三十五

唐源流出于夷狄，故闺门失礼之事，不以为异。卷百三十六

刘淳叟问汉儒何以溺心训诂而不及理？曰：汉初诸儒专治训诂，如教人亦只是言某字训某字，自寻义理而已。至西汉末年，儒者渐有求得稍亲者，终是

不曾见全体。卷百三十七

　　财犹腻也，近则污人。豪杰之士耻言之。卷百三十八

　　有治世之文，有衰世之文，有乱世之文。六经，治世之文也；如《国语》委靡繁絮，真衰世之文耳。是时语言议论如此，宜乎周之不能振起也。至于乱世之文，则战国是也。然有英伟气，非衰世《国语》之文之比也。楚汉间文字真是奇伟，岂易及也。卷百三十九

　　大率文章盛则国家衰，如唐贞观开元都无文章，及韩、柳出而唐之治已不如前矣。卷百三十九

朱子文集录要

　　所谓学，又有邪正之别。味圣贤之言，以求义理之当；察古今之变，以验得失之几；而必反之身以践其实者，学之正也。涉猎记诵，而以杂博相高；割裂装缀，而以华靡相胜；反之身则无实，措之事则无当者，学之邪也。学之正而心有不正者鲜矣，学之邪而心有不邪者亦鲜矣。卷十二《己酉拟上封事》

　　夫格物者，穷理之谓也。盖有是物，必有是理。然理无形而难知，物有迹而易睹。故因是物以求之，使是理了然心目之间，而无毫发之差，则应乎事者，自无毫发之缪，是以意诚心正而身修，至于家之齐、国之治、天下之平，亦举而措之耳。卷十三《癸未垂拱奏札一》

　　考之于经，验之于史，而会之于心，以应当世无穷之变。同上

　　天下之事，有常有变；而其所以处事之术，有经有权。君臣父子，定位不易，事之常也；君令臣行，父

传子继，道之经也。事有不幸而至于不得尽如其常，则谓之变，而其所以处之之术，不得全出于经矣，是则所谓权也。当事之常而守其经，虽圣贤不外乎此，而众人亦可能焉。至于遭事之变而处之以权，则唯大圣大贤为能不失其正，而非众人之所及也。故孔子曰"可与立未可与权"，盖言其难如此。卷十四《甲寅行宫便殿奏札一》

为学之道，莫先于穷理；穷理之要，必在于读书。读书之法，莫贵于循序而致精；而致精之本，则又在于居敬而持志；此不易之理也。卷十四《行宫便殿奏札二》

岳麓学者渐多，其间亦有气质醇粹志趣确实者。只是未知向方，往往骋空言而远实理。卷二十四《与曹晋叔书》

君子居大臣之位者，其于天下之事，知之不惑，任之有余，则汲汲乎及其时而勇为之。知有所未明，力有所不足，则咨访讲求，以进其知；扳援汲引，以求其助。如救火追亡，尤不敢以少缓。上不敢愚其君，以为不足与言仁义；下不敢鄙其民，以为不足以兴教化；中不敢薄其士大夫，以为不足共成事功。一日立乎其位，则一日业乎其官；一日不得乎其官，则不敢一日立乎其位。有所爱而不肯为者，私也；有所畏而不敢为者，亦私也。屹然中立，无一毫私情之累，而惟知为其职之所当为者，夫如是，是以志足以行道，道足以济时，而于大臣之责，可以无愧。卷二十四《贺陈丞相书》

诚意充积，而锋颖潜藏；义理著明，而议论条畅。卷二十五《答郑自明书》

吾人之进德修业，乃是异时国家拨乱反正之所系，非但一身之得失荣辱也。同上

人材衰少风俗颓坏之时，士有一善，即当扶接导诱，以就其器业，此亦吾辈将来切身利害。盖士不素养，临事仓促乃求，非所以为国远虑，而能无失于委任之间也。同上

天下之事，决非一人之聪明才力所能独运。是以古之君子，虽其德业智谋足以有为，而未尝不博求人才以自裨益。方其未用而收置门墙，劝奖成就，已不胜其众。是以至于当用之日，推挽成就，布之列位，而无事之不成也。卷二十九《与赵尚书书》

盖老聃，周之史官，掌国之典籍、三皇五帝之书，故能述古事而信好之。如五千言，抑或古有是语而老子传之，未可知也。卷三十《答汪尚书》

大抵近世言道学者,失于太高。读书讲义,率常以径易超绝、不历阶梯为快,而于其间曲折精微正好玩索处,例皆忽略厌弃,以为卑近琐屑不足留情,以故虽或多闻博识之士,其于天下之义理,亦不能无所未尽。同上

大抵古书有未安处,随事论著,使人知之可矣。若遽改之,以没其实,则安知其果无未尽之意耶。汉儒释经,有欲改易处,但云某当作某。后世犹或非之,况遽改乎?且非特汉儒而已,孔子删书,血流漂杵之文,因而不改;孟子继之,亦曰:"吾于《武成》,取二三策而已。"终不刊去。卷三十《与张钦夫论程集改字》

大率观书但当虚心平气以徐观义理之所在。如其可取,虽世俗庸人之言,有所不废;如有可疑,虽或传以为圣贤之言,亦须更加审择。自然意味平和,道理明白,脚踏实地,动有据依,无笼罩自欺之患。卷三十一《答张敬夫》

平日解经,最为守章句者。然亦多是推衍文义,自做一片文字,非惟屋下架屋,说得意味淡薄,且是使人看者,将注与经作两项功夫做了,下稍看得支离,至于本旨全不相照。以此方知汉儒可谓善说经

者，不过只说训诂，使人以此训诂玩索经文。训诂经文不相离异，只做一道看了，直是意味深长也。同上

本文不过数语，而所解者文过数倍；本文只谓之性，而解中谓之太极。凡此之类，将使学者不暇求经，而先坐困于吾说，非先贤谈经之体也。且如《易传》已为太详，然必先释字义，次释文义，然后推本而索言之，其浅深近远详密有序，不如是之恩遽而繁杂也。大抵解经但可略释文义名物，而使学者自求之，乃为有益耳。卷三十一《答敬夫孟子说疑义》

屈、宋、唐、景之文，熹旧亦尝好之矣。既而思之，其言虽侈，然其实不过悲愁、放旷二端而已。日诵此言，与之俱化，岂不大为心害，于是屏绝不敢复观。卷三十三《答吕伯恭》

近看《中庸》古注，极有好处。如说篇首一句，便以五行五常言之。后来杂佛老而言之者，岂能如是之悫实耶？因此方知摆落传注，须是两程先生，方使开得这口。若后学未到此地位，便承虚接响，容易呵叱。恐属僭越，气象不好，不可以不戒耳。卷三十五《答吕伯恭》

新刻小本《易传》甚佳，但签题不若依官本作《周易程氏传》，旧尝有意，凡经传皆当如此。不以传先

乎经，乃见尊经之意。汉晋诸儒经注，皆如此也。后见友朋说晁景迁亦有此论，乃知前辈意已及此矣。同上

今世学者，语高则沦于空寂，卑则滞于形器，中间正当紧要亲切合理会处，却无人留意。此道之所以不明不行，而邪说暴行所以肆行而莫之禁也。卷三十五《答刘子澄》

大抵圣贤立言，本自平易；而平易之中，其旨无穷。今必推之使高，凿之使深，是未必真能高深，而固已离其本旨，丧其平易无穷之味矣。同上

学者所志，固当大。至于论事，则当视己之所处，与所论之事，所告之人而为浅深，则无失言失人之患，出位旷官之责矣。吾学若果未至，见若果未明，既未能自信，且不为人所信，则宁退而自求耳。言而背其所学，用而不副其言，皆不可也。同上

大凡读书处事，当烦乱疑惑之际，正当虚心博采以求至当；或未有得，亦当且以阙疑阙殆之意处之。若遽以己所粗通之一说，而尽废己所未究之众论，则非惟所处之得失或未可知，而此心之量亦不宏矣。卷三十六《答陆子寿》

天下之理，有是有非，正学者所宜明辨。然凡辨

论者,亦须平心和气,子细消详,反复商量,务求实是,乃有归着。卷三十六《答陆子静》

古之君子,尊德性矣,而必曰道问学;致广大矣,必曰尽精微;极高明矣,必曰道中庸;温故知新矣,必曰敦厚崇礼。盖不如是,则所学所守必有偏而不备之处。惟其如是,是故居上而不骄,为下而不倍,有道则足以兴,无道则足以容,而无一偏之蔽也。卷三十七《与王龟龄》

生于今世而读古人之书,所以能别其真伪者,一则以其义理之所当否而知之;二则以其左验之异同而质之。未有舍此两途而能直以臆度悬断之者也。卷三十八《答袁机仲》

今日正当反躬下学。读书则以谨训说为先,修身则以循规矩为要。除却许多悬空闲说,庶几平稳耳。卷三十八《答詹体仁》

汉儒之学,有补于世教者不小。如国君承祖父之重,在经虽无明文,而康成与其门人答问,盖已及之。具于《贾疏》,其义甚备,若已预知后世当有此事者。卷三十八《答李季章》

诗者,志之所之。在心为志,发言为诗。然则诗者,岂复有工拙哉!亦视其志之所向者高下如何耳。

是以古之君子，德足以求其志，必出于高明纯一之地，其于诗，固不学而能之。至于格律之精粗，用韵属对、比事遣辞之善否，今以魏晋以前诸贤之作考之，盖未有用意于其间者，而况于古诗之流乎。近世作者，乃始留情于此，故诗有工拙之论。而葩藻之词胜，言志之功隐矣。卷三十九《答杨宋卿》

大概读书且因先儒之说通其文义而玩味之，使之浃洽于心，自见意味可也。如旧说不通，而偶自见得别有意思，则亦不妨。但必欲于传注之外，别求所谓自得者而务立新说，则于先儒之说或未能究而遽舍之矣。如此，则用心愈劳而去道愈远。卷三十九《答柯国材》

大抵读书当择先儒旧说之当于经者，反复玩味，朝夕涵泳，便与本经正言之意通贯浃洽于胸中，然后有益。不必段段立说，徒为观美，而实未必深有得于心也。卷四十三《答陈明仲》

今之学者，不知古人为己之意，不以读书治己为先，而急于闻道。是以文胜其质，言浮于行，而终不知所底止。卷四十五《答欧阳庆似》

学之杂者似博，其约者似陋。惟先博而后约，然后能不流于杂而不掳于陋也。卷四十六《答汪太初》

大抵学问之道，不敢自是。虚以受人，乃能有益。若一有所闻，便著言语，撑拄过去，则终无实得矣。卷四十六《答方耕道》

今当小立课程，而守之以笃；博穷物理，而进之以渐。常存百不能百不解之心，而取诸人以为善，则德之进也，不可御矣。同上

圣人之言，有近有远，有缓有急。大抵读书须是虚心平气，优游玩味。徐观圣贤立言本意所向如何，然后随其远近浅深、轻重缓急而为之说。如孟子所谓以意逆志者，庶乎可以得之。若便以吾先人之说横于胸次，而驱率圣言之从己，设使义理可通，已涉私意穿凿，而不免于郢书燕说之诮，况又义理窒碍，亦有所不可行者乎！卷四十六《答胡伯逢》

大抵不论看书与日用功夫，皆要放开心胸，令其平易广阔，方可徐徐旋看道理，浸灌培养。切忌合下便立己意，把捉得太紧了。即气象急迫田地狭隘，无处着功夫也。卷四十六《答黄仁卿》

大抵今人读书，务广而不求精。是以刻苦者迫切而无从容之乐，平易者泛滥而无精约之功。两者之病虽殊，然其所以受病之源，则一而已。卷四十七《答吕子约》

所读书太多，如人大病在床，而众医杂进，百药交下，决无见效之理。不若尽力一书，令其反复通透，而复易一书之为愈。盖不惟专力易见功夫，且是心定不杂，于涵养之功亦有助也。同上

至于读书，只且立下一个简易可常底程课，日日依此积累功夫，不要就生疑虑。既要如此，又要如彼。枉费思虑言语，下梢无到头处，昔人所谓多歧亡羊者，不可不戒也。同上

读古人书，直是要虚着心，大着肚，高着眼，方有少分相应。若左遮右拦，前拖后拽，随语生解，节上生枝，则更读万卷书，亦无用处也。卷四十八《答吕子约》

读书如《论》《孟》，是直说日用眼前事，文理无可疑，先儒说得虽浅，却别无穿凿坏了处。如《诗》《易》之类，则为先儒穿凿所坏，使人不见当来立言本意。此又是一种功夫，直是要人虚心平气，本文之下，打叠教空荡荡地，不要留一字。先儒旧说，莫问他是何人所说，所尊所亲，所憎所恶，一切莫问，而唯本文意是求，则圣贤之指得矣。若于此处先有私主，便为所蔽，而不得其正。此夏虫井蛙所以卒见笑于大方之家也。同上

大抵为学，只是博文、约礼两端而已。博文之事，则讲论思索，要极精详，然后见得道理，巨细精粗，无所不尽，不可容易草略放过。约礼之事，则但知得合要如此用功，即便着实如此下手。更莫思前算后，计较商量。同上

大抵学问功夫，看得规模定后，只一向着力挨向前去。莫问如何若何，便是先难后获之意。若方讨得一个头绪，不曾做得半月十日，又却计较以为未有效验，遂欲别作调度，则恐一生只得如此移东换西，终是不成家计也。同上

大抵圣人之教，博之以文，然后约之以礼。而大学之道，以明明德为先，新民为后。近世语道者，务为高妙直截，既无博文之功，而所以约之者，又非有复礼之实，其功于记诵文词之习者，则又未尝反求诸身，而嚣然遽以判断古今，高谈治体自任，是皆使人迷于入德之序，而陷于空虚博杂之中。其资质敦笃悫实，可以为善，而智识或不逮人者，往往尤被其害，此不可察也。卷四十九《答林伯和》

尝观当世儒先论学，初非甚异。止缘自视太过，必谓他人所论，一无可取。遂致各立门庭，互相非毁，使学者观听惶惑，不知所从。窃意莫若平视彼

己,公听并观,兼取众长,以为己善。择其切于己者,先次用力;而于其所未及者,姑置而两存之。俟所用力果有一入头处,然后以次推究纤悉详尽,不使或有一事之遗,然后可谓善学。不可遽是此而非彼,入主而出奴也。卷四十九《答林叔和》

大抵诸经文字有古今之殊,又为传注障碍,若非理明义精,卒难抉择。不如且读《论》《孟》《大学》《中庸》,平易明白,而意自深远。只要人玩味寻绎,目下便可践履也。卷四十九《答陈肤仲》

大抵近日学者之弊,苦其说之太高与太多耳。如此,只见意绪丛杂,都无玩味功夫。不惟失却圣贤本意,亦分却日用实功,不可不戒也。卷五十《答潘恭叔》

大抵近世说经者,多不虚心以求经之本意,而务极意以求之本文之外,幸而渺茫疑似之间,略有缝罅,如可钩索;略有形影,如可执搏。则遂极笔模写以附于经,而谓经之为说,本如是也,其亦误矣。卷五十一《答万正淳》

今世为学,不过两种:一则径趋简约,脱略过高;一则专务外驰,支离繁碎。其过高者,固为有害,然犹为近本;其外驰者,诡谲狼狈,更不可言。吾侪幸

稍平正，然亦觉欠却涵养本源功夫，此不可不自反也。卷五十二《答吴伯丰》

读书只随书文训释玩味，意自深长。今人却是背却经文，横生他说，所以枉费功夫，不见长进。卷五十三《答刘季章》

每患世衰道微，士不知学。其溺于卑陋者，固无足言；其有志于高远者，又或骛于虚名，而不求古人为己之实。是以所求于人者甚重，而所以自任者甚轻。每念圣人乐取诸人以为善之意，意其必有非苟然者。卷五十三《答胡季履》

大抵为学不厌卑近。愈卑愈近，则功夫愈实，而所得愈高远。其直为高远者则反是，此不可不察也。卷五十三《答胡季随》

圣贤教人，下学上达，循循有序，故从事其间者，博而有要，约而不孤，无妄意凌躐之弊。今之言学者，类多反此。故其高者沦于空幻，卑者溺于见闻，怅怅然未知其将安所归宿也。卷五十三《答沈有开》

大抵近年学者，求道太迫，立论太高，往往嗜简易而惮精详，乐浑全而畏剖析，以此不见天理之本。然各堕一偏之私见，别立门庭，互分彼我，使道体分裂，不合不公，此今日之大患也。卷五十三《答沈叔晦》

读书玩理外，考证又是一种功夫。所得无几，而费力不少。向来偶自好之，固是一病，然亦不可谓无助也。卷五十四《答孙季和》

义理，天下之公。而人之所见，有未能尽同者，正当虚心平气，相与熟讲而徐究之，以归于是，乃是吾党之责。卷五十四《答诸葛诚之》

近世学者，务反求者便以博观为外驰，务博观者又以内省为隘狭。左右佩剑，各主一偏，而道术分裂，不可复合，此学者之大病也。卷五十四《答项平父》

读书之法无他，唯是笃志虚心反复详玩为有功耳。近见学者多是率为穿凿，便为定论；或即信所传闻，不复稽考。所以日诵圣贤之书，而不识圣贤之意。其所诵说，只是据自家见识撰成耳。如此，岂复能有长进。卷五十五《答李守约》

大率近日学者，例有好高务广之病。将圣人言语不肯就当下着实处看，须要说教玄妙深远，添得支离蔓衍。未论于己无益，且是令人厌听。若道理只是如此，前贤岂不会说。何故却只如此平淡简短，都无一种似此大惊小怪底浮说。盖是看得分明，思得烂熟，只有此话，别无可说耳。卷五十六《答赵子钦》

近世学者，道理太多，不能虚心退步，徐观圣贤之言以求其意，而直以己意强置其中，所以不免穿凿破碎之弊。使圣贤之言，不得自在，而常为吾说之所使，以至劫持缚束而左右之，甚或伤其形体而不恤也。如此，则自我作经可矣，何必曲躬俯首而读古人之书哉。同上

大抵圣贤之教，无一言一句不是入德门户。如所谓礼乐不可斯须去身者，尤为深切。直当佩服存省以终其身，不但后学也。卷五十八《答陈叔向》

为学之实，固在践履。苟徒知而不行，诚与不学无异。然欲行而未明于理，则所践履者又未知其果何事也。故大学之道，虽以诚意正心为本，而必以格物致知为先。所谓格物致知，亦曰穷尽物理，使吾之知识无不精切而至到耳。夫天下之物，莫不有理，而其精蕴则已具于圣贤之书，故必由是以求之。然欲其简而易知，约而易守，则莫若《大学》《论语》《中庸》《孟子》之篇也。卷五十九《答曹元可》

夫学，非读书之谓。然不读书，又无以知为学之方。故读之者，贵专而不贵博。盖惟专为能知其意而得其用，徒博则反苦于杂乱浅略而无所得也。卷六十《答朱朋孙》

大抵圣贤之教，不过博文约礼四字。博文，则须

多求博取、熟讲而精择之,乃可以浃洽而通贯。约礼,则只敬之一字,已是多了。日用之间,只以此两端立定程课,不令间断,则久之自有进步处矣。卷六十《答章季思》

大抵读书求义,宁略毋详,宁疏毋密,始有余地也。卷六十二《答张元德》

大抵读书须且虚心静虑,依傍文义,推寻句脉,看定此句指意是说何事。略用今人言语体贴替换一两字,说得古人意思出来。先教自家心里分明历落,如与古人对面说话,彼此对答,无一言一字不相肯可。此外都无闲杂说话,方是得个入处。怕见如此弃却本文,肆为浮说,说得郎当,都忘了从初因甚话头说得到此,此最学者之大病也。同上

夫人无英气,固安于卑陋,而不足以语上;其或有之,而无以制之,则又反为所使,而不肯逊志于学,此学者之通患也。所以古人设教,自洒扫应对进退之节,礼乐射御书数之文,必皆使之抑心下首以从事于其间而不敢忽,然后可以消磨其飞扬倔强之气,而为入德之阶,今既皆无此矣。则唯有读书一事尚可以为摄伏身心之助。然不循序而致谨焉,则亦未有益也。卷六十三《答孙仁甫》

为学不可以不读书，而读书之法，又当熟读沉思，反复涵泳，铢积寸累，人自见功。不惟理明，心亦自定。若欲徒为涉猎而求此理之明，又欲别求方便以望此心之定，其亦难矣。卷六十四《答江端伯》

君子之于学，非特与今之学者并而争一旦之功也，固将求至乎古人之所至者而后已，然后可与语学矣。夫将求至乎古人之所至者而后已，则非规橅缀缉之所能就，其必有以度越世俗庸常之见，而直以古人之事自期，然后可得而至也。卷六十四《答刘朝弼》

治经必专家法者，天下之理，固不外于人之志。然圣贤之言，则有渊奥尔雅而不可以臆断者，其制度名物，行事本末，又非今日之见闻所能及也。故治经者必因先儒已成之说而推之，借曰未必尽是，亦当究其所以得失之故，而后可以反求诸心而正其缪，此汉之诸儒所以专门名家，各守师说，而不敢轻有变焉者也。但其守之太拘，而不能精思明辨以求真是，则为病耳。卷六十九《学校贡举私议》

凡解释文字，不可令注脚成文。成文，则注与经各为一事，人唯看注而忘经。不然，即须各作一番理会，添却一项功夫。窃谓须只似汉儒毛、孔之流；略释训诂名物及文义理致尤难明者。而其易明处，更不须贴句相续，乃为得体。盖如此，则读者看注，即知其非经外之文，却须将注再就经上体会，自然思虑归一，功力不分，而其玩索之味，亦益深长矣。卷七十四《记解经》

大抵观书先须熟读，使其言皆若出于吾之口；继以精思，使其意皆若出于吾之心；然后可以有得尔。至于文义有疑，众说纷错，则亦虚心静虑，勿遽取舍于其间。先使一说自为一说，而随其意之所之，以验其通塞。则其尤无义理者，不待观于他说而先自屈矣。复以众说互相诘难，而求其理之所安，以考其是非。则似是而非者，亦将夺于公论而无以立矣。大抵徐行却立，处静观动。如攻坚木，先其易者而后其节目；如解乱绳，有所不通，则姑置而徐理之。此读书之法也。卷七十四《读书之要》

古礼非必有经。盖先王之世，上自朝廷，下达闾巷，其仪品有章，动作有节，所谓礼之实者，皆践而履之矣。故曰："礼仪三百，威仪三千，待其人而后行。"则岂必简策而后传哉！其后礼废，儒者惜之，乃始论著为书以传于世，今《礼记》四十九篇则其遗说已。卷七十四《讲礼记序说》

道之为体，其大无外，其小无内，无一物之不在焉。故君子之学，既能尊德性以全其大，便须道问学以尽其小。其曰致广大，极高明，温故而敦厚，则皆尊德性之功也。其曰尽精微，道中庸，知新而崇礼，则皆道问学之事也。学者于此，固当以尊德性为主，然于道问学亦不可不尽其力。要当时之有以交相滋益，互相发明，则自然该贯通达。而于道体之全，无欠阙处矣。卷七十四《玉山讲义》

大抵诸老先生之为说，本非为童子设也，故其训诂略而义理详。初学者读之，经之文句，未能自通。又当遍诵诸说，问其指意，茫然迷眩，殆非启蒙之要。因为删录以成此篇，本之注疏以通其训诂，参之释文以正其音读，然后会之于诸老先生之说以发其精微。卷七十五《论语训蒙口义序》

汉魏诸儒正音读，通训诂，考制度，辨名物，其功博矣。卷七十五《语孟集义序》

大抵今人读书，不广索，理未精，乃不能致疑，而先务立说，此所以徒劳苦而少进益也。卷八十一《跋李少膺胜说》

朱子之学之影响

余读朱子书，既择取其言论之有裨治学者，撮精要而录存之，反复玩绎，然后知朱学之博大深醇，为自来诸儒所不逮。观其论学不薄汉儒传注，深斥时俗空谈，提倡切实有用之学。虽亦笃好文艺，尝撰《楚辞集注》，然又谓屈、宋、唐、景之文，不外悲愁、放旷二端，日诵其言，大为心害，后竟屏绝不观。其诲世牖民之意，正大如此，宜其为后世所宗仰也。有清三百年朴学之风，实上承朱子"道问学"一途而发扬光大之耳。当乾、嘉朴学极盛时，举世以征实博考相高，鄙蔑宋儒空疏为不足道，诋讥朱子尤厉。章学诚独昌言矫之曰："今人有薄朱氏之学者，即朱氏之数传而后起者也，其人亦不自知也。沿朱氏之学，一传而为勉斋（黄榦）、九峰（蔡沈），再传而为西山（真德秀）、鹤山（魏了翁）、东发（黄震）、厚斋（王应麟），三传而为仁山（金履祥）、白云（许谦），四传而为潜溪（宋濂）、义乌（王祎），五传而为宁人（顾炎武）、百诗

（阎若璩）。今承朱氏数传之后，所见出于前人，不知即是前人之遗绪，是以后历而贬羲和也（说见《文史通义·朱陆篇》）。论者叹为知言！清初大儒如顾、阎，固已推尊朱学矣。稍后，如皖派朴学大师江永，一生长于天算、律吕、声韵，而服膺朱学不衰。既为《礼书纲目》，又撰《近思录集注》，皆所以表章朱学者也。吴派朴学大师如惠栋，世精汉《易》，专务考证。而自书楹帖乃云："六经尊服郑，百行法程朱。"亦何尝菲薄宋儒乎？其后方东树、刘开、夏炘、陈澧诸家之说出，而朱学之用益显，以其影响深远，提倡实学之功不可没也。

卷十二

诸子书中有裨治学修身之精言

　　古人读诸子百家书，每好采掇精华，别成一帙。著录于《汉志·诸子略》者，已有《道家言》《法家言》《杂家言》诸编，皆其类也。《文心雕龙·诸子篇》所谓"洽闻之士，宜撮纲要"；韩愈《进学解》所谓"纪事者必提其要，纂言者必钩其玄"；并言读书录要之法，必不可少。昔贤从事于此者多矣，而宋人为之尤勤。余早岁亦尝用此法以读周秦两汉诸子之书，既博取其论道、论政之语，撰为《周秦道论发微》《周秦政论类要》以畅抒其旨趣矣。兹复拾取其有裨治学修身之言，以备观省焉。

　　《管子》书中可取之语有曰："疑今者察之古，不知来者视之往。万事之生也，异趣而同归，古今一也。"(《形势》)"思之思之，又重思之；思之而不通，鬼神将通之。非鬼神之力也，精气之极也。"(《内业》)"事者生于虑，成于务，失于傲。不虑则不生，不务则不成，不傲则不失。"(《乘马》)"小谨者不大立"，"伐矜好专，举事之祸也。"(《形势》)"矜物之人，无大士焉。彼矜者满也，满者虚也，满虚在物，在物为制也。矜者，细之属也。"(《法法》)"凡人之生也，必以平正；所以失之，必以喜怒忧患。是故止怒莫若诗，去忧莫若乐，节乐莫若礼，守礼莫若敬，守敬莫若静。内静外敬，能反其性，性将大定。"(《内业》)"善气迎人，亲如弟兄；恶气迎人，害于戈兵；不言之言，闻于雷鼓。"(《内业》)"察其所好恶，则其长短可知也；观其交游，则其贤不肖可察也。"(《权修》)"凡言与行，思中以为纪；古之将兴者，必由此始。"(《弟子职》)

《老子》书中可取者，曰："富贵而骄，自遗其咎，功遂身退天之道。"(九章)"飘风不终朝，骤雨不终日，孰为此者？天地。天地尚不能久，而况于人乎。"(二十三章)"自见者不明，自是者不彰，自伐者无功，自矜者不长。"(二十四章)"重为轻根，静为躁君。"(二十六章)"知其雄，守其雌，为天下谿；知其白，守其黑，为天下式；知其荣，守其辱，为天下谷。"(二十八章)"知足不辱,知止不殆,可以长久。"(四十四章)"祸莫大于不知足,咎莫大于欲得,故知足之足常足矣。"(四十六章)"民之从事,常于几成而败之。慎终如始,则无败事。"(六十四章)"天道无亲,常与善人。"(七十九章)

《庄子》书中可取者,曰:"天下皆知求其所不知,而莫知其所已知者;皆知非其所不善,而莫知非其所已善者。"(《胠箧》)"世俗之人,皆喜人之同乎己而恶人之异于己也。同于己而欲之,异于己而不欲者,以出乎众为心也。夫以出乎众为心者,曷尝出乎哉!"(《在宥》)"自伐者无功,功成者堕,名成者亏。"(《山木》)"君子之交淡如水,小人之交甘若醴。君子淡以亲,小人甘以绝。彼无故以合者,则无故以离。"(《山木》)"夫尊古而卑今,学者之流也。"(《外物》)"真者,精诚之至也。不精不诚,不能动人。故强哭者虽悲不哀,强怒者虽严不威,强亲者虽笑不和。真悲无声而哀,真怒未发而威,真亲未笑而和。真在内者,神动于外,是所以贵真也。"(《渔父》)"知其不可奈何而安之若命,唯有德者能之。"(《德充符》)"人之所取畏者,衽席之上,饮食之间,而不知为之戒者,过也。"(《达生》)"其耆欲深者,其天机浅。"(《大宗师》)"凡

外重者内拙。"(《达生》)

《墨子》书中可取者,曰:"士虽有学而行为本焉。是故置本不安者,无务丰末;近者不亲,无务来远;亲戚不附,无务外交;事无终始,无务多业;举物而闇,无务博闻。"(《修身》)"藏于心者无以竭爱,动于身者无以竭恭,出于口者无以竭驯。"(《修身》)"名不可简而成也,誉不可巧而立也。"(《修身》)"为贤之道将奈何,曰:有力者疾以助人,有财者勉以分人,有道者劝以教人。"(《尚贤下》)"虽有深溪博林幽闲无人之所,施行不可以不谨,有鬼神视之。"(《明鬼下》)"爱尚世与爱后世,一若今之世也。"(《大取》)"有诸己不非诸人,无诸己不求诸人。"(《小取》)"言足以复行者常之,不足以举行者勿常。不足以举行而常之,是荡口也。"(《耕柱》)"古之善者则述之,今之善者则作之,欲善之益多也。"(《耕柱》)

《列子》书中可取者,曰:"物损于彼者盈于此,成于此者亏于彼。"(《天瑞》)"天下有常胜之道,有不常胜之道。常胜之道曰柔,常不胜之道曰强。"(《黄帝》)"善持胜者,以强为弱。"(《说符》)"务外游不知务内观。外游者求备于物,内观者取足于身。"(《仲尼》)"善治外者,物未必治,而身交苦;善治内者,物未必乱而性交逸。"(《杨朱》)"色盛者骄，力盛者奋，未可以语道也。"(《说符》)"天地无全功，圣人无全能，万物无全用。"(《天瑞》)"人而无义，唯食而已，是鸡狗也；强食靡角，胜者为制，是禽兽也。为鸡狗禽兽矣，而欲人之尊己，不可得也。人不尊己，则危辱及之矣。"(《说符》)

《荀子》书中可取者，曰："君子行不贵苟难，说不贵苟察，名不贵苟传，唯其当之为贵。"(《不苟》)"君子道其常，小人道其怪。"(《荣辱》)"万物为道一偏，一物为万物一偏，愚者为一物一偏，而自以为知道，无知也。"(《天论》)"良农不为水旱不耕，良贾不为折阅不市，士君子不为贫穷怠乎道。"(《修身》)"天不为人之恶寒也辍冬，地不为人之恶辽远也辍广，君子不为小人之匈匈也辍行。"(《天论》)"事至无悔而止矣，成不可必也。"(《议兵》)"君子能为可贵，不能使人必贵己；能为可信，不能使人必信己；能为可用，不能使人必用己。故君子耻不修，不耻见污；耻不信，不耻不见信；耻不能，不耻不见用。"(《非十二子》)"言而当，知也；默而当亦知也；故知默犹知言也。"(《非十二子》)"偶视而先俯，非恐惧也。然夫士欲独修其身，不以得罪于比俗之人也。"(《修身》)"自知者不怨人，知命者不怨天。怨人者穷，怨天者无志。"（《荣辱》）"道虽迩，不行不至；事虽小，不为不成。其为人也多暇日者，其出人不远矣。"（《修身》）"志意修则骄富贵，道义重则轻王公，内省而外物轻。"（《修身》）"君子敬其在己者，而不慕其在天者。"（《天论》）

《吕氏春秋》可取者，曰："贵富而不知道，适足以为患。不如贫贱，贫贱之致物也难，虽欲过之，奚由。"（《本生》）"道之真以持身，其绪馀以为国家，其土苴以治天下。"（《贵生》）"流水不腐，户枢不蝼，动也。形气亦然。形不动则精不流，精不流则气郁。"（《数尽》）"不疾学而能为魁士名人者，未之尝有也。"（《劝学》）"物固莫不有长，莫不有短。人亦然。故善学者，假人之长以补其短。"（《用众》）"知美之恶，知恶之美，然后能知美恶。"（《去尤》）"太上知之，其次知其不知。不知则问，不能则学。不知而自以为知，百祸之宗也。"（《谨听》）"良农辩土地之宜，谨耕耨之事，未必收也。然而收者必此人也，始在于遇时雨。遇时雨，天地也，非良农所能为也。"（《长攻》）"圣人之于事，以缓而急，似迟而速，以待时。"（《首时》）"精而熟之，鬼将告之；非鬼告之也，精而熟之也。"（《博志》）

《淮南子》可取者，曰："察一曲者，不可与言化；审一时者，不可与言大。"（《缪称》）"矜伪以惑世，伉行以违众，圣人不以为民俗。"（《齐俗》）"其见不远者，不可与语大；其智不闳者，不可与论至。"（《齐俗》）"世多称古之人而高其行。并世有与同者，而弗知贵也；非才下也，时弗宜也。"（《齐俗》）"百川异源而皆归于海，百家殊业而皆务于治。"（《泛论》）"东面而望，不见西墙；南面而视，不睹北方；惟无所向者，则无所不通。"（《泛论》）"小谨者无成功，訾行者不容于众，体大者节疏，跖距者举远，自古及今，五帝三王未有能全其行者也。"（《泛论》）"兰生幽谷，不为莫服而不芳；舟在江海，不为莫乘而不浮；君子行义，不为莫知而止休。"（《说山》）"谓学不暇者，虽暇亦不能学矣。"（《说山》）"今以学者之有过而非学者，则是以一饱之故，绝谷不食；以一蹪之难，辍足不行；惑也。"（《修务》）"智人无务，不若愚而好学。自人君公卿至于庶人，不自强而功成者，天下未之有也。"（《修务》）"世俗之人，多尊古而贱今。故为道者必托之于神农黄帝，而后能入说。乱世暗主，高远其所从来，因而贵之。为学者蔽于论而尊其所闻，相与危坐而称之，正领而诵之，此见是非之分不明。"（《修务》）"夫彻于一事，察于一辞，审于一伎，可以曲说，而未可广应也。"（《泰族》）"治身，太上养神，其次养形。"（《泰族》）"知道德而不知世曲，则无以耦万方。"（《要略》）

《法言》可取者，曰："学，行之上也，言之次也，教人又其次也。咸无焉，为众人。"（《学行》）"学者，所以修性也。视、听、言、貌、思，性所有也。学则正，否则邪。"（《学行》）"师者，人之模范也。模不模，范不范，为不少矣。"（《学行》）"大人之学也，为道；小人之学也，为利。"（《学行》）"百川学海，而至于海；丘陵学山，不至于山；是故恶夫画也。"（《学行》）"多闻则守之以约，多见则守之以卓。寡闻则无约也，寡见则无卓也。"（《吾子》）"通天地人曰儒，通天地而不通人曰伎。"（《君子》）"天下通道五，所以行之一，曰勉。"（《孝至》）

《论衡》可取者，曰："操行有常贤，仕宦无常遇。贤不贤，才也；遇不遇，时也。才高行洁，不可保以必尊贵；能薄操浊，不可保以必卑贱。"（《逢遇》）"或以说一经为是，何须博览。夫孔子之门，讲习五经。五经皆习，庶几之才也。"（《别通》）"耕夫多殖嘉谷，谓之上农夫，其少者谓之下农夫。学士之才，农夫之力，一也。能多种谷，谓之上农；能博学问，谓之上儒。"(《别通》)"能说一经者,儒生;博览古今者为通人。"(《超奇》)"俗好高古而称所闻。前人之业,菜果甘甜;后人新造,蜜酪辛苦。"(《超奇》)"大器晚成,宝货难售。不崇一朝,辄成贾者,菜果之物也。"(《状留》)"世俗之性,好褒古而毁今,少所见而多所闻。"(《齐世》)"俗好珍古不贵今,谓今之文不如古书。夫古今一也,才有高下,言有是非,不论善恶而徒贵古,是谓古人贤今人也。"(《案书》)

以上就周秦两汉时诸子中论及治学修身之言,择取其足以益人智理者,聊记于此,以当书绅铭坐之助。虽仅十家,其余可类求也。

诸史所记有裨饬躬治人之精言

历代史中所载名言警句,至为繁富。兹择取其有裨饬躬治人者,依次录之。始于西汉,讫于宋元,各为标出言者主名焉。

西汉

忠言逆耳利于行,毒药苦口利于病。_{张良}

顺德者昌,逆德者仁。兵出无名,事故不成。_{三老董公}

王者以民为天,民以食为天。_{郦生}

天下安,注意相;天下危,注意将。将相和调,则士豫附。天下虽有变,权不分。_{陆贾}

开道而求谏,和颜色而受之,用其言而显其身,士犹恐惧而不敢自尽。又乃况于纵欲,恣行暴虐,恶闻其过乎?_{贾山}

积善在身,犹长日加益,而人不知也;积恶在身,犹火销膏,而人不见也。_{董仲舒}

为治者不在多言，顾力行何如耳。_{申公}

明者远见于未萌，智者避危于无形。_{司马相如}

罚当罪则奸邪止，赏当贤则臣下劝。_{公孙宏}

无曲学以阿世。_{辕固}

凡为吏太刚则折，太柔则废。威行施之以恩，然后树功扬名，永终天禄。_{隽不疑}

公卿大臣，当用有经术明于大谊者。_{霍光}

庶民所以安其田里而无叹息愁恨之心者，政平讼理也。_{宣帝}

狱者，天下之大命也。死者不可复生，绝者不可复属。_{路温舒}

有阴德者，必飨其乐以及子孙。_{夏侯胜}

贤而多财，则损其志；愚而多财，则益其过。_{疏广}

凡治道去其泰甚者耳。_{黄霸}

世俗聘妻送女无节，则贫人不及，故不举子。_{王吉}

百闻不如一见。_{赵充国}

今诸大夫有材能者甚少，宜豫畜养可成就者，则士赴难不爱其死。临事仓促乃求，非所以明朝廷也。_{王嘉}

东汉

人思明君，犹赤子之慕慈母。 邓禹

律设大法，礼顺人情。 卓茂

举大事者，不忌小怨。 光武帝

有志者事竟成。 光武帝

丈夫为志，穷当益坚，老当益壮。 马援

凡殖财产，贵其能赈施也。否则守钱虏耳。 马援

天命难知，人道易守。 冯衍

贫贱之交不可忘，糟糠之妻不下堂。 宋宏

理国以得贤为本。 来歙

文吏习为欺谩，廉吏清在一己，无益百姓流亡，盗贼为害也。 宋均

为善最乐。 东平王苍

常观富贵之家，禄位重叠，犹再实之木，其根必伤。 马太后

以身教者从，以言教者讼。 第五伦

忠孝之人，持心近厚；锻炼之吏，持心近薄。 韦彪

安静之吏，恓恓无华；日计不足，月计有馀。 肃宗诏

说经者传先师之言，非从己出。鲁丕

水清无大鱼，察政不得下和。宜荡佚简易，宽小过，总大纲而已。班超

末世贵戚食禄之家，温衣美饭，乘坚策良，而面墙弗学，不识臧否，斯固祸败之所从来也。邓太后诏

修道者度其时而动。动而不时，焉得亨乎？周燮

法禁者，俗之堤防；刑罚者，民之衔辔。虞诩

盛名之下，其实难副。李固

吏数变易，则下不安业；久于其事，则民服教化。左雄

王者可私人以财，不可以官。左雄

表曲者景必邪，源清者流必洁。李固

嫁娶之礼俭，则婚者以时矣；丧祭之礼约，则终者掩藏矣。马融

刑罚者，治乱之药石；德教者，兴平之梁肉。崔实

经师易遇，人师难遭。魏照

我有三不惑：酒、色、财也。杨秉

恳恳用刑，不如行恩；孳孳求奸，未若礼贤。张敞

宦者之官，古今宜有。但世王不当假之权宠，使至于此。既治其罪，当诛元恶，一狱吏足矣，何至纷纷召外兵乎？曹操

天下动之甚易，安之甚难。杨彪

唯德可以服人，不闻以骂。袁涣

兄弟不能相容，而能容天下国士乎？贾诩

荣辱者，赏罚之精华也。故礼教荣辱，以加君子，化其情也；桎梏鞭扑，以加小人，化其形也。荀悦

识时务者，在乎俊杰。司马徽

三国

济大事者，必以人为本。刘备

勿以恶小而为之，勿以善小而不为；惟贤惟德，可以服人。刘备

威之以法，法行则知恩；限之以爵，爵加则知荣。诸葛亮

亲贤臣，远小人，此先汉所以兴隆也；亲小人，远贤臣，此后汉所以倾颓也。诸葛亮

忠益者莫大于进人。诸葛亮

治世以大德，不以小惠。诸葛亮

上下雷同，是非相蔽，国之大患也。陈群

窃见当今年少,不复以学问为本,专更以交游为业;国士不以孝悌清修为首,乃以趋势游利为先。<small>董昭</small>

与其守宠罹祸,不若贫贱全身。<small>中山恭王衮</small>

救寒莫如重裘,止谤莫如自修。<small>王诩昶</small>

万目不张举其纲,众毛不整振其领。<small>崔林</small>

大臣太重者国危,左右太亲者身蔽,古之至戒也。<small>蒋济</small>

仁者不以盛衰改节,义者不以存亡易心。<small>侯令女</small>

西晋

古者黜陟拟议于心,不泥于法。<small>杜预</small>

德均则众者制寡,力侔则安者制危。<small>陆抗</small>

朝廷宜壹,大臣当和。<small>晋武帝</small>

天下不如意事,十常居七八。<small>羊祜</small>

奢侈之费,甚于天灾。<small>傅咸</small>

人生贵适志耳,富贵何为。<small>张翰</small>

庄老之俗,倾惑朝廷,养望者为宏雅,政事者为俗人。<small>陈额</small>

以小心恭恪为凡俗,以偃蹇倨肆为优雅,流风相

染，以至败国。 _{陈频}

人有不及，可以情恕；非意相干，可以理遣。
卫玠

东晋

大禹圣人，乃惜寸阴；至于众人，当惜分阴。
陶侃

樗蒲者，牧猪奴戏耳。老庄浮华，非先王之法言，不益实用。君子当正其威仪，何有蓬头跣足，自谓宏达耶。_{陶侃}

人非尧舜，何得每事尽善。_{王述}

年在天，位在人。修己而天不与者命，守道而人不知者性也。自有性命，无劳蓍龟。_{颜含}

人君执要，人臣执职；执要者逸，执职者劳。
高诩

内外协和，然后国家可安。_{王羲之}

所谓通识，正当随事行藏耳。愿君每与士卒之下者同甘苦，则尽善矣。_{王羲之}

治本在得人，得人在审举，审举在核真，未有官得其人而国家不治者也。_{王猛}

抚骨肉以恩，接大臣以礼，待物以信，遇民以仁。

姚苌

南北朝

文士褒贬，多过其实。崔浩

高世之勋，自古所忌。檀道济妻向氏

天地无私，故能覆载；王者无私，故能容养。高允

人禀命有定分，非智力可移，唯应恭己守道。而闇者不达，妄意侥幸，徒亏雅道，无关得丧。顾觊之

滞狱诚非善治，不愈于仓猝而滥乎？夫人幽苦则思善，故智者以囹圄为福堂，欲其改悔而加矜恕耳。魏显祖

刑罚所以止恶，仁者不得已而用之。今民不犯法，又何诛乎？韩麒麟

盗贼，人也。苟守宰得人，治化有方，止之易矣。高祐

今之选举，不采识治之优劣，专简年劳之多少，斯非尽才之谓。勋旧之臣，虽年勤可录；而才非抚民者，可加之以爵赏，不宜委之以方任。高祐

豪贵之家，奢僭过度，第宅车服，宜为之等制。李彪

才有优劣，位有通塞，运有贫富，此自然之理，无足以相陵侮也。豫章王嶷

夫门望者，乃其祖父之遗烈，亦何益于皇家。益于时者，贤才而已。韩显宗

国家从来有一事可叹，臣下莫肯公言得失是也。魏孝文

天下善人少，恶人多。若一人有罪，延及阖门，则司马牛忧桓魋之罚，柳下惠婴盗跖之诛，岂不哀哉！崔挺

凡人多拙于自谋，而巧于谋人。王思远

为贵人当举纲维，何必事事详细。譬如为屋，但外望高显、楹栋平正、基壁完牢足矣。斧斤不平，斲削不密，非屋之病也。怀源

若以选曹唯取年劳，不简能否。执簿呼名，一吏足矣；数人而用，何谓铨衡。薛琡

闻名不如见面。房景伯母崔氏

守令不得其人，百姓不堪其命。辛雄

为吏牧民者，致赍巨亿，罢归之日，不支数年，率皆尽于燕饮之物，歌谣之具，所费事等邱山，为欢止在俄顷，乃更追恨向所取之少，一何悖哉！贺琛

不论国之大体，心存明恕，唯务吹毛求疵，掐肌

分理，以深刻为能，以绳逐为务。迹虽似于奉公，事适成其威福。贺琛

事省则民养，费息则财聚。贺琛

为国之道，当爱人如慈父，训人如严师。苏绰

明王虚心纳谏以知得失，天下乃安。于谨

有功必赏，有罪必罚；则为善者日进，为恶者日止。于谨

言行者，立身之基。于谨

自古圣贤，文武不备而能成其功业者鲜矣。李雄

隋

厚敛兆庶，多惠豺狼，未尝感恩，资而为贼。节之以礼，不为虚费，省徭薄赋，国用有馀。文帝

自古帝王，未有好奢侈而能久长者。文帝

禄岂须多，防满则退；年不待暮，有疾便辞。韦世康

省官不如省事。刘光伯

古之良将，能成功者，军中之事，决在一人。今人各有心，何以胜敌。于仲文

唐

王者至公无私，故能服天下之心。太宗

设官分职，以为民也。当择贤才而用之，岂以新旧为先后哉！太宗

民之所以为盗者，由赋役繁重，官吏贪求，饥寒切身，故不暇顾廉耻耳。朕当去奢省费，轻徭薄赋，选用廉吏。使民衣食有馀，则自不为盗，安用重法耶！太宗

执理不屈者，忠臣也；畏威顺旨者，佞臣也。太宗

人欲自见其形，必资明镜；君欲自知其过，必待忠臣。太宗

为官择人，不可造次。用一君子，则君子皆至；用一小人，则小人竞进。太宗

中国，根干也；四夷，枝叶也。割根干以奉枝叶，木安得滋荣。太宗

人之行、能，不能兼备。朕当弃其所短，取其所长。太宗

取法于上，仅得其中；取法于中，不免为下。太宗

为政莫若至公。太宗

一岁数赦，好人暗哑。太宗

养稂莠者害嘉谷，赦有罪者贼良民。太宗

瑞在得贤。太宗

县令尤为亲民，不可不择。太宗

人苦不自知其过。太宗

三尺法，王者所与天下共也。法一动摇，人无所措手足。王素立

人君虽圣哲，犹当虚己以受人。故智者献其谋，勇者竭其力。魏徵

兼听则明，偏信则闇。魏徵

久安之民骄佚，骄佚则难教；经乱之民愁苦，愁苦则易化。魏徵

鉴形莫如止水，鉴败莫如亡国。魏徵

委大臣以大体，责小臣以小事，为治之道也。魏徵

奢侈者，危亡之本。褚遂良

忠臣爱君，必防其渐；祸乱已成，无所复谏。褚遂良

多记则损心，多语则损气。刘洎

选将当以智略为本，勇力为末。魏元忠

士之致远，当先器识而后才艺。裴行俭

荐贤为国，非为私也。狄仁杰

名义至重，鬼神难欺。宋璟

天下本无事，但庸人扰之耳。苟清其源，何忧不治。陆象先

以镜自照见形容，以人自照见吉凶。张九龄

太平之将，但当抚循训练士卒而已，不可疲中国之力以邀功名。王忠嗣

忠正者多忤意，佞邪者多顺指。积忤生憎，积爱生顺，此亲疏之所以分也。杨相如

比见朝士广占良田。身没之后，适足为无赖子弟酒色之资，吾不取也。张嘉贞

论大计者，固不可惜小费。刘晏

宰相之职，不可分也。天下之事，咸共平章，若各有所主，是乃有司，非宰相也。李泌

总天下之智以助聪明，顺天下之心以施教令。陆贽

立国之本，在乎得众；得众之要，在乎见情。陆贽

仲虺赞扬成汤，不称其无过，而称其改过；吉甫歌颂周宣，不美其无阙，而美其补阙。是则圣贤之意，较然著明。惟以改过为能，不以无过为贵。陆贽

明主劳于求人，而逸于任人。_{杜黄裳}

小人谮君子，必曰朋党朋党，言之则可恶，寻之则无迹故也。夫君子固与君子合，岂可必使之与小人合、然后谓之非党耶！_{李绛}

君子为徒，谓之同德；小人为徒，谓之朋党。外虽相似，内实悬殊，在圣主辨其所为邪正耳。_{裴度}

强人之所不能，事必不立，禁人之所必犯，法必不行。_{韦处厚}

理乱之本，非有他术。顺人则理，违人则乱。_{韦处厚}

致理之要，在于辨群臣之邪正。_{李德裕}

官赏刑罚，与天下共其可否，勿以己之爱憎喜怒移之。_{韦澳}

门高则骄心易生，族盛则为人所嫉。懿行实才，人未之信；小有疵颣，众皆指之；此其所以不可恃也。故膏粱子弟学宜加勤，行宜加励，仅得比他人耳。_{柳玭戒子弟}

五代

为国者当务实效而去虚名。_{徐温}

自古术士妄言，致人族灭者多矣，非所以靖国家

也。赵凤

四海之广，万机之众，虽尧舜不能独治，必择人而任之。选能知人公正者，以为宰相；能爱民听讼者，以为守令；能丰财足食者，使掌金谷；能原情守法者，使掌刑狱。高锡

凡兵务精不务多。周世宗

民犹子也，安有子倒悬而父不为之解哉！周世宗

利在于民，犹在国也。朕用此钱何为？周世宗

为政之先，莫如敦信。信苟著矣，则田无不广。田广则谷多，谷多则藏之民，犹藏之官也。窦俨

北宋

吏员猥多，难以求治；俸禄鲜薄，未可责廉。与其冗员而重费，不若省官而益俸。太祖

治世莫若爱民，养身莫若寡欲。王昭素

开卷有益，不为劳也。太宗

人君当淡然无欲，勿使嗜好形见于外，则奸佞无自入。朕无他好，但喜读书。多见古今成败，善者从之，不善者改之，如斯而已矣。太宗

高尚之士，不以名位为光宠；忠正之士，不以穷

达易志操。其或以爵位禄遇之故而效忠于上，中人以下者之所为也。钱若水

公事则公言之，何用密启？人臣有密启者：非谗即佞。李沆

天下虽安，不可忘战去兵也。马知节

抑奔竞，崇恬静，庶几有难进易退之人矣。王曾

仰惭古人，俯愧后世。薛奎

一邪退，则其类退；一贤进，则其类进。众邪并退，众贤并进，海内有不泰乎！蔡襄

正士在朝，群邪所忌，谋臣不用，敌国之福也。欧阳修

致治之道有三：曰任官，曰信赏，曰必罚。司马光

天地所生财货百物，不在民则在官。彼设法夺民，其害乃甚于加赋。司马光

人君好恶，不可令人窥测；可测，则奸人得以傅会。当如天之监人，善恶皆所自取，然后诛赏随之，则善恶皆得其实矣。富弼

道远者，理当驯致；事大者，不可速成。人才不可急求，积弊不可顿革。傥欲事功急就，必为憸佞所乘。范纯仁

自古及今，未有和易同众而不安，刚果自用而不危者。苏轼

工师造屋，初必小计，冀人易于动工。及既兴作，知不可已，乃方增多。文彦博

自古大度之君，不以言语罪人。王安礼

尊所闻，行所知，可矣；不必及吾门也。程颐

事之大者，无不起于细微。今以小事为不必言，至于大事，又不敢言，是无时可言也。胡安国

南宋

阵而后战，兵法之常，运用之妙，在乎一心。岳飞

勇不足恃，用兵在先定谋。岳飞

自古中兴之主，起于西北，则足以据中原而有东南。起于东南，则不能复中原而有西北。盖天下精兵健马，皆在西北。李纲

人主之职在知人。进君子，退小人，则大功可成。李纲

明恕尽人言，恭俭足国用，英果断大事。李纲

吾终不以身计而误国家，况吾姜桂之性，到老愈辣。晏敦复

天下之务，莫大于恤民；而恤民之本，在人君正心术以立纲纪。朱熹

凡人不必待仕宦有位为职事、方为功业。但随力到处有以及物，即功业矣。李燔

导谀之言不可听，至公之论不可忽。真德秀

廉耻事大，死生事小。叶梦得

乐人之乐者，忧人之忧；食人之食者，死人之事。文天祥

元

制器者必用良工，守成者必用儒臣。儒臣之事业，非积数十年，殆未易成也。耶律楚材

吾非有大过人者，惟为学之功无间断耳。许谦

正气歌及其序

世俗所诵文天祥《正气歌》，但存一百二十句韵语耳。附见于《宋元学案》《巽斋学案》者，乃有其一《序》云：

余囚北庭，坐一土室。室广八尺，深可四寻。单扉低小，白门短窄。污下而幽暗，当此夏日，诸气萃然。雨潦四集，浮动床几，时则为水气；涂泥半潮，蒸沤沥润，时则为土气；乍晴暴阴，风道四塞，时则为日气；檐阴薪爨，助长炎虐，时则为火气；仓腐寄顿，陈陈逼人，时则为米气；骈肩杂还，腥臊污垢，时则为人气；或圊溷积臭暴尸，或腐鼠恶气杂出，时则为秽气。叠是数气，当之者鲜不为厉，而予以孱弱俯仰其间，于兹二年矣。审如是，殆有养致然尔。然亦安知所养何哉？孟子曰："我善养吾浩然之气。"彼气有七，吾气有一，以一敌七，吾何患焉！况浩然者，乃天地之正气也，作《正气歌》一首。

此序历叙当时囹圄中之处境，非生人所能堪。天祥乃能以浩然正气，敌彼水、土、日、火、米、人、秽之气，积历数载，泰然自若，而后发为歌辞"天地有正气"云云，歌中历叙古代人杰之事例，以赞扬坚强不屈之正气，用此勉励自己，以见其宁死不降之志。此自古大有为之人所以贵在多读史传也。盖见事广，取精多，则魂魄强。身受威胁利诱，终不为其所动，非偶然也。如但读《正气歌》而遗其《序》，则莫解此歌之所由作矣。

文天祥诗词

言为心声。中有忠愤之气，则发之于文者，必多慷慨激厉之辞。文天祥不以诗词名，而诗词俱美。有诸中，形诸外，感人之情，不可掩也。观其《过安庆诗》所云："长江还有险，中国自无人。"

《过零丁洋》有云："人生自古谁无死，留取丹心照汗青。"皆惊心动魄语也。其所为词，若《驿中言别友人》，乃其忧国愤时之宏音。其词云：

> 水天空阔，恨东风、不借世间英物。蜀鸟吴花残照里，忍见荒城颓壁！铜雀春情，金人秋泪，此恨凭谁雪！堂堂剑气，斗牛空认奇杰。那信江海余生，南行万里，属扁舟齐发。正为鸥盟留醉眼，细看涛生云灭。睨柱吞嬴，回旗走懿，千古冲冠发。伴人无寐，秦淮应是孤月。

此乃其被俘之后，元兵押往燕都、途经金陵时所作，或疑为出其友邓剡之手，非也。豪迈激烈，世罕其比。词既如此，诗亦宜然。自其出亡之后，思奔赴永嘉，有"臣心一片磁针石，不指南方不肯休"之句，故有纪行集曰《指南录》，其中所存诗篇，忠愤之气，浩乎沛然，真千古人杰也。

史可法文

余少时读多尔衮与史可法书及史可法答书，辄喜其文辞之美，手钞而熟复之。史公复书尤见精光奕奕，忠愤耿耿，自是明清之交一大有关系文字，以为果出史公手也。其后涉猎稍广，始知清人多考定为桐城何亮工作。而彭士望《耻躬堂集》以为乐平王纲所为；昭梿《啸亭杂录》又以为出侯朝宗之手。传闻不同，莫衷一是。晚清李慈铭《越缦堂日记》则谓纲与亮工，他无所见，疑未必即能为此，惟朝宗文笔，颇与此相似耳。至多尔衮书，前人皆云出李锦章（名雯，江苏人，时官内阁中书舍人）之手，相传无异辞耳。大抵当戎马仓皇之际，主国柄者无暇握管，文书多属之臣僚，事所常有。草创讨论，多资众力；而删定润色，悉出史公。即谓全文皆史公之作，亦无不可。况史公本自能文，观其《遗集》中所载奏疏、家书及诸杂文而可知也。使无史公义愤填膺、刚毅不挠之气，亦何能成此佳作！

有志不在年高

文天祥年只四十七，史可法年只四十四，皆未及五十，名垂青史。而明末夏完淳，竟以十七岁童年，从容就义，骂敌不止，竟成为中国历史上罕见之人物。且著述不少，永传来世。可知人之立业垂名，本不系乎年命之寿夭也。苟有建白，早死何憾；如碌碌无成，虽百岁何益于己也。旷观古今大有为之人，立志奋发，全在少壮之时。过此以往，精力渐衰，无复振起之志矣。故孔子尝言："四十五十而无闻焉，斯亦不足畏也已。"缅思此言，可为悚惕。孔门若颜回，年三十二，为七十子之冠。而豪杰之士若项羽，年三十一；孙策，年二十六；郑成功，年三十九。将略若霍去病，年二十九；周瑜，年三十六；岳飞，年三十九。名儒若贾谊，年三十三；卢植，年三十四；王弼，年二十四。若斯之流，指不胜屈。兹特就人所习知者略举以示例耳。即以王弼而论，研穷名理，探究玄言，有《周易注》《老子注》并行于世。传至今日，老师宿儒读之,犹多未达弘旨。而彼述造之时,当在二十内外也。虽终年仅二十四,而胜于寿逾百龄者固已远矣。余一生服膺庄生之论,齐万物,等寿夭。不祈永寿,但务惜时。少壮未曾旷废光阴,故能至老无悔。《荀子·修身篇》曰:"道虽迩,不行不至;事虽小,不为不成。其为人也,多暇日者,其出人不远矣。"《议兵篇》又曰:"事至无悔而止矣,成不可必也。"守此数言,终身黾勉。虽所学未能如昔贤之早成,亦庶几以竭吾才耳。

历史上之英杰人物

昔人论及岳飞、文天祥、于谦、史可法、夏完淳诸人行事，咸颂其有民族气节，称之为民族英雄。此乃袭当时华夷之成见，目交战之邦为敌国而立论耳。昔在封建社会，以汉族为大一统之主，四裔皆目为蛮夷戎狄，或藩属之，或征服之，故高揭民族大义以为号召，臣工百僚，惟以忠君自厉。宋世士夫，但思事赵；明世士夫，但思事朱。即至兵败国覆，耻事二姓，虽戮身、蹈海不辞，当时忠君爱国之事实，虽有足多者，然特为一姓王朝效力耳。在今日而尚论宋明末造之形势，则当日所与对敌之人，皆少数民族中之贵族势力也。某贵族势力战伐取胜、入主中原，则又改朝换代，自为纲纪。各族迭主统治之权，遂成蝉联相续之局，若自全中国大一统之观念论之，则往者战伐相寻，特兄弟阋墙之争耳，夫何民族大义之足云。在今日而言民族大义，自当以中华民族为前提。自汉族外，举凡各少数民族皆在其中而未容彼此畛域也。

故于历代对少数民族用兵之将领，不必着重称道其民族气节，而名之为民族英雄矣。顾其任事之坚毅，胆识之果勇，实有非常人所能逮者，仍足为后世楷模，不可不著之于史也。余近岁述《中华人民通史》，分为六编。其《人物编》中，不立"民族英雄"之目，特设"英杰"一门以统括岳、文、于、史、夏一流人物，盖有见及此耳。

历史上之奇诡人物

古书中经常强调"庸言之信""庸德之谨",而以"索隐行怪"(《礼记·中庸》作"素",《汉书·艺文志》作"索",作索者是)为戒。古人因言"庸"而及"中",中者,不偏不倚、无过不及之谓。凡人言行,不以高奇诡谲为尚,而以平易中和为贵。故古之定制立法者,皆就大众咸能行之以为准则。《礼记·仲尼燕居》所云:"夫礼,所以制中也。"古人所谓"礼",自指一切制度仪文而言。定礼之初,不使太过,不使不及,大抵悉就中人所能共行者立为法度,高才者俯以就之,低能者仰以求之,而无"智者过之,愚者不及"之患。盖人群中以中资之人为最多,故立法制度,皆必以中人所能行者为准。其间有人焉,乃欲索隐行怪,作后世名,则世所不贵也。

考之上世,非特儒家如此,其他百家,莫不皆然。《管子·弟子职》曰:"凡言与行,思中以为纪。古之将兴者,必由此始。"是古者教学之初,即重视及此矣。《乘马篇》曰："智者知之，愚者不知，不可以教民；巧者能之，拙者不能，不可以教民。"《商君书·定分篇》曰："智者而后能知之，不可以为法，民不尽智；贤者而后知之，不可以为法，民不尽贤。故圣人为法，必使明白易知，愚智遍能知之。"《荀子·不苟篇》曰："君子行不贵苟难，说不贵苟察，名不贵苟传，惟其当之为贵。负石而赴河，是行之难为者也，而申徒狄能之，然而君子不贵者，非礼义之中也（下略）。"《韩非子·八说篇》曰："察士然后能知之，不可以为令，夫民不尽察；贤者然后能行之，不可以为法，夫民不尽贤。"下逮《淮南子·齐公篇》曰："矜伪以惑世，伉行以违众，圣人不以为民俗。"可知人之行事，国之制法，莫不尚中，斯固百家所同也。

大抵奇诡之士，斩绝之行，违乎中道以立名于后世者，足以惊俗，不足以化众，皆古人所不取。故如上世所传许由、务光之事，信为清远，而不见称于孔孟；屈原、严光之行，信为超卓，而不见录于《通鉴》。先民去取之际，要必自有其故，盖有见于奇诡谲怪之事，不必求之于人人，故不加宣扬耳。昔晁公武《郡斋读书志》论及《通鉴》，则谓"是书大抵不采俊伟卓异之事，如屈原怀沙自沉、四皓羽翼嗣君、严光足加帝腹、姚崇十事开说之类，皆削去不录。"而顾炎武《日知录》载李因笃语："《通鉴》不载文人，如屈原之为人，太史公赞之，谓与日月争光，而不得书于《通鉴》。杜子美若非出师未捷一诗为王叔文所吟，则姓名亦不登于简牍矣。"皆通人之论也！或以屈原既见重于《史记》，宜其人可为千古式也。不悟太史公书，成于忧愤之时，因人发论，不无抑扬之辞。其书表章伯夷、屈原一流人物，皆所以自抒抑郁不得志之意，藉以自况耳。《史记》为一家之言，故不嫌自述所见；《通鉴》乃资治之本，故必有取舍之例；当分别观之。

卷十三

沈万三富可敌国

　　物忌太盛,富可敌国者多不祥。元末明初之巨富沈万三,即为明代传说之最广者,其名籍事迹,诸书所载不一。或称其名为富,字仲荣;当时多称有财有势之人为秀,故又名之为沈秀,亦作沈万山。《明史》记之,凡三见。自《马皇后传》外,又附见于《王行传》及《纪纲传》。《马皇后传》云:"吴兴富民沈秀者,助筑都城三之一。又请犒军,帝怒曰:'匹夫犒天子之军,乱民也,宜诛。'后谏曰:'妾闻法者,诛不法也,非以诛不祥。民富敌国,民自不祥;不祥之民,天将灾之,陛下何诛焉。'乃释秀,戍云南。"可知沈万三富可敌国,实有其事。元末明初,东南经济发展,商贾懋迁有无,以致富厚,自是常有之事。世传其有点金术，家藏聚宝盆，悉荒诞不足信也。自来大地主兼营商贾以致巨富者，咸由剥夺贫民以肥其家，故富者怨之薮也。至于厚积足以敌国，尤为时君所忌，与威名震主者同为不祥，必致后祸，难得善终。即以沈万三而言，或传其贬谪云南，或称其遣戍辽阳，或言其流窜岭南，所闻异辞，亦未能一也。

胡雪岩财能通神

当清末同治、光绪之际，有巨富曰胡雪岩，即当时上海杭州最有名之国药店胡庆余堂之主人胡光墉也。当时清廷对内用兵，胡氏多为筹资以助军用，左宗棠尤倚之如左右手。左氏振旅闽浙陕甘，举凡粮米军火之调度接济，悉赖其负责转运，应期而至，不误戎机，左公深器重之。光墉初为江西候补道员，以左之历次保举，先后赏加盐运使衔、按察使衔、布政使衔，后清廷念其转运军需之功，赏穿黄马褂，以一不学无术之人，竟能腾达至此，故当时士夫咸称其财能通神也。及左公经营实业，又出力为之筹办工厂。购买外国机器，雇用外国技师。凡所设施之取得成功，咸由胡氏在上海一手经办。可知其一生勇于任事，不失为有胆有识之人。亦由胆识过大，终自取败。晚年独自垄断蚕丝，冀获暴利，此既为出口大宗，适光绪九年，外国丝市不振，洋商不购，而胡氏存货山积，悉归腐敝。由是尽丧其赀，波及全国，钱庄分设各地者，纷纷倒闭，而胡氏一蹶不振矣。亦由忌之者众，故无人援之以手也。

爱惜人才

人之多忌，起于女色。古代统治阶级自士、大夫以上，皆行多妻制，妻多则争宠，争宠则彼此生忌恨之心，故嫉、妒、妎、媢诸字皆从女。昔人所云"嫉者妾妇行，琐琐奚比数"，固已轻蔑之矣。其后亦蔓延及于男子，为害甚大。虽亦间有能容之士，如《秦誓》所称"人之有技，若己有之；人之彦圣，其心好之，不啻若自其口出"者，实不多见，故古人颂美之。大抵百业虽殊，而均不能无忌，所谓"同行生嫉妒"，亘古今而尽然，尤以文士为最甚。魏文帝《典论·论文》所云："文人相轻，自古而然"，则所起远矣。一有品骘，动见讥弹。小则议其文之不通，大则轻其学之不实，乃至说经义而立门户，为诗文而分宗派，互相水火，彼此攻讦，后乃衍为朋党，祸且中于国家矣。王安石《读江南录》云："毁生于嫉，嫉生于不胜。"此达本之论也！己实无才，而惟恐人之胜己，媢嫉以恶之，其影响人才之消长，为害至厉。清初胡承诺《读书说·毁誉篇》曰："人物凋尽之时，贤士大夫，无论在朝在野，皆宜彼此互相成就，如辅车之相依；不宜更相诋訾，如冰炭之不相容。"苟能明于斯旨，则胸襟廓大，无忌于物矣。

尊重前人

杜子美诗:"不薄今人爱古人",此读书法也。不薄今人,则所受者广,无忌于物,亦所以自益也。古人之书甚多,容有不尽可据者,匡之可也。但当平心静气言之,以求其是;未可一概抹杀而讥短之也。《礼记·曲礼》曰:"博闻强识而让。"《儒行》曰:"博学以知服。"郑《注》云:"不用己之知、胜于先世贤智之所言也。"孔《疏》云:"谓广博学问,犹知服畏先代贤人,言不以己之博学凌跨前贤也。"清末陈澧尝亟称斯义以教多士,且申论之曰:"自非圣人,孰无参错;前儒参错,赖后儒有以辨之。辨其未明者,而明者愈明;辨其未合者,而合者愈合;故足贵也。然辨其参错,不可没其多善。后儒不知此义,读古人书,辨其参错,而其多善则置之不论。既失博学知服之义,且开露才扬己之风,此学者之大病也。"(见《东塾读书记》卷十五)此乃通儒之论,足以发人深省,亦学者爱重古人之意。

钱大昕尝言："学问乃千秋事，订讹规过，非以訾毁前人，实以嘉惠后学。但议论须平允，词气须谦和，一事之失，无妨全体之善。不可效宋儒所云，一有差失，则余无足观耳。郑康成以祭公为叶公，不害其为大儒；司马子长以子产为郑公子，不害其为良史。言之不足传者，其得失固不足辨。既自命为立言矣，千虑容有一失。后人或因其言而信之，其贻累于古人者不少。去其一非，成其百是，古人可作，当乐有诤友，不乐有佞臣也。且其言而诚误耶，吾虽不言，后必有言之者。虽欲掩之，恶得而掩之！所虑者，古人本不误，而吾从而误驳之；此则无损于古人，而适以成吾之妄。"（《潜研堂文集》卷三十五《答王西庄书》）通人通识，所见亦同也。

子斥父书

自来狂妄之人，不特于古今人少所许可，即父子之间，亦多异同。甚者直斥其父之书浅薄不经，任情指责。如龚自珍学问淹博，而性颇孤介。其子孝拱，乃狂肆益甚。读其父之著述，斥为不通。尝置其父木主于案头，遇有文句乖牾处，则以镇纸之尺击木主，清人笔记中多载其事。性既诡僻，名亦数改。曰刷剌，曰橙，曰太息，曰小定，曰昌匏。后弃家携妾居上海，五伦之中，惟余夫妇之半，故又号龚半伦。其父为段玉裁外孙，而不传段氏之学。余往在上海图书馆善本室中，得观自珍及孝拱朱笔手批段氏《说文注》，中多不逊之辞，则知孝拱直斥父书，不足怪也。

湘阴郭焯莹，字子燮，号耘桂，郭嵩焘次子也。幼而从父受经，务逞己见，不守前人成说。为文出入先秦诸子，力尚奇崛，令人不易句读。用字悉依许书，正俗体谬误。又好用略语，其父官兵部左侍郎，称为先兵左；母洪氏太夫人，则称为太洪，见者讶其怪诞，或直言规之，不顾也。其平日说书，必求陵驾其父，最为湘人所鄙。其父有《读管子札记》，往岁任凯南先生尝取以刊入武汉大学《文哲季刊》，而并载焯莹订驳之语。凡其先人所解，无不加以辨正。细绎本书文义，实不逮乃翁所得之多。穿凿附会，务求胜父然后快，其用心实甚悖妄。或谓刘向、刘歆，说经异趣，古人所不嫌也。不悟政、骏殊旨，乃在经学家法之不同，而非事事必求子胜于父也，此何可以不辨。

左宗棠之于郭嵩焘

左宗棠与郭嵩焘，生同里闬，自少以德业相砥砺。道光时，郭已成进士，入翰林。左以举人三应礼部试不第，遂绝意仕进，叠佐戎幕，而才名远扬，人多知之。当咸丰初年，郭以翰林直南书房，文宗尝问其知有左宗棠否，郭因揄扬之于君前，文宗欲重用之，自此始。其后左之飞黄腾达，扬历中外，以至取封侯赏，郭之早岁推举之功不可没。然左盛气陵人，睥睨一世，两人竟以小故致大嫌，左又尝专折奏劾之，郭殊憾其以怨报德也。中间不通书问者多年，光绪七年，左已七十矣，受命出任两江总督，便道回湘扫墓。抵长沙日，专诚访郭而郭不见，左又具酒食重造其庐。左虽煦煦强笑语以相取乐，郭终不能无介于中也。迨光绪十一年，左没于福州，郭挽之以联云："世须才，才亦须世。公负我，我不负公。"论者叹为工切！辞简意赅，所以泄愤也。

曾国藩之于王鑫

湘军初起时，有骁将曰王鑫（同珍），字璞山，与曾国藩同乡里，治军则在其先。年最少，志最果，战最勇，纪律严明，为一时冠。死难时年仅三十三，未获大显，人多惜之。始其少时，学于罗泽南，日夜讲习修己治人之道，后乃究心兵法，才气纵横，不可一世。曾国藩知其不易节制，未能信任也。其后互生猜疑，竟无由合。然在当时，王之声誉甚著，曾亦无能明目张胆以摈沮之。王之轶事流传，人所乐道。如欧阳昱《见闻琐录》中记其军令之严肃，战略之英断，虽古名将无以过。没后，曾每称道之，举其治军之法以教人。金陵破后裁军，留精锐使鑫部将刘松山统之，所谓老湘营也。左宗棠用兵西北，亦赖其力。鑫尝著有《练勇刍言》《阵法新编》诸书，皆出己意为之，亦奇士也。年少早死，其父哭之以联云："不死于贼，必死于小人；今而后，吾知免矣。虽竟其才，未竟其大志；已焉哉，天实为之。"所谓"小人"，盖有所指也。

胡林翼之于周寿昌

　　胡林翼与周寿昌，并以道光时翰林同官京师，少年早达，尝共冶游。胡竟以此染疾，致绝子嗣，引为终身憾事。周尝于稠人广座中一语及此，发其阴私，胡深憾之。自此怨恶日甚，不通往来。咸同间，湘人之奋起以跻显要者弥多，周竟留滞京师，著书以老。王先谦所为周氏《思益堂集序》有云："曾文正再出督师，引与共事，而胡文忠与先生有夙嫌，扼之不得合并。晚岁还朝，久乃通秩。同光之交，两守侍郎，而先生遽以疾休。终其身进退显晦之际，若是其艰也。"可知当时友朋之际，因小故而致大衅者，所在多有。胡氏少年时不护细行，后乃修身励德。故其没也，曾国藩代其弟国荃挽之以联云："少壮剧豪雄，到暮年折节谦虚，但思尽忠补过。东南名将帅，赖先生苦心调护，联为骨肉弟昆。"所谓"少壮豪雄"，所该自广，举凡早年放荡不羁之事，悉在内矣。

曾国荃之于王闿运

王闿运为咸丰举人,于当时湘中诸老,年辈皆晚。徒以早有文名,诸显贵皆以文士畜之。闿运以才自负,平揖公卿,交游诸将帅间,故尤熟悉湘军旧事。光绪元年,曾纪泽请其修《湘军志》,至七年而书成。初刻于四川,传至湖南,而舆论哗然。曾国荃见之,大怒,目为谤书,必欲杀之而后快,得郭嵩焘调停,乃解。闿运以书版送郭销毁之,而事乃平。盖此书纂修之初,旨在表扬湘军战绩,而闿运自出心裁,成一家之言,以直笔自任。于曾氏兄弟,不无微词。如曾国荃之围攻南京,历时久而死伤重,而闿运仅于《曾军后篇》简略书之;《筹饷篇》又言曾国荃号有百顷田,于法当上户,而吏畏其势,不敢问。若此等处,国荃最为切齿。故面诘闿运曰:"皆君故人,何故刻画至此?"国荃后乃授意王定安别撰《湘军记》,事实虽增于前,文辞已逊于旧矣。

湘军将领之掠夺

咸同用兵之时，每克名城，皆有掠夺。王氏《湘军志》中所言江南资货，尽入曾军，盖纪实也。余早岁居湘，闻老辈言金陵破后，诸将帅争赴天国诸王府攫取金银，贯纳于巨竹中，编簰浮江而下以达于湘。亦有不贯金银之空竹杂陈其间。欲盗取者，必敲竹以知虚实。故今语犹称有所求索，谓之"敲竹竿"，实沿于此也。又闻入黔之将，率军平苗，苗民之酋长、土司及富户，皆携金银珠宝货财逃入地道中，以避其锋，湘军将领命士卒塞闭其洞门，以毒药熏灼之，死者枕藉。然后遣人入其内取其金宝，故掠夺为尤甚。诸将坐致富厚，悉由于此，亦可谓惨绝人寰矣。闻湘军将领中，如新宁刘长佑，尚为廉介。由拔贡从戎，官至督抚，仍寒素自守。故王闿运挽人联，有"清德竟同刘武慎"之句。良以刘之饬躬严谨，卓尔不群，故为舆情所推重也。

清末湘学

昔长沙罗庶丹先生论及晚清湖南学术，最推服皮锡瑞，谓其今文之学，确有汉师家法，非近世浅薄之高树名义以哗众者可比也。王闿运以文学名，他非所长；王先谦纂述虽勤，而寡心得。曾国藩、郭嵩焘名能古文，然近世所谓古文，凡略读理学书、敢为高论者，皆能为之（见李肖聃《星庐笔记》）。余每叹其知言！顾曾氏之文，自是名家，不可与郭并论。近人章炳麟论及清末之能文者，辄谓曾国藩能尽俗，王闿运能尽雅，信不诬也。二王于经史朴学，造诣不深，徒以早达致高誉，遂为晚清湘中大师。著述虽多，可传者少。若论悃愊之士，奋起清寒，笃志力学，闇然日章者，若曹耀湘、阎镇珩、胡元仪、孙文昱诸家，特立奋起，卓然有成，信为湘学后劲也。

湘潭孙氏之学

清末湘潭有胡氏之学,而元仪为之魁;复有孙氏之学,而文昺为之魁。余少时尝执贽于孙季虞先生（文昱）之门,从问声韵之学,服其精博。因得知其兄文昺学问之高,而深仰慕之。后得读其所撰《宋书考论》,始略窥其涯涘。文昺,字蔚邻,后改名彪（音斑）,清季举人。长于训诂考订,所著书自《宋书考论》外,尚有《战国策校义》《战国策札记》《禹贡锥指订误》《水经注札记》《十七史商榷辨呓》《湘潭王志商存》诸种。为人严毅诚笃,清介自守。当袁世凯以国史馆长位置王闿运时,王初辞之。为其门人所胁迫,以重金贿其侍妇挟之以行。至湘潭,乡人饯之,文昺与焉。时大风雪,因从容问闿运曰:"此时何如齐河道中?"齐河者,王氏赴礼闱,至其地值大风雪,赋诗而返。今复举此询之,盖讥讽之也。其于出处之际,不苟如此,故为人所敬重。后应当道之聘,出讲学于京师大学堂,未久即还,高隐以终。其子鼎宜,学行亦优，尤精医理，尝校注古医书，复自抒所得，成《孙氏医学八种》，刊行于世。其族人楷，有《秦会要》，亦绩学士也。吾师季虞先生，湛深小学经学及天文算法，早岁得兄弟讲习之益，自不浅也。

清末湖南二才子

易顺鼎,字实甫;曾广钧,字重伯;其家世门第,
人尽知之。幼而早慧,王闿运名易为神童,名曾为仙
童。当其少时,人咸爱重之,所共目为祥麟威凤者
也。二人自童龄即喜详检类书,熟记僻典,发为诗
词,惊其长老。易尝师事张之洞,之洞教之治朴学,
授以乾嘉诸儒书,于是闭门修业,著有《经义筳撞》
《淮南略诂》数卷。后乃舍弃,放浪形骸,喜作漫汗
游,弃官如敝屣。居母丧,恸甚,因自号哭庵,欲哭之
以终身。王闿运贻书戒之,谓有父健在,必不可称哭
庵,竟不之从也。曾则席丰履厚,处境尤优,少时亦
倜傥脱落,不自谨饬,王闿运亦以书规之,谓贵人镇
俗,宜以瞿、张为法,戒其与浪子游。所谓瞿、张,乃
指瞿鸿礼与张百熙,俱少年早达,而持躬端肃,有名
于时,故王氏取以勉之,亦未能尽从也。二人负绝异
之资,未能自加爱重,专精读书,竟碌碌无所成就。
世人论及之者,但目为一时之才子而已。人固贵有

聪明子弟，若不导之以敦厚崇礼，俾能纳于轨物，鲜有不取败者。古人云："小时了了，大未必佳。"又称："得十才人，不如得一朴士。"皆有所见而道也。大抵聪明人不肯做钝拙工夫，故不能沉研于学，惟以雕虫末技相高耳。

才士亦知尊重朴学

昔余游燕市，尝于琉璃厂书肆得易顺鼎所著《经义莛撞》《读经琐记》《读老札记》《淮南许注钩沉》诸种，皆其早年伏案读书、沉潜朴学之所撰述也。其所为《经义莛撞·自叙》有云："清言名理，流宕而少归；高谈心性，虚悬而无薄；侈语事功，浮游而不根。三者于学，似俱足以开虚伪之风而长浮薄之气。自魏晋以至宋明之季，通弊皆然，此汉儒朴学所以不可及也。余于朴学未涉藩篱，遑论堂奥。窃欲藉此以自收其放心。盖日有常业，则邪僻之心无自而生。而其为学也，虽浅近必有所据依焉，则亦可免于躐等求进，穷大失居之弊矣。"此乃有识之言！自题光绪十年甲申九月。时年二十七耳，盖自悔少时所学不实，有志发愤读书。余览其《莛撞》《琐记》，考证经义，语多足征；《读老札记》，尤饶心得，余往撰《老子疏证》，多采其说。以其潜心伏案，复善思考，偶尔为之，所造便卓。使能竭数十年之岁月，以肆力于学，必能特立拔起，有大成于当时也。然而学问之事，必须有恒心、有毅力、屏绝俗好、自甘寂寞者，而后能坚持终始，以获成功。易氏畏其艰难，浅尝辄止，故论者惜之。

易顺鼎自叙生平及其联语

易顺鼎自叙生平,既有《哭庵传》行世,又尝用小说院本体述为长篇,名曰《呜呼易顺鼎》,凡一万六千余字。附《哭庵碎语》一卷于后,用排字印行。读之可知其一生初为神童,为才子;少年为名士,为经生;后为贵官,为隐士。忽东忽西,或出或处,其操行无定,莫能以一节概之。一生才气,多发于诗歌。其见之《四魂集》及《四魂外集》者,尤为繁富,早已见称于世矣。余独喜其所为联语,有绝佳者。尝筑草堂于庐山,有联云:"筑楼三楹,筑屋五楹,漱石枕流聊永日。种兰千本,种梅百本,弹琴读《易》可终身。"又一联云:"三闾大夫,胡为乎至于此。五柳先生,不知何许人。"此皆传诵一时者也。尝集《论语》作联云:"已而已而,今之从政殆。归与归与,吾党小子狂。"又用心部偏旁字为联语云:"宜忠宜恕,宜慈宜悲,宜慧宜忍。不愠不忮,不忧不惧,不悔不惭。"处忧患时,有联云:"屏息以待雷霆之至。立身如揭日月而行。"平居自警有联云:"四大之中安有我。六经以外本无书。"又云:"义胜欲,敬胜怠。公生明,廉生威。"皆名句也。

清末二王之学

王闿运与王先谦,同为晚清湖南耆硕,海内多称其学术之大。然细按之,实不尽然。闿运著书甚多,裒为《湘绮楼全书》,有《周易说》《尚书笺》《尚书大传补注》《诗经补笺》《礼记笺》《春秋公羊传笺》《周官笺》《礼经笺》《论语训》《尔雅集解》诸种,是群经皆有笺注矣。旁涉《楚辞》《庄》《墨》《鹖冠》,皆有新释,见者以为博及四部矣。然其说经之书,儒林早有定评。叶德辉斥其"笺《礼》补《诗》,抹杀前人训诂,开著书简易之路,成末流蔑古之风"(见《经学通诰》)。梁启超复谓"闿运以治《公羊》闻于时,然故文人耳,经学所造甚浅,其所著《公羊笺》,尚不逮孔广森"(见《清代学术概论》)。则众口同轻,公论有在矣。余观其所注《墨子》,着墨无多,不异白文钞本。盖王氏一生勤于动笔,以钞书为日课,群经诸子,多有钞本。间附笺释,便成著述。为之也易,则传之也难。后之治群经诸子者,鲜齿及之,要非无故也。

王先谦著述亦富,不外续、纂、选、辑四类。如《十一朝东华录》,乃续蒋氏之书;《清经解续编》,乃续阮氏之编;《续古文辞类纂》,乃续姚氏之作。《骈文类纂》《十家四六文钞》《湘中六家词》,皆选也。《五洲通鉴》《外国地志》《日本源流考》,皆纂也。《荀子集解》《庄子集解》《汉书补注》《后汉书集解》《新旧唐书集注》《尚书孔传参正》《诗三家义集疏》《释名疏证补》,皆辑众说而成者也。其自抒心得、独著一书者,则未之见。要之,二王于晚清虽为老师祭酒,然盛名之下,其实难副。余虽乡人,不能为之曲护也。

自得之学甚难

学者如牛毛，成者如麟角。古今读书识字之人多矣，而造诣万有不齐。此虽关乎天赋，亦由致力之始，规模气象不同，故所得有大有小。贤者识其大者，不贤者识其小者。识大之贤，学有自得；其仅限于识小之科者，惟从事于补苴罅漏之役以终其身耳。即以清代学者而论，开国之初，诸儒多明季遗民，体用兼具，归于致用，固已有自得之实矣。降至乾嘉，学尚专精，名家辈出。若戴震之治经，段玉裁之治《说文》，钱大昕之治声韵、诸史，王念孙之治训诂、校勘，各有孤诣，皆自得之学也。道咸以下，斯风渐替，学者乃以纂录辑释相高，徒为人役。仰视乾嘉以上诸儒，如在天际矣。然而亦有博学通识如陈澧、朱一新之俦，学由自得，卓尔不群。故论说所及，率能启牖初学，匡救时弊。观朱一新《答龚菊田刺史书》自述所撰《无邪堂答问》有云："此书与乾嘉以前儒者之言可相印证；与乾嘉以后儒者之言，则多不合。"（见

《佩弦斋文存》卷二）此非夸饰之辞也。清学由康衢以趋于狭径，至末造而益甚。于是而有高识之士，思矫枉补偏，汇为通学，直与乾嘉以前诸儒同归，其功为不可没。虽然，此非易言也。苟无自得之学、确乎不拔，亦不足以语此也。

文才与学力

《颜氏家训·文章篇》曰："学问有利钝,文章有巧拙。钝学累功,不妨精熟;拙文研思,终归蚩鄙。但成学士,自足为人;必乏天才,勿强操笔也。"是昔人论及学问文章之事,谓学可由累功而成,文则非有天才不可。是文章之工,难于学问之成也。旷观古今绩学之士多矣,真能文者,代不数人,文之可贵,岂在学下哉!顾世之论者,率尊学人而贱文士。如近世王闿运,信文士之魁杰矣。而其自道则谓"我非文士,乃学人也"。于《湘绮楼日记》中数数言之,惟恐世无知己者。不悟文章乃经国之大业,不朽之盛事,果能舒翰摛藻,润色弘业,其能有补于世,岂在学者下哉?世之以文士相诟病者,乃谓平庸之文士,沉酣于雕虫小技,终身惟事吟咏,劳心疲神而不知返者,故昔人轻之。以谓"一为文士,便无足观"者,此类是矣。顾近世有志于文者,或从唐宋入,或从魏晋入。近世如曾国藩从唐宋入;王闿运从魏晋入,而章炳麟继起，沉丽典雅，足以华国。王、章天资皆高，文固优于其学，非常人所能逮矣。

文与学之分合

　　自汉以上，文与学未尝分。绩学者无不能文，能文者莫不有学。太史公卓然史家，而为文有奇气，如长江大河，一泻千里，后遂未有能学步者。他若司马相如、扬雄，虽以善于辞赋有名当世，然皆小学名家，各有专书传之来叶。东京张衡、蔡邕之俦，词藻瑰丽，学绝等双。斯皆文质彬彬，卓尔不群者也。魏晋以来，始有能文而无学者，亦有绩学而不能文者。绵历千载，文与学遂离为二。清初潘耒尝论之曰："古来诗人，罕能著书。诗本性情，书根义理；作诗尚才华，著书贵学识。故前代曹、刘、颜、谢及四杰、十子之徒，绝不闻有书传世；而刘勰、崔鸿、颜师古、刘知几辈，亦不闻以诗名。其有能兼工并美者，一代盖无几人也。"（见《遂初堂文集》卷七《广东新语》序）此特就一人鲜能兼擅二者之长而言耳。若夫绩学之士，必赖能文以抒所得。如无属辞比事之术，则莫由自宣其学。则笃志于学者，自不可不讲求为文之要也。

余平生涉览清人文集,至千余家,深病乾嘉诸儒能为考证之学,多不能为考证之文。具二者之长可以无憾者,特寥寥十数家耳。下者乃至词不达意,甚或文理不通,奚由能自抒所得乎？焦循家训有云:"不学则文无本,无文则学不宣。"盖有感于末流之弊而发,非徒教其一家子侄已也。余一生讲学四方,多识英髦,首教之识字,次督之读文,谓必文理宣畅,而后能力学以底于成。又常遇见海内知名之士及老师宿儒,学问以专门名家,文笔则鲜能自达者,亦自不少,以此益见学与文之不可分也。

文人相轻之习

　　人情贵远贱近，尊古卑今，故于同时之人，恒相
轻蔑。振古如斯，而文人为尤甚。扬雄有大名于西
汉之末，述造甚富，而同时之人，亲见其容貌禄位，不
能动人，相率轻其书而不观，其明验已。此魏文帝所
以有"文人相轻，自古而然"之叹也。彼此相轻之不
已，乃至如魏收、邢邵之互相訾毁，终于绝交，夫亦奚
益哉？惟器识弘远者，所见甚大，不规规于小道末
技。见人新有所作，辄加欣赏，用资观摩，相与攻错，
朋友奖劝之益，于斯为大。《颜氏家训·慕贤篇》有
云："凡有一言一行取于人者，皆显称之，不可窃人之
美，以为己力。虽轻虽贱者，必归功焉。"此言友朋有
观摩，无掠美，其于文章著述，莫不皆然，厚之至也。
若夫儇薄之徒，务求胜人，志在扬己。见人之善，辄
贬抑之；闻人之失，辄宣扬之。非特于同时辈流相待
如此；即对年辈甚早、声闻素著者，亦无从义服善之
公心，徒逞恶詈丑诋之私忿。所谓仰天而唾，唾不至

天,还从已堕;逆风扬尘,尘不至彼,还坌已身。心劳日拙,则何益矣。故在今日而言治学为文,首宜除去文人相轻之陋习,取人为善,与人为善,以共进于高明之域。夫惟狭隘之文人,始有相轻之习;其志存远大者,博学知服,不相轻也。

编史不嫌袭用旧文

天地间有三种文字：一是抒情，二是纪事，三是说理。抒情之作，发展而为文学；纪事之文，发展而为史学；说理之篇，发展而为哲学。惟抒情、说理二者，言必己出，无可依托。至于记载旧事，则必前有所承，无嫌袭用旧文。若《史记》多采《尚书》《左传》《国语》《世本》《楚汉春秋》之类，或全用其文，或摘叙其事。班固作《汉书》，凡武帝以前，皆取《史记》而删节之。又《史记·秦本纪赞》，全用贾谊《过秦论》；班书陈胜、项籍传赞，亦全用《过秦论》及《史记·项羽赞》。此皆非摽窃之比也。良以旧事纷繁，非可杜撰；必赖前人述造，有所承受。故编史者不得不有采于前人之书。凡其所裁取者，悉天下之所共有，世人之所公知，不烦标明出处而自明。可知编史者不以钞袭旧文为过，但问其有无精识别裁足以自立与否耳。编史袭用旧文，非特马班为然。下逮《南北史》之于八书，《通鉴》之于十七史，亦何往而非钞袭。以其整炼而有剪裁,故能自成一家言耳。其他纪事之书,悉视此矣。

旧史重视少数民族

　　古称蛮、夷、戎、狄为四夷，又称边远之地为四裔。合称之则曰裔夷，见《左传》。皆谓今之少数民族地区与其人民也。《左传》《国语》言姜戎为姜姓，骊戎为姬姓，瓜州之戎为胤姓。《史记》言匈奴为淳维之后；《后汉书》言西羌为颛顼之后；《魏书》及《北史》言鲜卑拓跋氏为黄帝少子昌意之后。其他见于《山海经》及周秦诸子言戎狄为某王某帝之后者犹多。虽不免失之附会，未可尽信；然窥昔人用心，盖欲用此羁縻远族，使自昵于吾邦，而不萌携贰之意也。旧史为少数民族立传者，自《史记》有《匈奴》《东越》《朝鲜》《西南夷》诸传始。而《汉书》复有《匈奴》《西域传》，《晋书》以下诸史，皆有或详或略之记载。其不标篇题而散见他卷者，如《魏书》卷九十五、九十七、一百、一百一、一百二、一百三，此六卷内，皆记载少数民族情况。亦有在一书之内，既有专篇综叙，复有他篇分述者，如《北史》已有《僭伪附庸》之总传标题，又在卷九十四至九十九之六卷中多载各外族列邦史实。全在学者细心博考，以究我国少数民族历史之资料，庶不负旧史重视此种纪载之用意也。

少数民族在中国历史上之地位

我国是多民族国家。自汉族外，今可考知者，尚有五十五族。汉族居全国人口百分之九十四；少数民族居百分之六，而散布甚广，遍及于全国边远地区，与汉族共同组合成为中华民族之统一国家。论其在历史上之地位与作用，自与汉族等也。在数千年中，少数民族有不少优秀人物，垂诸史册。如七世纪藏族松赞干布，十二世纪蒙古族成吉思汗，十六世纪女真族努尔哈赤，十七世纪满族爱新觉罗·玄烨，皆人杰也。文治武功，震烁千古。至于专门名家，尤难尽数。若四世纪龟兹鸠摩罗什，乃著名之宗教家、以翻译佛经驰声中外者也；六世纪鲜卑宇文凯，乃工程技术家也；十三世纪契丹耶律楚材，乃大政治家也；十四世纪蒙古康里巎巎，乃著名书法家也；十五世纪回族郑和，乃地理学家也；十六世纪回族李贽，乃大思想家也；十七世纪满族纳兰性德，乃大词人也；十八世纪蒙古明安图，乃天文算法家也；满族曹雪芹，乃大文学家也。此皆出类拔萃，为古今不可多见之人物。兹仅偶举十数人以示例，其他尚多，不烦悉数矣。至于少数民族之大众，与汉族共同开发边疆，抵抗外侮，渐致富强国家，厥功尤伟。

各民族间建立经济、文化方面之密切联系，起源甚早。由于彼此交流，互相仿效，融合既久，逐渐形成丰富多彩之中华民族文化。其中内容，固非汉族所独有也。即以日常易见之事物言之，如高粱、玉米、花生、芝麻、棉花以及大葱、大蒜、胡椒、胡萝卜、胡豆、黄瓜等蔬菜；葡萄、核桃、胡桃、西瓜、西红柿等瓜果；以及乐器中之胡琴、胡笳，悉由少数民族地区陆续传入内地者也。汉族服装，原为褒衣博带、长袖方领；后变为小袖短衣，此乃模仿少数民族之胡服而改进者。汉族起居，原是席地坐卧，入室脱履；后变为有床设几，此乃效法少数民族之胡床而改进者。此外如唐代孙思邈《千金要方》中，吸收不少来自少数民族之药物。元代黄道婆发明轧花、弹棉、纺织等机械，乃从海南岛黎族妇女中学习而成。至于在文学艺术、音乐舞蹈等方面之长期交往，彼此观摩，互相补益者，尤不可胜数。既已促进各民族间经济、文化之发展，且又丰富整个中华民族文化之内容。故在今日而言中国文明史，自不可湮没或缩小少数民族之成绩与作用。

宜去诬蔑少数民族之词而厚抚之

古称东夷、西戎、南蛮、北狄为四夷，皆谓散居边境之少数民族也。考四夷之名，各有取义，原无恶意。古之造字者，莫不因其土宜习尚，随物立文。古称东夷，多指今之东北，其民多事捕猎，故夷字从大持弓。西戎乃指西北，其民出行以戈自随，故戎字从甲负戈。南方多蛇，人擅捕蛇之术，故蛮字从虫。声转为闽，故亦从虫也。北人以游猎为生，故狄字从犬，谓常以犬自随也。貉字从豸，谓所获多豸类也。西戎中又有羌，则以其民皆尚畜牧，故羌字从人从羊，谓人与羊相处也。如此理解，庶无疑误。而汉代学者，不免曲说以诬蔑之。《说文解字》羊部羌下云："南方蛮、闽，从虫；北方狄从犬；东方貉从豸；西方羌从羊；此六种也。"又犬部狄下云："犬种"；虫部蛮下云："南蛮，蛇种"；闽下云："东南越，蛇种"；豸部貉下云："北方，豸种"；皆谬说也，何可为训？今当订正而批判之。

《尔雅·释地》云:"九夷、八狄、七戎、六蛮,谓之四海。"而《周礼·夏官》则谓:"职方氏掌天下之图,以掌天下之地。辨其邦国、都鄙、四夷、八蛮、七闽、九貉、五戎、六狄之人民,与其财用、九谷、六畜之数要,周知其利害。"(与《逸周书·职方篇》文同)诸书所举四、五、六、七、八、九之目,但喻其众多耳。本无定数,故所记不同也。古人取夷、蛮、闽、貉、戎、狄,以与邦国、都鄙并论,而辨其人民、财用、九谷、六畜之数。盖于少数民族一视同仁,怀柔而抚字之,而不使之离贰于己也。故先民安辑四裔,率不外乎一"抚"字。书称"抚我则后,虐我则仇"。盖相与之厚薄,有同影响矣。《孟子》尝言"莅中国而抚四夷",《左传》亦云:"抚有蛮夷",抚之时义大矣哉! 自来有国家者,语及驭控四裔,莫不用心于此,而收近悦远来之效。古人言抚,犹今人言团结耳。

兄弟阋于墙外御其侮

　　国由多民族组成，犹一大家庭也。兄弟既多，习性各异，自难免彼此龃龉，互有争夺，甚者至于殴斗，此世间常有之事也。然而遇外来侵侮之事，则又齐心协力以抵御之。《小雅·常棣》之诗曰："兄弟阋于墙，外御其侮"，其垂训深矣。我国历史上之民族纠纷，有时由汉族引起，有时由少数民族发动。或一战即罢，或久战连年，劳民伤财，世所患苦。然而战争之祸，在汉族内部亦常有之，如汉末有三国之分立，西晋有八王之扰乱，用兵不休，民生凋敝。是岂民族间之纠纷耶？故在今日而论历代民族间之纠纷，宜与汉族内部战争等量齐观，不可存夷夏之见，有内外之分也。当两族对垒时，视同敌国；及干戈既戢，言归于好，则又信誓旦旦，友如兄弟。值国家外侮频仍之际，齐心协力，抵御强邻。即以近数百年而论，如沙俄之垂涎东北，英法之入侵西南，皆赖少数民族与汉族团结抗敌，得保疆土。此特其荦荦大者，至于其

他地区，亦莫不然。可知历代虽有阋墙之争，固不能
没其共御外侮之实也。

少数民族君长勤学汉人文化典籍

汉族文化，源远流长，典籍丰富。大之理国治军，小之立躬饬行，以及数千年历史事实，无不载于书中。非特汉族君臣上下所共诵习，即少数民族统治者，亦莫不以攻读汉人典籍相尚，从而取得修己济世之方，以图长治久安之计。稽之旧史，此类甚多。兹仅就《晋书·载记》所述"十六国"时事言之，如刘渊幼好学，师事上党崔游。习《毛诗》、京氏《易》、马氏《尚书》，尤好《春秋左氏传》。《孙吴兵法》，略皆诵之。史汉诸子，无不综览。刘和好学夙成，习《毛诗》《左氏传》《郑氏易》。刘宣师事乐安孙炎，沈精积思，不舍昼夜。好《毛诗》《左氏传》。刘聪幼而好学，年十四，究通经史，兼综百家之言，孙吴兵法靡不诵。刘曜读书志于广览，不精思章句。尤好兵书，略皆暗诵。石勒雅好文学，虽在军旅，常令儒生读史书而听之。石弘幼受经于杜嘏，诵律于续咸。石虎虽昏虐无道，而颇慕经学。慕容皝尚经学，善天文。慕容俊博观图书,有文武干略。苻坚性至孝,博学多才艺。苻丕少而好学,博综经史。姚襄好学博通,雅善谈论。姚兴讲论经籍,不以兵难废业。沮渠蒙逊博涉群史,颇晓天文。若斯所记,已不乏学问优赡之人,代有英杰之主,固无以异于汉族也。当鲜卑族南凉主秃发傉檀与后秦使者韦宗论六国纵横之规,三家战争之略,远言天命废兴,近陈人事成败,机变无穷,辞致清辨。宗出而叹曰:"命世大才,经纶名教者,不必华宗夏士。"诚笃论也。

各族文化大融合

少数民族君长，非特好读汉人典籍以积学成才，又能礼重汉族英俊以为己用。如石勒之于张宾，苻坚之于王猛，慕容廆之于裴嶷，皆其佼佼者也。既见信用，委以庶政，取汉族之礼文制度，举而措诸少数民族之区，成为各族文化大融合，卒臻吾国文治之盛。唐史臣称石勒褫毡裘，袭冠带，释介胄，开庠序。邻敌惧威而献款，绝域承风而纳贡。古之为国，曷以加诸。及鲜卑族拓跋氏统一北方，孝文帝益醉心华夏之礼教，而深鄙弃其国俗。于是禁同姓为婚，罢一切淫祀，建明堂太庙，定车服礼乐，祀孔子，立史官，耕籍田，制律令，一切师法中土古制。犹以为未足，由平城迁都洛阳，禁其国人胡服胡语，又改其姓氏，与汉族通婚姻。凡此诸端，自北魏开国时已逐渐行之，特至孝文帝而益大其规制耳。孝文政绩之最著者，首推均田，亦上师新莽"王田"、西晋"占田"之意而变通之。计口授田，以弭不平。沿及北齐、北周，均仿行之。此后隋唐政制,多渊源于魏周,实亦各族文化大融合之结果也。

清康熙帝之博学多能

自古帝王之出于少数民族者多矣，若论文治武功之盛而又博学多能者，盖未有逾于满族爱新觉罗·玄烨者也。八岁登帝位，十四岁即亲理政务。不久而智擒权臣鳌拜，尽除奸党，平定三藩，统一台湾，抗击沙俄，亲征噶尔丹，反对罗马教皇干涉内政，发展社会生产富裕国家，皆其文治武功之大者。一生劳于用兵理政，而犹孜孜不倦，黾勉以求中外知识。其勤奋好学之精神，尤古今所罕觏。曾国藩所为《国朝先正事略序》有云："圣祖尝自言，年十七八时读书过劳，至于咯血而不肯少休，老耄而手不释卷。临名家手卷，多至万余；写寺庙匾榜，多至千余。上而天象、地舆、历算、音乐、考礼、行师、刑律、农政，下至射御、医药、奇门、壬遁、满蒙、西域、外洋之文书字母，殆无一而不通，且无一不创立新法，别启津途。"而《清史稿》卷二七二《汤、杨、南列传后论》又云："圣祖尝言当历法争议未已，己所未学，不能定是非,乃发愤研讨,卒能深造密微,穷极其闾奥。为天下主,虚己励学如是。呜呼,圣矣!"由此可见玄烨一生读书之刻苦与夫博学多能之造诣,非特历代帝王鲜其俦匹;即平民寒士亦少有能笃志不懈至于如此者。彼尝自言:"学贵初有决定不移之志,中有勇猛精进之心,末有坚贞永固之力。"斯诚不刊之明教矣。或谓清室之盛,无逾康、乾。乾隆帝亦耽悦汉族文化典籍,博闻多识,足以绳其祖武。不悟高宗所歆慕者,多在文艺。御制诗至十余万首,又好鉴别书画,广施品题。是其心力所萃,恒在文学艺术,不及康熙之沉研朴学为有裨于实用也。康熙以后,朴学之士勃起,盖亦上好下甚有以致之。

徽州诸儒之朴学

清自康熙时朴学之风渐起，而徽州诸儒为之最先。婺源江永，其大师也。以出生于朱子之乡，又值其时清廷尊崇朱学，故江氏治学，步趋朱子。鉴于朱子晚年治礼，为《仪礼经传通解》未成，因广搜博讨，大纲细目，一从《周礼》大宗伯吉、凶、军、宾、嘉五礼旧次，撰为《礼书纲目》八十八卷，后又成《近思录集注》十四卷，皆所以表章朱学也。朱子之学，主于格物穷理，而不遗一名一物之微，实开后世朴学之先。江氏亦沉研于实事实物之考证，其所著书如《周礼疑义举要》《礼记训义择言》《深衣考误》《春秋地名考实》《乡党图考》《四书典林》《群经补义》，悉阐明礼数名物者。于天官星历，有《历学补论》《七政衍》《金水二星发微》《冬至权度》《恒气注历辨》《岁实消长辨》。于乐有《律吕阐微》。于声韵有《音学辨微》《古韵标准》《四声切韵表》。于步算有《推步法解》《中西合法拟草》。其学所涉至博，要不出考证名物之范围。乡里后进从之问学者，自戴震外，以金榜、程瑶田为最著。金传其三礼之学，程衍其名物之学，戴则具体而微也。

与江永同时同县而同膺高名者有汪绂，其学亦以朱子为归。朱筠督学安徽，为撰墓表以张其学行。称其博极两汉六代诸儒疏义，元元本本，六经皆有成书，下逮乐律、天文、地舆、阵法、术数，无所不究畅。所著书有《易》《书》《诗》《四书诠义》《春秋集传》《礼记章句》《或问》《乐经律吕通解》《理学逢源》《医林辑略探源》诸书共数十种。其治学途径，与江氏相似，同遵朱子格物穷理之遗教，从事物上实下工夫。惟汪尚义解，江尚考证，两家学诣仍有不同耳。其后汪学绝少传人，江学乃益光大，则以康乾以来尚实之风，群流所趋，莫能独外也。余尝以为江永之与汪绂，甚似汉人郑玄之与邴原。郑、邴亦同时同郡人，邴又崛起寒微，与汪氏无殊也。邴之治学，与郑异趣，尝言"人各有志，故有登山而采玉者，有入海而采珠者"。可知学不同方，无嫌并美。其后邴学大成，与郑同为儒林所重，亦犹汪之与江耳。

戴震之学出于江永

清代徽州府,实辖歙、休宁、婺源、祁门、黟、绩溪六县,向学之风甚盛。始江永以朴学大师施教乡里,戴震与其友好郑牧、汪肇隆、方矩、汪梧凤、程瑶田、金榜,皆师事之。江长于戴四十岁,固归然老师也。故戴氏早岁治学,一循江氏途辙。以戴氏年谱考之,二十二岁,成《筹算》一卷(后增改为《策算》);二十三岁,成《六书论》三卷(已佚);二十四岁,成《考工记图》二卷;二十五岁,成《转语》二十章(已佚);二十七岁,成《尔雅文字考》十卷(未刊);三十岁,成《屈原赋注》;三十一岁,为《诗补传》。此皆在其三十二岁入都前治学趋向,重在考核名物、文字、声音、算数,全是江门朴学矩矱也。江氏不薄宋儒,而戴氏论学,亦言《周易》当读程子《易传》(见年谱);所撰《诗补传》原稿,采宋人说最多(叶德辉说);是又学术源出江氏之明验矣。王昶为江氏墓志铭,开端即曰:"余友休宁戴君,所谓通天地人之儒也。常自述所学,实本之江慎修先生。"钱大昕所为《江先生传》亦曰:"休宁戴震,少不誉于乡曲,先生独重之,引为忘年交。震之学,得诸先生为多。"是戴学实出于江,早有公论。而戴氏为《六书音均表序》,言及其师,谓为"吾郡老儒江慎修永",论者多嗤其昧厥师承也。

卷十四

程瑶田之通艺录与论学小记

徽州为朱子故乡，流风未歇，延及清代，故治名物考证之学者，犹不废义理。程瑶田朴学功深，穷极幽隐。所为《通艺录》，则有《禹贡三江考》《九谷考》《仪礼丧服文足征记》《磬折古义》《数度小记》《宗法小记》《释宫小记》《考工创物小记》《释草小记》《释虫小记》等二十余种。于经义、制度、舆地、器物，皆有论述，考证精详，论者叹其博赡审密，非他家所能逮。瑶田之学，出于江永。永兼综汉宋，不立门户；瑶田亦严于饬躬，讲求义理。观所为《论学小记》《论学外篇》，可以知其意趣。刻书时，取此二编以冠《通艺录》之首，盖以明其为学途径，固不徒在考证名物而已也。余观其论学二编，大抵教人之语为多，亦有抒己见以匡正时论者,如《论学小记上·诚意义述》有云:"今之言学者,动曰去私去蔽。余以为道问学,其第一义不在去私,致知之第一义,亦非去蔽。盖本不知者,非有物以蔽之,本未行者,非必有所私也。"此论即为指斥戴震之说而发。程与戴虽相交甚久且笃,而各持所见,不为苟同如此,亦足征其学之有以自立也。

清初桐城钱澄之学行文章之大

　　近世称述清初学术者,恒称顾炎武、黄宗羲、王夫之为三大儒,而不知当时桐城钱澄之实亦不废大家,足与三人媲美。澄之明季诸生,中遭党祸,避难吴中。及清军南下,从亡闽粤,思立功名以自见。王夫之《永历实录》尝为之传,纪其事甚详。是其志操固与三家若合符契矣。而少负奇气,有用世志,故发之于文,浩乎沛然。顾无所依傍,自辟蹊径,孤怀高识,创见极多。在清初诸大家中论及文章之美,鲜有能与抗衡者。由其学养深醇,气积势盛,有诸中形诸外,不期工而自工耳。其治经深于《易》《诗》,而说《诗》为尤精。往来南北,闻见博洽。与顾炎武论学多不合,又谓顾氏详于事而疏于理,精于史而忽于经,实切中其病痛。盖顾氏之学,根柢在史,故于经学无专门著述。而澄之颇以经学自负,所著《田间易学》《田间诗学》诸书,四库均已著录,固清初一大经师也。后之考论清初学术者,鲜齿及之,其失弘矣。

方苞、刘大櫆文辞之弊短

自方苞为文,谨守古文义法,上规《史》《汉》,下仿《韩》《欧》,实开桐城文派之先,有大名于康熙中。顾取径窘隘,尊崇宋贤义理太过,俨然以卫道自任。值李塨丧子,苞遗书警之,至谓自阳明以来,凡极诋朱子者,多绝世不祀。斯则过激之言,无乃已甚,有同于悍妇之斗口舌,非儒者所宜出。及见乡里后进刘大櫆,拂拭而揄扬之,目为今之韩、欧。其实刘之文辞,不足以语此也。两人寝馈程、朱之书既深且久,下笔为文,遂不免时文格调。钱大昕跋《方望溪集》,引前辈金若霖言,谓方苞以古文为时文,以时文为古文。此一病痛,刘视方所患为尤甚。其后姚鼐选辑《古文辞类纂》,自唐宋八家外,惟上及《国策》《史》《汉》《骚赋》,而下讫方、刘。鼐所以张大二人者,固未免乡曲之私,且欲以明己之文章所自出,为异日开宗立派地耳。方、刘之文,抑何足以上续古作者之末乎?善读文者,自能知其高下浅深也。

桐城文派之兴起

桐城文之开宗立派，自姚鼐始也。鼐善为古文辞，虽慕效其乡先辈方、刘之绪，而受法于其世父范。然鼐之学识、文辞，皆远在三家上，故声誉甚高，从之游者甚多。故历城周永年为之语曰："天下之文章，其在桐城乎！"由是文家宗之，号"桐城派"。弟子著籍者，以刘开、陈用光、吴德旋、方东树、姚莹、梅曾亮、管同为最有名。其他散在四方而私淑之者，尤不可胜数。桐城诸家之为文，归于从容雅澹，而戒律尤严。凡语录语、魏晋六朝人藻丽俳语、诗歌中隽语及《南北史》佻巧语，皆不当以入文。故遣辞用字，谨饬有法。虽边幅稍窘，气势嫌弱，末流乃至迂缓冗滞；然行文高洁简练，固犹可救俗文芜蔓庸杂之弊。故终清之世，余风不绝。清末如吴汝纶、马其昶、姚永朴、永概，皆其乡里之后劲也。顾桐城文家，莫不耽心义理，服习程朱，论者或病其不免有道学气，故近世之言文者多薄之。

方东树有志救乾嘉学风之失

姚门弟子中，以方东树、刘开最有才气，以卫道自任。两家皆善持论，东树尤骏快犀利，志矫汉学诸儒之枉。所为《汉学商兑》四卷，于乾嘉中偏重考核、鄙弃义理之学风，不惜条辨而纠弹之。又有《书林扬觯》十六篇，于著书之源流得失，言之尤兢兢。称举前人之言，以戒轻浮之习，于发蒙振聩，不无小补。其书皆作于道光初，所以箴乾嘉学风之失也。顾东树非文士，于汉学诸儒之书，亦尝博涉而探究之，故评骘之际，非徒空言而已。舍短取长，亦复知其有不可及处。《汉学商兑》卷下有云："小学音韵，是汉学诸公绝业。所谓此自是其胜场，安可与争锋者。平心而论，实为唐宋以来所未有。"语及诸儒著述之盛，则谓"新名林立，卷帙盈千，充牣艺林，要其中实有超绝冠代，江河万古，自不可废。"又云："汉学诸人于天文、算术、训诂、小学、考证、舆地、名物、制度，诚有足补前贤裨后学者，但坐不能逊志。"若此诸论，则又平情切理,殆所谓"恶而知其美"者也。亦以实学立于不败,未可以空言倾之耳。

清人朴学成就多得力于刻苦

乾嘉朴学诸儒，治学谨严缜密，以愚自处。每治一书，辄自首至尾，穷探义蕴，考核精详。常竭数十年之力，以专理一经，故能登峰造微，成其绝业。若焦循之于《易》，孙星衍之于《书》，陈奂之于《诗》，刘文淇之于《左传》，段玉裁之于《说文》，邵晋涵之于《尔雅》，王念孙之于《广雅》，下逮清末孙诒让之于《周礼》，黄以周之于《礼书》，皆专门名家也。非有刻苦钻研之精神，曷足以立名当世。后人徒羡其成器所至，而莫窥其功力所臻；览其书者，亦但浅尝而已。清学至道咸而风气一变，于是游谈无根者多，而朴学刻苦之习式微矣。若孙诒让、黄以周，乃特立拔起者也。余平生教导后生，尝谓乾嘉诸儒之书虽不可尽读，然其治学刻苦之精神，与其理董故书之方法，则固足为后人师模也。吾人取其长而不溺其偏，则仍有受用处。

清人之书虽多仍当分别观之

清人写作夥矣，然细审之，自有高下浅深之不同。焦循尝言："人未知而己先知，人未觉而己先觉，因以所先知先觉者教人，俾人皆知之觉之，而天下之知觉自我始，是为作。已有知之觉之者，自我而损益之；或其意久而不明，有明之者，用以教人，而作者之意复明，是之谓述。"（《雕菰楼集·述难二》）盖必有所发明、有所发现而自抒所得者，然后谓之作；凭藉前人之作，续有申衍者，然后谓之述。作与述，若是其不可混同也。其后集解、纂辑之业日兴，但以撮钞为事，愈不足以与于著述之林矣。顾炎武所谓"著书必前之所未尝有，后之所不可无"，作之谓也。述乃编述前人所记，自成一书，若《史记》《通鉴》，乃称上乘，他书亦鲜有能及者。若夫集解、纂辑之书，一钞胥优为之，复何著述之足云。近人黄侃尝言："集解之学行，则无真正之学。"（见《雅言札记》）真名言也！大抵为集解者，撮录前人之言为多，自抒心得之语甚少。成书甚易，可以炫俗，故人皆乐为之。吾湘先正王先谦，一生从事于此最勤，成书虽富，适为盛业之累耳。近世若丁福保为《说文解字诂林》，直以糨糊、剪子分属多人为之粘贴以成编。谓为资料丛钞可也，岂得目为著述乎？

必有雄厚功力而后能成精深之学问

　　乾嘉诸儒治学，极其刻苦。每欲专精一经或一艺，必先多为之方，从事综合之研究。既得其纲要矣，然后散其例以理繁穰，致收融会贯通之效。有此雄厚之功力，故其学四通六辟，无往而不精密。故段玉裁注《说文》，必先有《六书音韵表》以为之纲；王念孙疏《广雅》及创作《释大》，必有《古韵谱》以肇其端；钱大昕昌言古无轻唇音，而先成《声类》以集其证；陈奂欲成《毛诗传疏》，而有《毛传义类》以理其繁；此皆诸家治学之功力也。此等功力，或为表谱，或撰类释，积时累岁而后能成。用以理董一经或一艺，则取之左右逢源，而学问乃臻精密。近世黄侃，以治声韵有大名于当时，恒以愚自处，困学不倦。平生所为有关古声韵之表谱甚多，今其及门裒刊为《黄侃声韵学未刊稿》二厚册，皆其治学之功力也。其功力邃密如此，卒能诣精造微，夫岂偶然。余早岁读《说文》，尝以古韵部居为经，声纽为纬，谱录许书九千余文，成

《说文声韵谱》六册;后治《广韵》,复依四十声类而析录之,成《广韵谱》二册。稿均尚存,迄不付刊者,不欲以功力为学问也。

处境艰困可以磨炼成材

历代绩学之士，多自艰苦奋斗中来。即以清人而论，若汪绂、汪中之拔起孤寒，佣书于外，刻厉自学，卒成通儒，固已极其困厄矣。即如硕学凌廷堪，亦处境至窘，身历百艰，奋发不懈，用底于成。廷堪自言："少困饥寒，学贾不成。年二十余，去而佣书。"（见《校礼堂文集·学勤斋时文自序》）又云："余幼而孤露，学书仅足记名姓。服贾入市，舍筹而嬉。年过二十，亟思发愤读书。后以负米出游，时借三人之经读之。而艰于记忆，乃自课以手钞代读。然寄食于人，几案少隙，或作或辍，二年中始钞得《诗》《书》二经。后历九年之久，止钞得《易》《书》《诗》《周官》《仪礼》而已。"（见《手钞诸经跋》）其刻苦自厉之状，可以想见。及其学问大成，江藩称其"读书破万卷。肆经，邃于《士礼》，披文摘句，寻例析辞，闻者冰释。至于声音训诂，九章八线，皆造其极而抉其奥。于史，则无史不习，大事本末，名臣行业，谈论时若瓶泻水，纤悉不误。地理沿革，官制变置，元史姓氏，有诘之者，从容应答，如数家珍。雅善属文，尤工骈体，得汉魏之醇粹，有六朝之流美，在胡稚威、孔巽轩之上，而世人不知也"（见《汉学师承记》卷七）。乾嘉诸儒中，博学多能如此者，实不多觏。所著书甚多，自《校礼堂诗文集》外，以《礼经释例》《燕乐考原》为最要。年仅五十三而卒，论者弥叹惜其学丰而年啬也。黄侃尝言："凡古今名人，皆由辛苦，鲜由天才。"（见《雅言札记》）斯诚达本之论，足以启迪多士矣。

学贵有识

昔人论及人才，恒谓才、学、识三者不可缺一。余谓才赋于天，学成于己，识则赋于天者半，成于己者亦半也。无才与识，而徒累功积学，则其学不能大，下者惟以书簏见讥耳。此古今识字读书之人甚多，而成就大者弥少，悉由于此也。以汉宋旧事而论，司马迁能取古今事物载之一书，将来自异时异地之史料尽为我用，此其才也。理董故书雅记，取之左右逢源，其学也。前有所承，又从而自创新例，会合不同之体以成一书，其识也。其后司马光亦然。举一千三百六十二年之事，取精用弘，删繁存简，此其才也。《十七史》外，博采群书，其学也。但取与治道有关者，而不录其他言行，别择去取，厥例綦严，其识也。夫惟识高，则所为书方见卓异耳。观汉宋两司马编述之业，固已如此。即言清儒考证之业，亦莫不然。盖有识大识小与夫无识之不齐，而高下浅深，区以别矣。

有学无识未可大成

清代笃志之士从事考证者，如徒有学而无识，则虽著述甚多，终莫由为世所重，永传于后。观夫王鸣盛之与钱大昕，而优劣自分。二人同于乾隆十九年成进士，鸣盛又以第二人及第，为名翰林，官至光禄寺卿，即致仕还里。闭门读书，可云勤笃。大昕与之同邑同学，又为其妹夫。亲密无间，宜有切磋之益。而造诣乃终不及大昕之精深，识不逮之耳。考王氏《蛾术编》目录后沈懋德跋中引鸣盛自道有曰："我于经有《尚书后案》，于史有《十七史商榷》，于子有《蛾术编》，于集有诗文，以敌《弇州四部稿》，其庶几乎？"可知鸣盛固以渊博自许，贪学贯四部之名，而其实不足副之。其病在于识不高，心不细，思虑未密，考证常疏。舛误之处，甚至有出人意外者。余往者于《清人文集别录》《清人笔记条辨》中，即已略施纠弹矣，亦未能尽举也。从知有学无识，其失弥弘。乾嘉诸儒，类此者犹多，不第王氏一人然已。

书不在多

六朝以前，无自编文集之例。名人学者偶有所作，仅收录于史传中。汉初大儒如贾谊，传世之作，但有文数篇耳。推之其他见录于《史》《汉》之文，人各数篇，皆传于后。可知文之传不传，本不系乎篇章之多少也。后之从事著述者亦然。苟无真价，虽多何补；其书可贵，虽少必传。乾嘉诸儒中，有著述甚简而学问至卓者，如嘉定钱塘，深于声音、文字、律吕、推步之学，而不多著书，间有撰述，亦短书薄帙耳。其文集仅《溉亭述古录》二卷，仪征阮氏为刊行之。其中《与王无言书》，畅申义生于声之理，为考文之士辟一新径，发前人所未发。其他考证之文，皆至精核。虽其书不多，而有裨于世甚大。又如宝应刘台拱，学博识高，著书甚少。江藩称其"学问淹通，尤邃于经。解经专主训诂，一本汉学，不杂以宋儒之说。著有《论语骈枝》一卷，《荀子补注》一卷，《汉学拾遗》一卷，《经传小记》三卷，《文集》一卷。君勤于读书,懒于著述,不似今人卤莽成书,动辄盈尺也"（见《汉学师承记》卷七）。刘氏遗书不多,而陈义弥精,当时即为儒林所推重,固胜于述造等身而芜冗浅陋者远矣。可知书之传不传,名之立不立,初不以述造多少为断也。世之不问己之学识何如,而贪多骛博、亟亟以图不朽者,可以省矣。

史文有因后人误解而失其原意者

陈胜起事立国，《史记·陈涉世家》但云："陈涉乃立为王，号为张楚。"而未指明其王号。此缘在《秦始皇本纪》已云："二世元年，七月，戍卒陈胜等反故荆地，为张楚；胜自立为楚王，居陈。"可知陈胜当时，实自称为楚王。故《汉书·高帝纪》亦云："秦二世元年，秋七月，陈涉起蕲，至陈，自立为楚王。"《资治通鉴》卷七亦云："陈中豪杰父老，请立涉为楚王。"是汉宋史学家均未误也。后人泥于《世家》中"号为张楚"四字，而误解为当日乃称"张楚王"或"张楚国"，其失甚矣。不悟此一"号"字，古人用之，多与"名"通，所谓"名为张楚"，乃指出其以张大楚国相号召，而实无张楚之意。此与《汉高祖本纪》所云"是时项羽兵四十万，号百万；沛公兵十万，号二十万"之"号"字，用法正同。且此"张"字作动词用，中国历史上，从无在王号上加动词者，故俗误必须纠正也。或谓近年地下文物发现，实有以"张楚"标题者，须知此乃当日幡帜所书以宣传革命之辞，而非自名其国为"张楚"，此亦不可不辨。

史文有因后人误读而失其本恉者

旧史简奥，原无句读。苟读者于疑惑处，不取原始资料参究之，鲜不臆生误解以致谬戾者。胡三省治《通鉴》可谓精熟矣。然于《通鉴》卷一百四《晋纪》二十六"铁弗卫辰狡猾多变"注中引李延寿云："北人谓父为鲜卑，母为铁弗，因以为姓。"而李氏《北史·僭伪附庸传》作"北人谓胡父为鲜卑，母为铁弗"。多一"胡"字而意仍晦。李氏此语，乃根据北齐魏收《魏书》。考《魏书》卷九十五《铁弗刘虎传》，本作"北人谓胡父、鲜卑母，为铁弗"。可知"铁弗"二字原义，乃指两种民族男女结为夫妇后，所生儿女之名。李延寿钞《魏书》时，在"胡父"下，误增一"为"字，意义已乖；胡三省引《北史》时，又删去一"胡"字，更使人不易理解。如不穷探至《魏书》，考证史文来源，直无法索得原意，从而肯定胡注之误。此乃有关史实真相之大者，不可不弄清楚。揭斯一例，可概其余。《通鉴胡注》中亦有由于未及对照原始材料，因而将《通鉴》正文误加句读者，其事不少，未能悉数也。

俗语有因声近傅会而臆造故实者

顾氏《日知录》卷三十二《终葵条》云:"《考工记》:'大圭长三尺,杼上终葵首。'《礼记·玉藻》:'终葵,椎也。'《方言》:'齐人谓椎为终葵。'马融《广成颂》:'挥终葵,扬关斧。'盖古人以椎逐鬼,若大傩之为耳。今人于户上画钟馗像,云唐时人能捕鬼者,玄宗尝梦见之,事载沈存中《补笔谈》,未必然也。"顾氏所疑,是已。《说文》:"椎,击也。齐谓之终葵。"徐锴曰:"终葵,椎之别名也。故玉珽终葵首,作椎形也。"盖椎本为木棒名,用以击物亦曰椎。齐谓之终葵者,终葵乃椎之切语也。缓言之为终葵,急言则为椎耳。终葵所以击物,必有人持之。好事者因谐其音而为钟馗打鬼之说,并伪托唐明皇命画工吴道子图钟馗像以祛邪魅,皆无中生有,乃文士之虚构。后世多于五月或岁除时悬钟馗像,以当大傩之义,实傅会也。流俗承讹袭谬,益滋荒诞。后来画家又有《钟馗嫁妹图》之作,尤为可笑。钟馗本无其人,安得有妹。"嫁妹"乃由"嫁魅"而讹,嫁魅犹言驱鬼耳。

俗语有因声近讹变而误生辞说者

今人恒称猜忌为吃醋，实嫉妒二字之声转。本起于女色之争宠，后乃及于其他忌恨之事矣。妇女嫉妒，多出于一夫多妻之门。由"妒"声变为醋，醋乃水液，俗间因又有"打醋坛子""醋海兴波"诸语以形容之。醋味至酸，故俗语又常举醋与酸并言。《红楼梦》第六十五回："你放心，我不是那拈酸吃醋的人。"有时吃醋与争锋连用，《红楼梦》第六十九回："凤丫头倒好意待他，他倒这样争锋吃醋，可知是个贱骨头！"争锋，犹言争胜。争锋吃醋，他书亦有作争风吃醋者，其意同也。古人往往认为，大抵妇人十之八九皆有妒性，南朝虞通之尝撰《妒妇记》纪其事。《隋书·经籍志》作《妒记》二卷，久已不传。《书录解题》小说家，《四库存目》杂家，并有王绩《补妒记》八卷，知历代此类之人之事，可纪者甚多也。韩琬《御史台记》叙及唐初大臣任瓌畏妻事，太宗以其功高，赐二侍子，瓌拜谢，不敢以归。太宗召其妻责之，而饮之酒,仅醉而不死,其实非鸩也。后人谓太宗赐饮,乃醋非酒,吃醋之说出此。斯乃臆测之辞,未可保信。

古人所称黄金非即今之黄金

《廿二史札记》卷三,有"汉多黄金"一条,列举汉初诸帝赐臣下黄金数,高祖一次与陈平金四万斤。吕后以下及文、武诸帝,动辄以黄金数千斤、数百斤行赏,据以考定古时黄金之多。余则以为不然也。古者金、银、铜、铁、铅,均谓之金,故合称五金。《尚书·尧典》:"金作赎刑。"传:"金,黄金。"《疏》云:"此《传》黄金,《吕刑》黄铁,皆是今之铜也。"可知自来亦称铜为黄金,而非即今之黄金也。汉初诸帝所以赏赐臣下以如此数量之铜,盖俾其以铜铸钱致富厚耳。《史记·平准书》云:"汉兴,为秦钱重难用,更令民铸钱。"又云:"至孝文时,令民纵得自铸钱。故吴、诸侯也,以即山铸钱,富埒天子。邓通,大夫也,以铸钱财过王者。"从知在汉初尚未颁布铸钱禁令时,国家允许私铸。其时帝后赏人以多铜,即任其私铸以积多财耳。假若所赏乃如今之黄金,多则多矣,将安用之?况今之黄金生于地者,杂存于沙砾或其他矿物之中，颗粒为多，间有块片。必淘汰其沙乃得，所谓"披沙拣金"也。惟其量少、产地不多，故国家收储之金亦寡。唐杜佑《通典·食货五》，附载当时"天下诸郡每年常贡"诸品物，在二百八十八府郡中，仅有怀道、宁塞、安康、南浦、鄱阳、衡阳、通义、资阳、犍为、卢山、油江、潭阳、蒙山等十三郡，岁贡金或麸金，郡各数两或十两，多者不过十四两。麸金，谓金之如麦屑者，乃碎细之金也。唐代产金地之少，而贡入国家者无多，悉可见于此矣。何独在汉初，乃有赏赐臣下黄金动辄数万斤、数千斤、数百斤，如彼其轻而易举也？果如所言，则其时金之堆积如山，有如今日煤矿工人之挖煤，取之不竭，得之甚多，天下安有此事？故知汉人所谓黄金，实指黄铜，非即今日所称黄金也。

古人所用名词含义多与今异

在古书中所见名词,各有其时代之含义,未可以后起之说解之。如"民",为人之通称,《老子》云:"民不畏死,奈何以死惧之?"是民字乃指一般人民也。至于历代每值大兵大乱之后,死亡枕藉,居民稀少,都邑萧条,有国家者,每自他处徙民以填实之。《汉书》中所云:"徙吏民豪杰",此"民"与"吏"连用,乃谓地主有赀财者。至于所云"毋与民争利",则所谓"民",乃指商贾。皆非直接生产之农民也。必如此分析,方可得其原意。又如用一"道"字,自有时代不同之含义,盖有周秦诸子之所谓道,有儒家之所谓道,有两汉经师之所谓道,有魏晋南北朝人之所谓道,有宋明之所谓道,含义各有不同,自不容混而为一。又如用一"儒"字,则有孔子以前之儒,有孔子以后之儒,有魏晋六朝放荡不羁之儒,有宋明讲学之儒,有清代考证之儒,亦何可泯其不同之迹。故善读书者,必以远古之见还之远古,以孔子之见还之孔子，以后人傅会之见还之后人，方能明究其或同或不同之故，而得其所以然也。

古代流行口语可以补证史传

古代口语之传于世者，每以四字概括一人之生平，四字下系以姓名，成为七言。似诗非诗，似谚非谚，旧史中时时载之。简明通俗，有时可以补证史传，弥足取也。后汉时流行之口语最多，今保存于《范书》者，如云："关中大豪戴子高（戴良）""五经纷纶井大春（井丹）""天下中庸有胡公（胡广）""关西夫子杨伯起（杨震）""问事不休贾长头（贾逵）""道德彬彬冯仲文（冯豹）""五经无双许叔重（许慎）""甑中生尘范史云，釜中生鱼范莱芜（范丹）"，若此类语句，凡其人之性行德艺，悉包在数字之中。以评骘出于众口，较之史文尤可信也。如参以他书所载，合"九卿直言有陈蕃""不畏强御陈仲举""天下义府陈仲举"数语观之，则陈氏之为人，尽于此矣。至于南北朝时有"上车不落则著作，体中何如则秘书"二语（见《颜氏家训》及《南史》），足以考见当时贵游子弟年少无能、早登仕版之情形，益可观世变也。

古代俗谚亦多有本

古人常用语,有出释氏及宋儒语录者,如"弄巧成拙""逢场作戏""抛砖引玉",皆见《传灯录》;"大惊小怪""七颠八倒""改头换面",皆见《五灯会元》。其次,前人诗中之警句而通俗者,喜为人传诵,积久遂成为口头常语矣。如云:"举世尽从愁里老,何人肯向死前闲",此唐杜荀鹤诗也;"但知行好事,莫要问前程",此五代冯道诗也;"但存方寸地,留与子孙耕",此宋贺仙翁诗也;"今朝有酒今朝醉,明日愁来明日愁",此五代罗隐诗也;"千里寄鹅毛,物轻人意重",此宋时谚也;"善恶到头终有报,只争来早与来迟",此古诗句也。他若"与人方便,自己方便""牡丹虽好,绿叶扶持"诸语,皆有所自出,传之久则世皆用之。至如俗谚所云:"不痴不聋,不成姑公。"则所起尤早,直通于主术无为之旨矣。乃道论之精英,远古之遗言也。

语体文起原甚早

世俗以由口语写成之篇章，不加文饰、明白易懂者，为语体文，亦称白话文。对过去用"之、乎、也、者、矣、焉、哉"诸助词写成之文，则称之为文言文。文言与白话，体式既有不同，文学界便不免引起争辩。彼此轻蔑，相攻若仇。此在七十年前，成为我国文坛论战之重大问题。其实，语体文之兴起甚早。《尚书》中周《诰》殷《盘》，所以佶屈聱牙、甚难理解，即由当时对诰誓之辞，多有方言土语在其中，致不易了然耳。吾国之语体文，此盖其最早者。逮乎佛书传入中土，任翻译者，以文言不足达意，故好以浅近之语译之，其体已近白话。其后佛家讲义语录，尤多用白话为之，是为语录体之祖。其后宋儒讲学，即以白话为语录，遂成为讲学文字之正体矣。由此可知语体文之兴起甚早，下迄近世，固一脉相承不绝，固不自今日始也。

古诗词多有语体

自唐以来，白话已进入诗词矣。如唐人李白《夜坐》："床前明月光，疑是地上霜。举头望明月，低头思故乡！"孟浩然《寻菊花潭主人不遇》："行至菊花潭，村西日已斜。主人登高去，鸡犬空在家。"明人袁凯《京师得家书》："江水三千里，家书十五行。行行无别语，只道早还乡。"贡性之《涌金门见柳》："涌金门外柳垂金，三日不来绿成阴。折取一枝入城去，教人知道已早春。"此类虽为旧体诗，然明白浅近，人人能解，实古代白话诗之脍炙人口者。至于唐之白居易，宋之陆游，所作白话诗，尤最夥而最善。唐初高僧寒山与拾得之诗，几乎全是白话。五代之词，亦多白话；李后主词之佳者，皆白话也。由宋词变为元曲，白话更多。于是白话小说、剧本，相继勃兴，而文学面貌大异于昔矣。七十年前，不少老师耆儒，反对白话文甚厉，相率痛诋五四运动时创导新文化诸人为始作俑者，岂有当乎！

可终身写语体文不可只读语体书

用当今语言为叙事、说理之文，直截明快，浅显易懂，无不达之情，无难明之理，此乃语体文之优长。较之文言文讲究用字造句，有时为字句所局限，不能畅所欲言者，相去甚远。故论文辞之适用，则语体实视文言为胜。其尤要者，在民智日启之世，举凡科学技能之发明，思想学术之进展，社会文明之变化，在在皆赖文字以为之宣扬纪述，非明白畅达之语体文，则不足以肩斯任。即书生从事古代文化之理董，亦可用今语释古语，如司马迁《史记》，司马光《通鉴》之所为，变古代遗言为汉宋通行之语，语之为用大矣。故余平生以为但期实用，则终身写语体文可也；但一生只看语体书，则大不可。此无他，以数千年之悠久文化，悉载在古书中，乃文言文之渊薮。苟不能通其读，则无由知吾祖先之功烈及成就，奚从而激起爱国之心。故在今日如有志了解本国文化，自必养成阅读文言文之能力，而于古代文字、训诂、声韵、语法诸大端,须先粗涉其藩,以具备研究中国历史之条件,庶乎博学广识,能知古知今也。

无论文言语体首必辞理通畅

文辞者，所以记载自己之思想，叙述社会之变化，说明事物之理论。无论文言、语体，气能宣畅，辞能达意。其他工美，又在其后也。写文言文，难于语体，斯固然矣。然苟能于始基之时，从唐宋入，多诵韩、欧、王、苏之文，以畅其气，以理其辞，则文理自无不通之患。假使学文之始，即上规八代，专意揣摩，于用字炼句处用功，但求文辞工美，不问气畅辞达与否，卒致文理不通，最是恶道。近世文家如王闿运，可谓雄杰矣。以其文宗八代，有天赋之才以济之，故其自造之文，自臻高雅。然非初学所宜效法也。邯郸学步，鲜有不自取败者。王门弟子杨钧尝言："吾师门人，文字通顺者不多，皆谓唐宋之文不屑意，而以《史记》《汉书》为学，故虚字多反用，造语尤晦涩，反不若时手之驾轻就熟，无辞不达也。"（语载《草堂之灵》）此乃实录，足为士林箴砭矣。余平生持论：学文之始，诵读之功不可少。先读短篇，后读长篇；先读唐宋名家文，后读秦汉魏晋文。无论为文言文或语体文，总求先通文理。文言文做到畅达雅健，语体文做到明白简净，即已不易。善为文言文者，即偶尔写语体文，亦多佳者。此实相通，不相悖也。

款　识

　　宋张世南《游宦纪闻》云:"款识分二义:款谓阴字,是凹入者,刻画成之;识谓阳字,是挺出者。"清张云璈《四寸学》则谓:"《汉书·郊祀志》:'文镂无款识。'注:'款,刻也;识,记也。'盖谓刻其所记耳。岂是阴阳之别?"考款字训刻,虽属汉人旧义,然谓铜器刻辞之为款识,不限于此也。盖款与空双声,实一语之转,故古人称空言为款言(亦作窾)。古铜器如钟鼎盘敦之属刻有文字者为款识,谓于器之空虚处刻识之也。古之铜器形制,源于陶器。陶器所起甚早,其上但有纹饰而无文辞。间有一字半文,特画此以作标识耳。其纹饰初为方格、图案、绳纹,后乃有饕餮、云雷、夔纹。及青铜器兴,承斯遗制。惟于纹饰之外,于空处补刻文字,又或于腹内、足间刻之,皆取其有空处耳。目验遗器,自然知之。

铜器刻辞多不可据

金文可以考证经史，斯固然矣。然亦有不尽可据者，《礼记·祭统篇》曰："夫鼎有铭。铭者，自名也。自名以称扬其先祖之美，而明著之后世者也。为先祖者，莫不有美焉，莫不有恶焉。铭之义，称美而不称恶。此孝子孝孙之心也，唯贤者能之。"称美之辞，未必如实，犹不免有夸大焉，则其可信者寡矣。《墨子·鲁问篇》曰："攻其邻国，杀其民人，取其牛马粟米货财，则书之于竹帛，镂之于金石，以为铭于钟鼎，传遗后世子孙曰：莫若我多！"可知古人古代金文中纪及战争俘获，意在夸多以炫后世，数多不实。证之《周礼·司勋》所云："战功曰多。"则浮夸之习，自古已然。观《礼记》《墨子》所言，不啻为铜器铭辞揭橥大例矣。由此而推论之，载诸书本者，固不可以尽信；而镂诸铜器者，岂可据为典要乎！

铜器刻辞之佳者可补经史

铜器刻辞，固有语涉夸大、不足取信者。亦有重要记载，价值不在《诗》《书》下者，即以文字较多之长篇而论，如《毛公鼎刻辞》，长至四百九十七字，乃周成王册命毛公之辞。从文、武创业及周、召同心辅翼说起，转到守成不易，匡济需才，叮咛周至、委曲详尽。其次如《散氏盘铭》，可藉以考见周厉王时夨（音侧）、散二国勘定疆界之事，即《周礼》所谓地约。前半叙两国疆界所经之道，立表以为标识；中叙两国官吏履勘之事；末叙两国誓辞及绘图畀器。全文亦有三百五十九字，皆金文中之巨制也。他若《虢季子白盘铭》可考见周宣王之伐猃狁，且其文与《诗》相同。而宗周钟为厉王所自作，献侯鼎记"成王"之名于其生时，皆考证我国古代文化之宝贵资料也。况其书法精美，可以窥见汉字之源，尤耐人寻味矣。

铜器之形式

我国青铜器之发明，最迟当在商初（公元前一千五百年左右），或尚远在其前。吾人就今日保存之商代铜器观之，其制作已极精巧，必有酝酿孕育之时期在其前，非可一蹴而几也。冶金术之起源，与制陶关系至密。故古代铜器之形制，大部与陶器相同，如鬲、甗、豆等在古陶器内极多发见。然铜器之较晚出者，或出于其他器物之摹仿，如簠即仿诸竹制之筐是也。盖铜器继石、陶、竹、木诸器而发展，所摹仿之范围甚广，因而其形式甚繁。且每一类器，必有其主要之形式，而其余则时有变化。如圆形之器每变为方形，圈足之器每于足下加以方几，圆柱形之足变成鸟兽形或人形，盖顶及錾饰以鸟兽形，器身上饰以牙状之棱等。故虽同类之器，形式多不相同。

铜器之花纹

铜器虽间有素朴而无花纹者，然花纹实为铜器艺术之重要部分，自不可置而勿论也。商周铜器之花纹中，以回纹为最重要。此种花纹，在我国古雕刻品中最为普遍。且古代回字正作 凹 形以象其状。旧时称为雷纹者，雷即回也。回纹亦有时用以填补别种主要花纹之空隙。至于鸟纹、兽纹、龙纹（即所谓蟠夔纹）、饕餮纹、蝉纹等，皆此时代所习见之主要花纹也。战国时器，类多蟠螭蟠虺等纹，且好嵌石类，与商代之刻骨同。其错金银为花纹者，尤为美观。除图案化之花纹外，在铜器中亦有作鸟兽之图形者，春秋以后，颇习见也。铜器铭文中之古体，甚近于图画。有时以文字组合类似图画；有时以文字错杂于花纹之内，几不能辨。战国时则作鸟虫书，以鸟或虫形配合于文字，使类于花纹，亦一时风尚也。

铜器之种类

昔人论及古代铜器,混称之为礼器,而其实非也。自其使用上分别之,大致可分为下列之五种:

一、烹饪器及食器　如鬲、甗、鼎、敦、簋、簠、豆等是。烹饪器之主要者为鬲、鼎、敦、甗;食器之主要者为簋、簠及豆。

二、容器温器及饮器　如罍、壶、卣、盉、角、爵、斝、觚、觯、尊等是。罍、壶、卣,用以容酒浆;盉、角、爵、斝,均有长足可供温酒之用;然角、爵、斝又兼为饮器,觚、觯亦饮器也。

三、寻常用器　如盘、鉴、匜等是。皆盥洗所用器也。然盘亦用以盛食物,鉴可以鉴容,匜之有足者,可用为温器。

四、乐器　如钟、镈、钲、铙、铃、铎等是。铙、钲,执而击之;钟、镈,悬而击之;铃、铎,中有舌者。

五、兵器　如戍、戈、矛、剑等是。

以上一二三各类,昔人总名为礼器,与乐器相偶，非也。盖此三类器及乐器，最初皆为日用所需，其后始兼为祭祀及殉葬之用耳。故无论何类铜器，皆含有用器、礼器、明器三种用途，不能以礼器一名包括之也。

地不爱宝重见太古遗文

《礼记·曲礼》有云："祭器敝则埋之，龟筴敝则埋之。"可知古代铜器及龟甲保存在地下者甚多，后世得以陆续出土，非偶然也。铜器之出土，得诸墓葬者尤多，其为陪葬之物，极其繁夥，悉可推知其时代而无可疑。惟甲骨文字写刻之时代，据近岁出土实物考定，直已远至原始社会，斯则前此所未闻也。一九八六年五月一日，报载陕西省考古工作者在西安西郊，从一原始社会遗址中发掘出原始先民写刻之甲骨文。此乃自一八九九年我国首次发现甲骨文以来之一次重大发现。竟将我国最早使用文字之历史提早到四千五百年至五千年前，此真太古遗文矣。在西安西郊出土之甲骨文，分别刻在骨笄、兽牙、兽骨上，字体极其微小，笔画细若蚊足，刚劲有力，字形清晰，且结构布局严谨，与殷代甲骨文接近，而时代早于河南安阳殷墟出土者一千二百年以上矣。此一重大发现之原始社会遗址，位于距西安市中心约二十五公里处之西郊斗门乡花园村,时代为龙山文化晚期。一九八七年三月十九日,又于同一探方中,出土又一批原始时期甲骨文,距今均在四千年以上。此二段记载,皆明见于《日报》,又为考古工作者亲临其境、目睹其物之实事,必可保信。时间之早远不足奇,其可怪者,在于字体之微小,写刻之精细,无比工巧,不知何由致此? 此令人大惑不解者也。

石　简

　　往时但知古人用竹木简写书，今则地下发现石简矣。一九六五年，山西侯马市秦村，出土朱书玉片《盟书》。玉乃石之美者，故可统称石简。侯马为东周晋国后期都城，此次发现之大批盟书石简，每简字数有长达二百二十字者，是研究春秋战国之际晋国历史之实物资料。赵自烈侯去世后，国内分为两大势力：一为烈侯之弟武公，据有赵都晋阳；一为烈侯之子太子章，据有邯郸，与武公抗。武公在位十三年而没，赵敬侯进攻晋阳，击溃武公子朝，统一赵国。于是君臣集会盟誓，誓与败逃在外之公子朝及其党羽断绝往来，不许复归晋国，此乃《盟书》之中心内容。古代进行盟誓，杀牲歃血，即用血为《盟书》。后来感到用血写字，色淡不明；改用朱丹书写，色深可久存，字迹亦较鲜明。由于玉片薄而易折，不耐刻，故改用笔写。《盟书》为战国初期、周安王十六年，赵敬侯章时所缔订，时为公元前三八六年，距今已有二千三百六十余年矣。

古器物学

昔人从事于考证古代器物形状、款识之学者，称为金石学，金石之名，自宋代赵明诚撰《金石录》始也。或称为考古学。考古之名，自宋代李公麟作《考古图》始也（其书五卷，不传，见《籀史》）。然金石之名，范围自隘；考古之目，所包过广（今则尤重史前考古），皆不足以副其实。近人罗振玉谓宜正名为古器物学，其言是也。罗氏早年在《永丰乡人甲稿》（《云窗漫稿》）中，有与友人《论古器物学书》，后又稍加修订为《古器物学研究议》，单篇印行，畅发其旨。古器物之名，亦创自宋人。赵明诚撰《金石录》，其门目分古器物铭及碑为二，金蔡珪撰《古器物谱》，尚沿此称。罗氏特循旧有之名而张大之耳。古器物所该甚博，罗氏区分为礼器、乐器、车器马饰、古兵、度量衡诸器、泉币、符契玺印、服御诸器、明器、古玉、古匋、瓦当专（砖）甓、古器橅范、图画刻石、梵像等共十五类。余则以为罗氏所举，犹未尽也。如甲骨、碑刻、竹木石简、帛书帛画、历代书画、雕刻、刺绣、瓷器、料器、文具之类，皆在其内，不可或遗耳。

古器物之功用

古代器物之传于今者夥矣！门类既广,名目尤繁,论其功用,更仆难详。就其最为主要者言之,约有十端,分述如次：

一、根据原始社会遗址出土之甲骨文,可考原始社会之生活活动情况；殷墟发现之甲骨文,可考商代帝系、都邑、礼制。

二、根据金文以证经。

三、根据石文以证史。

四、根据礼器乐器可考古代名物制度。

五、根据不同时代之文字铭辞,可考字体之源流及其演变。

六、根据不同时代之其他遗物,可考文化情况及工艺水平。

七、根据历代石经或写卷,可考传世书本之异同。

八、根据秦汉以来之碑刻、墓志,可考古代地理、山川、官制、姓氏诸端。

九、根据不同时代之古尺及泉币，可考历代度量衡及币制之沿革。

十、根据墓葬中出土之明器，可考古人送终之制度及当时衣冠服饰之形状。

以上所举，仅就其功用之大者言之耳。至于其次要者，未及一二数也。此一类之工作，昔人皆已为之，且各有所述造矣。余旧有志理董百家之所得，取其义之精者，裒为一书；并为之考订以发明之。欲继所撰《中国文献学》之后，复为《中国古器物学》以羽翼焉。未及属稿，而耄耋及之矣。岁暮途远，无由自致，聊记于此，以待后贤。

金石学乃古器物学之主要部分

古器物学,包罗至广,而以金石学为之基,金石学乃古器物学之主要部分也。三代之时,有金而无石;秦汉以后,石多而金少。汉人最先重视之,俱用以证经考史。《礼记》为七十子后学者所记,大多出于汉师之手。其中《祭统》一篇,于论述鼎铭体例后,即引卫孔悝鼎铭一百一十四字以证之,此即取金文以证经之始。司马迁修《史记》时,取秦刻石若泰山、琅邪、芝罘、碣石诸碑,收入《秦始皇本纪》,此即开以石文为史材之例。许慎为《说文解字》,乃云:"郡国往往于山川得鼎彝,其铭即前代之古文,其详可得略说。"此即为取金文以说字之祖。可知金石之学,汉人讲求为最先。迄乎宋代,遂成为专门之学。刘敞治之最早,而欧阳修继之。其后赵明诚为《金石录》,始明标金石之名。此外如吕大临、薛尚功、王俅,皆号名家。宋代斯学既盛,而清儒治之者,益为恢宏矣。故言金石学,于宋清学者考证之书,尤宜博览而深究之。

卷十五

石刻亟待整理

金石并称，而治学者多详金而略石。故自来考证金文之书为多，而专治石刻者较少。郑樵《通志·金石略》有云："三代而上，惟勒鼎彝。秦人始大其制而用石鼓，始皇欲详其文而用丰碑。自秦迄今，惟用石刻。"则石刻之传于后世者，视铜器尤为繁富矣。宋人治金石之学为最勤，或录其文，或图其象，述造考证，亦云盛矣。其独治石刻成为专著者，惟洪适所撰《隶释》《隶续》，最称精博。《隶释》为书二十七卷，《隶续》二十一卷，具载石刻全文，考证之语，悉书于后。清人王昶纂《金石萃编》，即沿其体。王氏之书，多至一百六十卷，惟录铜器铭文数事耳，其余皆石刻也。裒集石文，可谓夥矣！然其书成于嘉庆十年（公元一八〇五年），迄今将二百载。在此二百年中，续出之石刻日积日多，殆未易数计矣。叶昌炽《语石》，论及"碑板有资考证"，谓小之可以考证官爵、姓氏、邑里，大之可以订补历代史传、表、志。可知石文价值，自不在金文之下，其贯通今古，则又过之。从来搜辑遗文、录成巨帙者，固大有人在。近则北京图书馆出所藏历代碑刻拓本，辑成《汇编》，影印出版，全一百册，洋洋巨观。此但一馆之收藏耳，推之散在全国者，自当十百于兹。则石刻之亟待整理，有如矿区广大，需人开采也。

石刻之类别

　　世之论石刻者，大抵分为刻石（如秦刻石）、碑碣、墓志、塔铭、浮图、经幢、造像、石阙、摩崖、地莂（此字见《释名》，即买地券刻之于石者）等大类。至于桥柱、井阑、柱础，以及石人、石狮诸杂物，尤不可胜数也。然而自其功用而加分析，自可别为四大类，则纪事石刻、宗教石刻、经典石刻、冢墓石刻四者可概括之也。纪事石刻：有纪功者，自秦始皇所立六石外，若汉敦煌太守裴岑《纪功碑》之类是也；有纪事者，自秦岐阳石鼓外，若汉李翕《西狭颂》之类是也。宗教石刻，可分为儒、释、道及其他四类：儒家若历代孔子庙碑，佛家若隋《龙藏寺碑》，道家若唐《宗圣观记》，其他若唐《景教流行碑》之类是也。经典石刻，若儒家有汉《熹平石经》、魏《正始石经》、唐《开成石经》、孟蜀石经、两宋及清石经，儒家著述亦有刻石者，始于魏文帝之《典论》，而后世多效之。佛道两家，亦多刻经于石。若山东泰安泰山经石峪所刻《金刚般若经》，摩崖大字，尤为壮观，尚存九百余字，固世所稀见者。冢墓石刻，则自帝王陵碑、官吏墓碑、佛道教徒墓碑外，则以官吏至齐民墓志为多，而佛道教徒墓志亦不少也。综斯四大类，所包已广；其他杂刻尚多，不烦悉数矣。

田野考古之重要

昔人考古，但局限于金石；今日考古，则推广至田野矣。考古一词，始见于北宋吕大临作《考古图》，其范围不越乎金石。赵明诚《金石录序》有云："史牒出于后人之手，不能无失；而刻辞当时所立，可信不疑。"斯言最为精要，足以统括以金石考古之大用矣。然铜器出于三代，石刻则秦汉以来始有之。自三代以上，历世悠邈，先民生活之情状，原始文化之遗存，既不载于书传，则有赖于地下发掘以资探索，实事理之必然也。故在今日研究史前文化，自当重视石器时代（包括旧石器与新石器）之遗物与遗址，以考原始社会之文化。根据近年地下之发掘，证知在一百七十万年以前，已有远古人类在我国境内居住，即吾人最早之祖先。其他发现之原始社会文化遗址，遍于全国，足以说明我国乃世界上保存人类化石与石器时代文化最丰富之国家，正待吾人肆力探究而整理之。

整理远古遗物遗址，诚非易事，首必具备重要之辅助知识，而后有下手处。如地质学、地磁学、古人类学、古生物学等，皆当习之在先，始能从事鉴定与研究也。要之，此乃一种根据实物史料研究人类社会历史之科学，其于考证无文字记载之原始社会及少数民族之古代历史，有其重大作用。盖自二十世纪初，我国始有以发掘工作为基础之近代考古学。其研究所在，重在田野，谓之为田野考古学，亦无不可。此乃前人所不及知、而今日新兴之学问也，端赖有志考古者共探索之。余近年述《中华人民通史》，于《地理编》中择举远古重要文化遗址，凡七十处，自元谋、西侯度起，至殷墟、周原止，各为叙列其文化特征及发展情况。辟为专章，加以阐述。区区之意，亦欲引导后生治史者，扩其领域，勿但局限于书本耳。

古人书札中之谨空二字

古人于友朋通问之际，端谨不苟，每于纸尾书"谨空"二字，证之见于《三希堂法帖》中者，若宋人蔡襄、韩绛、司马光、孙甫，元人赵雍、黄潜，明人金幼孜诸家与人书札之末，皆有此二字。见者异之，而不得其解。余则以为书札之为物，既以联系情感，亦以抒发事理。古人言必己出，恐人之妄有所补续于余纸也，乃书谨空二字以杜绝之，意谓自此以下原无文字也。与近人于书简余纸无字处斜画一线以识之，其意正同。至于古人书札无此二字者亦甚多，则以所言无甚重要之事，或纸无余尾，不必书此二字耳。元人沈右与人札，末署某某谨完，则其下无余文可知矣。余平生与友朋书札往还，必先量言之多少，纸之长短，务求一纸或二纸尽之，不令末有余尾，亦防微之意耳。

古人书札之精者

古人书札，贵在简短，不以冗长为尚也。余平生所最倾服者二家：出之政治家者，《张江陵书牍》是也；出之词章家者，《湘绮楼笺启》是也。张居正一代人杰，其任事之勇毅，报国之贞固，与王安石后先辉映，而成事之效过之。振衰救危之心，前无古人。发之于书牍者，浩乎沛然。令人读之，奋然兴起，足以立懦箴顽，夫岂拘墟迂儒所能道其一言半语哉！王闿运鸿文雄世，下笔高雅。一生虽以逍遥洒脱自矜，鄙夷世法，而发之于笺启者，至为醇笃深厚，归于平实。或规友朋之失，或戒后生之狂。虽其一生睥睨当世，鲜所许可，而笺启中语，固蔼然儒者言也。后人无其文才，虽欲效之，岂能逮哉！大抵学问与词章不同，学问可由日积累功而成，词章必有几分天赋。颜之推所云"钝学累功，不妨精熟；拙文研思，终归蚩鄙"者，不诬也。王氏一生过人处，终在文词耳。

胡林翼书札多可观者

昔曾国藩论古文,谓古文中惟书牍一门竟鲜佳者,可知此事之难。而曾氏友朋中,若胡林翼之书札,即高出当时侪辈之上。盖书札之善,不在辞而在义。苟忠愤之心积于内,发之于辞者,自能感人而劝世也。胡氏书札恳切动人者,如《致郑谱香》云:"罗山方伯之师已到,林翼派兵到蒲圻迎战。或言只此三千人,不宜先进。然我是主人,尽以难事诿之客兵,非也。且廉耻安在?成败利钝,古之贤者,尚不能逆睹。胜当战,败亦当战也。"《致郭筠仙》云:"林翼精力,殆将不支。然无法可避,只合干去。譬之大海遭风,不行亦未必活命也。"《致彭雪芹》云:"近年营中非营官之少,所乏者统将耳。求之而得,命也;求之不得,命也;求之不得,而此心此志,百年不懈,始终以求才为主,此亦命也。"《复孙树人》云:"天下事,何处更容世故,何处更烦俗例。奋然果毅,自行其保境安民之志,成功,天也;谋忠,则人也。何畏何恐,而不一振斯民之困乎!"《复荆州府唐际云》云:"抽厘助饷,知我罪我,皆所不辞。此一片救人之苦心,要可以对蚩蚩之氓而无愧。"《致阎丹初》云:"忧边无术,结病已深。与公申约:弟朝死,公夕行,始终不违前议也。"由此诸论,可知其精神魄力,自可涵盖一切。任事之勇,几与张江陵等矣。此种书札,自非庸常友朋通问之比也。

骈文施之书札章奏有绝佳者

自来以骈体施之书札者多矣。古之奏议，实亦书札之上通于帝王者也。秦汉如李斯、贾谊所奏，皆以散体行之，气积势盛，信为经世之弘篇。其后八代文辞，竞尚骈俪；至唐而陆宣公奏议，尤为特出。曾国藩尝论之云："骈体文为大雅所羞称，以其不能发挥精义，并恐以芜累而伤气也。陆公文则无一句不对，无一字不谐平仄，无一联不调马蹄。而义理之精，足以比隆濂洛；气势之盛，亦堪方驾韩苏。退之本为陆公所取士，子瞻奏议，终身效法陆公。而公之剖析事理精当，则非韩苏所能及。"（见《求阙斋读书录》卷七）曾氏论及奏议，不重四六之文；而推服陆宣公之作，至于如此。可知骈文如能言之有物，其功用自不在散体下。陆宣公每明一理，精当不移。故其奏议脍炙人口，为后世所传诵。涑水《通鉴》，例不收四六之文，而《唐纪》德宗朝，竟录陆氏奏议数篇。盖以其思深虑远，于极难措置之事，批却导窾，析理至精,而用心极细。高识良谟,令人叹仰。属辞者既多效其体,修史者亦不得不采用其文也。

文章骈散之分

阮元《揅经室三集》有《文言说》，力主俪词韵语，始得称文。乃谓"为文章者，不务协音以成韵，修词以达远，使人易诵易记，而惟以单行之语，纵横恣肆，动辄千言万字。不知此乃古人所谓直言之言，论难之语，非言之有文者也。"又于所撰《书梁昭明太子文选序后》及《与友人论古文书》诸篇中，反复申言必沈思翰藻而后可谓之文，而经史诸子之言不与焉。其后刘师培复撰《广阮氏文言说》以羽翼之，是直视华彩之文为文章正体矣。嘉道间，李兆洛纂《骈体文钞》，所录文自秦始，而迄于隋。笺牍杂文，则齐梁之篇为尤多。李氏此编，实以阴敌姚氏《古文辞类纂》，志在取径汉魏，以复古人不分骈散之旧。与当时桐城文派宗师归、方以上追司马、韩、欧者，判然殊途矣。扬榷而言，盖由秦迄隋，文之体虽屡更，而文之名曾无异。及韩柳起于唐，乃有古文之目，而号六朝之文为骈俪。自是以后，学古文者视骈俪为俳优，而好骈俪者亦嗤古文为粗野。文章轨辙，乃歧为二。其实，《易·系辞》曰："物相杂故曰文。"《易》不能有阴而无阳，文即不能有奇而无偶。是以《诗》《书》《易》《礼》莫不奇偶相间，因以成文。善属辞者，大抵单复并施，不拘于一。说理叙事之文，欲其显畅，自以散体为宜。若陆贽奏议，乃以骈俪取胜，天下事宁可一概论乎！

骈文与四六之异

　　文之奇偶相生，单复并施，盖不期然而然者也。非特《诗》《书》《易》《礼》如此，即诸子百家，亦莫不然。即以《论语》《孟子》言之，如《论语》云："君子周而不比，小人比而不周。""学而不思则罔，思而不学则殆。""多闻阙疑，慎言其余，则寡尤；多见阙殆，慎行其余，则寡悔。""礼，与其奢也，宁俭；丧，与其易也，宁戚。""知者乐水，仁者乐山；知者动，仁者静；知者乐，仁者寿。"皆偶句也。《孟子》云："未有仁而遗其亲者也，未有义而后其君者也。""老吾老，以及人之老；幼吾幼，以及人之幼。""仕者皆欲立于王之朝，耕者皆欲耕于王之野，商贾皆欲藏于王之市，行旅皆欲出于王之涂。""以大事小者，乐天者也；以小事大者，畏天者也。乐天者，保天下；畏天者，保其国。"亦皆偶句也。降及秦汉，李斯《谏逐客书》，始点缀华词；邹阳《狱中上梁王书》，始叠陈故事；是即骈体之前驱矣。故李氏《骈体文钞》，录秦汉之文不少，所以明其源也。至于以四字六字相间定句者，世称"四六文"，乃骈文之变体。原体形成于南朝，盛行于唐宋。如唐李商隐所作四六文，即名为《四六甲乙集》。"四六"之名，即起于此，世所称骈四俪六者是也。但由于迁就句调，堆砌词藻典故，遂致文气萎弱，不足以振起其辞。故作者虽多，佳构甚少。然自南朝以逮唐初，三百年间，斯风未替，故虽著述之士，亦染骈俪之习。若《颜氏家训》《文心雕龙》《史通》诸书，皆辞旨典丽，文句多偶。隋初虽有李谔上书请正文体，而彼所上书，固犹骈俪也。唐初所修《晋书》，则全编皆四六文体，时为之也。大抵天地万物，有阳则有阴，有奇则有偶，善为文者，于散文中参以偶句，其气转厚。古人如此，今人亦莫不然，日由之而不知耳，惟不可坠入四六格调也。

为文惟说理最难

　　天地间著之文字以传世者，不外三门：一为抒情，二为记事，三为说理。抒情之作，《诗》三百篇是也；记事之书，《尚书》《春秋》是也；说理之文，《易》《礼》是也。是古之《五经》，已该三者之体。抒情之作，今称文学；记事之书，今称史学；说理之文，今称哲学。文、史、哲三者，固可括一切文字之用而靡遗矣。抒情之作，情发辄书；记事之书，据实而叙；惟说理之文，为之较难耳。尝观经传诸子之以立意为宗者，论其要旨，不过数言可尽，而敷演其辞，至于累牍不止。要其所言，不外三例：取前人之言以证吾说，一也；引旧史之事以示有征，二也；采常见之物以广比喻，三也。惟《孟子》七篇，最善斯道。每与人说一理，论一事，必繁征博引、广设譬喻以明之。故其时虽善辩之士，一与之遇，辄为之折服无异辞。推之先秦诸子之书，亦同斯例，惟不如《孟子》之恣肆开廓耳。由是长篇说理之文，自秦汉以来，日益繁富；而行文之法，举莫能越斯矩矱矣。

战国时文风之盛

文辞至战国时而极盛矣。抒情之作,莫美于《屈赋》;记事之书,莫善于《左传》(实战国时人所作);说理之文,莫高于《孟子》。三类文辞,至战国时已大备矣。前乎此者,若《诗》三百之于《屈赋》,《尚书》之于《左传》,《论语》之于《孟子》,非特文质已殊,抑亦繁简有别。由于战国之世,百家争鸣,思想新进,故发之于文,遂由朴质易为才华矣。论者徒以战国纷扰,攻伐不息,因薄其世之不宁,遂轻其文之足取,非也。必有战国时文风之解放,而后有秦汉以来之长篇巨制。下迄唐宋诸家能为开廓疏畅之文,皆一脉相承,相仍未绝。循流溯源,固昭昭可辨也。故在今日而有志于揣摩古代文辞者,于《屈赋》《左传》《孟子》诸书,尤当熟复焉。

五官并用

自来英杰之士,世多称其能五官并用。《北齐书》称唐邕手作文书,口且处分,耳又听受,此三官并用也;《南史》称宋刘穆之目览词义,手答笺牍,耳行听受,口并酬应,此四官并用也;《隋书》称刘炫能左画圆,右画方,口诵,目数,耳听,此五官并用也。五官并用之说,昔人盛传,校之其实,多不尽然。大抵才智过人者,固有读书办事,可以兼营并顾而无失,至于五官并用,殆未可信也。昔人尝传毛奇龄自负才大,可以五官并用。家有一妻一妾,妻嫉之甚,日向奇龄诟詈不休。奇龄斥之曰:"吾著书,汝漫骂,自可并行不悖。"当其妻面数其恶而痛责之时,毛则怒目对骂不止,而挥毫写作未休,自以为五官可以并用矣。迨詈止怒息,取其纸视之,则所记皆对骂之语也。奇龄亦自笑不已,而尽弃之。可知五官并用之说,不可信乃如此。

十行俱下

世多称阅览文书之敏速为"一目十行",或"十行俱下",皆形容其文字过目之捷也。《南史》谓梁简文帝幼而聪睿,六岁便能属文,读书十行俱下。《北齐书》亦称河南王孝瑜,读书敏速,十行俱下。揆之以情,凡所云"十行俱下"者,非谓逐字逐句皆曾寓目也。善读书者,率能省汰浮辞,而惟取其精语。故读长篇有如短札,而无停滞之患也。如读长篇说理之文,则于其所引前言旧事以及比譬之辞,皆可不复措意,而惟记取其结论二三言而已,故其涉览也速。大吏判牍,亦莫不然。悉汰除其中套语、例话不阅,而惟拔择其关键语,据以批示而已。故行文甚速,而事无稽迟。否则逐字逐句考求,则夙夜在公,焚膏继晷,将不能阅毕一文、审断一案矣,非所以任天下事也。是以"十行俱下",良非虚言,在能行之有道耳。

读书不宜卤莽

昔人所谓十行俱下之法，特就迫于短时处理长篇巨论而言耳，非可常用之于读书也。书之待读者多矣，欲速则不达，必循序渐进而籀绎之。盖有必须精读之书，有可以略读之书，有但供翻检之书，自必衡其轻重而区处之。大抵根柢之书及专治之业，贵能精熟，必反复诵习而强记之，非可粗率从事，滑眼一看即罢也。余少时治小学，于《尔雅》《说文》诵习较专。《说文》且分类钞读一过。既奠定此种基本功，进而理董经传，收益自大。其后兼治《三礼》《毛诗》，经文之外，尤致思于传注。用以贯通群经，悉能豁然以解。乃悟读书之要，重在细心钻研，始能有得。于小学、经学既略有所获，及读《四史》《通鉴》，读周秦诸子，理解自易，渐可加速其功力矣。《四史》《通鉴》尝读之数遍；《晋书》以下迄乎《明史》，则皆自首至尾，普加圈点。寝馈周秦诸子，所得尤多。为书发明道论微旨，实昔人所未道。要非熟悉其文，亦莫由会通其义。以此益叹读书之贵能以愚自处也,其以守拙失之者鲜矣。余早岁尝以求拙二字名斋,亦即此意。

读书备忘之法

　　书籍浩瀚，岂能尽记。故古人以撮钞之法裨助记忆。著录于《汉书·艺文志》者，如《道家言》《法家言》《杂家言》诸书，皆古人读诸子书时撮钞群言之作也。可知古人读书，重在撮钞，由来远矣。宋代学者勤于动手，故撮钞之编为最丰；而南宋诸儒，尽力于此者尤多。如魏了翁撮钞群经注疏中要言精义，成《九经要义》；黄震撮钞历代史事，上起三皇，下至宋哲宗时，为《古今纪要》；皆撮钞之巨帙也。余仰慕前修，有志纂录。早岁诵诸子百家书时，分立二簿撮钞精语。一为内篇，凡有关修己饬躬之道悉入焉；一为外篇，凡有关治人立国之道悉入焉。所录既广，则取之左右逢源。非但可收融会贯通之益，抑亦读书备忘之一助也。

书日多而学益荒

古人读书艰难，在雕版印刷术尚未盛行以前，书皆手写。借人一书，必手钞副本存之。又恐遭水火之厄致失其本，故必熟读而默识之，而记诵为最精。后世得书甚易，学者转不以读书为重。北宋时此风已甚，故苏轼为《李氏山房藏书记》有云："自秦汉以来，作者益众，纸与字画日趋于简便，而书益多，士莫不有，然学者益以苟简，何哉？余犹及见老儒先生，自言其少时欲求《史记》《汉书》而不可得，幸而得之，皆手自书，日夜诵读，惟恐不及。近岁市人转相摹刻，诸子百家之书，日传万纸，学者之于书，多且易致如此。其文词学术，当倍蓰于昔人，而后生科举之士，皆束书不观，游谈无根，此又何也？"篇末又申之以作此文之意曰："使来者知昔之君子见书之难，而今之学者有书而不读为可惜也。"其感叹至深长矣！论者多谓记诵之精，宋不如唐，唐不如汉，非偶然也。故在今日而言治学，得书尤易，闻见益广，诚能专力致精，自可日起有功。其能底于大成，必十百于古人。而事实适与此相反，鲜有能卓然自立者，则以其志气卑弱，不能期乎远大耳。

标点日新而读者愈少

　　昔之读书者，重在圈点。《礼记·学记篇》云：
"一年，视离经辨志。"郑注云："离经，断句绝也。"此
即古人读书以明句读为始功之证。句与读析言有
别，大抵一言而语意已完者为句，语意未完可以稍停
者为读。在新式标点符号尚未使用时，昔人句读古
书，于应加句号处，辄施一圈；于应加读号处，辄施一
点。读号，即今之逗点也。其时古书皆无句读，全赖
读者以意定之。而句读之是否适当，决定于其人学
识之高下。昔人所云："学识何如观点书。"（见《资暇
集》卷上引稷下谚）其言是已。经历长期圈点，勤于
考核，此即积学广识之基也。余少时见老辈读书，悉
用圈点之法，逐字逐句推求，故一经过目，长记不忘。
余亦尝效法之以理群书，获益不小。以此益知读书
之事，宁拙毋巧，宁钝毋利，未有行小慧而可有成者
也。晚近整理古籍之声，甚嚣尘上，《二十四史》《资
治通鉴》诸书，悉有新式标点本矣。究之真能取其书

自首至尾而读之一遍者，曾有几人？盖由于得之甚易，不复思投以通读之功夫也。纵有必须参考之处，惟偶一翻检而已。如此读书，焉能贯通融会。大抵事物之兴，无能全美，利至而弊生矣。有印刷术之发明，得书甚易，而读者不多；有新标点之创立，读书甚便，而学者弥惰；此皆由于自荒其业，而创物者之所不能任咎也。

须有魄力读大部书

士之有志读书者,贵能有勇气,有魄力,以攻坚负重自许,不畏读大部之书,不惧治繁难之理。须在长期锻炼中反复磨砺,俾能日积月累,由微末以至高大。昔人云:"读书如克名城。"斯语用之读大部书,尤为切要。涑水《通鉴》始成,惟王益柔读之一过,馀则展卷辄昏然思睡。可知读大部书能坚持终始者,实非易事,赖在其人之能有坚定之志耳。及其读之既毕,则如克一名城之告捷,其喜悦之情,又非寻常比矣。余昔细读正续《通鉴》后,又进而通读全史,尝以意区分为数组而综治之。取其可以互明者,相与参稽而并读焉。《史记》《汉书》自成一组;《后汉》《三国》又为一组。读《南北史》时,取八书互考。《南史》与《宋》《齐》《梁》《陈书》为一组;《北史》与《魏》《齐》《周》《隋书》为一组。至于唐及五代,则皆取新旧二编合观之。积历十稔,始竟全功。其时无标点本,悉用圈点之法仔细读之。自《二十四史》三千二百五十九卷之大书读毕，而胆识益进，其后读《全上古三代秦汉三国六朝文》《全唐文》《皇明经世文编》之属，悉轻蔑之如小书短册矣。读大部书，必有耐性，有恒心，而后能坚持终始，克奏肤功耳。

为学不止于读书

学之范围甚广，本不限于读书，读书特为学之一端耳。书乃前人修己治人之经验总结，读之识之，而变通之，借古鉴今，可为世用。故人之所以必读书者，求明乎为人处事之理耳。天下之理，充盈六合，岂独具于书本乎？子路尝曰："有民人焉，有社稷焉，何必读书，然后为学？"是孔门当日，已有二说：一主学习书本；一主在实事实物中学；虽仲尼亦无以难之也。清初廖燕，力主读无字书。其说通达，吾无间然。尝观古之耽嗜典籍者，废寝忘餐，而不能施之行事。迂阔无用，为世所讥。若晋之傅迪，被笑为书簏；齐之陆澄，至目以书厨；梁之刘峻，有书淫之名；唐之窦威，得书痴之号。如此之流，读书虽多，于己于人，并未受益，斯亦何贵乎博学于文哉！故善读书者，贵在有体有用，知古知今，多识前言往行而能行之于己，施之于国。不以一得自诩，不以小成自画。日有孳孳，没而后已。或由博返约，从事专门之业；

或取精用弘，成为通达之才。各有所长，能为世用。且于书本之外，常从实事实物中穷究事理，以补其不足，夫然后胸襟开拓，眼光高远，庶可免于迂阔无用之议矣。

见知于同时之人甚难

人情贵远贱近，自古已然，而两汉为尤甚。故《淮南子·齐俗》《修务》诸篇，《论衡·超奇》《齐世案书》诸篇，言之皆深切著明。可知两汉之时，斯风已盛。故以扬雄之才之学，著书甚多，而不见重于时。惟桓谭知其必传，以为人情贵远贱近，亲见扬子云禄位容貌，不能动人，故轻其书，此诚达本之论也。其后《抱朴子·广譬篇》，《文心雕龙·知音篇》，又尝感慨道之。士之难逢知己于并世，固古今所同叹已。大抵人之近己者，熟见习闻，不之异耳。又况彼此相轻，互加嫉忌，曾无从善服义之诚乎？由贵远贱近四字，扩而充之，犹可推及其他。其于人也，闻声相思，既见而遂忽之，此所谓信耳而遗目也。其于书也，见古代遗编，则珍惜之；遇近人新作，则轻蔑之；此所谓尊古而卑今也。至于区处古籍，不重见存之书，偏爱辑逸之业，此所谓疏存而念亡也。品第作家，遇势位较高之人，辄相推崇；见声名寂寞之辈，频施按抑；此所谓举高而弃卑也。世情如此，欲求见知于时，为侪辈所折服，此实难矣。夫惟绩学高识之士，诚有足以自立者，方能卓然无屈，深信不疑；不求知于同时之人，而必其能见重于后世。如顾炎武谓其门人曰："与诸君相处之日短，与后人相处之日长。"（见《菇中随笔》）可谓有以自信矣。大抵学之见重与否，书之能传与否，本不决定于当时，终必取断于后世，是非得失，留待异日评骘之可也。

著述文字当分别其高下

欧阳修送《徐无党南归序》有云："予读班固《艺文志》，唐《四库书目》，见其所列，自三代、秦、汉以来，著书之士，多者至百余篇，少者犹三四十篇，其人不可胜数，而散亡磨灭，百不一二存焉。予窃悲其人，文章丽矣，言语工矣，无异草木荣华之飘风，鸟兽好音之过耳也！方其用心与力之劳，亦何异众人之汲汲营营？而忽焉以死者，虽有迟有速，而卒与三者同归于泯灭。夫言之不可恃也，盖如此。今之学者，莫不慕古圣贤之不朽，而勤一世以尽心于文字间者，皆可悲也！"其言绝痛，可为汲汲著书为文者戒矣。虽然，是亦有辨也。使其人果有匡时之策，致治之方，发之于文，为世典则；或学术湛深，弥多孤诣，探幽阐微，多属前人所未道者；则多一篇有多一篇之益。虽不欲传，而世争传之。此乃所谓不朽之盛事，与世俗之文，绝然异趣。即不见重于当时，亦必为后世所争诵。此种文字，乃天地间断不可少者，不徒词章丽、言语工而已。故学者之著书立说，与夫世俗文士之作，既复焉有别，其同归于泯灭与否，自未可一概论也。

著述文字之高下与难易

　　余平生品论著述文字,恒致详于书籍之分类。务使著作、编述、钞纂三者之体,不相混淆,然后高下可分,难易可辨。早岁撰《广校雠略》,即已辟为专章,剀切道之。窃怪世人每印一书,动言著作。坊市混杂,莫辨高低。士之得位晋阶,辄以有书无书定其高下。言者无惭,听者不究。于是所谓著作,充斥天下,为世诟病矣。夫著述之业,谈何容易,必须刊落声华,沉潜书卷,先之以十年廿载伏案之功,再益以旁推广揽披检之学,反诸己而有所得,然后敢着纸笔。必有自得之实,方可居作者之林。至于纂辑史实,注释古书,类群言以成辞典,录杂事而为丛编,事等钞胥,全无裁断。此等书册,虽日出不穷,至于充栋,论其价值,实居下乘矣。夫惟博学通人,识高心细。读书既多创获,不得已而后著书。每说一理,证一物,发前人之所未发,能示后学以准绳。此类书多一种有多一种之益,谓为著作,名与实符。又焉可与夫编述、钞纂之业,相提并论、等量齐观乎!

读书之便今胜于昔

居今日而言读书,计无有便利于此时者。古人为搜访史料,出门远游,如司马迁、郑樵之所为,步行之外,惟恃舟车,往往历十数年而后可归者,今则航空飞行,数小时即可往返矣。往世交通阻梗,闻见闭塞,今则报纸、电视,左右采获,凡当日之事,无间中外,悉罗陈于前矣。前代图书,除官藏外,多集私门。寒素下士,莫由通假。今则图书馆遍于全国,私家藏书,悉归公有。远者可以函借,近者不妨走读。如欲借观珍本,亦可馆际交流,互通有无。是在今日,殆无不可得见之书矣。况且阅览杂志,开会讨论,参观工厂农村,游历名胜古迹,在在皆可吸取新知,增益见识。学之范围既广,受益至为巨大,尤非昔人所可比也。少年新进,诚能爱日以学,立志奋发,自可底于有成。余尝以为今日读书,除拥有优异之环境与条件外,而求之于己,仍有必须着力之事。综括而言,盖有一苦、二勤、三多、四不、五有。斯数者,乃成学之由也。所谓一苦，谓刻苦治学也；二勤，谓勤于动手，勤往图书馆也；三多，谓多练基本功，多翻参考书，多请教通人也；四不，谓不晏起，不近烟酒，不滥费时间，不看无益之书也；五有，谓有恒心，有毅力，有耐性，有信念，有傻气也。具斯数者而黾勉求之，庶乎可以出类拔萃矣。

有志之士不为逆境所困

人之处境，至不齐也。或生于安乐，长处富贵之家；或生于忧患，久居贫贱之境。以常理论：富贵子弟，恃赖甚厚，宜其易于树立；贫贱子弟，寒苦靡依，宜其艰于自见。而事实则有大谬不然者，证之史传，古今多少富贵子弟，汰侈性成，自甘暴弃，终致一无所成；而大学问、大人才，类皆起于贫贱。此无他，在于能奋发志气与否而定耳。有所赖者，志气荡而易流；无所赖者，志气困而易奋。自古英贤硕彦，或产僻壤穷乡，而翘然独出乎者，其志趣广大，其见识高远，故其成就卓然，非常人所敢望。俗语所云："茅屋出公卿。"夫岂偶然！当其困学不怠，储才待用之时，读经史足以增长志气，亲师友足以激厉志气，周览名山大川，足以开拓志气，固无往而非自益。于是而积学焉，则所得者多且大。及其得志有以自见于世，则举而措之，裕如也。顾值其尚未得志之时，身处逆境，不为之动，且能顺应而忍受之，此即其大过人处。

要其存于中者，则莫不以刚。刚则志不挫，志不挫则气不馁，志与气足以御困而致亨，此大人之事也。盖天之于人，凡所以屈抑而挫折之者，将有所成，非有所忘也。其或感奋而兴，或忧伤以死，则视所禀之坚脆，能受此屈抑挫折否耳。张载《西铭》有云："贫贱忧戚，庸玉汝于成也。"惟达者明之。

人才不出于一途

　　人之生世，各发挥其性之所近，而成为有用之才，非可求其同出于一途也。孔门四科，自德行、言语、文学外，尚有政事，是即为国家办事之才也。苟有"贞固足以干事"之才，自可效其所长，为国出力，夙夜匪懈，终身以之，初不必人人皆死守书本，以从事于考古证今也。故考古证今而有成者，固得谓为人才；为国办事而立功者，亦不失为人才也。顾为国办事，亦必多读经世有用之书，以资取镜。《颜氏家训·勉学篇》所云："素骄奢者，欲其观古人之恭俭节用，卑以自牧，礼为教本，敬者身基，瞿然自失，敛容抑志也；素鄙吝者，欲其观古人之贵义轻财，少私寡欲，忌盈恶满，赒穷恤匮，赧然悔耻，积而能散也；素暴悍者，欲其观古人之小心黜己，齿弊舌存，含垢藏疾，尊贤容众，茶然沮丧，若不胜衣也；素怯懦者，欲其观古人之达生委命，强毅正直，立言必信，求福不回，勃然奋厉，不可恐慑也。"此即以古为鉴，博观前人所为以自敦厉之事。《易》所云："多识前言往行以畜其德"，意在斯也。至于成功之由，败事之故，往世法戒昭然，尤非勤加阅览，不足以通其理。故具有办事之才者，必不能废书卷而空谈政事也。况在今日，世界情势日新月异而岁不同，举凡政治之变革，文化之流衍，有志用世者，尤当博考周知，故披究报章杂志，实为积累知识之原，亦犹用心读书之一端也。人才不出于一途，而读书各有偏重，固未易以高下分矣。

曾国藩张之洞学术思想之影响

近世达官巨人之言论,影响于学士书生最大者,厥惟曾国藩、张之洞两家。曾氏以中人之资,端赖笃志力学,以至超越流辈,为一时人伦冠冕。全集中以家书、日记为最精。大而至于立身、齐家、治军、理国之道,小而至于写字、读书、作文、处事之方,莫不言之谆谆,有典有则。观其训厉子弟,力戒奢华,归于朴厚,督束甚严,蔚为一家风规,为世所宗。清季崭新人物如梁启超,尚有《曾文正公嘉言钞》,以抒其仰慕之情,他可知矣。至于辨章学术,晓学者以从入之途,则张之洞所为《輶轩语》《书目答问》影响最大。张氏为清季疆吏中最有学问之人,其识通博而不拘隘。《輶轩语》中《语学》一篇,持论正大,几乎条条可循。益之以《书目答问》,则按图索骥,求书自易矣。昔之巨人长德,莫不重视家教,及其子弟尚未成人之时,提撕诲迪,如恐不及。俾自少时习于谨厚,而不染纨绔之习,故能谨言慎行,不致取败。其训诱门弟子也,则又导之读书明理,示以坦途。何书宜先,何书宜缓,何本为佳,何本可校,莫不一一举列,以诰初学。俾及早正其蹊径,不使误入歧途。张氏二书,即督学四川时教士之作也。此种书,周详恳挚,感人至深。故百年内讲求为人、治学者,咸奉曾、张两家书为圭臬焉。影响所及,信广远矣。

新文化运动

　　新文化运动，乃我国学术上之一大革命，意义至为深远。而论者仅归功于"五四"，此不然也。上溯其源，必推本于严复。复于清季游学欧洲归，广译西洋哲学、政治、法律、经济理论之书，取西人之进化论、逻辑学以及民权、自由、民主之说，播之国人，而推广其知识领域。故其译述之业，于近百年来国人新思想之勃起，实有启蒙之功，论者重之。至于指斥当时学弊，不独败坏人才之八股，急须废除，举凡宋学、汉学、词章小道，亦宜且束高阁，力申去浮言而尚实用之旨。直诋宋、明理学为师心自用，弃之尤刻不容缓。于所撰《救亡决论》中亟言之，义正辞严，有荡除腐浊之意，又不啻为近世新文化运动开辟道路矣。其后胡适游学于美，兼治文学、哲学，归任北京大学教授。大力提倡新文学，以抵制旧文学，创导语体，以废除古文。其摧陷廓清之功，信不可没。观其所为《文学改良刍议》，揭橥八事：一曰，须言之有物；二曰,不摹仿古人;三曰,须讲求文法;四曰,不作无病之呻吟;五曰,务去滥调套语;六曰,不用典;七曰,不讲对仗;八曰,不避俗字俗语。凡此诸端,昔之言文者,亦尝分别道及,胡氏特综括而合论之耳。当时老辈若林纾、姚永概之流,虽起与之争,终莫能折服之也。自文学改良之议出,于是文坛乃栩栩有生气,一扫往昔迂腐之风,而思想随之解放,读书识字者之眼光胸襟,亦从而开拓矣。此乃吾国学术界由旧变新,由狭变宽之一大转机也。虽严、胡后来思想演变,流于保守反动,所作所为,不厌人意,然其盛年讲学,大开风气,卒以转移一世之人。非有大智大勇,固不足以任此也。

梁启超治学规模之弘博

古今人才，各擅所长。固有宜于从政而不长于治学者，亦有宜于治学而不长于从政者。若近世之梁启超，则固学术之才也。自少即负才名，而好言政治。遭历多变，鲜所建白。迨漫游欧洲归，自知浮沉宦海，投老无成，乃返而从事书本钻研，萃精力于讲学著述。甫及十载，遽尔谢世，年才五十六耳。虽治学有心，而禀命弥促，赍志以没，至可悲也。综其一生致力之端，至为广博，而根柢仍在史学。其友林志钧所为《饮冰室合集序》有云："知任公者，则知其为学虽数变，而固有其坚密自守者在，即百变不离于史是已。观其髫年即喜读《史记》《汉书》，居江户草《中国通史》（原注：此书未成，残稿尚在），又欲草《世界史》及《政治史》《文化史》等。所为文，如《中国史叙论》《新史学》及传记、学案，乃至传奇、小说，皆涵史性。其《历史研究法》，则其治史之方法论。而《政治思想史》《美文及其历史》《近三百年学术史》《佛教史》诸篇，皆为文化史之初稿。惜乎时丁丧乱，而天又夺其寿，虽为文数百万言，而蕴蓄未宣者，当或倍之。"此非阿好之辞也。观其专集中所录史稿，有考证古代者，有叙述近代者；有为前人新撰传记者，有为外国纂述小志者；有言宗教者，有叙礼俗者。凡所述造，至为繁富。惜乎入仕太早，夺其有用之岁月，不克成其所学，晚年虽欲力补蹉跎，莫之能逮矣。迨其既没，其友林志钧编辑遗书，为《饮冰室合集》，区为文集、专集二类，共一百四十九卷。其中除六七种书流布于世、脍炙人口者外，大抵皆丛稿也，残稿也。以彼其才，使天假之年，至乎耄耋，其在史学上之成就，殆未可量，故论者尤惜之。

蔡元培办学思想之开明

蔡元培虽起家翰林，而思想新进，不守故常。早岁即兼习列邦语言文字，后又出游各国，尽弃其学而学焉。在清季旧士大夫中，最为卓荦不群。当一九一二年任南京临时政府教育总长时，即明令停止祭孔尊孔。接任北京大学校长以后，又锐意改革，采取学术自由、兼容并包之方针，广延积学而有新思想之人来校讲学。欲以清除积弊，转移昏庸守旧之陋习。故首延陈独秀为文科学长，而聘胡适为教授。陈、胡言论激烈，为一时耆旧所指责。蔡则辞而辟之，不为所动。且曰："对于学说，仿世界各大学通例，循思想自由原则，取兼容并包主义。无论为何种学派，苟其言之成理，持之有故，尚不达自然淘汰之运命者，虽彼此相反，而悉听其自由发展。""对于教员，以学诣为主。例如复辟主义，民国所排斥也，本校教员中，有拖长辫而持复辟论者，以其所授为英国文学，与政治无涉，则听之（按此指辜鸿铭）。筹安会之发起人，清议所指为罪人者也，本校教员中有其人，以其所授为古代文学，与政治无涉，则听之（按此指刘师培）。夫人才至为难得，若求全责备，则学校殆难成立。"（俱见《答林琴南书》）又曰："大学者，囊括大典，网罗众家之学府也。《礼记·中庸》曰：'万物并育而不相害，道并行而不相悖。'足以形容之。如人身然，官体之有左右也，呼吸之有出入也，骨肉之有刚柔也，若相反而实相成。各国大学，哲学之唯心论与唯物论，文学、美术之理想派与写实派，计学之干涉论与放任论，伦理学之动机论与功利论，宇宙论之乐天观与厌世观，常樊然并峙于其中，此思想自由之通则，而大学之所以为大也。"（见《北京大学月刊发刊辞》）其胸襟之廓大，思想之开明，悉可见于此矣。我国承数千年学术专制之陋习，积重难返，蔡氏乃欲发蒙去蔀，以破专己守残之见，不可谓非有心人也。始胡适撰《中国哲学史大纲》，以讲授于北京大学，林纾即致书于蔡，肆意攻之。蔡于回信中剀切晓之曰："胡君家世汉学，其旧作古文虽不多见，然即其所作《中国哲学史大纲》言之，其了解古书之眼光，不让于清代乾嘉学者。"此又扶掖后进、支持新生力量之明证也。必有此识见，此胆量，然后可以进行教育之改革。亦由学贯中西，见闻广阔，中有所主，无惧于外，故能以祛弊振新为己任，毅然行之而不疑也。

评尊孔与读经

早在"五四"时代，不少新进之士，提倡新文化，以"打倒孔家店"相号召。其意以为中国文化，旧为孔氏所垄断，有如开设商店，自西汉以来，已专利至二千余年之久，理应新陈代谢，有后起之店以代之。又时移世异，所尚不同，孔家之店所卖者，既非应时之货，且有腐烂之物及毒品存乎其中，尤宜彻底清除，杜绝后患。观其议论主张，非不持之有故、言之成理也。顾此老店，规模庞大，所卖之货，包括甚广。其有关政治伦理之陈言，固可以新代旧，废去其不适用于今世者。至于有关行己立身之名训，则为人生日用所必需，有如柴米油盐，未可概以外来洋货代之也。孔子既为我国古代大教育家，综其教人之法，有传至今日而不可废者，盖有四焉：一曰，重视知识积累，勉人努力学习；二曰，强调学与思并重，不可偏废；三曰，提倡不知则问、不能则学之精神；四曰，树立少言多行、刻苦自立之风尚。凡此四者，乃孔子施教之大端，仍可古为今用，不能去也。至于庸言之信，庸德之谨，与夫待人接物处世临事之方，可以借鉴者，引归身受，为用甚弘。然则孔子之道，非可尽去，孔店所存之货，非可全除也甚明，择其精要者用之耳。大抵孔子本人，原甚质朴，经历代帝王利用为护卫君权之工具，从而渲染粉饰，遂失其真。今苟去后世附加之词，以还其本来面目，则孔子固犹周秦诸子之一耳。去短取长，自有可采者在。居今日而仍高举尊孔之帜，大可不必也。

孔子自言"述而不作"，则六经皆非其所自造，特取以教人，有发挥整理之功耳。后世必谓出孔子手，此托古之陋见也。上世文献之传世者，本无经名，自传注勃兴，而后经名始著。至于五经、六经、九经、十三经诸目，皆后人所立名，未可据为典要。今取群经内容观之，有言古代制度、器物、仪注者，有谈伦理、政治、性命者。今日略加区分，则前者可属之大学考古专业治之，后者可属之大学哲学专业治之，而不必人人皆诵习也。要其大归，悉当目为古代史料，不必被以经名矣。昔司马迁以史料理董古经传，故夏、殷、周《本纪》成，而《尚书》在其中；春秋列国《世家》成，而《左传》在其中；《孔子世家》《仲尼弟子列传》

成，而《论语》在其中。故善读书者，但通《史记》一书，无异遍读群经也。时至今日，百科待理，不必复标读经之名耳。

卷十六

善自得师者在能以天地万物为师

　　韩退之《师说》，谓"道之所存，师之所存也"。斯言是矣！顾其所谓道，则局于一隅，限于一曲，而无以见道之全。故所作《原道》，乃归本于尧、舜、禹、汤、文、武、周公、孔子、孟轲一系相传之所谓道，似私相授受亘数千年而不相乱者。何言之隘陋一至如此乎！夫道之在天地间，充乎六合，岂此数人所得而私，又岂此数人所得而尽有之乎？观夫东郭子问于庄子曰："所谓道，恶乎在？"庄子曰："无所不在。在蝼蚁，在稊稗，在瓦甓，在屎溺。"其言似广漠无涯际；而其意阐明虽至微贱之物，莫不有道存焉，则固不易之理也。道之弥于六合者，存乎天地万物，则吾必以天地万物为师。天行之健也，地德之厚也，天之无私覆也，地之无私载也，日月之无私照也，天地之生物功成而不居也，云雷致雨之后而能退也，山岳之广宣而多文也，岂非吾之师模乎？以言乎物，则水之清淡而平也，竹之虚中而直也，稻麦之生生不已也，花果之累累多实也，石之坚实也，玉之温润也，虎步鹰扬之重而有威也，鸱顾熊经之自强其身也，鸿雁之能高飞以自全也，鸡犬之能各司其职也，骥之耐千里也，龟之善掩藏也，蜂蚁之能群也，慈乌之反哺也，又何一非吾之所当效法乎！世人徒知五禽之戏，为取诸物；而不知物之可为吾师者多矣。故昔贤有以师水、师竹、师雨、师石名其居者，斯即道之所存，师之所存也。吾故曰：善自得师者，在能以天地万物为师。

《周易》六十四卦《象辞》，皆有"君子以"三字，即所以教人以天地万物为师也。如《乾象》曰："天行健，君子以自强不息。"《坤象》曰："地势坤，君子以厚德载物。"此言人之立德，宜效天之运行不休，以自强不息，效地之顺下能受，以厚德载物。自乾、坤以逮既济、未济，莫不如此。则古人之相尚以天地万物为师，从可知矣。至于天地万物之不可为法而宜引以为戒者，若骤风疾雨之不能久也，洪水大雹之多伤物也，朝菌之不知晦朔也，夏虫之不历冬春也，狡兔之三窟也,梧鼠之五技也,狐之多疑也,蟹之性躁也,斯又吾人所当避之远之,而不可偶同于物。故人之于天地万物,要在法其善者而戒其不善者,以求有益于己而已耳。

以人为师者不能局限于孔子一人

孔子之后，儒分为八。取舍相反不同，而皆自谓真孔子。孔子不可复生，将谁使定其诚乎？则所谓以孔子为师者，究为谁家之学乎？况孔子尝自言："吾有知乎哉？无知也。"彼固自视欿然，不以多知自许矣。而后世乃必推尊为无所不知之圣人，是岂孔子所愿受哉！且人各有所能，有所不能。孟轲尝称："尧舜之知，而不遍物。"况不如尧舜者乎？长于此者或短于彼。善以人为师者，亦惟取其所长而效法之耳。故昔之善取于人者，言治国，则以管商为师；言用兵，则以孙吴为师；论主术，则以老聃黄子为师；论臣道，则以伊尹姬旦为师；事亲，则以曾参为师；交友，则以晏婴为师；教子女，则以疏广为师；处夫妇，则以冀缺为师。各取其善者而法之，夫亦何常师之有？仲尼之可师法者，特在于学而不厌，诲人不倦耳。彼尝自言："述而不作。"而后人必以六经归之孔子，此托古之陋见，周秦诸子皆有之，不第孔子然也。

其言性与天道，虽子贡不可得闻。则其平日教人，未尝及此也。后世言义理者，乃兢兢于此，争论不休，是果孔子之学乎？孔子但以"庸德之行，庸言之谨"为重，而未尝言高深之理，发奇诡之论。故其教人之语，本平易也，而必扬之使高；本浅近也，而必凿之使深，是岂孔子之原意哉？后世空谈理学者，各树一义，皆欲牵强傅会，取孔子之言以就己说，非特无当，抑亦诬圣矣。故善以人为师者，必法其本真而去后人之所附加，又必兼师他家之长以补其不足。要不可局限于孔子一人，奉之为独尊无二之先师也。

为学不可拘守一先生之言

自汉武帝罢黜百家，专宗六经，而道术益隘。汉世经传复出，经有数家，家有数说。各以所见为守，分离乖隔，不合不公。私相授受，恪守师承师法，不敢越尺寸。于是博士之学，充斥天下。传经之士，遂专儒林之名矣。宋世大张理学，彼此龃龉，语录之书日出，而争论益嚣，于是门户之见，牢不可破，而儒学益裂矣。降及近世，虽朴学勃兴，而各是其是，学派纷起。为之师者，必责令其弟子笃信谨守，不渝师说。传其业者，安于固陋。昧于"当仁不让"之义，不敢智过其师。终身守之，造诣甚浅。此戴东原所谓大国手门下不能出大国手也，人才之受束缚，学术之不前进，悉由于此耳。自学校蔚兴，所学渐广，一矫往旧拿陋之习。所师不专于一人，所学不专于一业。途术既阔，耳目大开，不复拘守一先生之言，斯固新制胜于旧规之明验也。而二三名流，顾犹鄙弃学校，不屑施教其间。必私设书院、讲习会以敌之，悍然以大宗师自居。甚至弟子见师，必仍行跪拜之礼，则几与宗教仪式等矣。夫学术乃天下公器，岂其人果有不传之秘，必恭顺如此而后能得其传授耶？真令人大惑不解也。善学之士，贵能特立拔起，慎勿为其所吓。

师弟之间宜以友道相处

我国古代，以父子、君臣、夫妇、长幼、朋友为五伦，而无师弟，盖已附之朋友一伦矣。《周易·兑象》曰："丽泽兑，君子以朋友讲习。"仲尼亦言："三人行，必有我师焉。"然则朋友即师弟也。是真孔子之明教矣。顾炎武尝取友朋之不可及者，奉之为师而效法之、作《广师篇》以明其志。此乃通人之所为，足为后世楷模也。愿学者果能以友为师，传学者果能以友自处，则切磋琢磨，相观而善，讲习之益，于斯为大。奚必严其分限，判师弟为二哉！余自弱龄，即施教学校，迄于今六十年矣。所见后生新进以万计，而未尝以师自居。语及尝从受业者，但曰某校学生，未便称之为吾门弟子。以其知识来源，本不出于一人，吾安得而私之。终身以友相待，仍不废讲习讨论之乐，则彼此获益多矣。

英雄求才不拘常格

汉武帝元封五年诏曰："盖有非常之功，必待非常之人。故马或奔踶而致千里，士或有负俗之累而立功名。夫泛驾之马，跅弛之士，亦在御之而已。其令州郡，察吏民有茂材异等，可为将相及使绝国者。"东汉建安十五年，曹操下令求才曰："自古受命及中兴之君，曷尝不得贤人君子与之共治天下者乎？及其得贤也，曾不出闾巷。岂幸相遇哉？上之人不求之耳。今天下尚未定，此特求贤之急时也。孟公绰为赵、魏老则优，不可以为滕、薛大夫。若必廉士而后可用，则齐桓其何以霸世！今天下得无有被褐怀玉而钓于渭滨者乎？又得无盗嫂受金而未遇无知者乎？二三子其佐我明扬仄陋，唯才是举，吾得而用之。"斯二论甚相似。非有雄才大略，所规者远，安能豁达至此！庸懦之君，己实无能，又乏御下之术，故必求恪恭谨饬之士以为己用，侍奉左右，惟逢迎上意而已，何由有所建树乎？夫惟英霸之主，始能破格取才，任之以事。故士之有才无行者，益得展其智能以报知己，因之得所措手以成大功、立大业者，比比也。《管子》有云："小谨者不大立。"此亦观人之术已。士之谨言慎行、流于迂阔而不能办事者多矣。故善为君者，惟才之求，不计其细行也。

古之自爱重者恒以秽德自掩

韩退之《祭柳子厚文》有云："凡物之生，不愿为材，牺尊青黄，乃木之灾。"此数语足以概括古今轻世重己之士也。故士之怀文抱质者，多遗弃荣利，遁世无闷。如《庄子·让王篇》所言者，予之以天下之任，尚逃避而土苴之，况其下焉者乎？遁世不遂，则惟以秽德自掩。《汉书·东方朔传》赞称其为人"秽德似隐"，即其类也。当汉魏之际，干戈不戢，士多死于非命。其幸存者，则佯狂不羁，深自韬晦。若阮籍、嵇康之流，岂果驽下无能之买醉汉耶？观嵇氏《与山涛书》所云："头面常一月十五日不洗，不大闷痒，不能沐也。每常小便而忍不起，令胞中略转乃起耳。"其放浪形骸、不自检束如此，夫亦曰以秽德自掩其身，不为世所忌嫉耳。唐初王绩，以醉失官，犹日饮五斗不辍。读老庄之书，效阮嵇之行。观其所为《无心子传》有云："君子不苟洁以罹患，圣人不避秽而养生。"可以窥其志趣矣！夫自知其秽而甘之若饴者，皆古之伤心人也。

人生有四大欲

人生无贤不肖，自有知之日起，皆有四欲困其心怀，无以自解脱。惟有大度者能超然物外，不为物所困。四欲为何？一曰生存欲，自能食能衣之时，即有求饱求暖之欲。有疾求医，遇危思救。自幼至老，但期全躯。皆所以图生存也。二曰优越欲，衣食不欲下人，位望必欲高人。忌闻胜己，斗智不让。皆所谓优越欲也。三曰支配欲，命自我出，领袖群伦。宁为鸡口，不居牛后。此所谓支配欲也。四曰寿命欲，荣乐止乎其身，不欲短时而尽。百计千方，以求长年。此所谓寿命欲也。前二者为人人所共有，不论贵贱智愚贤不肖皆具之。后二者则有权势之人，追逐尤厉。按之前史，莫不皆然。兴战伐以争夺天下者，无非为满足其支配欲耳。秦皇汉武已满足其支配欲矣，乃进而求长生不死之术，以满足其寿命欲，而卒不可得，反为术士所愚，可悲亦可怜也。夫惟旷达之士，自适其志，无求于外。齐万物，一死生，轻天下，薄汤武。不贪长生，而寿命自高；不欲尚人，而誉望自永。莫之求而自致，此其所以卓耳。

《湘军志》与《湘武记》

　　王闿运撰《湘军志》，世所共知，昔未闻有袭取他人之作以为己书也。近览汪辟疆《读常见书斋小记》，乃谓"莫友芝《湘武记》为王湘绮《湘军志》所从出"。并言："湘人彭晓山藏独山莫友芝《湘武记》稿本二巨册，凡六卷。卷一，《城守篇》《东征湖北篇》一、《东征安徽篇》二。卷二，《东征南京篇》三、《东征江苏篇》四。卷三，《水师篇》《浙江篇》。卷四，《临淮篇》《援江西篇》《援广西篇》。卷五，《援贵州篇》《防御篇》《川陕篇》。卷六，《平捻篇》《营制篇》《筹饷篇》。标目与湘潭王闿运《湘军志》多从同。王书共十四篇，莫书为篇十六。惟莫书卷六《营制篇》《筹饷篇》，王书省去。将此二事分散于各篇之中，不别立篇目。卷五之《防御篇》亦然。其馀莫书卷一、卷二之《东征湖北篇》《东征安徽篇》《东征南京篇》《东征江苏篇》四篇，王书则别立《曾军篇》《江西篇》《曾军后篇》《江西后篇》。标目略殊，所记则并出莫书也。

此外篇目，二家悉同，而叙事亦多相类。但莫记质实，王则润以文藻，是王书出于邵亭无疑也。"此实书林异闻矣！莫氏为咸同间朴学醇儒，博涉多通，著述甚富。观黎庶昌所为《别传》，张裕钊所为《墓志铭》，备载其已刊未刊诸书，而独不及《湘武记》。以情理论，莫氏居曾国藩幕且十载，于当日湘军用兵本末，闻见亲切。或曾氏尝授意为之记，亦事之所宜有也。

李肖聘《星庐笔记》言："朱克敬亦有《湘军志》未刊，稿本存湖南大学。萧豹文于芜湖买得《湘武记》一册，托名为莫友芝撰，而其文与朱志一字无异。"然则清末从事撰述湘军本末者，原不止于一家也。考朱克敬字香荪，晚年失明，因自号瞑庵，本甘肃皋兰人。早岁援例捐官，得任湖南龙山县典史。以病目乞休，于同治十年至长沙，尝与修省志。其所撰《湘军志》，岂修省志时所辑录有关湘军之资料耶？吾观朱氏笔记如《瞑庵杂识》《瞑庵二识》《儒林琐记》诸编，卷帙无多，所言卑卑。而其辑刊《挹秀山房丛书》，十九皆时人诗钞，知朱氏亦特同光间一小文士耳。自无才力从事《湘军志》之述造也。

岂其时莫友芝所撰《湘武记》，已有传钞本，朱氏亦曾录存其副耶？今不可考矣。

士有真才实学终必见知于世

名者实之宾，有其实必获其名，此常理也。亦有才高而名卑，不见重于俗论者，遇一知己，则赫然传矣。举清末湘士言之，若刘霞仙（蓉）之散文，赵伯藏（于密）之绘画，在俗士眼目中，初不见重也。朱一新《无邪堂答问》中言及《养晦堂集》可诵，而刘之文辞为世所重矣。沈曾植《海日楼题跋》中言及赵疏庵画，定为海内第一，而赵之绘画为世所尊矣。人之遇知己与否，固不限于朝夕相处、周旋征逐之三数人也。康成所云："显誉成于僚友。"特就其大者论之耳。吾家旧有《养晦堂全集》（内有《文集》《诗集奏议·思辨录疑义》诸种），余少时取其文集读之，爱其气积势盛，有阳刚之美，不忍释手。尝钞其名篇而时诵习之。吾家旧藏赵疏庵画迹不少，运笔高雅，不落恒蹊。其大幅虽早散亡，今行箧犹存其为先祖先伯所画山水扇面数帧，风格与八大、石涛为近。余虽赏重而钦服之已久，然未得名家品评，初亦未敢自信所见之有合也。

古人书有灼见者虽久湮而必章

昔贤著述,湮没而不见知于世者甚多,盖由书成但有钞本,经历事变而早亡失者为不少也。苟其书理论甚高,且有刻本传世,则虽湮没一时,终必见重后世。余读明代《吴廷翰集》,益悟书之传不传,固视其言之高下何如耳。吴廷翰,字崧伯,号苏原,明南直隶无为州(今安徽省无为县)人。正德十六年(公元一五二一年)进士,由主事累官郎中,出为广东学政,改任浙江、山西参议,有治绩。年四十余,即辞官归里。著有《吉斋漫录》《瓮记》《椟记》《湖山小稿》《文集》《诗集》。万历二十九年(公元一六〇一年),由其子编定成《全集》付刊。然其书存于国内者甚罕,故其学中土无闻,而大行于日本。日人以其辟程朱之道,目为豪杰之士,甚敬重之。而国内治哲学及明代思想史者,皆不及吴氏,湮没于世久矣。余往岁以事赴长春,闻吉林大学图书馆藏有《苏原先生全集》残本,因借观焉。行旅倥偬,未遑细读也。近年中华书局配合多本，印成《吴廷翰集》，然后其著述始大行于世。

吴氏所言哲理，自成体系。于朱熹、王守仁之说，皆有所抨击。独谓天地之气，为万物之祖。"天地之初，一气而已矣，非有所谓道者别为一物，以并出乎其间也。太极者，以此气之极至而言也；阴阳者，以此气之有动静而言也；道者，以此气之为天地人物所由以出而言也；非有二也。"又谓"气之为理，殊无可疑。盖一气之始，混沌而已。无气之名，又安有理之名乎？及其分而为两仪、为四象、为五行、四时、人物、男女、古今，以至于万变万化，秩然井然，各有条理，所谓脉络分明是已，此气之所以又名为理也"（均见《吉斋漫录》）。此种唯物观点，实足驳斥唯心主义哲学家"理在气先""理乃天地万物根本"之谬说。而其释理为条理，以及"气即是性""人欲不在天理外"诸论，又开戴震哲学之先。戴氏虽后于吴氏一百六十余年而生，然同为安徽人，或其在乡里日，曾得吴氏遗书读之，从中受到启发，遂抒所见以自成书。不然，何其言之若合符契也？故今治戴氏哲学者，又必溯渊源于斯矣。

骄奢淫逸乃倾败之原

旷观古今中外人物，未有不成功于恭俭惕厉而失败于骄奢淫逸者。若荒乱之帝王，固无论矣。即士庶之家，苟发财致富，恣所欲为，则骄奢淫逸随之，而倾败不旋踵矣。此史鳅所谓"富而不骄者鲜，骄而不亡者未之有也"（见《左氏》定公十三年《传》）。盖人富则自满，以为人莫己若，因而穷奢极欲，以追求衣食之美，宫室之丽，妻妾之众，自奉殷厚，等于王侯。子弟自幼习其奢汰，安于逸乐。居移气，养移体。曾不数世，家道遂倾。观石碏谏卫庄公有曰："臣闻爱子，教之以义方，弗纳于邪。骄奢淫泆（逸），所自邪也，四者之来，宠禄过也。"（见《左氏》隐公三年《传》）此言"宠禄过"，谓与之禄俸财货过多耳。汉疏广官至二千石，不为子孙益田宅。但令勤力务时，足以供衣食，与凡人齐。尝谓："贤而多财，则损其志；愚而多财，则益其过。"（见《汉书·疏广传》）古今叹为名言！世之治家教子者，宜以疏广为法也。

一部《红楼梦》，描写封建官僚家庭由盛而衰，由富而贫，由逸乐而悲伤，由侍女成群而孤身行乞，叙述淋漓尽致，纤细入微。其所以卒致抄家封门，男女老幼被驱遣流落于外者，诚如此书第一百〇六回所云："必是后辈儿孙，骄奢淫佚，暴殄天物，以致合府抄检。"可谓推论得其根柢矣。

清末胡雪岩，初以小贩营商，发家致富。官至江西候补道，衔至布政使，阶至头品顶带，服至黄马褂。营大宅于杭州城中，连亘数坊；设银号于全国各埠，通为一气。左右海内金融，服食拟于王者。所畜良贱妇女百数，恣其淫乐。当其得意之时，固已盛极一时。及其倾败，求为平民而不可得。揆厥覆灭之由，亦骄奢淫佚四字足以尽之。

胡雪岩骄奢淫逸之一斑

清末笔记小说述胡雪岩荒淫奢纵之事者甚多。其中惟汪康年(笔名醒醉生)《庄谐选录》言之最为翔实。其中有云:"杭人胡某,富埒封君,为近今数十年所罕见。而荒淫奢侈,亦迥非寻常所有,后卒以是致败。兹就平日所闻者诠次于后,亦足资鉴戒矣。"顾其所记过繁,今特约取其有关荒淫奢纵之事,略录一二以示例:"胡姬妾极多,于所居之室作数长弄,诸妾以次处其中,各占一室,若宫中之永巷然。胡不甚省其名,每夕由侍婢以银盘进,盘储牙牌无数,胡随手拈得一牌,婢即按牌后所镌之姓名呼入侍寝,每夕率以为常。""胡酷好女色,每微服游行街市,见有姿色美丽者,即令门客访其居址姓氏,向之关说。除身价任索不计外,并允与其父若夫或兄弟一美馆。于是凡妇女之无志节者,男子之阘茸者,无不惟命是听。而其市肆店号所用之伙友,大半恃有内宠,干没诳骗无所不至,遂至于败"。"胡败后,自知不能再如前挥霍,乃先遣散其姬妾之平常者,令其家属领归。室中所有亦任其携去,所得不亚中人之产。迨后事渐亟,谣传将被籍没,乃择留其最心爱者数人,馀皆遣去。则所携已不及前,然犹珠翠盈头、绮罗被体也。暨疾亟,其家人并其所留之姬逐去,则徒手而出,一无所得矣。""胡之母享年九十余。当胡未败时,为母称觞于西湖云林寺,自山门直至方丈房,悬张称寿之文,几无隙地。自官绅以至戚族,登堂祝寿者踵相接。暨胡殁后,母亦继殁。则其亲友方避匿不遑,到者寥寥。其家新被查抄之命,虑人指摘,丧仪一切,惟务灭杀。论者或比诸《红楼梦》之史太君,洵然。"若此所言,均见《庄谐选录》卷十二。自古巨商大贾而雄于财者,固未有荒淫奢纵如斯之甚者也,卒致身败名裂,实亦有以自取耳。

左宗棠赏拔胡雪岩

　　从来英雄抡才,惟取其能为己用耳。当左宗棠用兵倥偬之际,视胡雪岩为后路粮台,得其资助之力不少。审知其人有胆识,能办事,即用其所长,从而奖许拔擢之。当同治三年二月,克复杭州,在奏折中赞扬胡雪岩"在籍筹办善后,极为得力。其急公好义,实心实力,迥非寻常办理赈抚劳绩可比。迨臣自浙而闽,而粤,叠次委办军火、军糈,络绎转运,无不应期而至,克济军需"。胡氏原为江西候补道,左任闽浙总督后,将其调至福建,又因历次保举,先后赏加盐运使衔、按察使衔、布政使衔。此后连年为左效力,左益倚任之。同治五年秋,左任陕甘总督,移师西征。由陕西而甘肃,而新疆,奏以胡为上海采办转运局委员。对其所购办之外洋新式枪炮,极为满意,尝遗书嘉许之。又平定新疆后奏折有云:"胡光墉自奏派办理上海采运局,历十余载。转运输将,毫无遗误。其经手购买外洋火器,随时运解来甘。各营军迅利无前，关陇新疆速定，虽曰兵精，亦由器利。则胡光墉之功，实有不可没者。"可知左之于胡，始终器重。至谓"此次新疆底定，核其功绩，实与前敌将领无殊"。可知当日信任赏拔之情，无以复加矣。

胡雪岩为左宗棠筹办洋务

胡除为左负责筹饷与购买军械两大重任外,复助其开办造船、织呢之事。一为同治初年福建设立船政局,购买法国机器,雇用法国技师传授技术,为中国自造轮船之始。一为光绪初年甘肃设立织呢总局,购买德国机器,雇用德国技师传授技术,为中国自办机器织造毛呢之始。此两大建设,均有较大成绩。后又向德商泰大洋行接洽德国技师与机器,至甘肃平凉开泾河,肃州文殊山采金,事虽未成,亦甚费筹谋之力。其间向外商购买机器及雇用技师,悉由胡在上海一手经办。左于胡始终倚赖,视为兴办洋务之得力助手。后来在两江总督任内,曾三次赴沪,均与胡往还,情好无间。光绪八年四月二十五日、九年九月二十三日、十年正月三十日《申报》,载其事甚详。

胡雪岩凭藉官方权势发展私人经营

胡雪岩终究为不学无术之商人,其所以竭力效劳于左者,固在于图私人之富贵利达,而非真有为国为民之心也。自其身任上海采办转运局委员之后,即利用官方号召力发展自己之经营。先后开设钱庄、银号于南北各地,又有典当二十九处,田地万亩,金银珠宝无算,沪杭构造大宅,栉比连坊,一时有"活财神"之称。卒以规为浩大,经营丝茧。江浙丝茧为出口大宗,向为外商把持,国人无法染指。胡尝以一人之力,垄断居奇,获利无算。然其后,亦卒因此取败也。缘其时交通不便,中国人不能明了外国市场情况。且航运之权,操之外人。彼能来,我不能往。光绪九年,外国丝市不振,洋商停止收购。而胡之存货山积,搁置腐朽,尽丧其赀。于是各地钱庄,闻风抢兑,纷纷倒闭,卒致胡氏一生事业之总崩溃,遂一蹶不复振矣。当时有大力者,既无人出面维持,朝廷且下革职查抄之令。左虽犹在,亦莫能援之以手矣。

夫惟富者怨之薮,况胡氏一生荒淫奢纵已甚,尤为世所嫉恨。当日清廷大吏,忌之者多,遂不免落井而下石耳。

胡雪岩之倾败早已有人预知

胡雪岩之倾败,始发于光绪九年。李慈铭《越缦堂日记》癸未十一月初七日,所记胡氏在京中之阜康钱铺倒闭事甚悉。然李氏在十七年前,即已知其必败。观《越缦堂日记》同治五年四月二十三日言及胡事有云:"胡雪岩者,本贾竖,以子母术游贵要间。遂日骄侈,姬侍十余人,服食拟于王者,官亦至监司。左宫保初至,欲理其罪,后复宠之。军中所需,皆倚取办,益擅吴越之利。杭之士大夫有志行者皆贱之,不肯出共事,故益专。今牵连记于此,以验其他日之败。"是李氏于十七年前,已有所预测矣。此殆非李氏一人之私言,当日舆论,盖无不同也。

胡雪岩假公肥私久招众怒

胡雪岩以一贾竖，卒致富倾一世，亦由经手公款，从中剥夺有以自肥也。身居上海久，与外人往来多，外商之在华者，咸信任之。中朝向外商借贷巨款，苟得其署名纸尾，则事必成，其誉望一至如此。光绪三年，左宗棠欲借洋款以助西征，洋人不可。计无所出，因谋之胡。胡曰："公第为之。我作保，或可成也。"旋即借得银五百万两。洋人不听大帅言，而信胡一诺，此左之所以终倚赖之如左右手也。顾巨款成交之际，从利息中多报少与，任其操纵。曾纪泽《使西日记》（光绪五年己卯十二月初二日）有云："葛德立言及胡雪岩之代借洋款，洋人得息八厘，而胡道报一分五厘。奸商谋利，病民蠹国。虽籍没其资财，科以汉奸之罪，殆不为枉。而复委任之，良可慨已。"则曾氏于左之倚任胡氏向外人借款事已深斥之，盖亦一时之公愤也。胡于借款利息中攫取厚利，固当时尽人皆知之事矣。由于得之也易，故耗之也速。

古人所称"货悖而入者，亦悖而出"，岂不信然！观其一生，勃然而兴，忽焉而亡，成败之速，亦古今所罕见也。

胡雪岩事迹仍待搜辑

胡雪岩虽暴兴而速亡，然当时以商业巨子名著中外，声势烜赫，固一时之雄也。刘体仁《异辞录》有云："《清史》而立《货殖传》，则莫胡光墉若。"可谓知言！但由其倾败之后，受革职查抄处分，世之论者，遂抹杀其他行事，而惟传其琐碎佚闻耳。时人有称之为东南大侠者，盖自其少壮时即以豪侠好义闻于远近矣。故一生积财能散，以济贫救荒自任。遇各省有大灾，捐输巨万不少吝，以是屡拜乐善好施之褒奖。其在杭州所设庆馀堂药肆，炮制精而取值贱，亦所以嘉惠穷困者也。故至查抄之时，有司独未判抵通负，以其有利于民耳。如此之类，岂无可纪。余自少时，闻诸长老有是人，求其遗事不可得。后游上海，于冷摊中获一章回体小说，名《胡雪岩》，乃日本人大桥式羽所作。明治三十六年六月刷印，光绪二十九年五月发行。笔墨略仿《红楼梦》，仅十二回。叙其豪奢之状及家庭琐事，篇幅无多。其后国人有陈得康者,复编《胡雪岩演义》,亦十二回,上海出版,盖据日本人书而稍补充者。今则新作日多,卷帙加丰,大抵虚构不少,非实录也。如欲详其行事,自必博征清末有关记载而综理之,仍有待于广为搜辑耳。

道教不可混同于道家

世俗恒以道教与道家混为一谈，此大谬也。道家为周秦诸子之一，所言清静无为，实为主道而发，乃人君南面术也。其言为古代最精邃之政治理论，历代英主皆尝知之行之。道教为后起之宗教，所言服饵导引、以求长生不死之说，实封建社会方术之士假迷信以欺世者。斯乃绝然不同之二事，岂容合而为一！盖自道教奉老子为祖师，遂泯二者之畛域矣。今但就近世簿录群书者言之，如修《四库全书》时，子部分十四类，以释家、道家居尾，修《总目提要》者，即合道家道教以立论，他可知矣。自合二者为一，于是周秦道家精邃之论，湮没不章。余之所以发愤而为《周秦道论发微》，正为此耳。

道教形成之渊源

儒家之与阴阳家杂糅久矣。董仲舒之学说，即深受阴阳家邹衍一派之影响者也。《春秋繁露》有《五行相胜》《相生》两篇，而《汉书》本传称其"治国以春秋灾异之变，推阴阳所以错行，故求雨闭诸阳纵诸阴，其止雨反是"。西汉儒家合阴阳立说以逢迎时君，其迹昭然。观《汉书》夏侯始昌、京房、翼奉、李寻诸传而可知也。由于儒生之推波助澜，渐启道教之萌芽。未几图谶大行，东汉之初，复为朝廷所提倡，士大夫无不传习，由是道教规模始立。至顺帝时（公元一二六——一四四年），沛国丰（今江苏大丰县）人张陵，创立"五斗米道"，奉老子为教主，尊为"太上老君"，以《道德经》五千言为主要经典，而道教之形式于是成矣。

道教之主要内容皆有所本

    道教之奉老子为祖师,此托古之惯技也。周秦诸子,莫不皆然。徒以己名不足以号召于世,必托古人之名以自重耳。自道教以老子为教主,儒者亦信以为真。大儒如朱熹,且谓"道家之学,出于老子。其所谓三清,盖仿释氏三身而为之尔"(见《朱子语类》卷百二十五)。是直目道教为道学,复以老子为之祖矣。此种谬说,固在朱子以前早已有之,承讹袭谬,为时已久,自当辞而辟之也。至于道教之主要内容,皆前有所承,自阴阳五行之说外,受影响最大者,莫若神仙家。神仙家之说,盖肇始于燕齐濒海之区,常睹海市蜃楼之变幻,以为世间果有仙境可以长生不死者。《史记·封禅书》言:"自威、宣、燕昭使人入海求蓬莱、方丈、瀛洲。"非无故矣。而《左氏》昭公二十年,载齐景公问晏子曰:"古而无死,其乐如何?"此亦必闻神仙家之言而发问也。神仙家长生之道甚多,所谓导引之术,服饵之方,房中之秘,道教皆承受之。

道教与房中术

昔人多以道教言房中术相诟病而深斥之。不悟此道由来甚早，道教特张其绪耳。《汉书·艺文志》序方技为四种，而房中在神仙之前，著录《容成阴道》等八家之书，则其所起远矣。证之董仲舒书，早有其说。《春秋繁露·循天之道篇》有曰："使男子不坚牡不家室，阴不极盛不相接。""是故新牡十日而一游于房，中年者倍新牡，始衰者倍中年，中衰者倍始衰，大衰者以月当新牡之日。"此一理论，与《汉志》论及房中所云："乐而有节，则和平寿考。及迷者弗顾，以生疾而陨性命。"旨意相符，乃卫生之经，故古人乐道之。两汉诸儒，本不讳言也。若《后汉书·方术传》所称冷寿光、甘始、东郭延年、封君达诸人行容成御妇人术，皆百余岁及二百岁，则已荒诞不经，足以惑众败俗，不可为训者也。东晋葛洪，既好神仙导养之法，又擅炼丹之术，论及房中则曰："房中之法十余家，或以补救伤损，或以攻治众病，或以采阴益阳，或以增年益寿,其大要在于还精补脑之一事耳。此法乃真人口口相传,本不书也。虽服名药而复不知此要,亦不得长生也。人复不可都绝阴阳,不交则生致壅阏之病,故幽闭怨旷而不寿也。任情肆意,又捐年命。惟有得其节宣之和,可以不捐。"(见《抱朴子·释滞篇》)末二语尤为切要,深有合于乐而有节之旨,从知道教之宣扬房中,自亦前有所受也。

初期道教对社会之影响

始张陵客居四川,在鹄鸣山(今四川大邑境内)以民间巫术为内容,并吸收巴蜀地区少数民族中原始宗教之成分,创立"五斗米道",此与当时四川常有饥馑,关系至密。凡欲信奉其道者,纳米五斗,所以防凶年饥民流离匮乏,往来之人不装粮也。此一措施,已具有互救互助之精神。当灾荒、时疫盛行之时,又出为病人请祷或以符水咒语治之。于是贫苦人民多信奉其教义而归附之,徒众多时,达数十万。东汉末年,张角兄弟领导之农民起义;东晋末年,孙思、卢循领导之农民起义;皆利用道教以组织群众。在农民革命战争中,已发挥其作用。故初期道教,甚为封建统治者所嫉恨与排斥。

后期道教得帝王之支持

　　如从宗教本身进行分析，则汉末道教，处于草创阶段，尚不能谓为完备之宗教。至南北朝时，北魏嵩山道士寇谦之改革旧天师道，制订乐章诵诫新法，称新天师道；南方庐山道士陆修静整理三洞经书，编著斋戒仪范，道教形式始告完成。此时之道教，力斥与农民起义结合之道教为"妖道""鬼道"，必尽去其"伪法"而后快。自是为历代帝王所重视，如唐之高宗、玄宗，宋之真宗、徽宗，明之世宗，皆笃信道教，风靡一时。至清代渐见衰落，信奉者已寡。要其升降兴替之数，皆视帝王提倡与否为断耳。

太上感应篇在道教理论中之作用

道教方术,包括卜筮、占星、医疗、祈祷、符咒、驱鬼、祭祀等活动,复有消除天灾、却病延年、拯救死者灵魂、祈祷诸神之祭祀,称为斋醮。至其理论,则谓积德可以成仙。将积功德定为长生、成仙必由之路。此种思想,集中发挥在《太上感应篇》中。是篇为道教训俗课本,归于劝人为善去恶,与晋葛洪《抱朴子》之言为近,而不必为葛氏所作也。始见著录于《宋史·艺文志》及《道藏》,其所从来已久。宋代已有单刻是篇以教世者,真德秀《真文忠公集》中有一跋推重之。可知往世儒家,未尝屏斥之也。其书虽宣扬因果报应,迷信观念甚浓,然用以启诱齐民,可收神道设教之效。清代于道教不甚宣扬,而是篇独见尊尚。顺治十三年,即有上谕刊行。于是终清之世,士大夫不废讲习,印本滋多。达官如朱珪,自称兄弟少时,其父每日课诵是书。醇儒如惠栋,谓君子持己立身之学,不外于是,特为之注以表章之。足以觇其风气也。余少时闻长老言：昔之官京师者，晨起相率诵《感应篇》一过，而后上朝治事。在长沙日，得徐叔鸿（树钧）侍御手写《感应篇》石印本于其家，徐善书法，盖官京师时应人之求，书此以广其传耳。其时德清俞樾，复为《太上感应篇缵义》二卷，以自抒所得。可知清末学者，犹多重之。

太上二字释义

古言太上，犹今语所云最高也。《礼记·曲礼上篇》云："太上贵德，其次务施报。"《大戴礼记·曾子立事篇》云："太上乐善，其次安之，其下亦能自强。"《左氏》襄公二十四年《传》云："太上有立德，其次有立功，其次有立言。"《韩非子·说疑篇》云："是故禁奸之法，太上禁其心，其次禁其言，其次禁其事。"综观古人称及"太上"，下必续之以"其次"，盖皆用为第列高下轻重之词，是以最高为太上也。而解者多释太上为古人，为上世，非也。《感应篇》而冠以太上二字者，谓此乃道教理论中之最高者耳。说者臆定太上为老子之师，尤谬。

善恶必报之说起原甚早

因果报应之论，固三教所同。《易坤文言》有曰："积善之家，必有余庆；积不善之家，必有余殃。"《尚书·汤诰》有曰："天道福善祸淫。"《左氏》襄公二十三年《传》有曰："祸福无门，唯人所召。"是古之儒书，皆言报应，其所从来远矣。今流行最广之俗语，犹云："善有善报，恶有恶报；不是不报，日子未到。"又有诗句云："善恶到头终有报，只争来早与来迟。"此虽旧时劝人为善之套语，亦有至理存焉。如人人皆笃信之不敢为非，则可消乱于未萌，足补教化刑律之所不及，有益于治大矣。今观《感应篇》所言，归于劝善惩恶，其不同于儒书者甚寡。惟所云："天地有司过之神，依人所犯轻重，以夺人算，算尽则死。""又有三台北斗神君，在人头上，录人罪恶，夺其纪算。""又有三尸神在人身中，每到庚申日，辄上诣天曹，言人罪过。"此皆由于恐人行善去恶之信念不固，假神道设教使有所畏怖，以坚其趋善避恶之心耳。读是篇者，心知其意，弗为所惑可也。

庸言庸行皆易知易行

《感应篇》既主于教人为善，则自有益于持己立身。如云："是道则进，非道则退；不履邪径，不欺暗室；积德累功，慈心于物；忠孝友弟，正己化人；矜孤恤寡，敬老怀幼；昆虫草木，犹不可伤。宜悯人之凶，乐人之善，济人之急，救人之危。见人之得，如己之得；见人之失，如己之失。不彰人短，不衒己长。遏恶扬善，推多取少。受辱不怨，受宠若惊。施恩不求报，与人不追悔。所谓善人，人皆敬之，天道佑之，福禄随之，众邪远之，神灵卫之，所作必成。"此皆为人处世必遵之常规，庸言庸行，易知易行者也。至于下云："神仙可冀。欲求天仙者，当立一千三百善；欲求地仙者，当立三百善。"则又近于神道设教矣。故《感应》一篇，如能去其迷信成分及不适时宜之语，而重新写定之，抑或可化腐朽为神奇、变无用为有用也。

在京和尚出京官

或问尝闻长老言清末官京师者，人多呼之为"斋公"，岂皆茹素事神乎？答曰：此比喻之辞也。谓其俸入甚薄，生活清苦，略与僧同耳。清制：科举至登进士后，朝考授职，大半分入六部为主事，每月正俸，只银数两。由主事至郎中，皆为部员，或称京曹，谓分官六部各司也。故事：部员之于其乡人有到部者，许同乡官具保结，各有例规，谓之印结费。又外任官至京，于其同乡同年世好之官京师者，各留金为别。此二者，京官赖以自存，习以为常。至于各省督抚，于京官中之有名绩而交谊较深者，岁有馈遗，冬称炭敬，夏称冰敬，多者可数百两，则非尽人可得也。京官考绩，三年一行。凡编检、给事中、御史、郎中得京察记名者，外放道府。自此而按察使、布政使，以至巡抚、总督，升迁较速，收入丰盈。故俗语有"在京和尚出京官"之谚也。大约士子自通籍后，必经历三十年或三十五年，而后可以官至一品。清制重在资历，于斯可见。久官京秩，非有家财自济或友朋资助，则多不能安于其位。若清末李慈铭，乃京官中之最穷困者，赖潘祖荫等常接济之，始有以供朝夕。亦有家道殷裕，弃部曹而不顾者，如陈三立、叶德辉，先后成进士，签分吏部主事，悉不到部，其明例也。若夫朴学经师，如嘉道间郝懿行，官户部主事，浮沉郎署二十七年，自甘寂寞，何殊老衲。卒能居贫力学，成其著述，可谓卓然特立之士矣。

京官清闲可肆力于学问

昔之任京官而职位不高者，虽甚寒素，事较清闲，可以沉潜读书。不似外官政务繁剧，无暇伏案也。故一时人才蔚兴，多自京官中出。就清代言之：朴学经师，如戴震、钱大昕、邵晋涵、王念孙、阮元之俦，学问大成，皆由服官京师时植其根柢。至于有志用世者，如林则徐、魏源、龚自珍下逮曾国藩、胡林翼诸家，其读书穷理工夫，亦有赖于任京官时积累之厚也。加以京师人文荟萃，闻见自广。有耆旧可往请教，有友朋可资切磋。左右采获，为益无方，斯又穷乡僻壤所远不如者也。故昔之有志于学者，通籍后冀得京职以偿其夙愿，视富贵如浮云，安寂寞而无悔。如郝懿行之所为者，固大有人在也。

记我的父亲张舜徽

—— 写在《爱晚庐随笔》再版之际

2016年7月某日,我接到南开大学出版社总编辑刘运峰先生打来的电话:出版社有意将我父亲的《爱晚庐随笔》纳入计划出版的《新艺文类聚丛书》首批书目中。刘总编说他很喜欢这本书,一直放在案头床边,经常要翻翻,以前在课堂上也会向学生们推荐。这次想将其中的《学林脞录》《艺苑丛话》作为两种书单行出版,以方便读者于案头或随包携带于高铁、地铁中阅读。寥寥数语,一份书缘,让我感觉很亲切,也感受到刘总编对渐渐形成"阅读社会"风气的未来中国充满信心。

《爱晚庐随笔》曾于1991年在湖南教育出版社首次出版,面世后得到不少好评,这里摘录孙犁先生在他的《曲终集》(百花文艺出版社,1995)《理书续记·〈爱晚庐随笔〉》中的一段话以飨读者:

近人张舜徽著,湖南教育出版社1991年版。湖南出版局李冰封君赠,余为之书一条幅,以此为报也。此书印数七百五十,而仍有余书,可为赠品,可叹也。余放置案头,已有半年,时常翻阅,认为很有价值。书分《学林脞录》《艺苑丛话》两部分,均为笔记性质,内容广泛,经史文艺,无所不包,尤于近代史料为详。所记充实有据,为晚清以来,笔记所少有,而书之命运,竟不入时如此。非著作之过,乃社会、文化风气之过也。……真正有学术价值的书,竟卖不出去,这里面的道理,实在难以说清了。余孤陋,不知张氏学历、生平,询之在大学教书之姚大业君,得知为历史学家。从其自序中,知有著作多种,然姚君亦不能告知其详也。

其实这期间还总有爱书者包括亲戚朋友找我们"求书",只可惜印数太少,求而不可得。

时隔14年的2005年,《爱晚庐随笔》被收入华中师大出版社出版的《张舜徽集》,得以再次出现在新华书店书架上。

这次2018年,又隔了13年,《爱晚庐随笔》能够由南开大学出版社推出新的版本，我们非常期待。

前不久，我收到编辑部田睿老师来信约请，要我写一写我的父亲。坐下来回想当年，往事历历。大概是1991年底，父亲才收到湖南教育出版社《爱晚庐随笔》样书，时值我二哥张君和重病在身。1992年初，二哥成功做了肾移植手术，刚刚从隔离病房转到普通病房，父亲为他紧揪着的心得以舒展，很感欣慰，急于让我带一本《爱晚庐随笔》送给二哥。二哥大病初愈，获得第二次生命，收到父亲的新著更是喜出望外，住院期间捧读不止。我们家兄妹六人，我排行第五，下面还有一个妹妹，四个哥哥姐姐都是"文化大革命"前毕业或者入读大学的，大哥学冶金专业、二哥学物理、大姐学生物、二姐学医，全都是理工科专业，个个成绩优异。六兄妹中唯二哥文理皆通，与父亲谈文论史交流最多。待下一次我再去看二哥，他给我摘读《爱晚庐随笔》中父亲写的这段话："每值寒冬夜起，雨雪打窗，孤灯独坐，酷冷沁人肌骨，四顾惘惘，仍疾学不已，自忘老之已至。及天晓日出，众庶咸兴，而余已阅读写作数小时矣。一生述造不少，大半成于未明之时。"二哥说，本来这段话是为了说明早起之益的，但其实就是父亲几十年学术生涯清苦、孤单、寂寞生活的真实写照！父亲从小自学成才，没有大学文凭，因此没有门派的遮护，也没有同学的帮衬，他从来不会吹捧别人，也不会有人为他抬轿……说着，二哥的眼眶湿润了，我知道二哥比我更懂父亲。

共同的回忆把我们带到了那个最艰难的岁月。1966年"文化大革命"开始，父亲首当其冲被打成"资产阶级反动学术权威"，多次的批斗和抄家让母亲和我们都像惊弓之鸟，又很为父亲担心。但父亲即便白天被批斗了回来，晚上依旧会坐到书桌前展开纸墨继续他的工作。看着父亲如此执着，母亲不免难过，她说："知道吗？你们爸爸之所以这样坚持，他心里是有寄托的。"

1968年春夏之交某日，父亲被令几天之内必须将我们家从原住所搬出到学校已经废弃多年的洗澡堂居住。同时搬进洗澡堂的还有另外5家。从此全家人挤住在30余平方米、由里外两间隔成的四小间里（里间用大书柜分隔为两间）。父亲的工作室兼卧室在外间西面，只有不足8平方米的面积，因为这一小间保留了洗澡堂没被拆除的一人多高的白色隔板和门，使它显得相对独立。洗澡堂面积小、漏雨、窗户窄小而高悬于天花板下、没有纱门、厨房公用等都还不是环境最恶劣之处。那时在父亲的要求下，几个月后学校派工重新开了窗户，装了纱窗纱门，条件有所改善。关键是一般住宅房都是坐北朝南冬暖夏凉，而洗澡堂却是坐西朝东。武汉冬天湿冷，当年三九天最冷的时候室内温度会到零下，寒冷浸骨，能够有几根木炭火烤烤脚就是很奢侈的了；武汉夏天湿热，三伏天一天24小时都不可能降温，是中国"四大火炉"之一。炎热的夏天，家里上午东晒、下午西晒，太阳光都会穿透前后整个房间，家具都发烫，坐在家里如同身处蒸笼之中，炙热难耐无处躲藏！父亲却工作依旧，总是打着赤膊，豆大的汗珠布满前胸后背，顺着往下流，为了防止汗水打湿稿纸，两只手臂下都垫了毛巾。母亲看着实在心疼，时不时过去帮他擦汗，换洗毛巾。无论多么冷、多么热，父亲除了参加批斗会、住牛棚以及进行各种政治学习外，从来没有停止过一天他的写作，这在那个非常时期是其他任何人无法想象的事实。当时母亲形容父亲的只有一个字——"痴"，而父亲却说："我有做不完的工作要做，还要抓紧时间啦！"那个年代物资匮乏，经常停电，父亲有很多文字完成于煤油灯下。1980年3

月,学校分配给我们家一套四室一厅的新房子,这才告别居住了12年的洗澡堂,父亲母亲实实在在地在洗澡堂度过了12个酷暑寒冬。

1978年,我国进入改革开放的新时期,知识分子也迎来了科学的春天。从1980年到1992年父亲去世的这12年间,他的著作就一部接一部地出版了,共有以下16部:

《中国古代史籍举要》(湖北人民出版社,1980年5月)

《周秦道论发微》(中华书局,1982年11月)

《中国文献学》(中州书画社,1982年12月)

《史学三书平议》(中华书局,1983年2月)

《说文解字约注》(上、中、下)(中州书画社,1983年3月,影印版)

《郑学丛著》(齐鲁书社,1984年6月)

《中国古代劳动人民创物志》(华中工学院出版社,1984年11月)

《文献学论著辑要》(陕西人民出版社,1985年8月)

《清人笔记条辨》(中华书局,1986年12月)

《旧学辑存》(上、中、下)(齐鲁书社,1988年10

月）

《中华人民通史》（上、中、下）（湖北人民出版社，1989 年 5 月）

《说文解字导读》（巴蜀书社，1990 年 1 月）

《汉书艺文志通释》（湖北教育出版社，1990 年 3 月）

《爱晚庐随笔》（湖南教育出版社，1991 年 2 月）

《清儒学记》（齐鲁书社，1991 年 11 月）

《䜣庵学术讲论集》（岳麓书社，1992 年 5 月）

2009 年以后又出版了两部：

《霜红轩杂著》（华中师范大学出版社，2009 年 12 月）

《张舜徽壮议轩日记》（国家图书馆出版社，2010 年 11 月，影印版）

在 1966 年"文化大革命"前，父亲已经出版了 8 部著作：

《广校雠略》（1945 年长沙排印本；中华书局，1963 年 4 月增订本）

《积石丛稿》（1946 年兰州排印本）

《中国历史要籍介绍》（湖北人民出版社，1955 年 11 月）

《中国史论文集》（湖北人民出版社，1956 年 9 月）

《顾亭林学记》（湖北人民出版社，1957 年 9 月；中华书局，1963 年 12 月）

《中国古代史籍校读法》（中华书局上海编辑所，1962 年 7 月）

《清代扬州学记》（上海人民出版社，1962 年 10 月）

《清人文集别录》（上、下）（中华书局，1963 年 11 月）

以上目录不包括父亲主编的书。

在治学上，父亲赞赏通人之学，主张走博通的路，从不以专家自限而以通人自励。这也是他一生追求并践行的学术理想与目标，正如他在《自传》①中所说"我之所以努力读书，遍及四部，穷老尽气，不愿走太窄的路，是有我的志愿和目的的"。父亲十七岁时我祖父就去世了，父亲还在《自传》中写道：

---

①　指《张舜徽自传》，载《张舜徽先生纪念集》编辑委员会编《张舜徽先生纪念集》（华中师范大学出版社，1994 年）。

父亲一生自学的精神，给我的影响很深。

……

他一生治学很重视张之洞的《輶轩语》和《书目答问》，认为是读书的指路牌，我从小便经常翻阅这两本书。《书目答问》末附清代学者《姓名略》，开首便说："由小学入经学者，其经学可信由经学入史学者，其史学可信……"，我对这段话深信不疑。认为做学问，应循序渐进。不可躐等，不可急躁。如果不是循序渐进，便如无源之水，无本之木，是很不可靠的。过去学者们称文字、声韵、训诂之学为小学。当我对小学稍具有基础知识以后，才开始研究经学。初治《毛诗》，后及《三礼》，钻研郑学，锲而不舍，抽出了一些条例，写下了许多笔记。

为了养家，我父亲二十一岁就开始担任各高级中学语文、历史教师，同时兼几个学校的课，"下了课堂，便自伏案读书。这时涉览所及，以史部诸书为多，既精读了《史记》、两《汉书》《三国志》，又通读了《资治通鉴》正续编，复发愿欲于三十五岁以前读完全史——'二十四史'。自唐以上诸史，遍施丹黄，悉加圈点;唐以下诸史,也仔细涉猎一过。首尾十年,才把这部三千二百五十九卷的大书——'二十四史',通读了一遍。……自此研究周秦诸子,读历代文集、笔记,都是大胆地周览纵观,颇能收到由博返约的效果"。

在父亲晚年撰写的《八十自叙》[①]中,他对自己的治学再做了一个小结:

> 余之治学,始慕乾嘉诸儒之所为,潜研于文字、声韵、训诂之学者有年。后乃进而治经,于郑氏一家之义,深入而不欲出。即以此小学、经学为基石,推而广之,以理群书。由是博治子、史,积二十载。中年以后,各有所述。爰集录治小学所得者,为《说文解字约注》;集录治经学所得者,为《郑学丛著》;集录治周秦诸子所得者,为《周秦道论发微》《周秦政论类要》;集录治文集笔记所得者,为《清人文集别录》《清人笔记条辨》。而平生精力所萃,尤在治史。匡正旧书,

---

① 载《张舜徽先生纪念集》编辑委员会编《张舜徽先生纪念集》(华中师范大学出版社,1994年)。

则于《史通》《文史通义》皆有《平议》；创立新体，则晚年尝独撰《中华人民通史》，以诱启初学。至于辨章学术，考镜源流，平生致力于斯，所造亦广。若《广校雠略》《中国文献学》《汉书艺文志通释》《汉书艺文志释例》《四库提要叙讲疏》诸种。固已拥彗前驱，导夫先路。此特就平生著述中较费心力者，约略言之。至于薄物小书，不暇悉数也。

作为学者，父亲可以说是著作等身，近 1000 万字的著作是他几十年学术追求和探索的积累，是心血的结晶。面对众多的赞誉之词，他总是淡然一笑，他说："我一生只做了三件事：读书、教书和写书。"父亲他终生把学习、研究和传播中国传统文化视为自己的历史使命和责任，他执着坚韧、脚踏实地地耕耘于中国传统文化这块园地，奉献了自己毕生的精力。

张 屏

2018 年 3 月 1 日